ROBINSON CRUSOE

Austral Intrépida

DANIEL DEFOE

ROBINSON CRUSOE

Traducción
Carlos Pujol

Ilustraciones del interior
Walter Paget

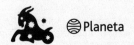

Planeta

Obra editada en colaboración con Editorial Planeta – España

Título original: *The Life and Strange Surprising Adventures of Robinson Crusoe*

Daniel Defoe
© Traducción: Carlos Pujol

© 2018, Editorial Planeta S.A. – Barcelona, España

Derechos reservados

© 2019, Editorial Planeta Mexicana, S.A. de C.V.
Bajo el sello editorial AUSTRAL M.R.
Avenida Presidente Masarik núm. 111, Piso 2
Colonia Polanco V Sección
Delegación Miguel Hidalgo
C.P. 11560, Ciudad de México
www.planetadelibros.com.mx

Ilustraciones del interior: Walter Paget
Diseño de colección: Austral / Área Editorial Grupo Planeta
Ilustración de portada: © Ivan Castro y © Eva Sanz

Primera edición impresa en España en Austral: junio de 2018
ISBN: 978-84-08-19081-3

Primera edición impresa en México en Austral: enero de 2019
ISBN: 978-607-07-5503-3

Impreso en los talleres de Litográfica Ingramex, S.A. de C.V.
Centeno núm. 162-1, colonia Granjas Esmeralda, Ciudad de México
Impreso en México — *Printed in Mexico*

Intrépido lector:

Quizá te sorprenda, pero has de saber que Robinson, como es usual entre los jóvenes, no siempre hacía caso a sus padres y, desoyendo sus consejos, decidió que era un buen plan lanzarse a la mar y convertirse en marinero.

Sin embargo, Robinson, que tenía unos padres muy sensatos, naufraga y llega a una isla desierta. En ella, nuestro marinero sin barco ha de aprender, gracias a su habilidad e ingenio, a cobijarse, cazar, pescar, defenderse y cuidarse cuando está enfermo. Pero no estará solo mucho tiempo, pues también deberá aprender a convivir con su gran amigo Viernes, muy diferente a él. Ambos encontrarán en el otro un mundo nuevo y harán frente a grandes aventuras... y también a numerosos peligros.

Joven marinero, si decides subirte a este barco, agárrate bien fuerte porque los riesgos no serán pocos. Y si quieres llegar a ser un experto capitán, al final hallarás el vocabulario imprescindible que debes conocer.

¡Buen viaje, grumete!

ROBINSON CRUSOE

PREFACIO DEL AUTOR

Si alguna vez el relato de las aventuras de un hombre ha merecido publicarse y ser bien acogido por el público, el editor cree que es el caso de esta historia.

Lo prodigioso de la vida de este hombre supera (eso cree) a todo lo dicho, siendo difícil encontrar en otra vida mayor variedad.

La historia está contada con modestia, con seriedad, y haciendo que los hechos sirvan de ejemplarización religiosa, que es como los hombres cuerdos los utilizan siempre; es decir, sus fines son enseñar a los demás con este ejemplo, y justificar y honrar la sabiduría de la Providencia, en toda clase de circunstancias, dejando que éstas se produzcan como quieran producirse.

El editor cree que ésta es una historia completamente real, y que no hay en ella ninguna invención. Habrá, porque siempre tales cosas suscitan opiniones diversas, quien piense en lo aleccionador del relato, quien en lo ameno, quien en lo instructivo, pero todo conduce a lo mismo, y así es como, sin más amabilidades con el mundo, el editor cree, al publicar esta obra, prestar un gran servicio a quien la lea.

CAPÍTULO 1
Primeras aventuras

Yo nací en el año 1632 en la ciudad de York, de buena familia, pero no del país, ya que mi padre era un extranjero natural de Bremen que primero se instaló en Hull. Se hizo una buena posición gracias al comercio, y luego, abandonando sus negocios, se trasladó a York, en donde se casó con mi madre, cuya familia se apellidaba Robinson, una familia muy bien reputada en la comarca, y por lo cual yo me llamaba Robinson Kreutznaer; sin embargo, por una corrupción del nombre, cosa muy común en Inglaterra, ahora nos llaman, quiero decir que nos llamamos y así solemos firmar, Crusoe, y así es como mis compañeros me llaman siempre.

Tenía dos hermanos mayores que yo, uno de los cuales fue teniente coronel en un regimiento inglés de infantería, en Flandes, que años atrás había sido mandado por el famoso coronel Lockhart, y murió en una batalla contra los españoles, cerca de Dunkerque. Por lo que respecta a mi segundo hermano, supe tan poco de sus aventuras como luego mis padres supieron de las mías.

Siendo el tercer hijo de la familia, y al no haber aprendido ningún oficio, pronto se me llenó la cabeza de proyectos, de vagabundeo. Mi padre, que era muy anciano, me había dado una buena educación, todo lo buena que puede recibirse en casa y en una escuela rural, y decidió que me dedicara a la abogacía; pero mi única ambición era hacerme marino, y esta inclinación me llevó a oponerme tan decididamente a su voluntad, es decir, a las órdenes de mi padre, así como a las súplicas y advertencias de mi madre y mis demás amigos, que parecía haber algo fatal en esta propensión de la naturaleza que me llevaba directamente hacia la vida de desgracias a que estaba destinado.

Mi padre, hombre grave y prudente, me dio profundos y excelentes consejos para hacerme desistir de los proyectos que preveía en mí. Una mañana me llamó a su habitación, de la que no salía debido a que sufría de gota, y discutió vivamente conmigo acerca de esta cuestión. Me preguntó qué razones, al margen de una simple propensión a la vida aventurera, podía tener yo para abandonar la casa paterna y mi patria, en donde no me faltarían relaciones para situarme, y en donde tenía la perspectiva de adquirir una fortuna con constancia y laboriosidad, y llevar una vida desahogada y tranquila. Me dijo que los hombres que se lanzaban a recorrer mundo en busca de aventuras, o bien eran desheredados de la fortuna, o bien hombres de alta condición que querían probar su valor y hacerse famosos realizando grandes empresas por caminos ignorados por la mayoría de las gentes.

La primera de estas dos posibilidades, siguió mi padre, está muy por debajo de ti; la segunda, muy por encima; que mi camino estaba en un término medio, lo que podría llamarse el grado superior de la vida modesta, situación que su larga experiencia le había demostrado ser la mejor del mundo, la más apropiada para la felicidad humana, protegido de las penalidades y las privaciones, del trabajo y de los sufrimientos de los que ganan el sustento con sus manos, y a salvo del orgullo, el lujo, la ambición y la envidia de los poderosos. Me dijo también que había una prueba de la felicidad de ese estado: que ésa era la situación que todo el mundo envidiaba, que los reyes se lamentaban frecuentemente de las terribles consecuencias que tenía para ellos el haber nacido de tan noble cuna y que hubiesen preferido estar en medio de los dos extremos, entre los pequeños y los grandes; que el sabio era de la misma opinión, al considerar el término medio como el modelo de la felicidad, rogando a Dios que lo alejase tanto de la pobreza como de la riqueza.

Me hizo observar algo que más tarde tantas veces comprobé por mí mismo: que son siempre los hombres de más alta y de más baja condición los que comparten las desgracias de la vida; que en la posición intermedia se conocen muy pocas de estas desgracias, y no se está expuesto a muchas de las vicisitudes que afligen a los que se hallan en lo más alto o en lo más bajo; que, por ejemplo, no sufre tantos males y penas, ya sea de cuerpo o de espíritu, como los que, ya sea debido a lo inmoral, flexible o extravagante de sus vidas, o bien a lo duro de las condiciones de su trabajo, la escasez o lo insuficiente de su alimentación, se atraen enfermedades como consecuencia natural de su género de vida; que la posición intermedia en la vida era fuente de toda clase de virtudes y de toda clase de placeres; que la paz y la prosperidad eran compañeras inseparables de una fortuna regular; que la sobriedad, la moderación, la tranquilidad, la salud, la sociabilidad, todas las agradables distracciones y todos los placeres deseables, eran las bendiciones que se derramaban sobre la posición intermedia en la vida; que por este camino los hombres cruzaban apacible y serenamente el mundo, y lo abandonaban también serenamente, sin sentir el peso del trabajo manual ni del intelectual, ni entregados a una vida de esclavitud para ganar el pan cotidiano ni atormentados por las contradicciones que roban la paz del alma y el descanso del cuerpo; ni tocados por la pasión de la envidia ni consumiéndose en el fuego oculto de la ambición de las grandes empresas; sino que, en medio de facilidades, se deslizan suavemente por la pendiente del mundo, disfrutando de lo dulce de vivir sin ninguna de sus amarguras, sintiéndose felices y aprendiendo por la experiencia de cada día a ser más conscientes de esta felicidad.

Después de esto, me rogó vivamente y en los términos más afectuosos que no me portara como un joven alocado, precipitándome en busca de desgracias, contra las que la naturaleza y la posición que me daba mi nacimiento parecían haberme querido defender; añadió que yo no tenía necesidad de ganarme el sustento por mí mismo; que él me lo proporcionaría encantado, tomándome a su cargo hasta hacerme alcanzar la posición que acababa de aconsejarme; y que si en la vida no conseguía hacer fortuna y ser feliz, sólo a la adversidad o a mí mismo podría hacer reproches, ya que él quedaba libre de toda responsabilidad después de cumplir su deber previniéndome contra los proyectos que sabía desastrosos para mí. En una palabra, que me proporcionaría toda la ayuda necesaria si consentía en no irme y en echar raíces en la casa paterna, como era su criterio, pero que en caso contrario no quería contribuir en modo alguno a mi desgracia, y no haría nada para ayudarme a abandonar la casa. Para terminar me recordó el ejemplo de mi hermano mayor, con quien había empleado los mismos argumentos que conmigo, para disuadirlo de que partiera para las guerras de los Países Bajos, pero todos los consejos fueron inútiles, y su entusiasmo juvenil le había llevado a enrolarse en el ejército en donde halló la muerte; dijo finalmente que no dejaría de rezar por mí, pero que se atrevía a predecir que, si yo cometía la locura de marcharme, la bendición de Dios no me acompañaría, y que llegaría la hora en que yo reflexionase sobre el no haber hecho caso de sus consejos, pero que para entonces ya no tendría a nadie a mi lado para asistirme en la desgracia.

Noté que en la última parte de sus razonamientos, que fueron realmente proféticos, aunque naturalmente entonces mi padre ignoraba aún que debían serlo; decía que advertí que las lágrimas corrían copiosamente por sus mejillas, sobre todo cuando habló de la muerte de mi hermano; y luego cuando dijo que llegaría la hora en que me arrepentiría de mi decisión y no tendría a nadie a mi lado para asistirme, pareció conmoverse tanto que interrumpió sus razonamientos y me confesó que no se sentía con fuerzas para seguir hablando.

Quedé muy impresionado por estos razonamientos, y la verdad es que ¿a quién hubieran dejado indiferente?, y decidí abandonar para siempre la idea de irme, y establecerme en la ciudad según los deseos de mi padre. Pero, ¡ay!, bastaron pocos días para que este propósito se desvaneciera; y, en resumen, para evitar que mi padre entorpeciera la marcha con sus recomendaciones, pocas semanas después decidí irme a un país muy lejano; sin embargo no actué con tanta rapidez como el calor del primer impulso parecía augurar, sino que fui a hablar con mi madre, en un momento en que consideré que su disposición de ánimo era más favorable que de ordinario, y le dije que todas mis ilusiones consistían en ver mundo, que nunca tendría la fuerza de voluntad suficiente para perseverar en algo de lo que me proponían, y que mi padre haría mejor dándome su consentimiento que obligándome a irme sin él; que ya tenía dieciocho años y que era demasiado tarde para empezar el aprendizaje de un oficio o para introducirme en el mundo de la abogacía; que estaba seguro de que, en caso de que tomara este camino, no sería capaz de seguir en él por mucho tiempo, y que sin ninguna duda terminaría fugándome de la casa en donde trabajara para embarcarme; y que si ella quería hablar con mi padre para que me permitiera hacer un viaje por mar,

18

en caso de que yo volviera decepcionado de la experiencia, renunciaría para siempre a mis proyectos y le prometía recuperar el tiempo perdido redoblando mi aplicación al trabajo.

Al oírme mi madre se encolerizó extraordinariamente. Dijo que no tenía la menor intención de hablar con mi padre sobre este punto; que él sabía demasiado bien cuál era el verdadero camino de mi provecho para consentir en algo tan perjudicial, y que ella no podía comprender cómo yo seguía pensando en tal cosa, después de todos los razonamientos que me había hecho mi padre, y de todo el afecto y la ternura que sabía que había empleado mi padre al hablar conmigo; y que, en resumen, si yo seguía empeñado en perderme, nadie me animaría a hacerlo; que tuviese por seguro que jamás obtendría su consentimiento; que ella no quería ser cómplice de mi desgracia; y que nunca podría decir que mi madre había favorecido un proyecto así, en contra de la voluntad de mi padre.

A pesar de que mi madre se negó a interceder con mi padre, luego he sabido que contó a mi padre todo lo que habíamos hablado, y que mi padre, después de lamentarse amargamente, dijo suspirando:

—Este muchacho hubiera podido ser feliz de quedarse aquí, pero si nos deja será el más desgraciado de los mortales; yo no puedo consentirlo.

Aún no se había cumplido un año de estas escenas, cuando me escapé, aunque durante todo este tiempo seguí obstinadamente haciendo oídos sordos a todas las proposiciones que me hicieron para introducirme en el mundo de los negocios, y discutí frecuentemente con mis padres, contradiciendo su enérgica determinación de oponerse al camino al que mis inclinaciones me llevaban. Pero cierto día, encontrándome casualmente en Hull, y esta vez sin ninguna intención de fugarme; encontrándome allí, como digo, al hablar con uno de mis amigos que salía para Londres en el barco de su padre, me invitó a que lo acompañara, tentándome con el cebo que se suele emplear con los marineros: el pasaje no me iba a costar nada. No consulté ni con mi padre ni con mi madre, ni se me ocurrió tampoco avisarlos de lo que iba a hacer; y así, dejando que ellos se enteraran como pudieran, sin pedir la bendición del Cielo ni la de mi padre, sin detenerme a considerar ni las circunstancias de la aventura ni sus consecuencias, bien sabe Dios que en mala hora, el 1 de septiembre de 1651 subí a bordo de un barco que se dirigía a Londres. Creo que jamás las desdichas de un joven aventurero empezaron tan pronto y se prolongaron durante tanto tiempo como las mías. Apenas el barco había salido del río Humber, cuando el viento empezó a soplar con fuerza y el mar a agitarse de un modo aterrador. Como era la primera vez que me embarcaba, el mareo, junto con el terror que se había adueñado de mí, llegó a lo indecible. Entonces empecé a pensar seriamente en lo que había hecho, y en la manifestación del juicio divino por mi censurable conducta al abandonar la casa de mis padres y rehuir mi deber. Todos los buenos consejos de mis padres, las lágrimas de mi padre, las súplicas de mi madre, todo acudió vivamente al recuerdo; y mi conciencia, que no estaba aún tan endurecida como lo estuvo más tarde, me acusaba de haber menospreciado sus advertencias y de haber faltado a mis deberes con Dios y con mi padre.

A todo esto, la tempestad aumentaba, y el mar, que yo nunca había visto tan de cerca, levantaba olas enormes, aunque sin punto de comparación con las que luego he visto muy a menudo; no, ni siquiera podían compararse con las que vi pocos días después, pero en aquel momento bastaban para impresionar a un marinero novato como yo, que nunca había tenido nada que ver con las cosas del mar. Parecía que cada ola iba a tragarnos, y cada vez que el barco se hundía, así lo creía yo, en los huecos que dejaba el movimiento de las olas, pensaba que nunca más volveríamos a la superficie. En medio de la angustia, hice innumerables votos y promesas; pensaba que si Dios me permitía salvar la vida en este viaje y podía pisar de nuevo tierra firme, me dirigiría inmediatamente a casa de mi padre y por nada del mundo me volvería a embarcar; que aceptaría sus consejos y que jamás volvería a pensar en salir en busca de peligros como a los que ahora estaba expuesto. En aquel momento veía con toda claridad lo justo de sus ideas sobre una posición intermedia en la vida, pensaba en lo apaciblemente que había transcurrido toda su vida, sin haber estado nunca expuesto a las tempestades del mar y a los peligros que acechan en la tierra. Y decidí que volvería a casa de mi padre, como un verdadero hijo pródigo arrepentido.

Estos propósitos, tan sensatos y prudentes, duraron lo que duró la tempestad, o poco más. Al día siguiente, el viento había cesado y el mar estaba más tranquilo, y yo ya empezaba a acostumbrarme a mi nueva situación; sin embargo, estuve bastante pensativo durante todo el día, e incluso tuve aún un poco de mareo; pero, hacia el anochecer, el tiempo se despejó, el viento dejó de soplar, y el atardecer que siguió fue maravilloso. El sol se puso en medio de un cielo purísimo, y a la mañana siguiente el horizonte seguía sin una sola nube; una brisa muy leve, casi imperceptible, un mar inmóvil sobre el que brillaba un sol radiante, me hicieron pensar que aquél era el espectáculo más hermoso que había visto en mi vida.

Aquella noche había dormido bien y ya no tenía mareo, de modo que me encontraba muy animoso, contemplando lleno de asombro aquel mar tan agitado y amenazador el día antes y que al cabo de tan poco tiempo aparecía tan tranquilo y hermoso. En esto, temiendo que yo continuase con mi resolución de regresar a casa, mi compañero, el que me había arrastrado a aquella aventura, se me acercó para hablarme:

—Bueno, Bob —dijo, dándome una palmada en el hombro—, ¿cómo te encuentras después de lo de ayer? Apuesto a que la noche pasada te asustaste cuando hizo aquella rafaguita de viento, ¿no?

—¿Tú llamas a eso una rafaguita? ¡Fue una tempestad espantosa!

—¿Qué tempestad? ¡No seas infeliz! —replicó—. ¿A eso lo llamas tempestad? Vamos, hombre, si no fue

nada. Tú dame un buen barco y mar por delante y me río
yo de temporales así; lo que pasa es que tú eres un marinero de agua dulce, Bob. Anda, vamos a beber un trago de
ponche, y a no pensar más en eso. ¿Has visto qué tiempo
más delicioso hace ahora?

En fin, para abreviar este triste capítulo de mi historia, sólo diré que seguimos la tradición marinera; hicimos el ponche, me emborraché, y en el desvarío de aque-

lla noche me olvidé de mi arrepentimiento, de todas mis reflexiones sobre mi conducta pasada, de todos mis buenos propósitos para el futuro. En una palabra, del mismo modo que el mar volvía a estar sereno y la calma había sucedido a la tempestad, al poner un poco de orden en mis ideas, una vez desvanecido el miedo de ser tragado por las olas, volví a sentirme dominado por mis ambiciones de antes, y me olvidé completamente de los votos y las promesas que había hecho en el momento de peligro. Es cierto que tuve algunos intervalos de reflexión, en los que a veces me asaltaban de nuevo pensamientos de cordura y sensatez, pero yo los rechazaba, luchando contra ellos, como se lucha contra una enfermedad. Me dediqué a beber y a rodearme de amigos, y pronto conseguí dominar estos arrebatos, como yo los llamaba, y en cinco o seis días logré una victoria tan absoluta sobre mi conciencia, como ningún otro joven, decidido a silenciarla, hubiera podido conseguir. Pero me esperaba aún otra prueba; y la Providencia, actuando como suele hacerlo, decidió así privarme de toda justificación con la que yo pudiera disculpar mi conducta. Y ya que en la primera ocasión no quise reconocer su aviso, el que siguió fue de tal magnitud que incluso el peor y más endurecido de los hombres se hubiera visto obligado a reconocer lo espantoso del trance y la necesidad de suplicar misericordia.

A los seis días de navegación, llegamos a la bahía de Yarmouth. Como los vientos habían sido contrarios y el tiempo estaba en calma, habíamos navegado muy lentamente desde la tempestad. Nos vimos obligados a echar el ancla, y allí permanecimos, mientras el viento soplaba del sudoeste, es decir, en dirección contraria a la nuestra, por siete u ocho días, durante los que llegaron muchos barcos procedentes de Newcastle, de los que suelen quedarse en la bahía esperando viento favorable para entrar en el río.

Sin embargo, no era nuestra intención permanecer allí durante tanto tiempo, y hubiéramos dejado que la marea nos hiciera remontar el curso del río, a no ser porque el viento iba adquiriendo cada vez más fuerza, y, alrededor del cuarto o quinto día, adquirió una extraordinaria violencia. Pero como la bahía estaba considerada tan segura como un puerto y estábamos sólidamente anclados, y nuestras amarras eran fuertes, la tripulación se despreocupó del temporal y, sin tener la menor sensación de peligro, se dedicó a pasar el tiempo bebiendo y divirtiéndose como suelen hacer los marineros; sin embargo, al octavo día por la mañana el viento aumentó, y tuvimos que arriar los masteleros y recoger las rastras, a fin de dar la mayor estabilidad posible al barco. Alrededor del mediodía, el mar estaba muy agitado, el castillo de proa se hundía bajo las olas que barrían una y otra vez la cubierta, y una o dos veces pareció que el ancla se había soltado; en vista de lo cual, el capitán mandó echar el ancla mayo. Quedamos así fondeados con dos anclas a proa y habiendo soltado los cables hasta la bita.

Para entonces ya había estallado una terrible tempestad, y empecé a ver el terror y la inquietud reflejados en los rostros de los mismos marineros. El capitán no descuidaba ni un solo momento la dirección de las maniobras del barco, pero, al entrar y salir de su camarote y pasar junto a mí, le oí decir en voz baja para sí mismo, varias veces:

—¡Señor, ten piedad de nosotros! ¡Estamos perdidos, no hay salvación posible!

En medio de esta confusión, yo estaba como aturdido, aún tumbado en mi camarote, que estaba en la parte de proa, en un estado de ánimo que ahora me resulta imposible describir. Apenas podía volver a pensar en mi primer arrepentimiento, que tan fácil había sido de olvidar a mi duro corazón. Pensé que la horrible idea de la muerte debía ahuyentarse, y que, como la primera, tampoco esta vez ocurriría nada. Pero cuando el propio capitán pasó por mi lado, como acabo de decir, murmurando que estábamos perdidos, el pánico se apoderó de mí. Salí del camarote y miré a mi alrededor. Mis ojos nunca habían presenciado una escena tan espantosa: el mar levantaba olas como montañas que se estrellaban contra nuestro barco cada tres o cuatro minutos. Cuando conseguí distinguir algo en torno de mí, el espectáculo no podía ser más desolador; dos barcos que estaban anclados cerca del nuestro habían tenido que cortar sus mástiles a ras de cubierta para aligerar su peso; y a todo eso nuestros hombres gritaban que un barco que estaba como a un kilómetro y medio de nosotros se acababa de hundir. Otros dos barcos, tras haberse roto las cadenas de las anclas, eran arrastrados hacia alta mar por el oleaje, a merced de la borrasca y completamente destartalados. Las embarcaciones ligeras ofrecían menos resistencia al viento, y se mantenían mejor sobre el agua; sin embargo, dos o tres de ellas fueron también arrastradas por el viento, y pasaron muy cerca de nosotros, hacia alta mar, con sólo la vela cebadera flotando al viento.

Al atardecer, el piloto y el contramaestre fueron a pedir al capitán que les permitiera cortar el palo trinquete, a lo que el capitán al principio se negó; aunque cuando el contramaestre le aseguró que en caso de no hacerlo así el barco se hundiría sin remedio, se vio obligado a consentir; pero una vez cortado el trinquete, el palo mayor amenazó con desplomarse, y sus sacudidas hacían balancear el barco de tal modo que se vieron obligados a cortarlo también, dejando así la cubierta completamente despejada.

Es fácil imaginar el estado en que me encontraba yo en esos momentos, marinero novato que tanto me había asustado por la pequeña borrasca de unos días atrás. Ahora, al cabo del tiempo, al recordar los pensamientos que cruzaban por mi mente en aquel instante, me doy cuenta de que me causaba mucho más horror pensar en mi arrepentimiento y en la facilidad con que me había olvidado de las decisiones tomadas en un momento de peligro, que la imagen de la misma muerte; y si se añade a esto el terror ante la tempestad, fácilmente se comprenderá el lamentable estado en que me encontraba entonces, y que ahora no sabría describir con palabras. Pero lo peor aún no había llegado; el temporal seguía con tanta violencia que los propios marineros reconocieron que nunca habían visto otro peor. Nuestro barco era sólido, pero llevaba exceso de carga y se hundía demasiado en el mar, hasta el punto de que la tripulación gritaba que de un momento a otro íbamos a naufragar. En cierto aspecto fue una ventaja para mí no saber lo que quería decir *naufragar*, y no me enteré de lo que significaba la palabra hasta que lo pregunté más tarde. Mientras, la tempestad empeoraba de tal modo que tuve ocasión de ver algo muy poco frecuente: cómo el capitán, el contramaestre y varios otros miembros de la tripulación, más juiciosos que el resto, rezaban en espera de que, de un momento a otro, el barco se fuera a pique. A eso de la medianoche, y para colmo de desgracias, uno de los hombres, a quien se había encomendado la misión de inspeccionar la cala, subió gritando que había una vía de agua; otro subió diciendo que en la bodega teníamos más de un metro de agua; se llamó a todo el mundo para que ayudara a manejar la bomba. En ese mismo momento creo que me falló el corazón y caí desplomado sobre la cama de mi camarote junto a la que estaba sentado. Pero los compañeros vinieron a levantarme y me dijeron que aunque hasta entonces no había sido útil para nada, en aquel momento era tan capaz como cualquier otro para manejar la bomba; me levanté y fui con los demás a extraer agua con la mejor voluntad. Entretanto, el capitán, al ver que varios barcos carboneros de pequeño calado, no pudiendo esquivar la tempestad, se veían obligados a soltar amarras y salir a mar abierto, pasando cerca de nosotros, ordenó disparar un cañonazo en señal de demanda de auxilio. Como yo no tenía la menor idea de lo que esto quería decir, quedé tan asustado que pensé que el barco había chocado con otro, o que había ocurrido alguna otra tragedia semejante. En resumen, que me asusté tanto que me desplomé desvanecido. Como es lógico, en momentos como éstos cada cual se ocupaba solamente de sí mismo, y nadie me prestó atención ni se preocupó por lo que me había pasado; uno de los marineros se acercó a la bomba, me apartó con el pie, sin duda creyéndome muerto, y ocupó mi puesto; tardé bastante en recobrar el sentido.

Seguíamos achicando agua, pero en la bodega el nivel aumentaba en vez de descender y era evidente que el barco iba a hundirse, y aunque la tempestad había aflojado un poco, como era imposible recorrer la distancia suficiente para permitirnos llegar a nado hasta el puerto, el capitán seguía disparando cañonazos pidiendo ayuda; y un pequeño barco que había estado fondeado delante de nosotros se arriesgó a arriar un bote para venir en nuestro auxilio. Después de innumerables peripecias, el bote logró aproximarse a nosotros, pero no podíamos salvar la distancia que nos separaba de él, y por su parte él no podía arrimarse al costado de nuestro barco, hasta que, finalmente, los del bote, remando con todas sus fuerzas y arriesgando sus vidas para salvar las nuestras, lograron acercarse más y les echamos por la popa un cabo atado a una boya. Soltamos cuerda y con grandes esfuerzos y haciendo frente a los mayores peligros, lograron cogerla, tras lo cual tiramos de ella hasta hacer atracar el bote a la popa, y todos bajamos al bote. Una vez allí, tanto ellos como nosotros comprendimos que era imposible volver a su barco, y convinimos dejar el bote a la deriva e intentar tan sólo acercarlo a la playa tanto como fuera posible, y nuestro capitán les prometió que si el bote sufría algún desperfecto al abordar la costa, él se comprometía a indemnizar a su propietario; y así, unas veces remando y otras manejando el timón, seguimos rumbo norte en dirección a un punto de la costa que coincidía aproximadamente con Winterton Ness.

Apenas había pasado un cuarto de hora desde que abandonamos el barco, cuando vimos cómo se hundía, y entonces descubrí el significado de la palabra *naufragar*; debo reconocer que cuando los marineros me dijeron que el barco se iba a pique, yo apenas tenía ánimos para levantar los ojos; ya que desde el momento en que me metieron en el bote —creo que esto es más exacto que decir que fui yo mismo quien se metió en él— me sentía como vacío por dentro, en parte sobrecogido por el miedo, en parte obsesionado por la idea de lo que aún me esperaba.

Mientras los hombres remaban con todas sus fuerzas para acercar el bote a la playa, podíamos ver, cuando el bote se levantaba en la cresta de las olas, la playa llena de gente corriendo de un lado a otro, preparándose a prestarnos auxilio cuando pudiéramos aproximarnos más; pero nuestro avance era muy lento, y para alcanzar tierra firme teníamos que doblar primero el faro de Winterton, ya que la costa se extiende hacia el oeste, en dirección a Cromer, y de este modo la tierra nos protegería un poco de la violencia del viento. Por fin, no sin grandes dificultades, llegamos hasta allí, y desembarcamos todos sanos y salvos en la playa, desde la que nos dirigimos andando hasta Yarmouth, donde se compadecieron de nuestra desgracia y todos se mostraron muy humanitarios con nosotros, tanto los magistrados de la ciudad, que nos dieron buen alojamiento, como los simples particulares, como comerciantes y navieros, y nos dieron dinero suficiente para que pudiéramos ir a Londres o regresar a Hull, según nuestra conveniencia.

De haber tenido un poco de sensatez, hubiera vuelto a Hull, y de allí a mi casa, en donde mi padre, como en la parábola del Evangelio, hubiese hecho sacrificar un becerro bien cebado para celebrar mi regreso; ya que al oír decir que el buque en que me había embarcado se había hundido en la bahía de Yarmouth, tuvo que pasar mucho tiempo antes de que supiera que yo no había muerto en él.

Pero mi mala estrella seguía empujándome con una irresistible obstinación; y aunque varias veces creí oír la enérgica voz de la razón y del buen sentido, aconsejándome que regresara a mi hogar, me sentía impotente para obedecerla. No sé cómo llamar a esto, ni siquiera tampoco afirmar que existe como un decreto superior e inexplicable que nos impulsa a ser los instrumentos de nuestra propia perdición, aun cuando nos demos cuenta de ellos y nos precipitemos por este camino con los ojos abiertos. Ciertamente, sólo la existencia de un ineludible destino guiando mis pasos hacia la desgracia, y al que me era imposible escapar, hubiera podido conducirme a desoír los razonamientos más sensatos, los principios más arraigados en mí y las dos duras lecciones que acababa de recibir en mi primer intento.

Mi camarada, que tanto había contribuido a reforzar mi actitud después de la primera tempestad, y que era hijo del capitán, en aquellos momentos estaba más desanimado que yo. La primera vez que hablamos en Yarmouth, dos o tres días después de nuestra llegada, ya que nos habían alojado en barrios distintos de la ciudad; decía que la primera vez que nos vimos, me pareció muy cambiado, me miró melancólicamente, y sacudiendo la cabeza me preguntó cómo estaba; contó a su padre quién era yo y cómo había emprendido este viaje sólo a título de experiencia y con deseos de embarcarme hacia tierras lejanas. Su padre se volvió hacia mí y me dijo en un tono a un tiempo grave y afectuoso:

—Joven —me dijo él—, no deberíais volveros a embarcar; considerad lo ocurrido como señal clara y evidente de que vuestro destino no está en el mar.

—Pero ¿por qué? —dije—, ¿es que no pensáis volver a navegar?

—Mi caso es distinto —dijo—, éste es mi oficio, y por lo tanto mi deber; pero si vuestro viaje sólo fue una experiencia, ya veis cómo los Cielos os han prevenido de lo que os espera si insistís; quizá habéis sido la causa de todo lo que nos ha sucedido, como pasó con Jonás en la nave de Tarsis.[1] Os ruego —continuó— que me digáis quién sois y qué razón os movió a embarcaros.

---

1. Jonás, personaje y profeta del Antiguo Testamento, debe cumplir el mandato de Dios de ir a Nínive, pero lo incumple para ir a Tarsis. Dios lo castiga provocando una gran tempestad.

Entonces le referí parte de mi historia, al término de lo cual, ante mi asombro, se mostró inusualmente encolerizado:

—¡Señor! —dijo—, ¿qué había hecho yo para que tal desdichado subiera a bordo de mi barco? ¡Ni por mil libras quisiera volver a pisar el mismo barco en que él navegara!

Claro que, como ya he dicho, ésta fue una salida de tono comprensible en el estado de ánimo en que se encontraban todos después de la pérdida del barco, y que sin duda no pudo dominar. Sin embargo, poco después me habló muy serenamente, incitándome a volver con mis padres y a no tentar de nuevo a la Providencia, lo cual podía conducirme a la perdición; me dijo que en mí se había manifestado la mano de Dios, y prosiguió:

—Joven, nada podéis contra ella, y si no regresáis a vuestra casa, por donde vayáis no conoceréis más que desastres y fracasos, hasta que se hayan cumplido todas la desgracias que os predijo vuestro padre.

Nos despedimos poco después, porque yo apenas le respondí, y no volví a verlo más; qué es lo que fue de él, no lo sé. En cuanto a mí, como me encontré con algún dinero en el bolsillo, me dirigí por tierra a Londres; allí, al igual que durante el viaje, sostuve conmigo mismo grandes luchas acerca del rumbo que debía dar a mi vida y si debía regresar a mi casa o embarcarme de nuevo.

El mayor obstáculo que encontraba en mí mismo para decidirme a regresar era la vergüenza. E inmediatamente imaginé cómo se reirían de mí los vecinos y cómo me avergonzaría de verme, no sólo ante mis padres, sino también ante todos los demás. Desde entonces he tenido ocasión de observar muy a menudo lo necio e irracional del carácter de los hombres, especialmente de los jóvenes, respecto a la conducta que adoptan en circunstancias como ésta; quiero decir que no se avergüenzan de sus faltas, y sin embargo se avergüenzan de arrepentirse de ellas; no se avergüenzan de las acciones por las que deberían ser justamente considerados como necios, pero se avergüenzan de volver al buen camino, lo cual les haría merecedores de ser considerados como hombres juiciosos.

En esta incertidumbre permanecí algún tiempo, dudando ante el camino que debía escoger y sin saber qué rumbo dar a mi vida. Seguía resistiendo con todas mis fuerzas a la idea de volver a mi casa, y a medida que pasaba el tiempo, el recuerdo de los peligros que había corrido se iba borrando de mi mente; y al tiempo que se desvanecían estos recuerdos, la débil inclinación que sentía por regresar se desvanecía también, hasta que por fin me libré del todo de esta idea y me decidí a emprender un nuevo viaje.

La funesta inclinación que me llevó primero a abandonar la casa de mi padre, que me inspiró la idea disparatada y temeraria de hacer fortuna, y que se adueñó de mí hasta el punto de hacerme desoír todos los buenos consejos, todas las advertencias, e incluso los mandatos de mi padre; esta inclinación, decía, fuese de la naturaleza que fuese, me tentó entonces con la más infortunada de las empresas que pueden concebirse; y embarqué en un navío que debía partir para la costa de África; o, para decirlo como los marineros, me hice a la mar con rumbo a la Guinea.

Lo peor en todas estas aventuras mías era que yo no me enrolaba como simple marinero; de haberlo hecho, aunque hubiese tenido un trabajo más duro del que solía hacer, al mismo tiempo hubiera aprendido el oficio y así quizá hubiera podido llegar, si no a capitán, al menos a piloto o a segundo de a bordo; pero una vez más fui fiel a mi destino eligiendo lo que menos me convenía. Al encontrarme con los bolsillos repletos y bien vestido, decidí embarcarme como persona de alta posición y por lo tanto no tenía ninguna obligación a bordo, ni aprendía a hacer nada.

La suerte quiso que en Londres topara con muy buenos amigos, lo cual no siempre ocurre a jóvenes tan desorientados y aturdidos como era yo en aquel entonces; generalmente el diablo no suele olvidarse de tenderles lazos desde una edad muy temprana; pero no sucedió así conmigo. Empecé por conocer a un capitán de barco que había estado en la costa de Guinea y que, habiendo obtenido allí buenos beneficios, había resuelto repetir el viaje. Mi conversación, que en aquella época no dejaba de tener cierto interés, pareció agradarle, y al oírme decir que yo deseaba ver mundo, me invitó a acompañarlo en su viaje, advirtiéndome que ello no me costaría el menor gasto. Me prometió que yo sería su invitado y su amigo, y que si podía llevarme algo para comerciar, podía obtener todos los beneficios que el negocio permitiese; añadió que quizá este viaje fuese un buen estímulo para mis ambiciones.

Acepté la oferta y me convertí en amigo íntimo del capitán, que era un hombre honrado y muy llano, lo acompañé en el viaje y arriesgué con él una pequeña cantidad de dinero que, gracias al desinterés y a la honradez de mi amigo el capitán, vi aumentar considerablemente. Siguiendo sus consejos, compré baratijas por valor de unas cuarenta libras; este dinero lo pude reunir gracias a la ayuda de varios de mis parientes con quienes me había puesto en contacto, y que siempre he creído que influyeron en mi padre, o al menos en mi madre, para que contribuyeran con una suma igual a mi primer negocio.

Éste fue el único de todos mis viajes que puedo considerar como afortunado, y ello debido a la lealtad y honradez de mi amigo el capitán, quien, además, me proporcionó un adecuado conocimiento de las matemáticas y de las reglas de la navegación, así como de la manera de calcular la velocidad del barco, de situar su posición en el mapa y, en una palabra, de saber algunas de las cosas imprescindibles para un marino; y como él ponía tanto empeño en enseñarme, yo lo puse también en aprender, y así, de este viaje salí convertido en marino y comerciante a la vez. Volví a mi patria con cinco libras y nueve onzas de oro en polvo, lo cual me valió a mi regreso a Londres casi trescientas libras esterlinas. El éxito me llenó la cabeza de ambiciosos proyectos que sólo contribuyeron a mi desgracia.

Sin embargo, aun en este viaje no faltaron los reveses; el mayor de ellos, que estuve continuamente enfermo, víctima de unas intensas fiebres, debidas al excesivo calor, ya que nuestros principales puntos de comercio se encontraban en la costa, desde unos 15 grados latitud norte hasta la misma línea del ecuador.

Me había, pues, convertido en comerciante de Guinea; y después de que mi amigo, para mi gran desgracia, muriera poco después de nuestro regreso, decidí repetir el viaje en el mismo barco con el que había sido su piloto en la vez anterior, y que ahora asumía las funciones de capitán. Éste fue el más desgraciado de los viajes que jamás se han emprendido; pues aunque no arriesgué más que unas cien libras del producto de mis beneficios, ya que había dejado las doscientas restantes a la viuda de mi amigo, que, por cierto, me guardó escrupulosamente el dinero, fueron muchas y terribles las desventuras de la travesía. La primera de ellas, la siguiente: se encontraba nuestro barco navegando rumbo a las islas Canarias o, para ser más exacto entre estas islas y la costa de África, cuando un día, al amanecer, fuimos sorprendidos por un pirata turco de Salé que empezó a perseguirnos a toda vela. Nosotros soltamos también todo el velamen que las vergas podían desplegar y los mástiles sostener para huir; pero al advertir que el pirata ganaba terreno, y que al cabo de pocas horas nos daría alcance, nos dispusimos a la lucha; nuestro barco tenía doce cañones, y el del bellaco, dieciocho. Hacia las tres de la tarde se puso a nuestra altura y empezó atacando con una maniobra inesperada, ya que cuando parecía que iba a hacernos fuego por la popa, nos disparó una andanada por el flanco, ante lo cual llevamos ocho de nuestros cañones hacia ese costado y respondimos con otra andanada que le hizo retroceder, no sin que antes contestara del mismo modo, añadiendo además el fuego de fusilería de unos doscientos hombres que llevaba a bordo. Sin embargo, no tuvimos ni un solo herido, ya que todos nuestros hombres estaban a cubierto. Se dispuso a atacarnos de nuevo y nosotros a defendernos; pero la vez siguiente nos abordó por el otro costado, y lanzó sesenta hombres sobre nuestra cubierta, que irrumpieron allí hundiendo tablas y cortando jarcias. Nuestras descargas y nuestras bayonetas y granadas consiguieron rechazarlos de cubierta por dos veces. Pero, en fin, para abreviar este triste capítulo de nuestra historia, sólo diré que nuestro barco quedó totalmente destruido, que tres de los nuestros resultaron muertos y ocho heridos y que, por último, nos vimos obligados a rendirnos y fuimos llevados como cautivos a Salé, un puerto perteneciente a los moros.

El trato que allí recibí no fue tan duro como el que yo había temido, y fui el único de todos que no fue conducido a la capital del reino donde reside el emperador, sino que el capitán pirata me retuvo consigo en calidad de esclavo, como parte de su botín, quizá porque era yo entonces joven y ágil, y por lo tanto apto para entrar a formar parte de su servidumbre. Este repentino cambio de condición, que me hizo pasar de comerciante a mísero esclavo, me dejó totalmente abatido; y entonces recordé las

proféticas palabras de mi padre, su predicción de que me vería en la más lamentable de las situaciones, sin tener junto a mí a nadie que me ayudara, y como en aquel momento mi situación me parecía la peor de las imaginables, estaba convencido de que la justicia divina se había abatido sobre mí, y que mi perdición era segura. Pero, ¡ay de mí!, aquello no era más que el preludio de las calamidades que me esperaban, como verá el lector en la continuación de esta historia.

Como mi nuevo amo o señor me había llevado a su casa, yo tenía esperanzas de que me hiciera acompañarlo cuando volviera a embarcarse, creyendo que tarde o temprano sería apresado por un navío español o portugués; y así podría recobrar la libertad. Pero esta esperanza pronto se desvaneció; porque cuando se hacía a la mar, me dejaba en tierra para cuidar de su jardincillo y ayudar a los demás esclavos en las faenas de la casa; y cuando volvía de una de sus expediciones, me mandaba ir a dormir a una de las cámaras para vigilar el barco.

Allí yo sólo pensaba en la fuga y en los medios que podían emplearse para llevarla a efecto, pero no fui capaz de encontrar ni uno solo que tuviese la menor posibilidad de éxito. Nada parecía favorecer un plan de fuga razonable; y no tenía a nadie con quien comunicarme y que pudiera embarcarse conmigo. Ningún compañero de esclavitud, ningún inglés ni irlandés ni escocés, nadie en absoluto; y así, por espacio de dos años, aunque solía consolarme dando rienda suelta a la imaginación, no se me ofreció ninguna oportunidad para poner en práctica los planes de fuga.

Habían transcurrido casi dos años cuando se presentó una singular circunstancia que reavivó en mí las ansias de intentar algo para recobrar mi libertad. Como mi amo prolongaba más que de costumbre su estancia en tierra, sin preocuparse por emprender nuevas expediciones (lo cual, según me dijeron, era debido a escasez de dinero), frecuentemente, una o dos veces por semana, y en ocasiones, si hacía buen tiempo, aún más a menudo, solía coger la barca de su navío y salir a pescar a la bahía; y como siempre se hacía acompañar por un joven morisco y por mí, que le servíamos de remeros, le teníamos muy contento, y yo tuve ocasión de demostrar mi destreza en la pesca. En suma, que a veces me mandaba con un moro pariente suyo y el joven, a quien llamaban el morisco, para cogerle un plato de pescado.

Una mañana en la que habíamos salido a pescar y en la que el mar estaba muy en calma, se levantó una niebla tan espesa, que, aunque estábamos a menos de media legua de la costa, la perdimos de vista. Estuvimos remando sin saber cuál era el rumbo que tomábamos, y así pasó todo el día y la noche siguiente, hasta que amaneció de nuevo y entonces advertimos que en vez de dirigirnos hacia tierra nos habíamos adentrado en el mar, y que estábamos al menos a dos leguas de la playa. Sin embargo, conseguimos llegar a ella, con grandes esfuerzos y no sin peligro; ya que a medida que avanzaba la mañana el viento adquiría más violencia; pero, sobre todo, todos estábamos muy hambrientos.

Pero nuestro amo, prevenido por este incidente, decidió tomar ciertas precauciones en el futuro; como se había apropiado de la chalupa mayor de nuestro barco, decidió no volver a salir de pesca sin una brújula y algunas provisiones. Ordenó al carpintero de su barco, que también era un esclavo inglés, que construyera en medio de la chalupa un pequeño compartimiento o camarote, como los de las gabarras, dejando atrás espacio suficiente para manejar el timón y recoger la escota mayor, y espacio delante como para que cupieran uno o dos hombres para maniobrar con la vela. La chalupa llevaba una vela triangular amarrada a la parte superior del camarote; éste era muy cómodo y bajo de techo, con el espacio suficiente para que su propietario pudiera tenderse dentro con uno o dos esclavos; tenía además varias pequeñas cajas que contenían botellas de sus licores preferidos, y provisiones de pan, arroz y café.

Salíamos con frecuencia a pescar con esta chalupa y como yo era el más hábil de todos en cogerle peces, nuestro amo nunca salía sin mí. Ocurrió que un día organizó una salida en la chalupa con dos o tres moros distinguidos, para pescar y divertirse, y dispuso que en honor de sus huéspedes se enviaran de noche, a bordo de la chalupa, una cantidad de provisiones mucho mayor que de ordinario. Me mandó también que cargara tres escopetas con pólvora y perdigones, de las que tenía en su barco; sin duda proyectaban divertirse alternando la caza con la pesca.

Lo preparé todo tal como me había ordenado, y esperé al día siguiente con la chalupa recién lavada y totalmente engalanada, con todo dispuesto para recibir a sus invitados; pero al cabo de un rato mi señor se presentó solo a bordo y me dijo que sus invitados habían aplazado la excursión a causa de ciertos negocios que los retenían en la ciudad, y me mandó que saliera con la chalupa para pescar algo que ofrecer a sus amigos en la cena de aquella noche en su casa; añadió que tan pronto como hubiéramos cogido algún pescado, volviéramos a tierra y lo lleváramos a su casa; todo lo cual me dispuse hacer.

La ocasión hizo renacer en mí las antiguas ansias de libertad, ya que me encontraba disponiendo de una pequeña embarcación a mis órdenes. Una vez mi amo se hubo alejado, empecé a hacer los preparativos, no para salir de pesca, sino para emprender un viaje. No tenía la menor idea de la dirección que debía seguir, pero no me detuve a reflexionar sobre este punto; fuera cual fuese el rumbo que tomase, ello significaba alejarme de allí, y esto era lo único que me interesaba.

Mi primera estratagema fue ir a hablar con el moro para conseguir llevar a bordo algo para nuestro sustento. La excusa que le di fue la de que no debíamos atrevernos a tocar las provisiones de nuestro amo; me dio la razón y trajo a la chalupa una gran canasta de galleta seca, de la que suele comerse en el país, y tres tinajas de agua dulce. Yo sabía dónde mi amo guardaba la caja de botellas de licor, que por la forma era evidente que procedía de algún barco inglés apresado, y la llevé a la chalupa, mientras el moro estaba en tierra, como si ya hubiese estado allí antes, para nuestro amo. Llevé también a la chalupa un gran pedazo de cera que pesaba más de veintidós kilos, junto con un rollo de bramante o cable, un hacha, una sierra y un martillo, todo lo cual me fue de gran utilidad más adelante; sobre todo la cera para hacer velas; para engañar al moro me valí también de otra treta de la que él nada receló; su nombre era Ismael, y solían llamarle Muley o Moely.

—Moely —le dije—, ya que las escopetas de nuestro amo están a bordo de la chalupa, ¿no podrías conseguir un poco de pólvora y unos perdigones para ver si podemos cazar alguna alcamia (un ave parecida a nuestros chorlitos) por nuestra cuenta? Porque yo sé que el amo tiene un depósito de municiones en el barco.

—De acuerdo —dijo—, te la traeré.

Y efectivamente, trajo una gran bolsa de cuero que contenía aproximadamente medio kilo de pólvora, quizá más, y otra con perdigones y algunas balas, que debía de pesar dos o tres kilos. Y todo lo metimos en la chalupa. Al mismo tiempo, en el camarote grande de mi amo encontré más pólvora, y con ella llené una de las botellas grandes que estaba semivacía, terminándola de vaciar en otra; y así provistos de todo lo necesario salimos del puerto para pescar. Los centinelas de la fortaleza que está en la entrada del puerto nos reconocieron y apenas nos prestaron atención. Cuando nos hubimos adentrado en el mar y estábamos a cerca de un kilómetro y medio del puerto, recogimos la vela y nos dispusimos a pescar. El viento soplaba del norte noreste, lo cual no favorecía mis propósitos, ya que de haber tenido viento sur hubiera estado seguro de poder ganar la costa de España y como mínimo llegar hasta la bahía de Cádiz, pero, fuera cual fuese la dirección del viento, yo estaba decidido a abandonar aquel horrible país, y a encomendarme en manos del Destino.

Empezamos a pescar, pero sin resultado alguno, porque cuando yo advertía que los peces picaban en mi anzuelo, no tiraba de él, siempre procurando que el moro no se diera cuenta. Al cabo de un buen rato le dije:

—Aquí no hay nada que hacer, así no vamos a pescar nada para nuestro amo; tendremos que alejarnos un poco más.

Moely, sin sospechar nada, asintió y se dirigió hacia la proa para soltar la vela. Como era yo quien llevaba el timón, me adentré una legua más en el mar, fingiendo que buscaba un buen sitio para la pesca. Cuando de pronto pasé el timón al muchacho, me acerqué al moro y, haciendo como que buscaba algo a sus espaldas, lo cogí por sorpresa y pasándole un brazo por entre las piernas lo eché por la borda. Al instante reapareció en la superficie, porque nadaba como un pez; me llamó y me suplicó que lo recogiese, asegurándome que me seguiría hasta el fin del mundo, si éste era mi deseo. Nadaba tan vigorosamente persiguiendo la chalupa, que muy pronto nos hubiera alcanzado, ya que el viento era muy flojo, y en vista de lo cual, fui hacia el camarote, cargué una de las escopetas y apuntándole le dije que no le había hecho ningún daño, y que si se alejaba no pensaba hacérselo.

—Nadas muy bien —le dije—, y el mar está en calma, no te será difícil volver a tierra nadando, y en este caso no tienes nada que temer; pero si te acercas a la chalupa te abro la cabeza de un tiro; porque estoy resuelto a recobrar mi libertad.

Entonces él dio media vuelta y se alejó nadando, en dirección a la costa, y sin duda la alcanzó sin dificultades porque era un nadador excelente.

Hubiera preferido quedarme con el moro y echar al agua al muchacho, pero hubiese sido demasiado expuesto fiarme de Moely; así que, cuando éste estuvo lejos, me dirigí al muchacho, que se llamaba Xury, y le dije:

—Xury, si quieres serme fiel, yo haré de ti un gran hombre, pero si no te golpeas la cara, jurándome por Mahoma y la barba de su padre que no me traicionarás, me veré obligado a echarte también al agua.

El muchacho me sonrió y sus palabras me parecieron tan sinceras que desvanecieron mi desconfianza; y me juró serme fiel y seguirme hasta el fin del mundo.

Hasta que no hube perdido de vista al moro, me mantuve al pairo, en vez de ir de bolina, a fin de que creyera que me dirigía hacia el Estrecho,[2] que era el rumbo que normalmente hubiera tomado cualquier persona en su sano juicio, porque ¿quién era capaz de suponer que, como realmente hice, íbamos a poner proa al sur, hacia tierras de bárbaros, en donde tribus enteras de negros podían rodearnos con sus esquifes y darnos muerte; en donde desembarcar era correr el riesgo de ser devorado por las fieras o por los salvajes más crueles de toda la especie humana?

2. Estrecho de Gibraltar.

Pero a la caída de la tarde, cuando empezó a oscurecer, cambié de rumbo y puse proa al sudeste, inclinándola un poco hacia el este, a fin de no alejarme demasiado de la costa.

Disponíamos de un fuerte viento favorable, y el mar se mantenía sereno y tranquilo, y gracias a ello avanzamos tanto que, creo que hacia las tres de la tarde del día siguiente, cuando avistamos tierra por vez primera, debíamos de estar por lo menos a doscientos cuarenta kilómetros al sur de Salé, más allá de los dominios del emperador de Marruecos o de cualquier otro monarca, ya que no vimos a ningún ser humano.

Sin embargo, era tal el miedo que yo tenía a los moros, y el terror que me inspiraba la posibilidad de volver a caer en sus manos, que no quise ni desembarcar, ni echar el ancla, ni siquiera detenerme. El viento seguía siéndonos favorable, y así continuamos navegando durante cinco días más. Luego, el viento se tornó del sur, y como pensé que en caso de que algún barco hubiera salido en nuestra persecución, ya debería de haberse dado por vencido, me arriesgué a tomar tierra y anclamos en la desembocadura de un pequeño río, no sé cuál. No sabía la latitud ni la región ni el país ni el río en que estábamos; ni vi a nadie ni tenía el menor deseo de ello, y mi principal preocupación era encontrar agua dulce. Llegamos a esta cala al atardecer, y decidí que tan pronto como oscureciera me acercaría a la playa a nado para explorar la región; pero apenas se hizo la noche, empezamos a oír una ruido tan espantoso de gruñidos, rugidos y aullidos de fieras,

cuya especie desconocíamos, que el pobre muchacho creyó morirse de miedo, y me suplicó que esperara al amanecer para tomar tierra.

—De acuerdo, Xury —le dije—, pero piensa que de
día podemos tropezar con hombres que para nosotros
sean tan peligrosos como estos leones.

—Entonces —dijo Xury, riendo—, nosotros disparar
escopetas, y ellos huir.

Xury había aprendido a chapurrear nuestra lengua
gracias a los esclavos ingleses de Salé. Me alegró verlo tan
animoso y le di un vasito de licor que saqué de la caja
de botellas de nuestro amo. A fin de cuentas, el consejo de Xury me pareció bueno, y lo seguí; echamos nuestra
pequeña ancla y la chalupa quedó inmóvil durante toda
la noche. Desde luego, la chalupa no se movió, pero nosotros fuimos incapaces de dormir; en las dos o tres primeras horas de la noche vimos unos gigantescos animales (no sabíamos qué nombre darles) de muchas especies
diversas, que avanzaban por la playa, y se metían en el
agua, bañándose y revolcándose por el mero placer de re-
frescarse la piel, y bramando y aullando de un modo tan
espantoso que yo nunca había oído nada semejante.

Xury estaba terriblemente asustado y la verdad es que
yo también; pero los dos nos asustamos aún mucho más
cuando oímos el ruido que producía uno de aquellos in-
mensos animales al avanzar nadando en dirección a la
chalupa; no podíamos verlo, pero por sus resoplidos parecía ser una bestia feroz, enorme y monstruosa. Xury
decía que era un león, y efectivamente, por lo que yo sé

de estos animales, hubiera muy bien podido serlo; el pobre Xury me suplicó que levásemos el ancla y que huyéramos remando.

—¡No!, Xury —dije—; basta con que soltemos el cable amarrado a la boya y nos retiremos un poco en dirección al mar; no podrán seguirnos hasta tan lejos.

Apenas había acabado de decir esto, cuando advertí que sólo unas dos varas de distancia nos separaban ya del animal (fuera lo que fuese), lo cual me dejó bastante sobrecogido; pero al instante me precipité hacia la puerta del camarote, cogí mi escopeta y la descargué sobre el monstruo que, inmediatamente, dio media vuelta y volvió nadando hacia la playa.

Sería imposible describir el horrible ruido, los espantosos aullidos y bramidos que se levantaron tanto en la orilla del mar como tierra adentro, al producirse el estampido del escopetazo, lo cual me induce a creer que era la primera vez que aquellos animales oían un arma de fuego. Me convencí de que sería una locura desembarcar en aquella costa durante la noche, pero tomar tierra a la luz del sol ofrecía también no pocos peligros; ya que no había gran diferencia entre caer en poder de los salvajes y caer en poder de los leones y tigres; al menos, nosotros teníamos tanto miedo a los unos como a los otros.

Pero de un modo u otro teníamos forzosamente que desembarcar donde fuera para conseguir agua dulce, ya que en la chalupa no nos quedaba ni un solo litro; lo que había que decidir era cuándo y dónde desembarcar. Xury me dijo que si lo dejaba ir a tierra con una de las tinajas, si allí había agua, él la encontraría y me la traería. Le pregunté por qué quería ir él, y por qué no tenía que ser yo quien fuera a por el agua mientras él se quedaba en la chalupa. El muchacho me contestó, con tanto afecto que desde entonces le tomé gran cariño:

—Si salvajes vienen —dijo—, ellos comerme, tú huir.

—Mira, Xury —le dije—, iremos los dos; si los salvajes nos atacan los mataremos y así no se comerán a ninguno de los dos.

Le di un pedazo de galleta, y le hice beber un vasito de la caja de botellas de nuestro amo, de la que ya he hablado antes. Acercamos la chalupa a la playa todo lo que nos pareció conveniente, y saltamos a tierra sin más que nuestras armas y dos tinajas para el agua.

Yo no me atrevía a perder de vista la chalupa, por miedo a que los salvajes llegaran por el río con sus canoas. Mientas yo vigilaba, Xury descubrió un terreno más bajo a la distancia de un kilómetro y medio tierra adentro, y allí se dirigió; poco después lo vi regresar corriendo con todas sus fuerzas. Pensé que le perseguía algún salvaje o que se había asustado al encontrarse con alguna fiera, y me precipité en su auxilio; pero cuando lo tuve cerca vi que llevaba algo colgando de los hombros, un animal que él había cazado y que parecía una liebre, pero de color distinto y de patas más largas. Tuvimos una gran alegría y luego comprobamos que la carne era excelente, pero mi pobre Xury traía otra novedad que nos produjo aún más alegría: había encontrado agua dulce y no había visto ni rastro de salvajes.

Luego advertimos que no era necesario preocuparnos tanto por el agua, porque en la misma cala, un poco más arriba de donde estábamos, debido a que la marea apenas remontaba el río, durante la marea baja era posible coger agua dulce; así pues llenamos nuestras tinajas, nos regalamos con la liebre que habíamos cazado y nos dispusimos a seguir nuestro camino sin haber descubierto en aquella tierra ni rastro de seres humanos.

Como yo ya había hecho un viaje por aquellas regiones, sabía perfectamente que las islas Canarias y las de Cabo Verde no estaban muy lejos de la costa; pero como carecíamos de instrumentos para averiguar la latitud en que estábamos, y yo no sabía exactamente, o al menos no recordaba, la latitud en que se hallaban las islas, no sabía qué rumbo tomar para dirigirme a ellas, ni a qué distancia se encontraban de nosotros. De saberlo, hubiera sido fácil llegar a una de estas islas, pero en nuestra situación yo depositaba todas mis esperanzas en que bordeando la costa llegaríamos a alguna de las regiones por las que suelen comerciar los ingleses, y de este modo tropezaríamos con alguno de sus barcos mercantes que se compadecería de nosotros y nos recogería.

Según los cálculos que pude hacer, el lugar donde me hallaba debía de ser la región situada entre los dominios del emperador de Marruecos y los de los negros, una tierra estéril y desierta que sólo poblaban las fieras. Los negros la habían abandonado y se habían trasladado más al sur, por temor de los moros; y los moros, por su parte, no la consideraban habitable, debido a su aridez; pero sin duda tanto en unos como en otros había influido el hecho de que la región estaba plagada de una prodigiosa cantidad de tigres, leones, leopardos y otras bestias feroces. Éste era el motivo de que los moros sólo fueran allí para cazar, para lo cual se reúnen verdaderos ejércitos de dos o tres mil hombres; en efecto, a lo largo de más de ciento sesenta kilómetros de la costa que fuimos bordeando, durante el día no vimos más que extensiones desiertas, y durante la noche no se oían sino aullidos y rugidos de fieras.

Más de una vez, de día, creí divisar el Pico de Tenerife, que es la cumbre más alta del monte Tenerife, en las Canarias, y tenía grandes deseos de adentrarme en el mar para tratar de encontrar la isla; pero habiéndolo intentado en dos ocasiones, tuve el viento en contra y el mar estaba demasiado agitado para nuestra pequeña embarcación, y hubo que retroceder; así pues, decidí atenerme al plan primitivo y seguir bordeando la costa.

Varias veces, después de haber abandonado este lugar, me vi obligado a tomar tierra para hacer provisión de agua dulce; en una de estas ocasiones, a primera hora de la mañana, echamos el ancla al pie de un pequeño promontorio bastante elevado y, como la marea empezaba a subir, fondeamos en espera de que el agua se encargase de impulsarnos hacia delante. Xury, que al parecer abría más los ojos que yo mismo, me llamó en un susurro para decirme que haríamos mejor en alejarnos un poco de la costa.

—Porque —dijo— hay un monstruo terrible durmiendo en la falda de la colina.

Miré hacia donde me señalaba y vi un terrible monstruo, un león gigantesco, tumbado en la pendiente del promontorio, a la sombra de una de las piedras de la colina que sobresalía y parecía protegerle.

—Xury —dije—, salta a tierra y mátalo.

Xury me miró aterrorizado.

—¿Yo matar? Él comerme de una boca.

Quería decir de un bocado. No insistí más y después de ordenarle que no se moviera de allí, cogí la mayor de nuestras escopetas, que tenía casi el calibre de un mosquete, la cargué con mucha pólvora y dos pequeñas balas de plomo, y la dejé a un lado; luego cargué otra escopeta con otras dos balas, y por fin la tercera y última la cargué con cinco balas pequeñas. Con la primera de las tres armas afiné la puntería lo mejor que supe con la intención de dispararle a la cabeza, pero el animal estaba echado de un modo que la pata le sobresalía un poco por encima del hocico, y las balas sólo le hirieron esa pata a la altura de la rodilla, rompiéndole el hueso. Al momento se levantó, pero al sentirse la pata rota se dejó caer de nuevo para volverse a alzar sobre las tres patas, al tiempo que profería el rugido más espantoso que he oído en mi vida. Yo estaba un poco atemorizado por no haberle acertado en la cabeza; pero acto seguido cogí la segunda escopeta y aunque el animal empezaba a moverse, volví a disparar y esta vez le di en la cabeza y tuve el placer de ver cómo se desplomaba, casi sin ruido, pero aún luchando en la agonía. Entonces Xury se envalentonó y me pidió permiso para bajar a tierra; se lo concedí y el muchacho saltó al agua llevando una de las escopetas pequeñas en

una mano, con la otra nadó hasta el promontorio y, acercándose al león, lo remató disparándole en una oreja.

Sin embargo, esta caza no nos había proporcionado carne, y yo lamentaba haber tenido que desperdiciar tres cargas de pólvora y haber matado a un animal que para nosotros no tenía ninguna utilidad. Con todo, Xury dijo que algo aprovecharía; así que volvió a bordo y me pidió que le dejara el hacha.

—¿Para qué, Xury? —pregunté.

—Yo cortarle la cabeza —dijo.

Sin embargo, Xury no pudo cortarle la cabeza, aunque le cortó una pata, de un tamaño realmente monstruoso y se la guardó como recuerdo.

Luego pensé que quizá la piel podía tener algún valor, y decidí, si esto era posible, desollarlo. Xury y yo nos pusimos manos a la obra, pero él era mucho más diestro que yo, que apenas sabía por dónde empezar; la operación nos ocupó durante todo el día, pero por fin logramos despojarlo de la piel, y la extendimos sobre nuestro camarote, en donde el sol la secó en dos días, y luego me sirvió a mí para tenderme encima.

Tras esta pausa seguimos navegando hacia el sur, durante diez o doce días, economizando los víveres todo lo posible, ya que escaseaban de un modo alarmante, y no acercándonos a tierra más que cuando nos veíamos obligados a hacer provisión de agua dulce. Mi propósito era dirigirme hacia el río Gambia o Senegal, es decir, llegar a la altura de Cabo Verde, en donde esperaba tropezar con algún barco europeo. En caso de que esto no fuera posible, no tenía la menor idea de lo que podía hacerse, a no ser intentar alcanzar las islas o morir allí a manos de los negros. Yo sabía que todos los barcos que hacen la travesía entre Europa y las costas de Guinea, Brasil o las Indias Orientales tocan en este cabo o en aquellas islas; y, en una palabra, pues, me jugaba todo a una sola carta: o tenía la suerte de encontrar un barco, o estaba irremisiblemente perdido.

Seguí esta ruta, como ya he dicho, durante unos diez días, y empecé a advertir que la tierra estaba habitada, y en dos o tres de los lugares frente a los que pasábamos vimos gentes en la playa que nos miraban; pudimos también distinguir que eran completamente negros y que iban desnudos. En una ocasión estuve tentado de desembarcar para establecer contacto con ellos, pero Xury me aconsejó mejor diciéndome:

—¡No ir, no ir!

Sin embargo, me acerqué tanto a la playa que hubieran podido oírme, y vi cómo durante un largo trecho me siguieron corriendo por la orilla del mar. Observé que no llevaban armas en las manos, excepto uno que tenía un palo largo y delgado que, según me explicó Xury, era una lanza que podían arrojar muy lejos y con gran puntería. Así pues, me mantuve a una distancia prudencial, pero les hablé por señas, como Dios me dio a entender, haciendo los gestos de alguien que pide comida. Siempre por señas me indicaron que me detuviese y que irían a buscar algo de comer; en vista de lo cual recogí la vela e hice alto, y dos de ellos desaparecieron corriendo tierra adentro y en menos de media hora regresaron trayendo dos pedazos de carne seca y grano del que se cría en aquel país, aunque en aquel momento nosotros no sabíamos ni lo que era una cosa ni otra; sin embargo, lo aceptamos gustosos, pero se presentó la cuestión de cómo recoger los alimentos que nos ofrecían, ya que yo no estaba dispuesto a arriesgarme a saltar a tierra y, por otra parte, ellos estaban visiblemente atemorizados de nosotros. Por fin encontramos un sistema que ofrecía garantías a todos: dejaron en la playa la carne y el grano, se retiraron un buen trecho y no volvieron hasta que nosotros hubimos subido a bordo las provisiones.

Les di las gracias por medio de signos, ya que no teníamos nada que darles a cambio; pero en aquel mismo instante se presentó una oportunidad de prestarles un importante servicio; mientras estábamos cerca de la orilla, aparecieron dos enormes animales persiguiéndose el uno al otro (al menos, así nos lo pareció) con gran saña, descendiendo de las montañas en dirección al mar. Si se trataba de un macho corriendo tras la hembra, o si aquélla era una escena de juego o de lucha, no hubiéramos podido decirlo, como tampoco si todo aquello era normal o inusitado, aunque me inclino por lo segundo; porque, en primer lugar, estos animales feroces raramente se dejan ver si no es de noche y, en segundo lugar, porque advertimos que los salvajes estaban terriblemente asustados, sobre todo las mujeres. El hombre que llevaba la lanza o venablo no huyó, pero los demás sí lo hicieron; sin embargo, las dos bestias no hicieron el menor intento de atacar a los negros, sino que se dirigieron directamente al mar, en el que se zambulleron nadando de un lado a otro como si jugaran; por fin una de ellas empezó a acercarse a la chalupa más de lo que yo esperaba, aunque no me encontró desprevenido del todo, ya que había cargado una escopeta lo más deprisa que pude y dado la orden a Xury de que cargase las otras dos. Tan pronto como se me puso a tiro disparé y le acerté en plena cabeza; al instante se hundió en el agua, pero reapareció inmediatamente en la superficie, volviendo a sumergirse y a reaparecer una y otra vez como si luchara con la muerte; y, en efecto, así era. Empezó a nadar hacia la playa, pero entre la herida, que era mortal, y la asfixia que le producía el agua, murió cuando estaba casi llegando a la orilla.

Sería imposible describir el terror de aquellas pobres gentes al oír el estampido y ver el fogonazo de mi escopeta. Algunos creyeron morirse de miedo, y el mismo espanto hizo que se desplomaran como muertos. Pero cuando vieron que la fiera había muerto y se había hundido en el agua y que yo les hacía señas para que volvieran a la playa, cobraron ánimo, se acercaron a la orilla y empezaron a buscar al animal. Yo fui el primero en descubrirlo gracias a la mancha de sangre que flotaba sobre el agua, y con la ayuda de una cuerda que pasé alrededor de su cuerpo y que lancé a los negros para que tiraran de ella, pronto lo sacaron a tierra; resultó ser un raro ejemplar de leopardo, con una piel moteada de extraordinaria belleza. Los negros, que no podían comprender con qué lo había matado, levantaban los brazos al cielo para manifestar su admiración.

El otro animal, atemorizado por el fogonazo y el estampido de la escopeta, se dirigió nadando hacia la playa, y huyó a los montes de los que ambos habían bajado, sin que, debido a la distancia, pudiera yo distinguir la especie a la que pertenecía. Comprendí rápidamente que los negros querían comerse la carne de este animal, y como me interesaba que lo considerasen como un presente mío, les indiqué por señas que podían disponer de él. Se mostraron muy agradecidos y al instante se abalanzaron sobre el animal, y aunque no tenían ningún cuchillo, con un simple trozo de madera afilado lo despellejaron con tanta limpieza como hubiéramos podido hacerlo nosotros manejando un cuchillo. Me ofrecieron parte de la carne, que yo rechacé, dándoles a entender que era todo suyo, pero les pedí por señas que me dieran la piel, a lo cual accedieron muy gustosos, y que me entregaron junto con muchas más provisiones, que acepté aun sin saber de qué se trataba. Luego les hice señas de que necesitaba agua, y les enseñé una de las tinajas, que volví boca abajo para indicarles que estaba vacía y yo la quería llenar. Al momento llamaron a uno de los suyos y aparecieron dos mujeres trayendo una gran vasija de barro cocido supongo que al sol; dejaron la vasija en la orilla y se retiraron lo mismo que antes, y yo envié a Xury con las tres tinajas, que fue llenando. Al igual que los hombres, las mujeres iban completamente desnudas.

De este modo, provisto como estaba de raíces, grano y agua, me despedí de mis amigos los negros, y seguí navegando por espacio de unos once días más, sin necesidad de tener que acercarme a la costa, hasta que vi una gran extensión de tierra que se adentraba en el mar, a unas cuatro o cinco leguas de donde estábamos, y como el mar estaba totalmente en calma, viré para doblar la punta a considerable distancia de la costa. Mientras doblaba la punta a unas dos leguas, divisé tierra al otro lado del horizonte; de lo cual deduje que forzosamente debía de estar entre Cabo Verde y las islas que llevan este mismo nombre. Sin embargo, estaban aún muy lejos y yo no sabía cuál sería el mejor rumbo a tomar, ya que si me sorprendía una tempestad no conseguiría alcanzar ni un punto ni otro. Ante este dilema me metí, pensativo, en el camarote y me senté mientras Xury seguía al timón; de pronto oí gritar al muchacho:

—¡Señor, señor, un barco con una vela!

Y el simple de Xury estaba fuera de sí de puro miedo, creyendo que debía de ser forzosamente uno de los barcos que su amo había enviado en nuestra persecución, cuando yo sabía muy bien que nos habíamos alejado lo suficiente para estar fuera de su alcance. Salí corriendo del camarote y apenas vi el barco me di cuenta de que era un navío portugués que supuse se dirigía a la costa de Guinea para hacer tráfico de esclavos. Pero al fijarme en el rumbo que seguía pronto me convencí de que no era éste su destino y de que en modo alguno se proponía acercarse más a tierra, en vista de lo cual enderecé la proa hacia alta mar todo lo que me fue posible, decidido a usar todos los medios a mi alcance para establecer contacto con él.

Sin embargo, aunque solté toda la vela, comprendí que nunca llegaría a alcanzarlos, y que se alejarían antes de haberles podido hacer señal alguna; pero cuando yo ya había hecho toda la fuerza de vela que podía y ya empezaba a desesperar, al parecer ellos me vieron con la ayuda de sus anteojos, y suponiendo que era un bote de algún navío europeo que había naufragado, arriaron velas para que yo pudiera alcanzarlos; esto me hizo cobrar ánimo, y como tenía a bordo la enseña de mi amo, la icé en señal de socorro y disparé una de las escopetas. Los del barco vieron mis dos señales, porque después me contaron que habían visto el humo, aunque no oyeron la detonación; ya advertidos y con ánimo amistoso, se pusieron al pairo, y al cabo de unas tres horas llegamos junto a ellos.

Me preguntaron quién era en español, en portugués y en francés, pero yo no entendía ninguna de estas lenguas. Por fin vino a hablarme un marinero escocés que formaba parte de la tripulación y yo le respondí y le dije que era inglés y que me había escapado de la esclavitud de los moros de Salé; entonces me invitaron a subir a bordo y me acogieron amablemente junto con todas mis pertenencias.

CAPÍTULO 2
Estancia en Brasil y nuevo naufragio

Como es de suponer, mi alegría fue indescriptible cuando me consideré a salvo de una situación tan lastimosa y casi desesperada como en la que me había encontrado, e inmediatamente ofrecí todo lo que poseía al capitán del barco como muestra de gratitud por mi salvación; pero él, generosamente, me dijo que no aceptaba nada de mí, sino que, por el contrario, todo lo mío me sería devuelto al llegar a Brasil.

—Porque —dijo él— al salvaros la vida no he hecho más que lo que quisiera que hicieran conmigo en un caso semejante, y quién sabe si algún día no tendré que verme en la misma situación; además —dijo—, si después de dejaros en un país que, como Brasil, está tan lejos de vuestra patria, me quedo con todo lo que poseéis, os moriréis de hambre, y yo no habría hecho más que arrebataros de nuevo la vida que acabo de salvaros. No, no, *senhor inglese*, yo os llevaré a Brasil por pura humanidad, y allí lo que poseáis os servirá para pagar el sustento y el pasaje de regreso a vuestra patria.

Y tan generoso fue en su propósito como escrupuloso en su cumplimiento, ordenando a los marineros que nadie se acercase a tocar nada de lo mío; luego lo guardó en depósito y me entregó un minucioso inventario, a fin de que, llegado el momento, pudiese recuperarlo todo, incluso las tres tinajas de barro.

En cuanto a mi chalupa, que era muy buena, estuvo mirándola, y me dijo que estaba dispuesto a comprármela para el servicio del barco, y me preguntó que cuánto pedía por ella. Le respondí que él se había mostrado en todo momento tan generoso conmigo, que no podía permitirme el fijarle un precio, sino que lo dejaba a su criterio, en vista de lo cual me propuso firmarme un documento por el que se comprometía, una vez llegados a Brasil, a pagarme ochenta piezas de a ocho, añadiendo que si después de desembarcar alguien me ofrecía más, él pujaría hasta igualar la otra oferta. Me ofreció también sesenta piezas más de a ocho por mi compañero Xury, que a mí me repugnaba aceptar, no porque tuviese inconveniente en dejar al muchacho en sus manos, sino porque me repugnaba vender la libertad del pobre Xury, que tan fielmente me había ayudado a conseguir la mía. Expuse mis razones al capitán y éste reconoció su justeza, y me propuso un arreglo: él le firmaría una obligación comprometiéndose a devolverle la libertad en un plazo de diez años, siempre que accediese a hacerse cristiano. Xury se avino a estas condiciones y entonces consentí que el capitán se quedase con él.

Tuvimos un excelente viaje a Brasil, y unos veintidós días más tarde llegamos a la bahía de Todos los Santos. Heme, pues, una vez más liberado de la más lastimosa de las situaciones que puede ofrecer la vida y en la necesidad de considerar qué es lo que debía hacer de mí mismo.

Nunca podré elogiar como se merece el generoso trato que me dispensó el capitán. No quiso cobrarme nada por el pasaje, me dio veinte ducados por la piel de leopardo y cuarenta por la del león que tenía en la chalupa, e hizo que se me devolviera hasta el más insignificante de los objetos que yo tenía a bordo. Compró lo que yo quise vender, como la caja de botellas, dos de las escopetas y el resto del pedazo de cera, que ya había utilizado para hacer velas; en una palabra, que obtuve de mi cargamento unas doscientas veinte piezas de a ocho, y con este capital desembarqué en Brasil.

Al cabo de poco tiempo me introduje en la casa de un hombre excelente, tan honrado como él mismo, y que tenía un ingenio, como así lo llaman, es decir, una plantación y una azucarera. Viví con él un cierto tiempo y de este modo me familiaricé con la manera en que se planta y se hace el azúcar; y al ver el desahogo en que vivían los plantadores y lo rápidamente que se enriquecían, decidí que en caso de poder conseguir una licencia para establecerme allí, me haría también plantador, procurando entretanto hallar un medio de que me enviaran el dinero que había dejado en Londres. Con este objeto, después de obtener una especie de carta de naturalización, compré tanta tierra sin cultivar como me permitió mi capital y me tracé un plan para instalarme y empezar el cultivo, de acuerdo con el dinero que esperaba recibir de Inglaterra.

Tenía por vecino a un portugués nacido en Lisboa, pero de padres ingleses, cuyo nombre era Wells, y que se hallaba en circunstancias muy parecidas a las mías. Digo que era mi vecino porque su plantación lindaba con la mía, y llegamos a ser muy buenos amigos. Mi capital era tan pequeño como el suyo; durante unos dos años plantamos más para asegurar el sustento que por otra cosa. Sin embargo, pronto empezamos a prosperar y nuestras tierras mejoraban visiblemente. Así, al tercer año ya plantamos un poco de tabaco, y uno y otro preparamos una importante extensión de terreno para plantar caña al año si-

guiente; pero ambos necesitábamos ayuda, y fue entonces cuando comprendí con más claridad el error que había cometido al desprenderme de mi buen Xury.

Pero, ¡ay!, no era de extrañar que quien nada había hecho a derechas, hubiese cometido un error más. No tenía otro remedio que seguir adelante como pudiera; tenía que ocuparme en algo que no podía ser más opuesto a mi carácter, y que era totalmente contrario al género de vida que ambicionaba, y por el que abandoné la casa de mi padre y no hice caso de sus buenos consejos; más aún, estaba ya entrando en aquella posición intermedia, o grado superior de la vida modesta, que tiempo atrás mi padre me había aconsejado, y en la que si yo decidía perseverar, tanto más me hubiera valido quedarme en mi casa, en vez de fatigarme recorriendo mundo como había hecho. Y a menudo me repetía a mí mismo que todo lo que estaba haciendo allí hubiera podido hacerlo también en Inglaterra, rodeado de los míos, en vez de irme a ocho mil kilómetros de distancia y vivir entre extranjeros y salvajes en un desierto adonde jamás llegaban nuevas de ninguna parte del mundo en que se tuviese la menor idea de mi existencia.

Así pues, solía considerar mi situación con el mayor de los desánimos. No tenía a nadie con quien conversar, salvo, de vez en cuando, este vecino; nada en que ocuparme, salvo trabajo manual; y solía decir que vivía igual que un hombre abandonado en una isla desierta, que no puede contar con nadie, excepto consigo mismo. Pero, merecido fue, como deberían reflexionar todos los hombres, cuando comparan su situación actual con otras peores, que el Cielo puede hacerles pasar por esta experiencia, y convencerlos entonces de su felicidad pasada; merecido fue, decía, que la vida realmente solitaria que yo imaginaba en una isla desierta fuese mi destino, habiéndola yo tan a menudo comparado injustamente con la vida que llevaba entonces, y que, de haber perseverado en ella, a buen seguro que me hubiese proporcionado gran prosperidad y riqueza.

Había ya tomado en cierto modo las medidas necesarias para continuar la plantación, cuando mi buen amigo, el capitán del barco que me recogió en el mar, regresó (el barco había permanecido en Brasil cerca de tres meses, abasteciéndose de cargamento y ajustando las condiciones del nuevo viaje). Le hablé del pequeño capital que había dejado en Londres y él me dio este sincero y amistoso consejo:

—*Senhor inglese* —dijo, porque él siempre me llamaba así—, si queréis darme cartas y una autorización escrita, con órdenes para la persona que tiene este dinero en Londres, para que lo envíe a Lisboa a quien yo le indicaré, y en mercancías que sean apropiadas para este país, yo os las traeré, Dios mediante, a mi regreso. Pero, como todas las empresas humanas están expuestas a vicisitudes y reveses, yo os aconsejaría que sólo reclamaseis cien libras esterlinas, lo cual según me decís es la mitad de vuestro capital, no arriesgando más que esto para empezar. De este modo, si todo va bien, podéis pedir lo restante por el mismo procedimiento, y en caso contrario siempre disponéis de la otra mitad como recurso.

Éste era un consejo tan saludable y que parecía tan amistoso, que no tardé en convencerme de que era el mejor partido que podía tomar. En consecuencia, pues, envié una carta a la señora a la que había dejado mi dinero, y una procuración al capitán portugués, como él deseaba.

A la viuda del capitán inglés le escribí una relación completa de todas mis aventuras, mi esclavitud y fuga y cómo había encontrado al capitán portugués en el mar, lo humanitario de su proceder y la situación en que ahora me encontraba, con todas las demás instrucciones necesarias para lo relativo a mi dinero; y cuando este honrado capitán llegó a Lisboa, por medio de los comerciantes ingleses de la ciudad, halló el modo de enviar no sólo mi orden, sino también una relación completa de mi historia a un comerciante de Londres, quien la transmitió fielmente a la señora en cuestión. La viuda de mi amigo no sólo entregó la cantidad pedida, sino que de su propio bolsillo envió al capitán portugués un magnífico presente por la humanidad y caridad que había mostrado conmigo.

El comerciante de Londres invirtió estas cien libras en mercancías inglesas, tal como el capitán le había pedido, y se las envió directamente a Lisboa, desde donde él me las trajo sin tropiezo a Brasil; entre estas mercancías que se habían adquirido sin que yo las eligiera (pues era demasiado inexperto en estas cosas para tener tanta previsión), mi amigo se cuidó de que no faltaran toda clase de trebejos,[3] herramientas de hierro y

3. Utensilio, instrumento.

utensilios para mi plantación, que me fueron de gran utilidad.

Cuando llegó todo este cargamento, la sorpresa me produjo tanta alegría que creí tener ya hecha mi fortuna; y mi buen administrador, el capitán, había empleado las cinco libras que mi amiga le había enviado a él como presente en comprarme y traerme un criado contratado por seis años, sin que en modo alguno quisiera aceptar nada, excepto un poco de tabaco de mi propia cosecha que le hice tomar casi a la fuerza.

Y no fue eso todo; sino que al ser inglesas todas mis mercancías, como telas, paños, bayetas y cosas particularmente valiosas y deseables en el país, hallé el modo de venderlas ventajosamente; de modo que podía decir que había más que cuadruplicado el valor de mi primer cargamento y que ahora mi situación era muy superior a la de mi pobre vecino, me refiero al desarrollo de la plantación; porque lo primero que hice fue comprarme un esclavo negro y también un criado europeo, para que ayudara al que el capitán me había traído de Lisboa.

Pero como suele suceder que la excesiva prosperidad es precisamente el camino que lleva a las mayores adversidades, así ocurrió conmigo. Al año siguiente mi plantación dio un gran rendimiento. Recogí cincuenta rollos grandes de tabaco de mi tierra, sin contar lo que había dado a mis vecinos a cambio de lo necesario para mi sustento; y estos cincuenta rollos, que pesaban alrededor de unos cuarenta y cinco kilos cada uno, fueron bien curados y almacenados en espera del regreso de la flota de

Lisboa; y así, al acrecentar mis negocios y mi riqueza, mi cabeza empezó a llenarse de proyectos y empresas que estaban fuera de mi alcance, de las que suelen ser la ruina de las mentes más claras en cuestión de negocios.

De haberme conformado con la situación en que me encontraba, no hubiera habido dicha que no estuviera al alcance de mi mano, tal como mi padre me había anunciado tan afectuosamente al recomendarme una vida tranquila y retirada y pintarme con tan vivos colores la posición intermedia de la vida como el mejor de los ideales; pero muy otra era la suerte que me esperaba y una vez más debía ser el agente voluntario de todas mis desgracias; y sobre todo, aumentar mi culpa y redoblar las reflexiones que sobre mí mismo tendría ocasión de hacerme en mis futuras calamidades. Todos estos desastres fueron fruto de mi manifiesto y obstinado empeño en seguir la disparatada inclinación a correr mundo, y de empecinarme en ello, contra el más claro juicio que me orientaba hacia mi bien, que no estaba sino en buscar el cumplimiento justo y sencillo de aquellas esperanzas y aquel modo de vida que la naturaleza y la Providencia me ofrecían conjuntamente, y cumplir con mi deber.

Si ya en una ocasión había actuado de este modo huyendo de casa de mis padres, de nuevo ahora no podía conformarme con lo que tenía, y me veía impulsado a partir y abandonar la feliz perspectiva de convertirme en un hombre rico y próspero en mi nueva plantación, obedeciendo sólo a un temerario e inmoderado deseo de hacer fortuna con más rapidez de lo que admite la naturaleza de las cosas. Y así fue como me precipité una vez más en el más profundo de los abismos de la desgracia humana en la que jamás cayó un hombre, si no es quizá la pérdida de la vida o de la salud.

Empecemos pues por seguir, paso a paso, los detalles de esta parte de mi historia; como es de suponer, después de vivir casi cuatro años en Brasil y empezando mi plantación a prosperar y a enriquecerme, no sólo había aprendido la lengua del país, sino que había conocido y trabado amistad con los demás plantadores, así como con los comerciantes de San Salvador, que era nuestro puerto. En mis conversaciones con ellos yo les había hablado frecuentemente de mis dos viajes a la costa de Guinea, del modo de comerciar con los negros, y de lo fácil que era obtener de ellos, a cambio de baratijas, como abalorios, juguetes, cuchillos, tijeras, hachas, cuentas de vidrio y cosas por el estilo, no sólo oro en polvo, grano de Guinea, colmillos de elefante, etcétera, sino también gran número de esclavos negros para que trabajasen en Brasil.

Ellos me escuchaban siempre con mucha atención cuando yo hablaba de estos temas, pero sobre todo cuando se trataba de la compra de negros, que en aquella época era un tráfico apenas incipiente, y que sólo se hacía con el contrato o permiso de los reyes de España y Portugal, que ejercían una suerte de monopolio público, por lo cual los negros eran muy escasos, y aun éstos, excesivamente caros.

Sucedió que habiendo estado en compañía de varios comerciantes y plantadores conocidos, y habiendo hablado muy seriamente de todas estas cosas, al día siguiente por la mañana, tres de ellos vinieron a verme y me dijeron que habían reflexionado sobre nuestra conversación de la noche anterior y que venían a hacerme una proposición secreta; y después de recomendarme la máxima discreción, me dijeron que habían pensado en fletar un barco para ir a Guinea, que, al igual que yo, ellos también tenían plantaciones, y que de lo que más se resentían era de la escasez de criados; que, dado que no era posible dedicarse habitualmente al tráfico de esclavos, ya que a su regreso no podrían vender a los negros públicamente, sólo querían hacer un viaje en el que desembarcarían a los negros a escondidas para luego distribuirlos entre sus plantaciones; y, en pocas palabras, la cuestión era si yo quería ir en el barco como sobrecargo, para cuidarme de la parte comercial en la costa de Guinea. Y me ofrecieron una parte igual a la suya en el reparto de los negros, sin que tuviera que aportar nada a la expedición.

Debo confesar que ésta hubiera sido una excelente proposición para cualquiera que no hubiese tenido un acomodo y una plantación propia por la que velar en verdadero auge y tan bien provista. Pero para mí, que estaba ya introducido e instalado en el país y que sólo tenía que seguir como había empezado durante tres o cuatro años más y hacer venir de Inglaterra las cien libras restantes, con lo cual mi capital ascendería al menos a unas tres o cuatro mil libras esterlinas, y ello con tendencia a aumentar, para mí, pensar en un viaje como éste era lo más descabellado que hombre en tales circunstancias puede llegar a concebir.

Pero yo, que había nacido para causarme mi propia desgracia, no supe resistir a la tentación de esta oferta, como no había sabido contener mis deseos de ver mundo cuando desoí los buenos consejos de mi padre. En pocas palabras, que les dije que los acompañaría gustoso si ellos se comprometían a velar por mi plantación durante mi ausencia, y a disponer de ella de acuerdo con mi voluntad, en caso de que me ocurriera alguna desgracia. Se mostraron dispuestos a ello y me firmaron una serie de documentos y obligaciones; por mi parte yo hice testamento formal, disponiendo de mi plantación y de mis bienes en caso de muerte, instituyendo como heredero universal al capitán del barco que, como ya he contado, me había salvado la vida, aunque con la obligación de disponer de mis bienes de acuerdo con la voluntad expresada en mi testamento, según el cual la mitad de lo que yo poseía era para él y la otra mitad debía mandarse a Inglaterra.

En resumen, que tomé todas las precauciones posibles para conservar mis bienes y no dejar que se arruinase la plantación; si hubiese empleado tan sólo la mitad de esta prudencia en mirar por mi propio interés y en meditar sobre lo que debía o no debía hacer, ciertamente nunca habría abandonado una situación tan próspera ni me habría alejado de lo que según todas las probabilidades me hubiese conducido al bienestar, para emprender un viaje por mar, con todos los peligros que habitualmente comporta; sin contar con las razones personales que yo tenía para temer que las desventuras se abatiesen sobre mí.

Pero algo me empujaba hacia delante, y obedecí ciegamente los dictados de mi fantasía, sin escuchar a la razón; y así fue como, estando preparado el barco y con toda la carga a bordo, y después de haberse hecho todo según lo convenido con mis socios en aquel viaje, me embarqué en mala hora, el 1 de septiembre de 1659, el mismo día en que ocho años atrás había abandonado a mis padres en Hull, rebelándome contra su autoridad y atentando estúpidamente contra mi propia dicha.

Nuestro barco era de unas ciento veinte toneladas, llevaba seis cañones y catorce hombres de tripulación, además del capitán, el grumete y yo mismo; a bordo no llevábamos mucha carga, a excepción de las baratijas adecuadas para comerciar con los negros, tales como abalorios, trozos de vidrio, conchas y toda clase de insignificancias, sobre todo espejitos, cuchillos, tijeras, hachas y cosas por el estilo.

El mismo día en que embarqué nos hicimos a la vela, dirigiéndonos hacia el norte, bordeando nuestra costa, con la intención de virar hacia la costa de África cuando llegáramos a unos diez o doce grados de latitud norte, la cual al parecer era la ruta que se solía seguir en aquellos tiempos. Tuvimos muy buen tiempo, sólo que quizá hacía demasiado calor, mientras fuimos costeando hasta llegar a la altura del cabo de San Agustín, en donde pusimos proa hacia alta mar y perdimos de vista la tierra, tomando un rumbo como si nos dirigiéramos a la isla Fernando de Noronha, pero navegando en dirección norte noreste y dejando estas islas al este; al cabo de unos doce días pasamos el ecuador, y cuando según nuestra última medición estábamos a 7º 22' latitud norte, un violento tornado o huracán vino a desbaratar nuestros planes. Empezó soplando del sudeste, luego se desvió más o menos hacia el noroeste, y por fin se fijó en el noreste, en cuya dirección adquirió una violencia tan extraordinaria que durante doce días completos no pudimos evitar ir a la deriva, corriendo sobre las aguas a su empuje, dejándonos llevar hacia donde el destino y la furia de los vientos dispusieron; y durante estos doce días, no es necesario decir que a cada minuto esperaba ser engullido por las olas, y en realidad no creo que nadie de la tripulación confiase en salvar su vida.

En medio de este peligro, y con el terror que inspiraba la tempestad, uno de nuestros hombres murió de fiebres, una ola arrebató de la cubierta a otro marinero y al grumete. Hacia el duodécimo día el tiempo empezó a calmarse un poco, y por los cálculos que el capitán hizo como pudo, descubrimos que estábamos a unos 11º latitud norte, pero que había una diferencia de 22º longitud oeste respecto al cabo de San Agustín. Así pues, resultó que habíamos sido arrojados hacia la costa de Guayana, o parte norte de Brasil, más allá del río Amazonas, en dirección al Orinoco, al que se suele llamar Gran Río, y el capitán me consultó acerca del rumbo que debíamos tomar, ya que el barco hacía agua y estaba muy desmantelado, y su opinión era la de regresar por la ruta más corta a Brasil.

La mía era totalmente contraria, y al consultar con él los mapas de la costa de América llegamos a la conclusión de que no encontraríamos tierra habitada en la que poder refugiarnos hasta que entrásemos en el círculo de las islas del Caribe, y en consecuencia decidimos poner proa a las Barbados, adonde confiábamos llegar fácilmente, manteniéndonos en alta mar para evitar la entrada en el golfo de México, en unos quince días de navegación. Una vez allí no era posible reemprender nuestro viaje a África sin recibir cierta ayuda que necesitábamos tanto para el barco como para nosotros mismos.

Con este propósito cambiamos de rumbo y tomamos el oeste noroeste, con objeto de alcanzar alguna de nuestras islas inglesas, en donde se nos asistiera; pero el destino de nuestro viaje era otro, porque al llegar a una latitud de 12° 18', sobrevino una segunda tempestad que en su ímpetu nos arrastró hacia el oeste, desviándonos tanto de todas las rutas del comercio humano, que, aunque todos hubiéramos salvado la vida de los peligros del mar, más fácil era que llegáramos a ser devorados por salvajes que nos fuera posible regresar a nuestra patria.

En esto, mientras el viento seguía soplando, cada vez más furioso, al amanecer, uno de los marineros gritó:

—¡Tierra!

Y apenas habíamos salido del camarote para mirar, con la esperanza de reconocer el paraje en que nos hallábamos, cuando el barco encalló en un banco de arena y, al quedar inmovilizado, el mar lo acometió con embates tan terribles que todos creímos que llegaba nuestra última hora, y corrimos a refugiarnos bajo la toldilla para protegernos de la espuma y las salpicaduras del mar.

Para alguien que nunca se haya visto en una situación semejante es difícil describir o imaginar siquiera la consternación de los marineros en estas circunstancias; no teníamos la menor idea del lugar en que estábamos y al que nos había arrojado el temporal, no sabíamos si aquella tierra era una isla o un continente, si estaba desierta o habitada; y como el viento soplaba aún con mucha fuerza, aunque no con tanta como al principio, no podíamos esperar que el barco tardase muchos minutos en hacerse pedazos, a menos que, por una especie de milagro, los vientos se aplacasen súbitamente. En pocas palabras, nos mirábamos los unos a los otros esperando la muerte de un momento a otro, y cada cual se preparaba a su modo para el otro mundo, ya que muy poco o nada nos quedaba por hacer en éste. Nuestro único consuelo era ver que, contra lo que era de esperar, el barco aún resistía, y que el capitán decía que el viento empezaba a ceder.

Sin embargo, entonces, aunque pensásemos que el viento cedía un poco, habiendo chocado contra un banco de arena, y estando el barco demasiado encallado para poder liberarlo de allí, lo cierto es que seguíamos en una situación muy difícil, y que lo único que podíamos hacer era intentar salvar nuestras vidas lo mejor que pudiéramos. Antes de iniciarse la tempestad llevábamos a nuestra popa un bote que se había roto de tanto golpear contra el timón, hasta que luego rompió las amarras y se hundió o fue arrastrado por el mar, de modo que no podíamos contar con él. Llevábamos a bordo otro bote, pero era difícil lanzarlo al agua. Aunque el tiempo apremiaba, ya que a cada instante nos parecía que el barco iba a hacerse pedazos, y no faltaba quien decía que ya se habían abierto boquetes.

En esto, el piloto de nuestro barco cogió el bote y, con la ayuda del resto de la tripulación, consiguió arriarlo junto al costado del barco, y los once que éramos saltamos dentro, abandonándonos y encomendándonos a la misericordia de Dios y al mar embravecido; porque aunque el huracán había disminuido considerablemente, el mar se estrellaba aún con terrible fuerza contra la costa, y bien podía decirse que aquello era *den wild zee*, como llaman los holandeses a las tempestades del mar.

Nuestra situación era verdaderamente desesperada y todos comprendíamos que con aquellas olas tan inmensas el bote no resistiría por mucho tiempo, y que estábamos inevitablemente condenados a morir ahogados. No podíamos valernos de la vela, sencillamente porque no la teníamos, y aun en el caso de tenerla de nada nos hubiera servido; así que todos remábamos hacia tierra, aunque con el mismo estado de ánimo del hombre que se dirige al patíbulo, ya que sabíamos que cuando nos acercásemos a la costa, la fuerza de las olas haría pedazos el bote. Sin embargo, encomendamos nuestras almas a Dios con el mayor fervor y, empujados por el viento que soplaba a nuestras espaldas, apresurábamos la muerte con la fuerza de nuestros propios brazos, remando tan vigorosamente como podíamos en dirección a tierra.

Nada sabíamos de la costa, ni si era rocosa o arenosa, ni si era baja o escarpada; la única esperanza que racionalmente podía ofrecernos la menor posibilidad de salvación era encontrar una bahía o golfo o la desembocadura de algún río, en donde, ayudados por la suerte, pudiéramos hacer entrar nuestro bote y ponernos al abrigo del viento y quizá encontrar aguas tranquilas; pero nada de eso parecía realizable. A medida que nos acercábamos a la costa, la tierra parecía aún más amenazadora que el mar.

Después de remar, o, mejor dicho, de ir a la deriva por espacio de legua y media según nuestros cálculos, una ola furiosa, alta como una montaña, se acercó a nosotros por la popa, como anunciándonos explícitamente que nos dispusiéramos a recibir el golpe de gracia. En pocas palabras, nos acometió con tanto ímpetu que al instante el bote volcó; y separándonos a los unos de los otros, así como a todos del bote, apenas nos dio tiempo de encomendarnos a Dios, porque al instante el mar ya nos había engullido.

No sabría describir la confusión de mis ideas al hundirme en el agua; porque aunque yo era muy buen nadador, la fuerza de las olas era superior y no me permitía respirar, hasta que una ola, llevándome, o mejor arrastrándome, después de agotar su impulso y de retirarse, me dejó en un lugar casi seco, pero medio muerto por asfixia. Al ver tierra firme más cerca de lo que yo esperaba, tuve ánimo y fuerza suficientes para levantarme e intentar andar tan deprisa como pude en dirección a tierra, antes de que volviese otra ola y me arrastrase de nuevo mar adentro; pero pronto comprendí que esto era imposible de evitar, ya que vi que el mar levantaba a mi espalda olas como montañas y se agitaba furiosamente como un enemigo contra el que carecía de medios y de fuerzas para luchar. No tenía otro remedio que contener la respiración y hacer lo posible por mantenerme en la superficie del agua; mi mayor temor era que el mar, del mismo modo que me había empujado un gran trecho hacia tierra, ahora, al volver, no me arrastrase con él mar adentro.

La nueva ola que se precipitó sobre mí me sepultó instantáneamente bajo unos seis o nueve metros de agua; y me sentí arrastrado por ella con una fuerza y una rapidez prodigiosas, un buen trecho en dirección a la tierra; pero yo retenía el aliento o intentaba nadar hacia delante con toda mi energía. Estaba ya a punto de estallar por contener la respiración, cuando, ante mi gran alegría, me sentí empujado hacia arriba, y me vi con la cabeza y las manos emergiendo súbitamente sobre el agua; y aunque no pude mantenerme a flote por más de dos segundos, esto me permitió volver a tomar aliento y me animó mucho. El agua volvió a cubrirme de nuevo por un cierto tiempo, pero no tanto que no pudiera resistirlo; y al notar que la ola había agotado su impulso y que empezaba a retroceder, me lancé hacia delante, oponiéndome a la fuerza del agua, y otra vez sentí tierra bajo mis pies. Por unos instantes permanecí inmóvil para recobrar aliento

y dejar que el agua se retirase, y luego me precipité corriendo hacia tierra con todas las fuerzas de que era capaz. Pero tampoco así logré escapar a la furia del mar, que de nuevo vino a darme alcance, y dos veces más me levantaron las olas y me arrojaron hacia delante, como en las otras ocasiones, pues la playa era muy llana.

La última de estas dos olas estuvo a punto de serme fatal; porque el mar, al volverme a empujar hacia delante, me desembarcó, o, mejor dicho, me estrelló contra un saliente de la roca, y ello con tal fuerza que me dejó sin sentido, y por lo tanto indefenso ante el peligro; porque habiendo recibido el golpe en el costado y en el pecho, me quedé sin aliento, como si me hubieran vaciado el cuerpo de aire; y de haber vuelto inmediatamente hubiese muerto ahogado en el agua; pero me recuperé un poco antes de que volviesen las olas, y viendo que el agua no tardaría en cubrirme de nuevo, decidí agarrarme rápidamente al saliente de la roca y contener la respiración, si era posible, hasta que el agua se retirase. Como las olas no eran tan altas como al principio, debido a estar más cerca de tierra, contuve el aliento hasta que la ola retrocedió, y entonces di otra carrera que me llevó tan cerca de la playa que, aunque la ola siguiente también me cubrió, no tuvo fuerza para arrastrarme con ella, y en la siguiente carrera alcancé tierra firme, en donde, con gran alivio, trepé por los peñascos de la costa y me senté en la hierba, a salvo del peligro, y completamente fuera del alcance del agua.

CAPÍTULO 3
La isla desierta

Estaba, pues, en tierra firme y a salvo, y empecé por levantar los ojos y dar gracias a Dios por haberme salvado la vida en una situación en la que pocos minutos antes apenas había lugar para la esperanza. Creo que es imposible encontrar palabras para expresar lo que son los éxtasis y transportes del espíritu cuando, como en mi caso, podía decirse que me había salvado en el momento en que ya tenía un pie en la misma tumba; y no me extraña ya aquella costumbre de que, cuando un bandido que tiene la cuerda al cuello, está atado y a punto de ser ejecutado, y le traen el indulto; digo que no me extraña que le traigan con el indulto un cirujano que le sangre en el mismo momento en que le dan la noticia, para que la sorpresa no le arranque del corazón los espíritus vitales y lo abata:

Pues las alegrías súbitas confunden al principio,
como las penas.

Eché a andar por la playa, alzando las manos y todo mi ser, si así puede decirse, absorto en la idea de mi sal-

85

vación, haciendo mil gestos y ademanes que no sabría describir, pensando en todos mis compañeros que se habían ahogado, y en que yo debía de ser el único que había salvado la vida; porque, en cuanto a ellos, nunca volví a verlos, ni descubrí ningún rastro suyo, excepto tres de sus sombreros, una gorra y dos zapatos desparejados.

Dirigí mis ojos hacia el navío encallado, mientras el oleaje era tan violento y tanta la espuma que apenas podía verlo, tan lejos se hallaba. Y pensé: «¡Señor! ¿Cómo ha sido posible que llegase a tierra?».

Tras haberme confortado el espíritu con el aspecto consolador de mi situación, empecé a mirar a mi alrededor para ver en qué clase de lugar estaba, y qué es lo que debía hacer después, y pronto sentí abatirse mi ánimo y pensé que a fin de cuentas mi salvación había sido horrible: estaba empapado de agua, no tenía ropa para cambiarme, ni nada de comer ni beber para recuperar fuerzas, ni veía ante mí más perspectiva que la de morir de hambre o la de ser devorado por las fieras; y lo que más me preocupaba era que no tenía ninguna arma para cazar y matar algún animal para mi sustento, o para defenderme contra cualquier otro animal que pudiera desear matarme para el suyo. En pocas palabras, que no llevaba encima más que una navaja, una pipa y un poco de tabaco en una cajita; éstas eran todas mis provisiones, y ello me sumió en una angustia tan terrible que durante un rato no hice más que correr de un lado a otro como un loco. Al acercarse la noche empecé, en medio de un gran abatimiento, a considerar cuál sería mi suerte si había bestias feroces en aquella región, sabiendo que de noche siempre salen en busca de sus presas.

La única solución que se ofreció a mi mente en esos momentos fue la de trepar a un árbol grueso y frondoso como un abeto, pero con espinas, y en el que decidí instalarme para pasar toda la noche, y considerar al día siguiente de qué muerte debía morir, porque yo aún no veía la posibilidad de vivir. Me alejé del mar unos doscientos metros para ver si podía encontrar agua dulce para beber, como encontré, con gran alegría; y después de beber y de haberme metido en la boca un poco de tabaco para acallar el hambre, fui hacia el árbol y, habiendo trepado a él, procuré ponerme de modo que, si me dormía, no pudiera caerme; y habiéndome arrancado una rama corta a modo de garrote para mi defensa, me acomodé en mi lugar, y con el enorme cansancio que tenía, me dormí profundamente, y dormí tan apaciblemente como creo yo que pocos hubieran podido hacerlo en mi caso, encontrándome al despertar más repuesto de lo que creo que jamás me habría sentido en una ocasión así.

Cuando desperté era ya pleno día, el tiempo estaba despejado y la tormenta se había calmado, con lo que el mar no estaba enfurecido y alborotado como antes; pero lo que más me sorprendió fue que el barco, durante la noche, se había liberado del banco de arena donde encalló, con la subida de la marea, y había sido arrastrado casi hasta la roca que antes mencioné, y que me había dejado tan maltrecho cuando me estrellé contra ella; y como distaba alrededor de un kilómetro y medio de la playa en la que yo estaba, y el barco parecía poder mantenerse a flote aún, quise subir a bordo para, al menos, salvar lo más necesario para mi uso.

Cuando bajé del árbol en que me había instalado, miré de nuevo a mi alrededor y lo primero que descubrí fue el bote, que, al parecer, el viento y el mar habían arrojado a tierra, a unos tres kilómetros a mi derecha. Eché a andar por la playa lo más lejos que pude para hacerme con el bote, pero resultó que me separaba de él un brazo de mar o recodo de la costa que tenía unos ochocientos metros de ancho, y así, por el momento, volví atrás, estando más interesado en llegar hasta el barco, donde esperaba encontrar algo de que servirme para mi sustento inmediato.

Poco después del mediodía vi que el mar estaba tan calmado y que la marea había bajado tanto, que podía acercarme hasta a unos cuatrocientos metros del barco; y en este punto sentí renovarse mi pesadumbre porque comprendí con toda evidencia que si hubiéramos seguido a bordo nos hubiéramos salvado todos, es decir, que todos hubiéramos llegado sanos y salvos a tierra y que yo no estaría ahora en esta situación tan lastimosa de verme desprovisto de toda ayuda y compañía, como me hallaba. Esto hizo brotar de nuevo lágrimas de mis ojos, pero como éstas de poco me servían, decidí, si era posible, llegar hasta el barco, y así me despojé de mis ropas, ya que el tiempo era extraordinariamente caluroso, y me metí en el agua, pero cuando llegué al barco, la dificultad fue aún mayor para saber cómo subir a bordo, porque al estar encallado se levantaba mucho del nivel del agua, y no tenía nada a mi alcance para agarrarme. Nadando le di la vuelta por dos veces, y la segunda descubrí un pequeño cabo de cuerda, que me extrañó no haber visto la otra vez, colgando de las cadenas de proa, tan bajo que con gran dificultad logré cogerlo, y con la ayuda de esta cuerda trepé hasta el castillo de proa del barco. Allí vi que el barco hacía agua, y que tenía no poca agua en la bodega, pero que se hallaba tan inclinado sobre un banco de arena dura, o mejor dicho, de tierra, que la popa se levantaba por encima del barco, mientras que la proa bajaba casi hasta el nivel del agua; debido a esto la parte trasera quedaba libre, y todo lo que había en esta parte estaba seco; porque el lector puede estar seguro de que lo primero que hice fue averiguar y ver qué es lo que se había estropeado y qué lo que seguía intacto; y en primer lugar descubrí que todas las provisiones del barco estaban secas y habían sido respetadas por el agua, y sintiéndome muy bien dispuesto para comer, fui hacia el compartimento del pan y me llené los bolsillos de galleta, que iba comiéndome mientras me ocupaba de otras cosas, porque no tenía tiempo que perder. En el camarote grande encontré también ron, del que bebí un largo trago, que verdaderamente necesitaba no poco para animarme dado lo que aún me esperaba. Ahora lo único que quería era un bote para proveerme de muchas cosas que preveía me serían muy necesarias.

Era inútil quedarse allí quieto soñando con lo que no se podía conseguir, y esta urgencia me avivó el ingenio.

Llevábamos en el barco varias vergas de repuesto, y dos o tres grandes palos de madera y dos o tres masteleros también de repuesto. Me decidí a poner manos a la obra, y eché por la borda tantas de estas piezas como pude manejar por su peso, atándolas todas con una cuerda, a fin de que no pudiesen separarse. Una vez hecho esto, bajé por el costado del barco, y tirando de ellas hacia mí, até cuatro de ellas por las dos puntas lo mejor que pude, en forma de balsa, y, cruzando encima dos o tres tablas cortas, vi que podía andar perfectamente sobre la balsa, aunque no resistiría mucho peso, ya que las piezas eran demasiado ligeras. Volví, pues, a mi trabajo, y con la ayuda de la sierra de carpintero, corté en tres, a lo largo, uno de los masteleros, y añadí los tres pedazos a mi balsa, no sin grandes penas y fatigas; pero la esperanza de proveerme de lo que necesitaba me animaba a hacer más de lo que hubiera sido capaz de hacer en otra ocasión.

Mi balsa era ya lo bastante sólida como para transportar cualquier peso razonable; luego, mi preocupación fue pensar en qué es lo que cargaría en ella, y cómo lo preservaría de la resaca del mar, aunque no dediqué mucho tiempo a reflexionar sobre esto. Primero puse todos los tablones o maderas que encontré, y habiendo considerado bien qué es lo que más necesitaba, primero cogí tres baúles de marineros, que había abierto y vaciado, y los bajé a la balsa; el primero lo llené de provisiones, es decir, pan, arroz, tres quesos de Holanda, cinco pedazos de carne seca de cabra que era lo que solíamos comer a bordo, y unos escasos restos de trigo europeo que habían sido dejados de lado por unas cuantas gallinas que habíamos embarcado con nosotros, pero las gallinas estaban muertas. Llevábamos también cierta cantidad de cebada y de trigo candeal, todo mezclado, pero con gran decepción mía, después descubrí que las ratas se lo habían comido o lo habían echado a perder todo. En cuanto a los licores, encontré varias cajas de botellas pertenecientes a nuestro capitán, en las que había varios cordiales[4] y, en total, unos veintidós o veintiocho litros de

4. Bebida que se da a los enfermos, compuesta de varios ingredientes propios para confortarlos.

rack;[5] éstas las coloqué aparte, ya que no tenía necesidad de ponerlas en el baúl y no tenía espacio para ellas. Mientras estaba haciendo esto, vi que la marea empezaba a subir, aunque muy lentamente, y tuve la mortificación de ver mi chaqueta, camisa y chaleco, que había dejado en la playa, sobre la arena, llevados por el agua. En cuanto a mis calzones, que eran sólo de hilo y abiertos por las rodillas, los llevaba puestos cuando nadé hacia el barco, y también las medias. Sin embargo, esto me obligó a revolverlo todo en busca de ropa, de la que encontré bastante, aunque no cogí más que la que necesitaba para mi uso inmediato, pues había otras cosas en las que ya había puesto los ojos con más interés, sobre todo herramientas para trabajar la tierra, y sólo después de una larga búsqueda encontré el baúl del carpintero, que fue para mí un hallazgo utilísimo, y mucho más valioso en aquel momento de lo que hubiera sido un barco cargado de oro. Lo bajé a mi balsa sin perder tiempo en abrirlo, porque más o menos ya sabía lo que contenía.

Enseguida me preocupé por hacerme con municiones y armas; en el camarote grande había dos magníficas escopetas de caza y dos pistolas. Empecé por ponerlas a buen seguro junto con unos cuernos de pólvora, un saquito de balas y dos viejas espadas enmohecidas. Sabía que había tres barriles de pólvora en el barco, pero desconocía dónde los guardaba nuestro artillero, aunque después de mucho buscar los encontré, dos de ellos secos

5. Bebida alcohólica: aguardiente de arroz.

y en buen estado; el tercero, mojado; llevé aquellos dos a la balsa junto con las armas. Considerándome ya muy satisfecho con mi cargamento, empecé a pensar en cómo llegar a tierra con él, sin tener ni vela ni remo ni timón, y contando con que la menor ráfaga de viento bastaba para hundirme.

Tres cosas me alentaban: primero, una mar tranquila y en calma; segundo, la marea creciente que me empujaría hacia la playa; tercero, que el débil viento soplaba también hacia tierra; y así, habiendo encontrado dos o tres remos rotos pertenecientes al bote, y como además de las herramientas que había en el cofre, encontré dos sierras, un hacha y un martillo, con todo ello me hice a la mar. Por espacio de un kilómetro y medio, poco más o menos, la balsa fue muy bien, sólo que vi que se desviaba un poco del lugar en que yo había desembarcado antes, por lo cual advertí que debía de haber allí alguna corriente de agua, y en consecuencia esperé encontrar alguna cala o río que pudiera usar como puerto para tomar tierra con mi carga.

Y como imaginaba así fue, y apareció ante mí una entrada del mar en la tierra y encontré una fuerte corriente de la marea que se introducía allí, así que guie mi balsa lo mejor que pude para mantenerla en medio de la corriente. Pero allí pareció que iba a sufrir un segundo naufragio, que, de haberse producido, me hubiera desalentado muy seriamente, pues no conociendo en absoluto la costa, uno de los extremos de la balsa chocó con un banco de arena, y al no tropezar con nada sólido en el otro extremo, por poco toda la carga resbala hacia el extremo que había encallado, cayendo así al agua. Hice todo lo posible, apoyando la espalda contra los baúles, para mantenerlos en su lugar, pero no pude usar de toda mi fuerza para desencallar la balsa ni moverme de la postura en que estaba, sino que, sin dejar de apuntalar los baúles con toda mi fuerza, permanecí de este modo durante cerca de media hora, tiempo en que la subida del agua niveló un poco más mi posición, y poco después, mientras el agua seguía subiendo, la balsa volvió a flotar, y con la ayuda del remo la empujé hacia el canal, y luego seguí adelante hasta encontrarme en la desembocadura de un riachuelo, con tierra a ambos lados, y una fuerte corriente o marea en dirección ascendente. Miré a ambos lados en busca de un lugar propicio para tomar tierra, porque no quería remontar demasiado el río en la esperanza de que con el tiempo vería algún barco en el mar, y por lo tanto decidí instalarme tan cerca de la orilla como pudiese.

Por fin descubrí un pequeño recodo en la orilla derecha de la ensenada, hacia donde con grandes penas y fatigas guie la balsa, y finalmente llegué a acercarme tanto que, tocando fondo con el remo, hubiera podido empujarla yo mismo; pero aquí otra vez estuve a punto de hundir todo mi cargamento en el mar, porque, siendo muy pronunciada la pendiente de la orilla, es decir, formando talud, no había sitio para desembarcar sin que el extremo de la balsa se levantase mucho y el otro se hundiese como antes, lo cual haría peligrar de nuevo mi cargamento. Todo lo que podía hacer era esperar a que la marea acabase de subir del todo, manteniendo inmóvil la balsa con el remo, a modo de ancla, pegada a la orilla, junto a un espacio llano de tierra que yo esperaba que el agua cubriría; y así fue. Tan pronto como me pareció que había agua suficiente, porque el calado de mi balsa era aproximadamente de unos treinta centímetros de agua, la empujé hacia esta tierra llana, en donde la fijé o amarré, clavando mis dos remos rotos en el fondo, uno a un lado junto a un extremo, y otro al otro lado junto al otro extremo; y allí permanecí hasta que el agua se retiró y dejó mi balsa y todo su cargamento a salvo en tierra firme.

A continuación me ocupé de reconocer el terreno y buscar un lugar apropiado para mi vivienda y donde guardar mis objetos, bien resguardados. No sabía aún dónde estaba, si en un continente o en una isla, si habitada o desierta, si había que temer a las fieras o no. Había una colina, no más lejos de un kilómetro y medio de donde estaba, muy alta y escarpada, que parecía dominar todas las demás colinas, que se extendían, como formando una sierra, en dirección al norte. Cogí una de las escopetas de caza, una de las pistolas y un cuerno de pólvora, y, armado de este modo, empecé a subir hasta la cima de aquella colina, adonde llegué después de grandes esfuerzos y dificultades, y desde donde vi, con gran aflicción mía, cuál era mi destino; quiero decir que estaba en una isla rodeada de mar por todas partes, sin que se divisara tierra, excepto algunas rocas que se hallaban a gran distancia, y dos pequeñas islas, menores que ésta, que se hallaban a unas tres leguas al oeste.

Observé también que mi isla estaba sin cultivar, y que por lo que veía tenía buenas razones para suponerla desierta, con excepción de bestias salvajes, de las que no vi ninguna, pero vi sin embargo multitud de aves, cuya especie desconocía, y que aunque hubiese matado no hubiera sido capaz de decir cuáles eran comestibles y cuáles no. A mi regreso disparé sobre un ave muy grande que vi posada en la copa de un árbol, en los límites de un gran bosque. Creo que aquél fue el primer tiro que se disparó allí desde la creación del mundo; apenas había disparado cuando, de todos los rincones del bosque, surgió un incalculable número de aves de todas las especies, creando extraño alboroto y emitiendo cada cual el chillido que le era propio; pero ninguna de ellas era de una especie que yo conociera; en cuanto al animal que maté, lo tomé por una especie de halcón, ya que por el color y el pico lo parecía, pero no tenía más garras que las ordinarias; su carne era carroña y no servía para nada.

Contentándome con este descubrimiento, volví a la balsa y me puse a llevar mi cargamento a la playa, lo cual me ocupó todo el resto de aquel día, y aquella noche no supe qué hacer de mí mismo ni dónde descansar, porque tenía miedo de echarme a dormir en el suelo, sin saber si había alguna fiera que pudiese devorarme, aunque, como descubrí más adelante, no había motivo para estos temores.

Sin embargo, me parapeté lo mejor que pude con los baúles y las tablas que había desembarcado, y me hice una especie de cabaña para pasar la noche. En cuanto a la comida aún no sabía por qué medio proveerme de ella, excepto que había visto dos o tres animales como liebres salir corriendo del bosque en donde había matado el ave. Entonces empecé a considerar que aún hubiera podido sacar muchas más cosas del barco que me habrían sido útiles, especialmente parte de las cuerdas y velas y otros objetos parecidos que podían llevarse a tierra, y decidí hacer otro viaje a bordo del navío, si era posible; y como sabía que la primera tempestad que se levantase forzosamente lo reduciría a pedazos, decidí dejar de lado todo lo demás hasta no haber sacado del barco todo lo que pudiera. Entonces celebré consejo[6] —quiero decir, con mis propios pensamientos— sobre si volvería a emplear la balsa, pero esto parecía impracticable. Así que decidí ir como la vez anterior, cuando la marea estuviese baja, y así lo hice, sólo que me desnudé antes de salir de la cabaña, no conservando encima más que una camisa a cuadros, unos calzoncillos de lino y unos escarpines[7] en los pies.

Subí a bordo del barco como antes, y preparé una segunda balsa, y habiendo tenido la experiencia de la primera, ni la hice tan pesada ni la cargué tanto, pero me llevé una serie de cosas que me eran muy útiles. Para em-

6. Considerar y evaluar diferentes opciones
7. Zapato de una suela y una sola costura.

pezar, en el almacén del carpintero encontré dos o tres sacos llenos de clavos y pernos,[8] una barrena[9] grande, una o dos docenas de hachas y, sobre todo, esta cosa utilísima que se llama piedra de afilar. Todo esto lo puse junto, a un lado, con varias cosas pertenecientes al artillero, particularmente dos o tres palancas de hierro, y dos barriles de balas de mosquete, siete mosquetes y otra escopeta de caza, con una pequeña cantidad más de pólvora; un saco grande lleno de perdigones y un rollo grande de hojas de plomo. Pero este último pesaba tanto que no pude levantarlo para hacerlo pasar por encima del costado del barco.

Además de estas cosas, cogí toda la ropa de hombre que pude encontrar, y una vela de repuesto del pequeño mastelero, una hamaca y algo de ropa para la cama; y con esto cargué mi segunda balsa y lo llevé todo sin dificultades a la orilla, con gran satisfacción mía.

Tenía cierta aprensión durante mi ausencia de tierra, de que al menos mis provisiones podían ser devoradas en la playa; pero cuando volví no encontré ni rastro de ningún visitante, sólo un animal parecido al gato montés que estaba sentado sobre uno de los baúles, que, cuando me acerqué, huyó a corta distancia, y luego se quedó quieto. Estaba muy sereno y tranquilo y me miraba a la cara como si pretendiese hacer amistad conmigo; le apunté con la escopeta, pero como no sabía lo que era aquello, se mos-

8. Tornillo de gran tamaño.
9. Instrumento de acero, con un mango, que sirve para taladrar.

tró totalmente indiferente y no hizo el menor ademán de moverse; en vista de lo cual le arrojé un pedazo de galleta, aunque la verdad es que no fui demasiado pródigo, porque mi provisión no era grande; sin embargo le di un pedazo, como digo, y él se acercó, lo olió y se lo comió, y me miró como si le hubiera gustado y pidiera más, pero yo le di las gracias y como no podía desperdiciar más, se alejó de allí.

Habiendo llevado mi segundo cargamento a la playa, aunque deseaba abrir los barriles de pólvora y transportarla poco a poco, porque pesaban demasiado, ya que eran toneles grandes, me puse a trabajar para hacerme una pequeña tienda con la vela y algunas estacas que corté con este objeto, y llevé dentro de esta tienda todo lo que sabía que podía echarse a perder, ya fuera por la lluvia o por el sol, y amontoné todos los baúles y toneles vacíos formando un círculo alrededor de la tienda para fortificarla contra cualquier ataque por sorpresa, ya fuera de hombres o de fieras.

Una vez hecho esto, parapeté por dentro la puerta de la tienda con unas tablas, y por fuera con un baúl vacío puesto de pie, y extendiendo una de las camas por tierra, dejando mis dos pistolas junto a mi cabeza y mi escopeta a mi lado, me acosté por vez primera, y dormí muy tranquilo toda la noche, ya que estaba verdaderamente rendido, puesto que la noche anterior había dormido poco y había trabajado muy duramente durante todo el día, tanto para ir por todas aquellas cosas del barco como para llevarlas a la playa.

Tenía el mayor acopio de cosas de todo género que jamás, creo, se había reunido para un hombre solo, pero aún no estaba satisfecho; porque mientras el barco se mantuviese aún a flote en aquella posición creía yo que tenía que sacar de él todo lo que pudiese. Así pues, cada día, cuando el agua bajaba, iba a bordo y me llevaba una cosa u otra; pero, particularmente, la tercera vez que fui me llevé todo lo que pude del aparejo, como también todas las cuerdas pequeñas e hilo de vela que encontré, con una pieza de lona de repuesto que era para remendar las velas en caso de necesidad, el barril de pólvora mojada: en una palabra, que me llevé todas las velas, de la primera a la última, sólo que tuve que cortarlas a pedazos y llevar cada vez tanto como podía; pues ya no servían como velas, sino sólo como simple tela.

Pero lo que aún me alegró más fue que, al final, después de haber hecho cinco o seis viajes como éste, y creía no poder sacar nada más del barco que valiese la pena de ocupar mi tiempo; digo que, después de todo esto, encontré un gran barril lleno de pan y tres considerables toneles de ron o aguardiente, y una caja de azúcar y un barril de harina de flor. Esto me sorprendió porque ya no esperaba encontrar más provisiones, excepto lo que el agua había echado a perder. Pronto vacié el barril de aquel pan, y lo envolví pedazo a pedazo en los trozos de vela que había cortado; y en una palabra, llevé también todo esto a la playa sin dificultades.

Al día siguiente hice otro viaje; y entonces, habiendo ya despojado al barco de todo lo que era transportable y podía llevarse a la fuerza de brazos, empecé con los cables; y cortando el cable grande en pedazos que pudieran ser transportados, llevé a la playa dos cables y una estacha, con todo el herraje con que pude hacerme; y habiendo cortado la verga de la vela cebadera y la de mesana, y todo lo que pude encontrar para hacer una balsa grande, la cargué con todos estos efectos tan pesados y partí. Pero mi buena suerte empezaba a abandonarme; porque esta balsa pesaba tanto y estaba tan sobrecargada que, después de haber entrado en la pequeña cala en donde había desembarcado el resto de mis cosas, no siendo capaz de guiarla tan diestramente como hice con las otras, volcó, arrojándome a mí y a todo mi cargamento al agua. Yo no sufrí gran daño, porque estaba cerca de la playa, pero en cuanto a mi cargamento, se perdió en gran parte, sobre todo el hierro, que yo esperaba me sería de utilidad. Sin embargo, cuando bajó la marea, recuperé la mayoría de los pedazos de cable, que llevé a tierra, y algo del hierro, aunque a costa de inauditos esfuerzos; ya que me veía obligado a zambullirme para recogerlo del fondo del agua, algo que me fatigaba muchísimo. Después de esto, fui cada día a bordo y saqué todo lo que pude.

Hacía ya trece días que estaba en tierra y había ido once veces a bordo del barco, y en ese tiempo había sacado todo lo que un par de manos podían creerse capaces de llevar, aunque en realidad creo que si la calma del tiempo hubiese durado más me hubiese llevado todo el barco, pieza a pieza. Pero cuando me disponía a ir a bordo por duodécima vez, vi que empezaba a levantarse viento; sin embargo, al bajar el agua, fui a bordo y aunque yo creía haber registrado el camarote muy concienzudamente, de modo que allí no podía encontrar nada más, sin embargo, aún descubrí un armario con cajones, en uno de los cuales encontré dos o tres navajas y unas tijeras grandes, con unos diez o doce excelentes cuchillos y tenedores. En otro encontré monedas por valor de unas treinta y seis libras, unas monedas europeas, otras brasileñas, varias piezas de a ocho, unas de oro, otras de plata.

Sonreí para mí a la vista de aquel dinero.

—¡Oh, Droga! —exclamé—. ¿Para qué sirves ahora? No vales para mí, oh, no, ni siquiera la molestia de inclinarme a recogerte del suelo. Uno de esos cuchillos vale más que este montón; no tengo modo de que me sirvas; así que quédate aquí y vete al fondo como un ser cuya vida no es digna de ser salvada.

Sin embargo, después de pensarlo bien, me lo llevé, y envolviéndolo todo en un pedazo de tela, empecé a pensar en hacer otra balsa, pero mientras me disponía a ello vi que el cielo se encapotaba y que se levantaba viento, y al cabo de un cuarto de hora soplaba un fuerte ventarrón procedente de tierra. Al instante me di cuenta de que era en vano pretender hacer una balsa soplando viento de tierra, y que lo que debía hacer era irme antes de que bajase la marea, ya que de otro modo no me sería posible alcanzar la playa en modo alguno. En consecuencia, pues, me deslicé hasta el agua y atravesé nadando el canal que separaba el barco y la arena, y aun esto con bastante dificultad, en parte por el peso de las cosas que llevaba encima, en parte por la violencia del agua, ya que se levantó viento muy rápidamente, y antes de que la marea hubiese subido del todo se desencadenó una tempestad.

Pero yo ya había llegado a mi pequeña tienda, y allí estaba muy a salvo rodeado de mis riquezas. El viento sopló muy fuertemente durante aquella noche, y por la mañana, cuando miré afuera, vi que el barco había desaparecido. Quedé un poco impresionado, pero enseguida me recuperé con esta reflexión consoladora: que no había perdido el tiempo ni regateado esfuerzos para sacar de él todo lo que podía serme útil, y que en realidad quedaba ya muy poco de él que hubiese sido capaz de llevarme, de haber tenido más tiempo.

CAPÍTULO 4
Instalación en la isla

No volví a pensar más en el barco ni en sacar nada más de él, excepto lo que del naufragio pudiese el agua arrastrar hacia la playa, como efectivamente más tarde arrastró diversos restos; pero aquellas cosas no me fueron de gran utilidad.

Todos mis pensamientos se ocupaban ahora de prevenirme del ataque, ya fuera de salvajes, si es que aparecían, ya fuera de fieras, si es que las había en la isla; y estuve pensando mucho sobre esto y sobre la clase de vivienda que me construiría, si me haría una nueva bajo tierra o una tienda al aire libre; y, en resumen, me decidí por los dos sistemas, cuyo modo y descripción quizá no sea inoportuno explicar.

Pronto advertí que el lugar en que estaba no era propio para instalarme, porque era una tierra baja y pantanosa, cerca del mar, y creo que no hubiese sido saludable, y más particularmente porque no había agua dulce cerca de allí, así que decidí encontrar un paraje que fuera más sano y más conveniente.

Tuve en cuenta varias cosas que en la situación en que me encontraba me eran necesarias: primero, higiene y agua dulce, como acabo de decir; segundo, protección contra el calor del sol; tercero, seguridad contra posibles enemigos, fueran hombres o fieras; cuarto, vista al mar, ya que si Dios ponía ante mis ojos algún barco, no podía perder la oportunidad de mi salvación, de la que aún no estaba dispuesto a abandonar toda esperanza.

Buscando un lugar apropiado para esto, encontré una pequeña planicie, al pie de la falda de una colina, que por el lado de esta pequeña planicie quedaba cortada a pico como la pared de una casa, de modo que nada podía bajarme de la cima. En el costado de esta roca había una concavidad como la entrada o puerta de una cueva, pero en realidad no había en absoluto ni cueva ni camino que se introdujese en la piedra.

En la planicie verde, delante mismo de esta concavidad, decidí plantar mi tienda. Esta planicie no tenía más de unos noventa metros de ancho y aproximadamente el doble de largo, y se extendía como un prado ante mi puerta, y donde terminaba descendía irregularmente por todos lados hacia las tierras bajas, junto a la orilla del mar. Aquélla era la parte norte noroeste de la colina, así que quedaba protegido del calor todos los días, hasta que el sol llegase al oeste cuarto sur,[10] poco más o menos, que en aquellas regiones era ya muy cerca de la puesta.

10. Medición del viento mediante la rosa de los vientos: hay cuatro puntos cardinales (norte, sur, este y oeste) y entre cada cuarto hay siete intermedios, que dan como resultado treinta y dos intermedios.

Antes de plantar mi tienda tracé un semicírculo ante la concavidad, de unos nueve metros de radio desde la roca y de unos dieciocho metros de diámetro desde un extremo al otro.

En este semicírculo clavé dos hileras de fuertes estacas, hundiéndolas en la tierra hasta que quedaron tan firmes como pilares. El extremo más grueso quedaba sobresaliendo de la tierra algo más de un metro y medio y afilado en la punta. Estas dos hileras no distaban más de quince centímetros la una de la otra.

Entonces cogí los pedazos de cable que había cortado en el barco y los dispuse en hileras, una encima de otra, dentro del círculo, entre estas dos hileras de estacas hasta el extremo superior, poniendo otras estacas en la parte de dentro, apoyadas contra ellas a poco más de medio metro de altura, sirviéndoles de puntales, y esta empalizada quedó tan fuerte que ningún hombre ni animal podía entrar ni saltar por encima. Esto me costó mucho tiempo y trabajo, especialmente cortar las estacas en los bosques, traerlas al lugar y clavarlas en la tierra.

Hice que la entrada al lugar no fuera por una puerta, sino por una pequeña escalera que permitía saltar por encima, escalera que, cuando yo estaba dentro, retiraba, quedando así completamente cerrado y fortificado, a mi juicio, contra todo el mundo y, en consecuencia, dormía seguro por la noche, cosa que de otro modo no hubiera podido hacer, aunque, según se vio más adelante, no había necesidad de tomar todas estas precauciones contra los enemigos de los que me creía amenazado.

Dentro de este recinto o fortaleza, con infinito trabajo, coloqué todas mis riquezas, todas mis provisiones, municiones y reservas, de las que ya he hablado anteriormente; y me hice una gran tienda, que, para protegerme de las lluvias que durante una parte del año allí son muy intensas, hice doble, es decir, una tienda más pequeña dentro y encima otra tienda mayor, y cubría la más alta con una gran tela embreada que había recogido de entre las velas.

Desde entonces no volví a dormir en la cama que había llevado a tierra, sino en una hamaca, que la verdad es que era muy buena, y que pertenecía al piloto del barco.

Llevé dentro de la tienda todas mis provisiones y todo lo que pudiese echarse a perder por la humedad, y habiendo encerrado así todos mis bienes, tapé la entrada, que hasta entonces había dejado abierta, y así entraba y salía, como ya he dicho, por una pequeña escalera.

Una vez hecho esto empecé a abrirme camino en la roca, y llevando toda la tierra y piedras que sacaba a través de mi tienda, la dejé dentro del recinto como una especie de terraza, con lo cual el suelo se levantó alrededor de medio metro; y así me hice una cueva exactamente detrás de la tienda, que me servía como bodega de la casa.

Me costó mucho trabajo y muchos días llegar a dar el último toque a todas estas cosas, y por lo tanto ahora debo retroceder para hablar de otras cosas que también ocuparon mis pensamientos. Por aquel tiempo ocurrió —después de que ya había proyectado el modo de plantar la tienda y hacer la cueva—, que, habiendo descargado una tempestad con lluvia de una nube gruesa y oscura, se produjo el súbito chispazo de un relámpago y tras esto el gran estrépito del trueno, consecuencia natural de lo anterior. No quedé tan sobrecogido por el rayo como por una idea que atravesó mi mente con la misma rapidez que el rayo mencionado.

—¡Oh, mi pólvora!

Casi se me paró el corazón en el pecho cuando pensé que con una sola explosión toda mi pólvora podía quedar destruida, de la cual no sólo mi defensa, sino el medio de proporcionarme el sustento, según yo creía, dependía enteramente. No estaba ni con mucho tan inquieto acerca de mi propio peligro, aunque si la pólvora se hubiese encendido, no hubiera tenido ni tiempo de saber de dónde me llegaba el daño.

Fue tal la impresión que ello me produjo, que, después de que la tempestad hubo pasado, dejé de lado todas mis tareas, la construcción y la fortificación, y me puse a hacer sacos y cajas para distribuir la pólvora y guardar un poco en cada paquete, con la esperanza de que, ocurriera lo que ocurriese, no pudiera incendiarse toda a la vez, y separarlos tanto que no fuera posible que el fuego se comunicase de los unos a los otros. Terminé este trabajo al cabo de unos quince días, y creo que mi pólvora, que calculo que en total pesaba unos ciento ocho kilos, estaba distribuida por lo menos en un centenar de paquetes. En cuanto al barril que se había mojado, no me inspiraba ningún miedo, así que lo puse en mi nueva cueva, que en mi fantasía yo llamaba mi cocina, y el resto lo escondí aquí y allá en huecos de las rocas para preservarlo de la humedad, señalando cuidadosamente los lugares en que lo dejaba.

En el intervalo de tiempo en que hacía todo esto, salía al menos una vez al día con mi escopeta, tanto para distraerme como para ver si podía matar algo para comer, y para familiarizarme lo más posible con los recursos de la isla. La primera vez que salí descubrí inmediatamente que había cabras en la isla, lo cual me causó una gran satisfacción; pero ésta fue contrarrestada con una contrariedad: eran tan ariscas, tan astutas y tan veloces, que era la más difícil empresa del mundo acercarse a ellas; pero no me desalenté por ello, no dudando de que en una u otra ocasión podría cazar alguna, como pronto sucedió, ya que después de conocer un poco sus costumbres, me puse al acecho, y ocurrió lo siguiente: yo había observado que si me veían en los valles, aunque estuviesen en las rocas, huían con un miedo terrible; pero que si estaban pastando en los valles y yo en las rocas, no advertían mi presencia, de lo cual concluí que, debido a la posición de los ojos, su vista estaba tan dirigida hacia abajo que no les era fácil ver los objetos que estaban encima de ellas. Así que después adopté este método: siempre trepaba por las rocas primero para estar en una posición más elevada, y entonces generalmente hacía buenos blancos. Del primer disparo que hice contra estos animales maté una cabra que tenía un cabritillo a su lado, al que daba de mamar, lo cual me causó gran tristeza; pero cuando la madre se desplomó el cabritillo se quedó inmóvil junto a ella, hasta que me acerqué y la recogí, y no sólo esto, sino que cuando cargué al hombro la madre para llevármela, el cabritillo me siguió hasta el cercado, ante lo cual dejé a la cabra en el suelo y cogí en brazos al cabritillo y lo pasé por encima de la empalizada, confiando en que podría domesticarlo, pero como no quería comer, me vi obligado a matarlo y a comérmelo. Estos dos animales me proporcionaron carne por bastante tiempo, ya que yo comía sobriamente, y economizaba mis provisiones (el pan sobre todo) tanto como podía.

Habiéndome ya instalado en mi alojamiento, pensé que era absolutamente necesario procurarse un lugar para encender fuego, y combustible para quemar; y de lo que hice por conseguirlo y también de cómo agrandé la cueva y de las mejoras que introduje, daré una completa relación en su lugar. Pero primero debo hacer una pequeña relación de mí mismo y de mis pensamientos acerca de mi vida, que, como puede suponerse, no eran pocos. Mi situación se me aparecía como desalentadora, porque no fui arrojado a aquella isla sin antes haber sido desviado, como ya dije, totalmente lejos de la ruta de nuestro proyectado viaje, y muy lejos, es decir, a centenares de leguas de las rutas comunes del comercio de los hombres, tenía buenos motivos para considerarlo como una voluntad del Cielo, para que en este lugar desierto y en circunstancias tan desoladas terminase yo mi vida. Las lágrimas corrían abundantemente por mi rostro cuando hacía estas reflexiones, y a veces discutía conmigo mismo preguntándome por qué la Providencia desanimaba de tal modo a sus criaturas, reduciéndolas a una condición tan lastimosa, en tal abandono y sin ninguna ayuda, tan enteramente abatidas, que casi no era racional agradecer un género de vida como éste.

Pero algo volvía siempre rápidamente a mi espíritu para atajar estos pensamientos y reprochármelos; y particularmente un día, mientras paseaba con la escopeta en la mano por la orilla del mar, estaba muy pensativo sobre el tema de mi situación presente, cuando la razón, como discutiendo conmigo desde otro punto de vista, argumentó así:

—Bueno, tu situación es muy penosa, es verdad, pero te ruego que hagas memoria: ¿dónde está el resto de tus compañeros? ¿No erais once los del bote? ¿Dónde están los otros diez? ¿Por qué no se salvaron ellos y te perdiste tú? ¿Por qué fuiste tú el elegido? ¿Es mejor estar aquí o allí?

Y entonces señalé al mar con el dedo. Todos los males deben considerarse junto con el bien que hay en ellos y con lo que de peor podían acarrearnos.

Entonces se me ocurrió pensar de nuevo en lo bien que estaba provisto para mi subsistencia, y en lo que hubiera sido de mí, de no haber ocurrido, como así era en cien mil casos contra uno, que el barco volviera a ponerse a flote del lugar donde había encallado, y fuera arrastrado tan cerca de la playa, que yo había tenido ocasión de sacarlo todo de él. ¿Cuál hubiera sido mi suerte si hubiese tenido que vivir en la situación en que llegué por vez primera a tierra, sin lo más necesario para la vida, ni lo necesario para procurármelo?

—Sobre todo —dije en voz alta, aunque hablando conmigo mismo—, ¿qué habría hecho sin una escopeta, sin municiones, sin ninguna herramienta para hacer nada, o para trabajar, sin ropas, mantas, una tienda o algo para cubrirme?

Y ahora que tenía de todo eso en cantidad suficiente, y que estaba en camino de aprovisionarme de tal modo que pudiese vivir sin mi escopeta cuando las municiones se hubieran agotado; que tenía, pues, la consoladora perspectiva de poder subsistir sin que nada me faltase mientras viviera; porque ya desde el principio pensé en cómo me arreglaría para los accidentes que pudieran ocurrirme, y para el tiempo futuro, no sólo después de haber agotado mis municiones, sino aun después de que mi salud o mis fuerzas se debilitaran.

Confieso que no se me había ocurrido la posibilidad de que mis municiones fueran destruidas por una explosión, quiero decir que un rayo hiciera volar mi pólvora, y esto hizo que me sobrecogiera tanto la idea, cuando relampagueó y tronó, como acabo de decir.

Y ahora, entrando en la melancólica relación de las escenas de una vida solitaria, como quizá nunca se ha oído hablar en todo el mundo de otra igual, la emprenderé desde su principio y la continuaré ordenadamente. Fue, según mis cálculos, el 30 de septiembre, cuando en la manera que más arriba he dicho, tomé tierra por vez primera en esta horrible isla, cuando el sol estaba, respecto a nosotros, en su equinoccio de otoño, casi exactamente sobre mi cabeza, con lo que estimé, por este detalle, que estaba a 9° 22' latitud norte.

Después de haber estado allí unos diez o doce días, se me ocurrió que terminaría por perder la cuenta del tiempo por falta de libros y pluma y tinta, y que llegaría a no distinguir los domingos de los días de trabajo; pero para evitar esto grabé con mi navaja en letras mayúsculas, en un gran poste al que di la forma de una gran cruz y que clavé en la playa donde desembarqué por vez primera, estas palabras: «Aquí tomé tierra el 30 de septiembre de 1659». En los lados de este poste hacía cada día una muesca con la navaja, y cada siete muescas éstas eran el doble de largas que las demás, y cada primer día de mes el doble que estas últimas, y así seguía mi calendario o cómputo del tiempo por semanas, meses y años.

A continuación hay que advertir que, entre las muchas cosas que saqué del barco en los varios viajes que, como ya he dicho más arriba, hice a bordo, me traje varias cosas de menos valor, pero que no por eso me fueron menos útiles, y que omití mencionar antes; como, sobre todo, plumas, tinta y papel, varios paquetes que habían pertenecido al capitán, al piloto, al artillero y al carpintero, tres o cuatro compases, algunos instrumentos matemáticos, cuadrantes, anteojos, mapas y libros de navegación, todo lo cual me llevé mezclado, sin saber si podía necesitarlo o no. Encontré también tres magníficas biblias que me habían llegado en el cargamento procedente de Inglaterra, y que no había empaquetado entre mis cosas; varios libros portugueses, también, y entre ellos dos o tres devocionarios papistas, y diversos libros más, todo lo cual guardé cuidadosamente. Y no debo olvidar que llevábamos en el barco un perro y dos gatos, de cuya historia eminente ya tendré ocasión de decir algo en su lugar; porque me llevé conmigo los dos gatos, y en cuanto al perro saltó al agua por sí mismo, y vino a reunirse conmigo en la playa, el día después del que yo llegué a la playa con mi primer cargamento, y fue para mí un fiel servidor durante muchos años. Él me traía todo lo que necesitaba y me hacía toda la compañía que podía hacerme y yo sólo echaba de menos que me hablase, pero esto no era posible. Como ya observé antes, encontré pluma, tinta y papel, y los economicé hasta el máximo, y diré que, mientras duró la tinta, llevé una relación exactísima de todo, pero cuando se acabó no pude, porque no logré hacer tinta con ninguno de los medios que se me ocurrieron.

Y esto me recordó que necesitaba muchas cosas, a pesar de todo lo que había recogido, y entre éstas, la tinta era una, como también una azada, un pico y una pala, para cavar o remover la tierra, agujas de coser, alfileres e hilo. En cuanto a la tela, pronto me acostumbré a prescindir de ella sin grandes dificultades.

Esta falta de herramientas hacía más pesados todos los trabajos que emprendía, y tuvo que pasar casi todo un año antes de que hubiese terminado por completo mi pequeña empalizada o defensa del recinto. Los palos o estacas, que pesaban tanto que apenas podía levantarlos, me llevaron mucho tiempo para cortarlos y escuadrarlos en los bosques, y aún muchísimo más para traerlos a casa, así que a veces empleaba dos días en cortar y traer a casa uno de aquellos postes, y un tercer día en clavarlo en la tierra; para cuyo objeto tenía yo al principio un trozo de madera muy pesado, pero al final me decidí a usar una barra de hierro, y aunque la encontré, la tarea de clavar esos postes o palos siguió siendo muy difícil y pesada.

Pero ¿qué necesidad tenía de preocuparme por lo pesado de nada de lo que tenía que hacer, viendo que tenía tiempo de sobra para hacerlo? Una vez terminado esto, no tenía nada más en qué ocuparme, al menos que yo pudiera prever, excepto recorrer la isla en busca de alimentos, lo cual hacía más o menos cada día.

Entonces empecé a considerar seriamente mi situación y las circunstancias a las que me veía reducido, e hice por escrito un inventario de mis cosas, no tanto para legarlas a quien fuera que viniese tras de mí, porque lo más probable era que tuviese muy pocos herederos, como para distraer los pensamientos que cotidianamente venían a afligir mi espíritu; y como mi razón empezaba a imponerse sobre el desánimo, empecé a confortarme a mí mismo lo mejor que pude, y a comparar lo bueno con lo malo, a fin de tener un punto de apoyo para distinguir mi caso de los peores, y así establecí con mucha imparcialidad, como en un debe y un haber, los consuelos de que gozaba frente a las desgracias que sufría, de este modo:

MALES	*BIENES*
Soy arrojado a una horrible isla desierta, privado de toda esperanza de salvación.	*Pero estoy vivo, y no me he ahogado como todos mis compañeros del barco.*
Estoy separado y aislado de todo el mundo, y tengo que llevar una vida miserable.	*Pero fui separado también de la tripulación del barco para salvarme de la muerte; y Él, que milagrosamente me salvó de la muerte, puede librarme de esta situación.*
Estoy alejado de los hombres, soy un solitario, un desterrado de la sociedad humana.	*Pero no me muero de hambre ni perezco en un lugar estéril sin medios para mantenerme.*
No tengo ropas para cubrirme.	*Pero estoy en un clima cálido, donde si tuviera ropas difícilmente podría llevarlas.*
Estoy totalmente indefenso, sin medios de resistir ninguna violencia de hombre o fiera.	*Pero he sido arrojado a una isla desierta donde no veo fieras que puedan atacarme como vi en la costa de África; y ¿qué habría ocurrido de naufragar allí?*
No tengo ni a un alma con quien hablar, o que me consuele.	*Pero Dios hizo el prodigio de enviar un barco lo bastante cerca de la playa para que yo pudiera sacar de él muchas cosas necesarias, que, o bien cubrirán mis necesidades, o bien me permitirán subsistir todo el tiempo que me reste de vida.*

En conjunto, pues, he ahí un indudable testimonio de que difícilmente se encontraría en el mundo una situación más lastimosa que la mía, pero que no dejaba de haber en ella algo negativo y algo positivo que agradecer; y quede esto, pues, como un ejemplo que da la experiencia de la más lastimosa de todas las situaciones de este mundo, de que podemos siempre sacar de ellas una cierta consolación, y encontrar algo que anotar en la columna del haber, en la relación de males y bienes.

Habiendo acomodado mi espíritu a apreciar lo favorable de mi situación, y olvidándome ya de mirar hacia el mar para ver si podía descubrir un barco; digo que, habiendo olvidado estas cosas, me dediqué a rodear de comodidades mi vida y a hacerme las cosas lo más fáciles que pudiera.

Ya he descrito mi vivienda, que era una tienda al pie de la pendiente de una roca, rodeada de una fuerte empalizada de estacas y cables, pero ahora mejor podría llamarla muro, porque levanté adosada a ella una especie de muro de turba, de aproximadamente medio metro de espesor, por la parte de fuera, y al cabo de algún tiempo, creo que fue un año y medio, puse encima unas traviesas apuntaladas en la roca, y lo recubrí todo con follaje y cosas por el estilo que pude encontrar para protegerme de la lluvia, que observé que en algunas épocas del año era abundante.

Ya he referido cómo llevé todos mis bienes dentro de la empalizada y dentro de la cueva que había hecho detrás.

Pero debo referir también que al principio esto sólo fue un amontonamiento confuso de cosas, que como no estaban en ningún orden, ocupaban todo el lugar, y yo apenas tenía espacio para revolverme. Así que me puse a agrandar la cueva y a ahondarla más, ya que la roca era de piedra blanca y arenosa que cedía fácilmente a la fuerza que empleaba en deshacerla; y así, cuando vi que ya no tenía nada que temer de las bestias feroces, desvié los trabajos hacia la derecha de la roca, y luego, volviendo otra vez a la derecha, llegué al final de la piedra, y me hice una puerta de salida, que quedaba fuera de la empalizada o fortificación.

Esto me proporcionó, no sólo entrada y salida, como si dijéramos, una puerta trasera para la tienda y el almacén, sino también espacio para guardar mis cosas.

Entonces empecé a dedicarme a hacer todas aquellas cosas necesarias que entendí que más necesitaba, como, sobre todo, una silla y una mesa; porque sin éstas no podía disfrutar de las pocas comodidades de que disponía; no podía escribir ni comer ni hacer tantas otras cosas a mi gusto sin una mesa.

Así que puse manos a la obra; y aquí debo advertir que, del mismo modo que la razón es la sustancia y origen de las matemáticas, planteando y concordando todas las cosas según la razón, y ateniéndose al juicio más racional de las cosas, cualquiera podría ser con el tiempo maestro en cualquier arte mecánico. Yo en mi vida había manejado una herramienta, y sin embargo con el tiempo, y gracias al trabajo, la tenacidad y el ingenio, terminé por encontrar que no necesitaba nada que no me hubiese podido hacer, sobre todo si hubiese tenido herramientas; sin embargo, hice multitud de cosas sin herramientas, y algunas sin más herramientas que una azuela[11] y un hacha que quizá nunca se habían hecho de este modo, y ello a fuerza de grandes sacrificios. Por ejemplo, si necesitaba un tablón, no tenía otro remedio que cortar un árbol, apoyar el tronco en un canto y rebajarlo por ambos lados con el hacha, hasta conseguir que fuera delgado como una tabla, y luego pulirlo con la azuela. Es cierto que, por este método, no podía sacar más que un tablón de cada árbol, pero para esto no había otro remedio que la paciencia, al igual que para la prodigiosa cantidad de tiempo y de trabajo que me costaba hacer una tabla o un tablón. Pero mi tiempo y mi trabajo tenían poco valor y, por lo tanto, tanto daba emplearlos de una manera como de otra.

Sin embargo, me hice una mesa y una silla, como ya he referido más arriba, antes que nada, y esto lo saqué de los pedazos cortos de tablas que traje en mi balsa del barco. Pero cuando hube preparado algunas tablas, como ya he dicho anteriormente, hice grandes estantes, de medio metro de ancho, los unos encima de los otros, a lo largo de una de las paredes de la cueva, para poner todas mis herramientas, clavos y herrajes, y, en una palabra, colocarlo todo separadamente en su lugar, para encontrarlo con facilidad. Clavé en la pared de la roca ganchos

11. Herramienta similar a un martillo, pero con forma de hacha en su extremo, que sirve para cortar o dar forma a piezas de madera.

para colgar mis escopetas y todas las cosas que debían colgarse.

Así que a quien hubiera podido ver mi cueva le hubiese parecido un almacén general de todas las cosas necesarias, y lo tenía todo tan al alcance de la mano, que me producía un gran placer ver todos mis bienes en tal orden, y sobre todo advertir la abundancia de todo lo necesario que tenía.

Y entonces fue cuando empecé a llevar un diario de mi empleo del tiempo cotidiano, porque la verdad es que al principio estaba demasiado apurado, no sólo por el trabajo, sino también por una gran turbación del espíritu, y mi diario hubiese estado lleno de tristezas. Por ejemplo, hubiese dicho: «30 de septiembre. Después de llegar a la playa y haberme salvado del mar, en vez de estar agradecido a Dios por mi salvación, habiendo primero vomitado, debido a la gran cantidad de agua salada que entró en mi estómago, y habiéndome recuperado un poco, me he puesto a correr por la playa, alzando las manos al cielo y golpeándome la cabeza y la cara, clamando por mi desgracia y gritando que estaba perdido, perdido, hasta que cansado y abatido me he visto obligado a tenderme en tierra para descansar, pero sin atreverme a dormir, por miedo a ser devorado».

Unos días después de esto, y tras haber ido a bordo del barco y sacado de él todo lo posible, aún no podía evitar subir a la cima de una montaña, y mirar hacia el mar con la esperanza de divisar un barco. En aquellos momentos la imaginación me hacía ver una vela a gran distancia y me complacía en esta esperanza, y entonces, después de mirar fijamente hasta casi quedarme ciego, la perdía de vista del todo, y me sentaba y lloraba como un niño, aumentando así mi desgracia con mi insensatez.

Pero habiendo ya en cierta medida superado estas cosas y estando ya instalado y hecho una mesa y una silla, y habiéndome rodeado de tanta comodidad como podía, empecé a llevar mi diario, del cual daré aquí la copia (aunque en él se contarán de nuevo todos estos detalles) hasta su final, ya que al acabárseme la tinta, me vi obligado a dejarlo.

CAPÍTULO 5
El diario

30 de septiembre de 1659. Yo, pobre y mísero Robinson Crusoe, habiendo naufragado durante una espantosa tempestad, en alta mar, llegué a la playa de esta triste y desdichada isla, a la que llamé la Isla de la Desesperación, habiéndose ahogado todo el resto de la tripulación del barco, y quedando yo mismo casi moribundo.

Todo el resto de aquel día lo empleé en afligirme por las tristes circunstancias en las que me veía; es decir, no tenía comida ni casa ni ropa ni armas ni lugar donde meterme, y desesperando por no encontrar ayuda alguna, no vi nada ante mí sino la muerte, ya me llegara siendo devorado por las fieras, asesinado por los salvajes o muriendo de hambre. Al acercarse la noche, dormí en un árbol por miedo a los animales salvajes, pero dormí profundamente, aunque llovió toda la noche.

1 de octubre. Por la mañana, ante mi gran sorpresa, vi que el barco se había puesto a flote con la marea alta y había sido arrastrado hacia la playa, mucho más cerca de la isla, lo cual, si por una parte me dio cierto ánimo, porque viendo que se mantenía erguido y no se había hecho pedazos, confié en que, si el viento amainaba, podría subir a bordo y sacar algunos alimentos y las cosas que me eran más necesarias. Así por otra parte renovó mi dolor por la pérdida de mis camaradas, que yo pensaba que si hubiesen seguido todos a bordo, hubiéramos podido salvar el barco, o al menos no se habrían ahogado todos, como ocurrió; y que si la tripulación se hubiera salvado, quizá hubiésemos podido construir un bote con los restos del barco que nos hubiera llevado a algún otro lugar del mundo. Pasé la mayor parte de este día debatiendo conmigo mismo estas cosas. Por fin, viendo que el barco estaba casi en seco, me acerqué por la arena tanto como pude y luego nadé hasta él; este día también siguió lloviendo, aunque no sopló nada de viento.

Del 1 al 24 de octubre. Estos días los empleé por entero en hacer muchos viajes para sacar todo lo que podía del barco, que traía a la playa, ayudándome de la marea, en balsa. Mucha lluvia también en estos días, aunque con algunos intervalos de buen tiempo; pero, al parecer, ésta era la estación lluviosa.

20 de octubre. Mi balsa volcó con todo lo que llevaba en ella pero en aguas poco profundas pero, siendo la mayoría de las cosas más bien pesadas, recuperé muchas de ellas cuando bajó la marea.

25 de octubre. Llovió toda la noche y todo el día, con algunas ráfagas de viento, tiempo durante el cual el barco se hizo pedazos, ya que el viento soplaba con un poco más de violencia que antes, y no volví a ver nada más de él, excepto sus restos, y esto sólo durante la marea baja. Empleé este día en recubrir y poner a buen seguro lo que había salvado, para que la lluvia no pudiera estropearlo.

26 de octubre. Estuve paseando por la playa casi todo el día para encontrar un lugar donde fijar mi morada, preocupado por ponerme a salvo de un ataque nocturno, ya fuera de animales salvajes, ya de hombres. Al caer la noche me instalé en un lugar apropiado, al pie de una roca, y tracé un semicírculo para delimitar mi campamento, que decidí parapetar con una obra, muro o fortificación, hecha de una doble hilera de estacas, protegida por dentro con cables y por fuera con turba.

Del 26 al 30. Trabajé con mucho ardor llevando todas mis cosas a mi nueva morada, aunque parte de este tiempo llovió con extraordinaria intensidad.

El 31 por la mañana me adentré en la isla con mi escopeta para ir en busca de algo para comer y para explorar el terreno, maté una cabra y el cabritillo me siguió hasta casa, más adelante tuve que matarlo también porque no quería comer.

1 de noviembre. Planté mi tienda al pie de la roca, y aquélla fue la primera noche que pasé allí, haciéndola lo mayor posible con unas estacas que clavé en el suelo y en las que suspendí mi hamaca.

2 de noviembre. Amontonando todos los baúles y tablones y los pedazos de madera con los que había hecho las balsas, hice como una cerca a mi alrededor, un poco más adentro del lugar que había señalado para construir la fortificación.

3 de noviembre. Salí con mi escopeta y maté dos aves que parecían patos y cuya carne era muy buena. Por la tarde me puse a trabajar para hacerme una mesa.

4 de noviembre. Aquella mañana empecé a distribuir mis horas de trabajo, las de salir de caza, las de dormir y las de recreo. Cada mañana saldría de caza con mi escopeta durante dos o tres horas, si no llovía, luego me pondría a trabajar hasta alrededor de las once, luego comería lo que hubiese, y de doce a dos me echaría a dormir, ya que el tiempo era extraordinariamente caluroso; y luego, por la tarde, a trabajar otra vez. La parte de trabajo de este día y del siguiente la empleé por entero en hacerme la mesa, ya que aún era un artesano verdaderamente lamentable, aunque pronto el tiempo y la necesidad hicieron de mí un excelente obrero autodidacta, como creo que le hubiera ocurrido a cualquier otro.

5 de noviembre. Hice una salida con mi escopeta y mi perro, y maté un gato montés, cuya piel era muy fina, pero cuya carne no servía para nada. A todos los animales que mataba les quitaba la piel y la guardaba. Al regresar por la orilla del mar vi muchas especies de aves marinas que yo conocía, pero quedé sorprendido y casi asustado al ver dos o tres focas, que, mientras yo las contemplaba, sin acabar de saber lo que eran, se metieron en el mar y escaparon de mí por aquella vez.

6 de noviembre. Después de mi paseo matinal, me puse a trabajar en la mesa, y la terminé, aunque no a mi gusto; pero no pasó mucho tiempo antes de que aprendiera a mejorarla.

7 de noviembre. El buen tiempo empezó a afianzarse. El 7, 8, 9, 10 y parte del 12 (porque el 11 era domingo) los empleé por completo en hacerme una silla, y con grandes fatigas le di una forma aceptable, pero nunca me gustó, e incluso cuando la hacía la desmonté varias veces.

Nota. Pronto descuidé la observancia de los domingos, ya que habiendo omitido hacer la señal que les correspondía en el poste, perdí la cuenta del orden de los días.

13 de noviembre. Aquel día llovió, lo cual me reanimó extraordinariamente y refrescó la tierra, pero los terribles truenos y rayos que acompañaron la lluvia me asustaron de un modo espantoso, haciéndome temer por mi pólvora. Tan pronto como esto terminó, decidí distribuir mi provisión de pólvora en tantos paquetes pequeños como fuera posible, a fin de que no pudiera haber peligro.

14, 15 y 16 de noviembre. Aquellos tres días los empleé en hacer cajoncitos o cajitas cuadradas, donde guardar medio o un kilo como máximo de pólvora, y así, poniendo dentro la pólvora, las coloqué en lugares tan seguros como apartados los unos de los otros, dentro de lo que era posible. En uno de aquellos tres días maté un gran pájaro que era bueno para comer, pero no sé cómo llamarlo.

17 de noviembre. Aquel día empecé a cavar detrás de la tienda en la roca, para tener más espacio para mis nuevas necesidades.

Nota. Tres cosas me eran esenciales para este trabajo, a saber, un pico, una pala y una carretilla o cesta. Así que desistí de mi trabajo y empecé a considerar cómo proporcionarme lo que necesitaba y hacerme algunas herramientas. Por lo que respecta al pico, me serví de las barras de hierro, que iban bastante bien, aunque pesaban mucho; pero lo siguiente era una pala o azadón; esto me era tan absolutamente imprescindible, ya que la verdad es que no podía hacer nada de provecho sin ella, pero no sabía con qué reemplazarla.

18 de noviembre. Al día siguiente, explorando los bosques, descubrí un árbol de aquella madera, o una parecida, que en Brasil llaman árbol de hierro, por su extraordinaria dureza. A costa de grandes esfuerzos y casi gastando el hacha, corté un trozo y lo traje a casa, también con bastantes dificultades, porque pesaba extraordinariamente.

La excesiva dureza de la madera, y el no tener otro modo de trabajarla, me hizo perder mucho tiempo en este útil, porque poco a poco tuve que irle dando forma de pala o azadón; el mango exactamente con la misma forma que tienen los nuestros en Inglaterra, sólo que como la parte ancha no estaba enfundada en hierro, no podía durarme tanto; sin embargo, me sirvió bastante bien para los usos en que tuve ocasión de emplearlo; pero creo que nunca ha existido una pala que tuviese aquella forma y que se tardase tanto en hacer.

Aún no lo tenía todo, porque necesitaba una cesta o una carretilla. Una cesta no podía hacerla en modo alguno, no teniendo una especie de ramitas que se dobla-sen para formar una trama de mimbre, o al menos yo no las había encontrado; y en cuanto a la carretilla, imaginé que podía hacerlo todo, menos la rueda, pero ésta no te-nía la menor idea de cómo hacerla ni sabía por dónde empezar. Por otra parte, no tenía ningún medio para ha-cer la pieza de hierro del árbol o eje de la rueda, así que desistí, y para transportar la tierra que sacaba de la cue-va, me hice una especie de recipiente como las que usan los peones para llevar el mortero cuando ayudan a los al-bañiles. Esto no me fue tan difícil como hacer la pala; y sin embargo, esto y la pala, y mi vano intento de hacer una carretilla, me ocuparon no menos de cuatro días; quiero decir, siempre exceptuando el paseo de cada ma-ñana con la escopeta, que rara vez dejaba y muy rara vez también dejaba de traer a casa algo que comer.

23 de noviembre. Habiendo quedado interrumpido mi otro trabajo, debido a que estaba haciendo estas he-rramientas, cuando estuvieron terminadas, seguí adelan-te trabajando todos los días, según lo que mis fuerzas y mi tiempo me permitían, y empleé dieciocho días enteros en ensanchar y ahondar mi cueva, a fin de que pudiera con-tener holgadamente todos mis enseres.

Nota. Durante todo este tiempo trabajé para hacer esta habitación o cueva lo suficientemente espaciosa para habilitarla como depósito o almacén, al tiempo que para co-cina, comedor y bodega. En cuanto a mi vivienda, seguí en la tienda, excepto cuando, a veces, en la estación hú-meda del año, llovía tan fuertemente que no podía evitar mojarme, lo cual fue la causa de que más adelante cubriera todo el espacio con unas estacas largas atravesadas y apuntaladas contra la roca, sobre las que puse cañas y ramaje de los árboles a modo de techo.

10 de diciembre. Empezaba a creer terminada mi cueva o subterráneo, cuando, de repente (al parecer la había hecho demasiado grande), una gran cantidad de tierra cayó del techo y de uno de los lados, tanta, que en resumen me asusté, y no sin motivo; porque de haber estado debajo, ya no hubiese necesitado sepulturero. Debido a este desastre tuve que rehacer gran parte del trabajo; ya que tuve que hacer caer más tierra para sacarla, y, lo que es más importante, tuve que apuntalar el techo a fin de estar seguro de que no volvería a venirse abajo.

11 de diciembre. Aquel día, pues, me puse a trabajar en ello, y coloqué dos puntales o postes sosteniendo el techo, con dos pedazos de tabla cruzados sobre cada poste. Esto lo terminé al día siguiente; y poniendo más postes con tablas, al cabo de una semana, poco más o menos, ya tenía el techo asegurado, y los postes, que formaban hileras, me sirvieron para dividir mi casa en varias estancias.

17 de diciembre. Desde aquel día hasta el 20 coloqué estantes y clavé clavos en los postes para colgar todo lo que pudiera colgarse, y empecé a tener un poco de orden en la casa.

20 de diciembre. Entonces lo llevé todo a la cueva y empecé a amueblar la casa; hice con varios trozos de tabla como un aparador, para dejar encima los víveres con cierto orden, pero las tablas me empezaban a escasear; también me hice otra mesa.

24 de diciembre. Mucha lluvia toda la noche y todo el día; nada de salir.

25 de diciembre. Lluvia todo el día.

26 de diciembre. No más lluvia, y la tierra mucho más fresca que antes y más agradable.

27 de diciembre. Maté un cabrito y dejé lisiado a otro, de modo que lo cogí y lo llevé a casa con una cuerda. Cuando ya lo tenía en casa, lo até y le entablillé la pata que tenía rota.

Nota. Le presté tantos cuidados que vivió y la pata se desarrolló normalmente y tan fuerte como antes; pero al criarlo durante tanto tiempo se domesticó y comía el poco de hierba que había a mi puerta y no pensaba en escaparse. Ésta fue la primera vez en que acaricié la idea de criar algunos animales domésticos, a fin de poder tener comida cuando la pólvora y los perdigones se hubieran agotado.

28, 29 y 30 de diciembre. Grandes calores y ni un soplo de viento; así que no hacía salidas, excepto al atardecer para ir en busca de comida. Este tiempo lo invertí en poner en orden todas mis cosas dentro de casa.

1 de enero. Todavía mucho calor, pero salía a primera hora o al caer la tarde con mi escopeta, y permanecía echado durante el resto del día. Aquella tarde, al adentrarme más en los valles que se extendían hacia el centro de la isla, descubrí que allí había una multitud de cabras, aunque extraordinariamente ariscas, siendo imposible acercarse a ellas; sin embargo, decidí intentar cazarlas con la ayuda del perro.

2 de enero. En consecuencia, pues, al día siguiente salí con mi perro, y lo azucé contra las cabras; pero me equivoqué, porque plantaron cara al perro, éste vio claramente el peligro y, por lo tanto, no se les acercó.

3 de enero. Empecé mi cerca o muro, el cual, estando aún temeroso de ser atacado por alguien, decidí hacer muy grueso y fuerte.

Nota. Este muro ya ha sido descrito antes, y omito a propósito lo que ya se ha dicho en el diario; basta observar que estuve nada menos que desde el 3 de enero hasta el 14 de abril, trabajando, puliendo y perfeccionando este muro, aunque no tenía más que unos veintidós metros de longitud, en semicírculo desde un punto de la roca hasta otro lugar que distaba unos siete metros del primero, quedando la puerta de la cueva en el centro y al fondo.

Todo este tiempo trabajé muchísimo, aunque las lluvias me estorbaron durante muchos días, y aun semanas enteras a veces; pero yo pensaba que no me sentiría completamente seguro hasta haber terminado el muro; y es casi increíble el indecible trabajo que me costaba hacer cualquier cosa, especialmente sacar estacas del bosque y clavarlas en la tierra, porque las hice mucho más gruesas de lo que era necesario.

Cuando este muro estuvo terminado, y la doble valla de la puerta de afuera con el elevado muro de turba adosado a él, me convencí de que si alguien desembarcaba allí no advertiría nada que le recordase a una vivienda humana; y obré muy bien al hacerlo así, como podrá observarse más adelante en una ocasión muy señalada.

Durante aquel tiempo hacía mi recorrido por los bosques para cazar todos los días, cuando la lluvia me lo permitía, y hacía frecuentes descubrimientos en estos paseos de una u otra cosa que me interesaba. Particularmente descubrí una especie de palomas silvestres que no construían el nido como las torcaces en un árbol, sino más bien como palomares en huecos de las rocas; y cogiendo algunos pichones me propuse criarlos domésticos, y así lo hice; pero cuando fueron mayores, todos escaparon, lo que quizá era por falta de comida, porque yo no tenía nada que darles; sin embargo, a menudo encontraba nidos de éstos, y cogía los pichones, que eran un excelente bocado.

Y entonces, al cuidarme de los quehaceres de la casa, vi que me faltaban muchas cosas, que al principio pensé que me era imposible hacerlas, como en realidad ocurrió con alguna de ellas. Por ejemplo nunca pude construir un tonel y ponerle aros. Yo tenía uno o dos barrilillos, como ya he explicado antes, pero nunca pude llegar a saber hacerme uno tomando por modelo los otros, aunque dediqué a ello muchas semanas. Nunca conseguí hacer entrar los fondos ni ajustar las tablillas con la suficiente perfección para que retuviesen el agua, y así también dejé correr esto.

En segundo lugar, echaba mucho de menos las velas; así, tan pronto como oscurecía, que generalmente era alrededor de las siete, me veía obligado a acostarme. Me acordaba del pedazo de cera con el que había fabricado velas en mi aventura africana, pero ahora no tenía nada de eso. El único recurso que tuve fue que, cuando hube matado una cabra, guardé la grasa, y con el platito de arcilla que sequé al sol, y al que añadí una mecha de estopa, me hice una lámpara; y ésta me dio luz, aunque no tan clara y uniforme como la de una vela. En medio de todas mis tareas, ocurrió que, revolviendo entre mis cosas, encontré un saquito que, como ya he dicho antes, había contenido grano para las gallinas, no para este viaje, sino para otro anterior, supongo yo, cuando el barco vino de Lisboa. Los escasos restos de grano que habían quedado en el saco los habían devorado las ratas, y no vi dentro más que cascarillas y polvo; y deseando disponer de él para algún otro uso, creo que era para guardar pólvora, cuando la distribuí por miedo de los rayos, o para algún uso por el estilo, sacudí la cascarilla del grano junto a la fortificación, al pie de la roca.

Fue un poco antes de las grandes lluvias que acabo de mencionar cuando tiré estos desperdicios, sin prestar ninguna atención ni acordarme siquiera de que allí había echado algo; cuando, alrededor de un mes más tarde, poco más o menos, vi unos pocos tallos de algo verde que nacía de la tierra, y que imaginé sería alguna planta que no había visto; pero quedé sorprendido y totalmente maravillado cuando al cabo de poco tiempo vi surgir unas diez o doce espigas, que no eran otra cosa que cebada verde, de la misma clase que nuestra cebada europea, es decir, como nuestra cebada inglesa.

Es imposible expresar el asombro y la confusión de mis pensamientos en esta ocasión. Hasta entonces había obrado sin la menor idea religiosa. La verdad es que tenía en la cabeza muy pocas ideas de religión, ni se me había ocurrido dar ningún sentido a todo lo que me ocurría, aparte del de la suerte, o, como solemos decir a la ligera, el de «Dios lo quiere así». Sin llegar a preguntarse por el objeto de la Providencia en estas cosas, ni su fin al gobernar los acontecimientos de este mundo. Pero cuando vi que allí crecía cebada, en un clima que yo sabía que no era el indicado para el grano, y sobre todo ni sabiendo cómo habría podido llegar a aquel lugar, me sentí extrañamente conmovido y empecé a suponer que Dios había hecho crecer milagrosamente aquellas espigas sin necesidad de sembrar ninguna semilla, y que aquello no tenía otro objeto que proveerme en aquel lugar desierto y miserable.

Esto me tocó un poco el corazón e hizo brotar lágrimas de mis ojos, y empecé a felicitarme de que un prodigio tal de la naturaleza se hubiese producido por mi causa; y lo que me parecía más extraño es que veía cerca de allí, a lo largo de la pared de la roca, varios tallos más diseminados, que resultaron ser tallos de arroz, y que yo conocía porque había visto crecer en África cuando desembarqué allí.

No sólo creí que aquello únicamente podía ser producto de la Providencia para alimentarme, sino que, no dudando de que allí tenía que haber más, recorrí toda aquella parte de la isla donde ya había estado antes, escudriñando por todos los rincones y al pie de todas las rocas, buscando más, pero no pude encontrar nada de ello. Por fin se me ocurrió que había sacudido un saco de comida para las gallinas en aquel lugar, y entonces mi maravilla empezó a decrecer; y debo confesar que mi religiosa gratitud con la Providencia de Dios empezó también a aminorarse, en vista de que todo aquello no era más que un hecho ordinario; aunque hubiera debido estar agradecido por tan extraordinaria e imprevista providencia, como si hubiese sido algo milagroso; porque en verdad que fue un don que la Providencia me hizo, el que ordenara o dispusiera que diez o doce granos de cebada permanecieran intactos (cuando las ratas habían destruido todo el resto) como si hubieran caído del cielo; como también que yo los echara en un lugar especial, donde, quedando a la sombra de una roca alta, germinaran inmediatamente. Mientras que, de haber sido arrojados en otra parte, en esta época del año, el sol los hubiera agostado y destruido.

El lector puede imaginar con cuánto cuidado recogí las espigas de esta cebada, cuando llegó su tiempo, que fue hacia finales de junio; y guardando toda la cebada, decidí sembrarla toda de nuevo, con la esperanza de que con el tiempo podría obtener la cantidad suficiente para proporcionarme pan; pero hasta el cuarto año no pude reservarme para mí un solo grano de esta cebada para comer, y aun entonces economizándola, como diré más adelante, a su debido tiempo; ya que perdí todo lo que sembré en la primera estación, por no hacerlo en la época adecuada; porque sembré muy poco antes de empezar la estación seca, de modo que nunca llegó a crecer, o al menos como hubiese podido haberlo hecho; de esto hablaremos en su lugar.

Además de esta cebada, había, como ya he dicho más arriba, veinte o treinta matas de arroz, que reservé con el mismo cuidado, y cuyo uso fue de la misma especie o con el mismo propósito, a saber, el de hacerme pan o, mejor dicho, comida; porque encontré el medio de cocerlo sin necesidad de horno, aunque esto tampoco lo hice hasta al cabo de algún tiempo. Pero volvamos a mi diario.

Trabajé con una extraordinaria intensidad aquellos tres o cuatro meses para conseguir terminar el muro; y el 14 de abril lo cerré, ideando que se entrase no por una puerta, sino por encima del muro con una escalera, para que desde fuera no se viese ninguna señal de que allí habitaba alguien.

16 de abril. Terminé la escalera, así que subía por ella hasta el borde del muro, y entonces la retiraba tras de mí y la dejaba caer por la parte de dentro. Yo quedaba, pues, completamente encerrado; ya que dentro tenía espacio suficiente, y nada podía venirme del exterior sin tener primero que escalar mi muro.

El mismo día que siguió al que terminé este muro faltó poco para que toda mi obra no se derrumbara en un momento, y yo mismo hallara la muerte; el caso fue el siguiente: mientras estaba ocupado en el interior, al fondo de la tienda, en la misma entrada de la cueva, me asusté terriblemente por lo más espantoso e inesperado que podía suceder; porque de repente vi que se desmoronaba la tierra del techo de mi cueva y del costado de la colina sobre mi cabeza, y dos de los puntales que había puesto en la cueva se quebraban con gran estrépito. Quedé asustado hasta lo más hondo, pero no se me ocurrió en absoluto cuál podía ser la causa real de todo aquello, y sólo pensé que el techo de la cueva se estaba cayendo, como ya había ocurrido la vez anterior; y temiendo quedar sepultado allí eché a correr hacia la escalera, y no creyéndome seguro ni siquiera en aquel lugar, me subí al muro por miedo de las piedras de la colina, que yo esperaba empezarían a desprenderse rodando sobre mí. Apenas hube bajado y vuelto a pisar tierra firme, vi claramente que se trataba de un terrible terremoto, porque la tierra sobre la que estaba tembló tres veces en unos ocho minutos, con tres sacudidas tales que hubieran hecho desmoronar el edificio más sólido que pudiera imaginarse en la tierra; y un gran peñasco de la cima de la roca, que estaba a unos ochocientos metros de distancia de mí, junto al mar, cayó con un estrépito tan terrible como yo nunca había oído en mi vida. Advertí también que el mismo mar sufría violentas sacudidas; y creo que éstas eran aún más fuertes bajo el agua que en la isla.

Quedé tan horrorizado ante todo aquello, no habiendo asistido nunca a nada semejante ni habiendo hablado con nadie que lo hubiese visto, que quedé como muerto o petrificado; y el movimiento de la tierra me produjo en el estómago una sensación de mareo como la que se siente en el mar; pero el ruido de la caída del peñasco me despertó, por decirlo así, y sacándome del estado de pasmo en que estaba, me llenó de terror, y sólo fui capaz de pensar en la colina derrumbándose sobre mi tienda y el almacén de mis cosas, enterrándolo todo en un instante; y esto me hundió por segunda vez en un gran abatimiento.

Después de terminar la tercera sacudida, y como no volví a sentir más por algún tiempo, empecé a recobrar ánimos, y sin embargo aún no tenía valor suficiente para volver a saltar sobre mi muro, por miedo a quedar enterrado vivo, sino que seguía sentado en el suelo, en medio de un gran desánimo y desconsuelo, sin saber qué hacer. Durante todo este tiempo no se me ocurrió ni la menor idea verdaderamente religiosa, nada más que el común, Señor, ten piedad de mí; y cuando todo terminó, también esto desapareció.

Mientras me hallaba de este modo, vi que la atmósfera se cargaba y el cielo se nublaba, como si fuera a llover. Tras esto, se fue levantando viento, poco a poco, hasta que, en menos de media hora, sopló el más espantoso de los huracanes. Súbitamente todo el mar se cubrió de crestas de espuma, toda la playa quedo cubierta por el agua, los árboles se desgajaban de las raíces, y la verdad es que era una terrible tempestad; y esto duró unas tres horas, y luego empezó a aflojar, y al cabo de dos horas más todo estaba en calma y empezó a llover abundantemente.

Entretanto, yo seguía sentado en el suelo, aterrorizado y descorazonado, cuando de repente se me ocurrió que, siendo esos vientos y lluvia las consecuencias del terremoto, el terremoto mismo ya había pasado y terminado, y que podía aventurarme a volver a mi cueva. Con esta idea volví a cobrar ánimos, y ayudándome también la lluvia a convencerme, entré y me senté en mi tienda, pero la lluvia era de una violencia tal que también la tienda estaba a punto de venirse abajo, y me vi obligado a meterme en la cueva, aunque con temor e inquietud, temiendo que se derrumbase sobre mi cabeza.

La violencia de la lluvia me forzó a hacer una nueva obra, a saber, la de abrir en mi nueva fortificación una especie de vertedero para dejar que saliese el agua, que, de otro modo, hubiese inundado la cueva. Después de haber estado durante cierto rato en mi cueva, vi que ya no se producían más sacudidas del terremoto, y empecé a serenarme; y entonces, para levantarme el ánimo, lo cual la verdad era que necesitaba muy de veras, fui hacia mi pequeño almacén, y tomé un sorbito de ron, el cual, sin embargo, entonces y siempre economicé hasta el máximo, sabiendo que no podía tener más cuando se hubiera terminado.

Continuó lloviendo durante toda aquella noche y gran parte del día siguiente, de modo que no pude salir, pero mi espíritu estaba más sereno, y empecé a pensar qué era lo mejor que podía hacer, llegando a la conclusión de que, si la isla sufría estos terremotos, no me sería posible vivir en una cueva, sino que debía pensar en construirme alguna pequeña cabaña en un lugar descubierto, que podía rodear de un muro como había hecho aquí, y así protegerme contra las fieras o los hombres. Llegué a la conclusión de que, si permanecía donde estaba, ciertamente, un día u otro quedaría enterrado vivo.

Con esta idea, decidí trasladar mi tienda del lugar en donde estaba, que era exactamente al pie del talud que formaba la colina, y que, sin duda, de sufrir otra sacudida, se hubiese derrumbado sobre mi tienda. Y empleé los dos días siguientes, es decir, el 19 y el 20 de abril, en discurrir sobre dónde y cómo trasladar mi morada.

El miedo de ser sepultado vivo hizo que ya no pudiera dormir con tranquilidad, y sin embargo, el temor de dormir fuera, sin ninguna protección, casi igualaba al primero; pero, cuando miraba a mi alrededor y veía que todo estaba en orden y lo agradable que era mi refugio y cómo estaba a salvo del peligro, me sentía poco dispuesto a mudarme.

Entretanto se me ocurrió que necesitaría mucho tiempo para llevar a cabo mi propósito, y que debería conformarme con correr el riesgo de seguir donde estaba, hasta que me hubiera hecho un campamento y lo hubiera asegurado de modo que pudiese mudarme a él. Así que, con esta determinación, me tranquilicé por algún tiempo, y decidí que me pondría a trabajar a toda prisa para construir un muro con estacas y cables, etcétera, en círculo, al igual que el otro, y plantar mi tienda en él cuando estuviera terminado, pero que me arriesgaría a permanecer en donde estaba hasta que estuviera terminado y listo para la mudanza. Esto fue el 21.

22 de abril. A la mañana siguiente empecé a considerar los medios para poner en práctica esta resolución, pero me encontraba con la falta de herramientas; tenía tres hachas grandes y abundancia de pequeñas hachas (porque las llevábamos para comerciar con los indios), pero con tanto cortar y lijar madera dura y nudosa, estaban todos desgastados, y aunque tenía una piedra de afilar, no podía hacerla girar y afilar mis herramientas al mismo tiempo. Esto me dio tanto que pensar como a un estadista una importante cuestión de política o a un juez la sentencia de muerte de un hombre. Por fin ideé una rueda con una cuerda, que giraba accionando el pie, a fin de que me quedaran las dos manos libres.

Nota. Yo nunca había visto nada parecido en Inglaterra o, al menos, nunca había prestado atención a cómo estaba hecho, aunque más adelante he advertido que allí es una cosa muy común. Aparte de esto, mi piedra de afilar era muy grande y pesada; esta máquina me costó toda una semana de trabajo para dejarla a punto.

28 y 29 de abril. Aquellos días los empleé por entero en afilar mis herramientas, y mi mecanismo para hacer funcionar la piedra funcionó muy bien.

30 de abril. Habiendo advertido que mi pan disminuía considerablemente, hice recuento del que quedaba, y reduje la ración a una galleta por día, lo cual hice muy a mi pesar.

1 de mayo. Por la mañana, al dirigir la mirada hacia la orilla del mar, estando baja la marea, vi algo en la arena de un tamaño poco común, y que parecía un tonel. Cuando me acerqué vi que era un barrilillo y dos o tres restos del barco naufragado, que habían sido arrastrados hacia la playa por el último huracán, y al dirigir la mirada hacia el barco observé que sobresalía del agua más que antes. Examiné el barril que había sido arrastrado hasta la playa, y me di cuenta de que era un barril de pólvora, pero que había entrado agua, y que la pólvora se había convertido en una masa dura como la piedra; sin embargo por el momento me lo llevé de la playa rodando, y volví a la arena acercándome todo lo que pude al barco para ver si encontraba algo más.

Cuando bajé al barco lo encontré todo extraordinariamente revuelto. El castillo de proa, que antes estaba enterrado en la arena, por lo menos se había levantado dos metros. Y la popa, que estaba destrozada y que había sido separada del resto por la fuerza del mar poco después de que yo hubiera terminado de registrarla, había sido, como si dijéramos, lanzada al aire y tumbada sobre un costado. Y la arena había subido a un nivel tan alto por ese lado, junto a la popa, que, donde antes había una gran extensión de agua, de modo que uno no podía acercarse a menos de cuatrocientos metros del barco si no era a nado, ahora se podía ir andando cuando la marea estaba baja. Al principio esto me sorprendió, pero pronto deduje que la causa había sido el terremoto, y, debido a la violencia de éste, el barco estaba aún más destrozado que antes, con lo cual llegaban cada día a la playa muchas cosas que el mar había reblandecido, y que los vientos y el agua hacían rodar poco a poco hacia la tierra.

Todo ello distrajo mis pensamientos de la intención de mudarme de casa; y estuve muy ocupado, sobre todo aquel día, viendo si podía encontrar un medio de introducirme en el barco, pero comprendí que no podía esperar nada semejante, ya que todo el interior del barco estaba repleto de arena. Sin embargo, como había aprendido a no desesperar de nada, decidí arrancar del barco, a trozos, todo lo que pudiese, pensando que todo lo que pudiera sacar de él podría tener uno u otro empleo.

3 de mayo. Empecé por serrar un madero que pensé sostenía algo de la parte superior de la toldilla, y cuando lo hube serrado, lo limpié de arena lo mejor que pude, por el lado que quedaba más alto; pero la marea empezaba a subir, y me vi obligado a dejarlo correr por aquella vez.

4 de mayo. Fui de pesca, pero no pesqué nada que me atreviese a comer, hasta que cuando ya estaba cansado de este ejercicio y a punto de abandonarlo, cogí un pequeño delfín. Con los hijos extraídos de las cuerdas me había hecho un sedal muy largo, pero no tenía anzuelo, a pesar de lo cual solía pescar bastante, tanto como quería comer; los peces los secaba al sol y luego los comía secos.

5 de mayo. Trabajé en el casco del barco, serré otro madero, y traje tres planchas grandes de abeto, que saqué de la cubierta, y las até las unas con las otras y las hice ir flotando hacia la playa cuando subió la marea.

6 de mayo. Trabajé en el casco del barco, saqué de él varios pernos de hierro y otras piezas también de hierro; trabajé muchísimo, y volví a casa tan cansado que tenía la idea de dejarlo definitivamente.

7 de mayo. Volví al barco, aunque sin intenciones de trabajar, pero me encontré con que el peso del casco lo había hundido, al haber sido cortados los maderos, que varias piezas del barco parecía que iban a desunirse y que la bodega quedaba tan abierta que podía verse el interior, aunque estaba casi llena de agua y arena.

8 de mayo. Fui al barco y llevé una barra de hierro para desarmar la cubierta, que ahora estaba ya completamente libre de agua y arena. Arranqué dos planchas y las traje a la playa, también sirviéndome de la marea; dejé la barra de hierro en el barco para el día siguiente.

9 de mayo. Fui al barco, y con la barra hice un agujero en el casco del barco, y encontré varios toneles cuyos cercos aflojé con la barra, pero sin poder romperlos. Encontré también el rollo de plomo inglés, y llegué a moverlo de sitio, pero pesaba demasiado para transportarlo.

10, 11, 12, 13 y 14 de mayo. Fui todos los días al barco y saqué gran cantidad de maderamen, tablas o planchas, y de noventa a ciento treinta y cinco kilos de hierro.

15 de mayo. Me llevé dos hachas, para ver si podía cortar un trozo de rollo de plomo, aplicando el filo de una hacha y haciendo servir el otro para golpear; pero como estaba aproximadamente a medio metro bajo el agua, no acerté ni un solo golpe con el hacha.

16 de mayo. Había hecho mucho viento aquella noche, y el barco parecía más deteriorado por la fuerza del agua; pero estuve tanto tiempo en los bosques para coger palomas para la comida, que la marea me impidió ir al barco aquel día.

17 de mayo. Vi varios restos del barco arrojados a la playa a gran distancia, a cerca de unos tres kilómetros de donde yo estaba, pero decidí ver lo que eran, y resultaron ser un trozo de la proa, pero demasiado pesado para llevármelo.

24 de mayo. Todos los días hasta éste trabajé en el barco, y a costa de grandes esfuerzos arranqué una serie de trozos con la barra, tantos que a la primera marea creciente vi flotar varios barriles y dos de los baúles de los marineros; pero el viento soplaba de tierra, y nada llegó a la playa aquel día sino trozos de maderamen y un barril que contenía tocino de Brasil, aunque el agua salada y la arena lo habían echado a perder.

Seguí con este trabajo todos los días hasta el 15 de junio, exceptuando el tiempo necesario para proveerme de comida, que siempre hacía coincidir, mientras estuve ocupado en lo otro, con la hora de la marea alta, para poder estar dispuesto cuando se hubiera retirado, y por aquel tiempo había ya recogido maderamen y planchas y herrajes suficientes para construirme un buen bote, si hubiera sabido cómo; y recogí también en varias veces y en varios trozos cerca de cuarenta y cinco kilos de hoja de plomo.

16 de junio. Bajé hasta la orilla y encontré una enorme tortuga de mar. Era la primera que veía en mi vida, y esto al parecer sólo era debido a mala suerte mía, no a que no las hubiera en aquel lugar, o a que fueran escasas; porque si se me hubiese ocurrido ir por el otro lado de la isla, las hubiera podido tener a centenares cada día, como descubrí más tarde; pero quizá me hubieran costado demasiado caras.

17 de junio. Me ocupé de cocer la tortuga; le encontré sesenta huevos, y su carne entonces me pareció la más sabrosa y agradable que había probado en mi vida, no habiendo comido carne, excepto la de cabra o la de ave, desde que desembarqué en este horrible lugar.

CAPÍTULO 6
Enfermedad y crisis espiritual

18 *de junio*. Llovió todo el día y no salí. Pensé que la lluvia era fría y yo me sentía algo friolero, lo cual sabía que no era usual en esas latitudes.

19 de junio. Muy enfermo y tiritando, como si el tiempo fuese frío.

20 de junio. No dormí en toda la noche; grandes dolores de cabeza y calentura.

21 de junio. Muy enfermo, mortalmente asustado, con el miedo de encontrarme mal en mi lamentable situación y sin ayuda; recé por vez primera desde la tempestad a la salida de Hull, pero apenas sabía lo que decía o por qué, tal era la confusión de mis pensamientos.

22 de junio. Un poco mejor, pero con un miedo espantoso a caer enfermo.

23 de junio. Muy mal otra vez, escalofríos, y además un terrible dolor de cabeza.

24 de junio. Mucho mejor.

25 de junio. Fiebre intermitente muy fuerte; el acceso me duró siete horas, alternando el frío y el calor, y luego unos sudores que me dejaron muy débil.

26 de junio. Mejor; y no teniendo nada que comer cogí mi escopeta, aunque me encontraba demasiado débil; sin embargo, maté una cabra y con grandes dificultades la llevé a casa, asé una parte y me la comí. Hubiera deseado hervirla para hacerme un poco de caldo, pero no tenía olla.

27 de junio. Otra vez la fiebre intermitente, con tanta violencia que he estado acostado todo el día sin comer ni beber; casi me moría de sed, pero de tan débil, no tenía fuerzas para ponerme de pie o alcanzarme agua que beber. Otra vez recé, pero deliraba, y cuando no, era tan ignorante que no sabía qué decir; no hacía más que exclamar:

—¡Señor, vuelve tu mirada hacia mí. Señor, apiádate de mí. Señor, ten piedad de mí!

Supongo que esto fue todo lo que hice durante dos o tres horas, hasta que, terminándose el acceso, me dormí y no desperté hasta noche muy avanzada. Cuando me desperté, me encontré más recuperado, pero débil, y sediento; sin embargo, como en toda mi morada no había ni una gota de agua, me vi obligado a seguir acostado hasta el amanecer, y me volví a dormir; esta segunda vez tuve un sueño terrible.

Creía estar sentado en el suelo, en la parte de afuera de mi muro, donde estaba sentado cuando se desencadenó la tempestad después del terremoto, y que allí veía descender a un hombre de una gran nube negra, envuelto en un brillante resplandor de llama de fuego que bajaba a la tierra. El hombre tenía un resplandor como de llama, de modo que apenas podía fijar en él la mirada. Su apariencia era de lo más espantosamente indecible, imposible de describir con palabras. Cuando posó sus pies en tierra, creí que ésta temblaba, lo mismo que había ocurrido anteriormente durante el terremoto, y todo el aire parecía, al menos para mi miedo, como si estuviera lleno de llamaradas de fuego.

Apenas se había posado en tierra, cuando se dirigió hacia mí, con una larga lanza o arma en la mano, para matarme. Cuando llegó a un pequeño montículo, a cierta distancia de donde yo estaba, me dirigió la palabra, u oí una voz tan terrible, que es imposible expresar el terror que producía. Todo lo que puedo decir que comprendí fue esto:

—Viendo que todas estas cosas no te han movido a arrepentimiento, ahora morirás.

Y diciendo estas palabras, creí que levantaba la lanza que tenía en la mano para matarme.

Nadie entre los futuros lectores de este relato supondrá que soy capaz de describir lo horrorizado que quedé ante esta visión; quiero decir, que aunque no fue más que un sueño, soñé muy a lo vivo aquellos horrores; y tampoco me es posible describir la impresión que perduró en mi espíritu cuando desperté y vi que sólo había sido un sueño.

Yo no tenía, ¡ay de mí!, instrucción religiosa. La que había recibido gracias a las buenas enseñanzas de mi padre se me había borrado por una ininterrumpida sucesión de ocho años de impiedad marinera y el trato continuo con los que eran, igual que yo, incorregibles y mundanos hasta el grado máximo. No recuerdo haber tenido en todo aquel tiempo ni un solo pensamiento que tendiese a elevar la mirada hacia Dios, o a fijarla en mi mismo corazón, para examinar mi propia conducta; sino que, como un embrutecimiento del alma, sin ningún deseo de bien y ninguna conciencia del mal, se había adueñado por entero de mí y yo era aún más insensible, irreflexivo y perverso de lo que suelen ser las gentes del mar, sin tener el menor sentido ni del temor a Dios en el peligro, ni de la gratitud que se debe a Dios cuando Él nos socorre.

Por lo que se refiere a lo ya pasado de mi historia, esto será más fácilmente creíble cuando añada que, en medio de toda la variedad de desgracias que hasta aquel día me habían sucedido, ni una sola vez se me ocurrió la idea de que aquello fuera la mano de Dios, o de que fuera un justo castigo por mi pecado, mi comportamiento rebelde con mi padre o mis pecados presentes, que eran grandes; o como un castigo por el rumbo general de mi incorregible vida. Cuando la desesperada expedición por las costas desiertas de África, nunca tuve ni un solo pensamiento sobre lo que sería de mí; ni un deseo de que Dios me encaminase hacia donde yo quería ir ni de que me protegiese del peligro que parecía acecharme, tanto de los animales voraces como de los crueles salvajes. Simplemente no pensaba ni en un Dios ni en una Providencia; actuaba como un simple animal, según los principios de la naturaleza y según los dictados del sentido común, y aun esto no siempre.

Cuando recobré mi libertad y fui recogido en el mar por el capitán portugués, bien acomodado, tratado con justicia y honorablemente, al tiempo que con espíritu caritativo, no tuve ni el menor pensamiento de gratitud. Cuando volví a naufragar, arruinado y en peligro de ahogarme en esta isla, estaba también lejos del remordimiento o de considerarlo como una sentencia. Sólo me solía decir a mí mismo que era un perro desgraciado, y nacido para ser siempre un desdichado.

Es cierto que, cuando llegué a esta playa por vez primera y vi que toda la tripulación de mi barco se había ahogado y que yo había sido el único en salvarme, quedé sobrecogido con una especie de éxtasis y unos transportes del espíritu, que, de haberme asistido la gracia de Dios, hubieran podido elevarme a una verdadera gratitud; pero todo terminó como había empezado, en un simple y común rapto de alegría, o, como podríamos decir, estando contento de estar vivo, sin la menor reflexión sobre la especial bondad de la mano que me había protegido y que me había elegido para salvarme la vida, cuando todo el resto había muerto; o una pregunta de por qué la Providencia había sido tan misericordiosa conmigo. Exactamente la misma clase común de alegría que los marineros suelen sentir después de alcanzar sanos y salvos la playa tras un naufragio, y que ahogan todos en el primer tazón de ponche, y olvidan casi al mismo tiempo que terminan de beberlo; y todo el resto de mi vida era así.

Aun cuando más adelante, después de las obligadas consideraciones, me hice cargo de mi situación, de cómo había sido arrojado a este espantoso lugar, lejos de toda esperanza de socorro y posibilidad de salvación, tan pronto como vi una perspectiva de vivir y no morir de hambre y de frío, todo el sentimiento de mi aflicción se esfumó y empecé a encontrarme a gusto y a ponerme a trabajar para proveer mi subsistencia y para defenderme, y estaba muy lejos de estar afligido por mi situación, como si fuese una sentencia del Cielo o la mano de Dios levantada contra mí. Éstas eran ideas que muy raramente me pasaban por la cabeza.

El hecho de crecer la cebada, como ya he anotado en mi diario, tuvo al principio una influencia sobre mí, y empezó a afectarme gravemente, mientras pensé que había algo milagroso en ello; pero tan pronto como desapareció esta perspectiva de la cosa, la impresión que me había producido se desvaneció también, como ya he dicho.

Incluso el terremoto, aunque nada podía ser más terrible en su género, ni encaminar más directamente hacia el invisible poder que sólo rige tales cosas, sin embargo, aún no había pasado el primer susto, cuando la impresión que me había producido desaparecía también. Ya no tenía ningún sentimiento de Dios ni de sus juicios, y mucho menos de que la aflicción en que me encontraba procedía de su mano, lo mismo que si me hubiera visto en la situación más próspera de la vida.

Pero entonces, cuando empecé a sentirme enfermo, y una detallada visión de las miserias de la muerte apareció ante mí, cuando mis ánimos empezaron a hundirse bajo el peso de un fuerte mal y la naturaleza quedó exhausta por la violencia de la fiebre, la conciencia, que había estado dormida durante tanto tiempo, empezó a despertar, y empezó a hacerme reproches sobre mi vida pasada, en la cual tan evidentemente, por una maldad poco común, había provocado que la justicia de Dios me abatiera bajo los golpes también poco comunes y me diera un trato tan vengativo.

Estas reflexiones me asaltaron hacia el segundo o tercer día de mi enfermedad, y en la violencia, tanto de la fiebre como de los espantosos reproches de mi conciencia, me arrancaron algunas palabras que parecían invocar a Dios, aunque no puedo decir si eran una plegaria acompañada de deseo o de esperanza; o más bien era la voz del puro temor y de la desgracia. Mis pensamientos eran confusos, abrumador el testimonio de mis culpas en mi espíritu, y el horror de morir en esta situación tan mísera me enturbiaba la cabeza con simples imaginaciones; y en estos trances del alma, no sé cómo mi lengua podía expresarse; fue más bien una exclamación como: «¡Señor, qué mísera criatura soy! Si estuviera enfermo, ciertamente que moriría por falta de cuidados, y ¿qué es lo que sería de mí?».

Entonces, las lágrimas brotaban de mis ojos, y no podía decir nada más durante un buen rato.

En este intervalo, los buenos consejos de mi padre me vinieron a la mente, y acto seguido su predicción que ya mencioné al principio de esta historia, es decir, si daba este paso tan estúpido, Dios no me bendeciría, y que más adelante tendría ocasión de reflexionar por no haber tenido presente su aviso, cuando no tuviera a nadie para asistirme en los trances difíciles.

—Ahora —me dije en voz alta—, las palabras de mi querido padre se están convirtiendo en realidad: la justicia de Dios se ha abatido sobre mí y no tengo a nadie que me ayude ni que me oiga: yo rechacé la voz de la Providencia, que, misericordiosamente, me había puesto en una posición o situación en la vida, en la que hubiera podido ser feliz y vivir a gusto; pero no quise verlo por mí mismo ni aprender a saber de sus bendiciones por las palabras de mis padres; les dejé lamentando mi locura, y ahora heme aquí solo y lamentando sus consecuencias; rechacé su ayuda y su asistencia, que me hubieran dado una posición en el mundo y que me hubieran hecho fáciles las cosas, y ahora tengo que luchar con dificultades demasiado grandes para que las resista aun la misma naturaleza, y sin tener asistencia, ni ayuda ni consuelo ni nadie que me aconseje.

Entonces exclamé:

—¡Señor, ven en mi ayuda, porque grande es mi desgracia!

Ésta fue la primera oración, si así puedo llamarla, que había hecho en muchos años. Pero vuelvo a mi diario.

28 de junio. Habiéndome recuperado un poco tras haber dormido y ya sin fiebre, me levanté; y aunque el susto y el terror del sueño eran aún muy grandes, consideré que la fiebre intermitente volvería de nuevo al día siguiente, y que aquélla era la ocasión de ir a buscar algo para refrescarme y aliviarme cuando volviese a sentirme enfermo; y lo primero que hice fue llenar de agua una gran garrafa y ponerla sobre la mesa, al alcance de la mano desde la cama; y para templar un poco el agua, vertí en ella como unos quince centilitros de ron, y lo revolví. Luego cogí un pedazo de carne de cabra y la asé sobre las ascuas, pero sólo pude comer muy poca. Anduve un poco, pero estaba muy triste y desanimado, pensando en mi mísera situación, temiendo el retorno de mi mal al día siguiente. Por la noche cené tres de los huevos de tortuga que cogí de las cenizas, y que me comí, como podríamos decir, en la misma cáscara; y éste fue el primer bocado para el que pedí la bendición de Dios, al menos que yo recuerde, en toda mi vida.

Después de haber comido intenté salir a pasear, pero me encontraba tan débil que apenas podía llevar la escopeta (porque yo nunca salía sin ella), así que no anduve más que un corto trecho, y me senté en el suelo, mirando al mar, que estaba muy encalmado y tranquilo. Y mientras estaba sentado allí, se me ocurrieron pensamientos como éstos:

«¿Qué es esta tierra y este mar que tantas veces he visto? ¿De dónde proceden? ¿Y qué soy yo y todos los otros animales, salvajes y domésticos, racionales e irracionales? ¿De dónde procedemos? De seguro que todos hemos sido hechos por algún poder oculto que formó la tierra y el mar, el aire y el cielo. Y ¿quién es ése?».

Y de esto se seguía del modo más natural: «Es Dios quien lo ha hecho todo. Bueno, pero entonces resulta extraño. Si Dios ha hecho todas estas cosas, y Él las guía y las gobierna todas, así como a todo lo que se refiere a ellas; porque el poder capaz de hacer todas las cosas ciertamente debe tener poder para guiarlas y dirigirlas. Y si es así, nada puede suceder en el gran ámbito de sus obras sin su conocimiento u orden. Y si nada ocurre sin su conocimiento, Él sabe que estoy aquí y que estoy en esta espantosa situación; y si nada ocurre sin que Él lo ordene, Él ha ordenado todo lo que me ha ocurrido».

Nada me venía al pensamiento que contradijese ninguna de estas conclusiones; y por lo tanto cada vez me afirmaba más en la convicción de que forzosamente Dios había ordenado todo lo que me había ocurrido; que yo había sido llevado a tan mísera condición por su voluntad, teniendo Él el poder único, no sólo sobre mí, sino sobre todo lo que ocurría en el mundo. Inmediatamente seguía:

«¿Por qué Dios me ha hecho esto a mí? ¿Qué es lo que he hecho para recibir de Él este trato?».

Al llegar a este punto, mi conciencia se detuvo en mis preguntas como si hubiese blasfemado, y creí que me hablaba, como una voz, diciendo:

—¡Desgraciado! ¿Preguntas qué has hecho? Vuelve la vista atrás, hacia una vida horriblemente malgastada, pregúntate a ti mismo qué es lo que no has hecho. Pregúntate por qué no hace ya mucho tiempo que no has sido aniquilado. Por qué no te ahogaste en la bahía de Yarmouth, o no te mataron cuando el barco fue apresado por el pirata de Salé, o no te devoraron las fieras en la costa de África, o no te ahogaste aquí, donde toda la tripulación pereció, salvo tú. Y preguntas: «¿Qué he hecho?».

Yo me quedé en silencio ante estas reflexiones, como atónito, y no tuve ni una palabra que decir, no, nada que responderme a mí mismo sino que me levanté triste y pensativo y volví a mi refugio, y trepé por el muro, como si me fuese a acostar, pero mis pensamientos estaban tristemente turbados y no tenía ganas de dormir. Así que me senté en la silla y encendí mi lámpara porque empezaba a oscurecer. Entonces, como el miedo de que volviese mi mal me aterrorizaba muchísimo, me acordé de que los brasileños, para curar todas sus enfermedades, nunca toman remedios, sino sólo tabaco; y yo tenía un trozo de rollo de tabaco en uno de los baúles que estaba completamente curado y también un poco más que estaba verde y no curado del todo.

En esto fue el Cielo quien me guio sin duda; porque en este baúl encontré remedio tanto para el alma como para el cuerpo. Abrí el baúl y encontré lo que buscaba, es decir, el tabaco; y como los pocos libros que había salvado estaban también allí, cogí una de las biblias que ya he mencionado antes, y que hasta entonces no había encontrado el momento o la suficiente inclinación para hojear; decía que la cogí y llevé las dos cosas, eso y el tabaco, a la mesa.

No sabía de qué iba a servirme el tabaco para mi enfermedad, ni si era bueno o no para este caso; pero intenté varios experimentos con él, como si estuviera decidido a acertarlo de un modo u otro. Primero cogí un trozo de una hoja y lo masqué, lo cual la verdad es que al principio casi me adormeció el cerebro, ya que el tabaco era

verde y fuerte y no estaba muy acostumbrado a él. Luego tomé otro poco y lo sumergí en ron durante una o dos horas, y decidí tomar una dosis cuando me acostara; y finalmente quemé otro poco en el fuego y acerqué la nariz al humo durante todo el tiempo que pude resistir, debido tanto al calor como casi a la asfixia que producía.

En el intervalo de esta operación cogí la Biblia y empecé a leer, pero tenía la cabeza demasiado enturbiada por el tabaco para soportar la lectura, por lo menos aquella vez; sólo que abriendo el libro al azar, las primeras palabras que aparecieron ante mis ojos fueron éstas: «Invócame en el día de la aflicción, y Yo te salvaré y me glorificarás».

Las palabras eran muy apropiadas a mi caso, y causaron cierto efecto en mi pensamiento cuando las leí, aunque no tanto como más adelante me causaron; porque, en cuanto a lo de ser salvado, la expresión carecía de sentido, si así puede decirse, para mí; era algo tan remoto, tan imposible, dentro de mi conocimiento de las cosas, que empecé a decir lo que los hijos de Israel cuando se les prometió carne para comer: «¿Es que Dios puede poner mesa en el desierto?». Así decía yo:

—¿Es que el mismo Dios puede salvarme de este lugar?

Y como iban a pasar muchos años sin que se vislumbrase ninguna esperanza, ésta fue la idea que más a menudo se imponía a mis pensamientos; sin embargo las palabras me produjeron una gran impresión y las medité muy a menudo. Se iba haciendo tarde y el tabaco, como ya he dicho, me había enturbiado tanto la cabeza que tendía a dormirme; así que dejé la lámpara encendida en la cueva, por si necesitaba algo durante la noche, y me acosté; pero antes de tenderme, hice lo que antes nunca había hecho en toda mi vida: me arrodillé y rogué a Dios que cumpliera en mí la promesa, la de que si lo invocaba en el día de la aflicción, Él me salvaría. Después de que mi oración brusca y torpe hubo terminado, bebí el ron en el que había sumergido el tabaco, que era tan fuerte y cargado de tabaco que la verdad es que apenas pude tragarlo; inmediatamente después de esto me acosté. Noté que al instante se me subía violentamente a la cabeza, pero caía en un profundo sueño y no me desperté hasta que, a juzgar por el sol, debía de ser forzosamente cerca de las tres de la tarde del día siguiente; pero, en cuanto a esta hora, yo sospecho que dormí todo el día y la noche siguientes, y hasta casi las tres del día posterior; porque de otro modo sería incomprensible que hubiese olvidado un día en el cálculo de los días de la semana, como unos años más tarde resultó haber ocurrido; porque si hubiese perdido ese día haciendo dos muescas en el mismo lugar, hubiese perdido más de un día. Pero lo cierto es que no perdí más que un día en la cuenta, y nunca supe cómo.

Sea esto de uno u otro modo, cuando me desperté me encontré extraordinariamente recuperado, y con el ánimo vivo y alegre. Cuando me levanté, me encontré más fuerte que el día de antes, y con el estómago mejor, ya que tenía hambre; y, en resumen, no tuve ningún acceso al día siguiente, sino que continué mejorando; esto fue el 29.

El 30 era mi día bueno, desde luego, y salí con mi escopeta, pero no me preocupé por ir demasiado lejos. Maté una o dos aves marinas, unas parecidas a los patos salvajes, y las traje a casa, pero la carne no era muy apetecible; así que comí más huevos de tortuga, que eran muy buenos. Al atardecer volví a tomar la medicina, la cual supongo me hizo bien el día anterior, es decir, el tabaco sumergido en ron, sólo que no tomé tanto como la otra vez, ni volví a mascar la hoja ni puse la cabeza sobre el humo; sin embargo, no me encontraba tan bien al día siguiente, que era el primero de julio, como yo esperaba encontrarme, ya que aún tenía algo del acceso de frío, pero no fue mucho.

2 de julio. Volví a tomar la medicina de las tres maneras, como la primera vez; y doblé la cantidad que debía beber.

3 de julio. El acceso ya no volvió a repetirse en absoluto, aunque no recobré todas mis fuerzas hasta varias semanas después. Mientras me hallaba recuperando energías, mis pensamientos volvían una y otra vez sobre esta frase «Yo te salvaré» y la imposibilidad de mi salvación pesaba demasiado en mi espíritu, impidiéndome confiar en ella. Pero mientras me desalentaba con tales pensamientos, se me ocurrió que me fijaba tanto en la salvación de la principal de mis aflicciones, que desatendía la salvación que ya había recibido; y me vi, como si dijéramos, obligado a hacerme preguntas como éstas: por ejemplo: ¿es que no he sido salvado, y aun prodigiosamente, de la enfermedad? ¿De la más desastrosa de las situaciones imaginables, y que tanto me asustaba? ¿Y qué atención he prestado yo a ello? ¿Es que he hecho lo que debía? Dios me había salvado, pero yo no le había glorificado; es decir, yo no había mostrado reconocimiento y gratitud por una salvación tal, y ¿cómo podía esperar una salvación mayor?

Esto me llegó muy hondo, y me arrodillé y di gracias a Dios en voz alta por haberme recuperado de mi enfermedad.

4 de julio. Por la mañana cogí la Biblia y, empezando por el Nuevo Testamento, me puse a leerla atentamente, y me impuse a mí mismo la obligación de leerla un rato cada mañana y cada noche, no limitándome a un número de capítulos, sino todo el tiempo que mis pensamientos se sintieran arrastrados por la lectura. Poco tiempo después de haberme impuesto esta tarea, noté que mi corazón se sentía más honda y sinceramente afectado por la perversidad de mi vida pasada. La impresión de mi sueño perduraba, y las palabras «Todas estas cosas no te han movido a arrepentimiento» acudían seriamente a mis pensamientos. Pedía de todo corazón a Dios que me diese el arrepentimiento, cuando ocurrió que, providencialmente, el mismo día en que llegué a las palabras «Ha sido proclamado Príncipe y Salvador, para dar el arrepentimiento y el perdón», arrojé el libro, y levantando el corazón al igual que las manos hacia el cielo, en una especie de éxtasis de alegría, exclamé:

—¡Jesús, Hijo de David, Jesús, proclamado Príncipe y Salvador, dame el arrepentimiento!

Ésta fue la primera vez que puedo decir, en el verdadero sentido de la palabra, que recé en toda mi vida; porque ahora rezaba con un sentido de mi situación, y con la verdadera perspectiva de esperanza de las Escrituras, fundada en el aliento de la palabra de Dios; y a partir de este momento puedo decir que empecé a tener esperanzas de que Dios me oiría.

Entonces empecé a dar a las palabras mencionadas más arriba, «Invócame y Yo te salvaré», un sentido diferente del que hasta entonces les había dado; porque antes no tenía la menor noción de lo que podía llamarse «salvación», a no ser la salvación del cautiverio en que estaba; porque la verdad es que, aunque no me faltaba espacio en aquel lugar, para mí la isla era ciertamente una prisión, y aun en el peor sentido de la palabra; pero ya empezaba a interpretarla en otro sentido. Ahora miraba mi vida pasada con tal horror y mis pecados me parecían tan espantosos, que mi alma sólo aspiraba a que Dios me librase del peso de la culpa bajo el que vivía abatido. En cuanto a mi vida solitaria, ninguna importancia tenía; ni rezaba para ser salvado de ella ni pensaba siquiera en esto. No valía la pena tenerlo en cuenta si se comparaba con lo otro. Y añado aquí esta parte para hacer notar a quien me lea que, cuando se llega a comprender el verdadero sentido de las cosas, el ser salvado del pecado es una bendición mucho mayor que el serlo de la aflicción.

Pero, dejando esta parte, vuelvo a mi diario.

Mi situación empezaba a ser, aunque no menos lastimosa en cuanto al género de vida, sí mucho más llevadera para mi espíritu; y con mis pensamientos elevados, gracias a una constante lectura de las Escrituras y a la oración, a Dios, a cosas de más alta naturaleza, sentía un gran consuelo interior, del que hasta entonces nada había sabido; y como me habían vuelto la salud y las fuerzas, me puse a proveerme de lo que necesitaba, y a hacer mi manera de vivir tan regular como era posible.

Desde el 4 hasta el 14 de julio me ocupé, principalmente, en hacer salidas con la escopeta en la mano, muy cortas todas ellas, como alguien que está recuperando fuerzas después de haber sufrido una enfermedad; porque es difícil de imaginar lo abatido que estaba y el grado de debilidad a que me veía reducido. La medicina que empleé era completamente nueva, y quizá nunca antes de entonces había curado unas fiebres intermitentes, ni yo puedo recomendar a nadie que se sirva de ella y haga esta prueba; y aunque me quitó la fiebre, más bien contribuyó a debilitarme, ya que durante algún tiempo tuve frecuentes espasmos nerviosos en las extremidades.

De esto saqué también otra enseñanza, la de que salir durante la estación lluviosa era lo más perjudicial para mi salud que podía existir, especialmente cuando las lluvias iban acompañadas de tormentas y huracanes; ya que como la lluvia que cayó en la estación seca iba casi siempre acompañada de tales tormentas, noté que esta lluvia era mucho más peligrosa que la lluvia que caía en septiembre y octubre.

Había pasado ya en esta desdichada isla más de diez meses. Toda posibilidad de ser salvado de esta situación parecía haberse desvanecido por completo, y yo estaba firmemente convencido de que ningún ser humano había pisado jamás aquel lugar. Habiendo ya fortificado mi vivienda, a la perfección, según yo creía, tenía un gran deseo de conocer más perfectamente la isla, y de ver qué otros productos podía encontrar de los que yo nada sabía aún.

Fue el 15 de julio cuando empecé a hacer un reconocimiento más detenido de la isla. Subí primero hasta la cala, donde, como ya he indicado, había llevado mis balsas a tierra. Después de haber remontado la corriente unos tres kilómetros, noté que la marea ya no subía más arriba, y que allí no había más que un arroyo de agua muy fresca y buena; pero como estábamos en la estación seca, en algunos sitios apenas tenía agua, y en todo caso no lleva-

ba la suficiente como para considerarlo un riachuelo, al menos por lo que parecía.

A la orilla de este arroyo encontré muchas y hermosas sabanas o prados, llanos, suaves y cubiertos de hierba; y en las partes más elevadas, junto a los terrenos más altos, que el agua, como puede suponerse, nunca llega a cubrir, encontré gran cantidad de tabaco, verde, y creciendo en matas grandes y lozanas. Había también otras plantas diversas que nunca había visto y de las que nada sabía, y que quizá tenían sus virtudes, que no pude descubrir.

Busqué la raíz de la yuca, con la que los indios de aquellas latitudes hacen pan, pero no encontré ninguna. Vi grandes plantas de áloe, pero entonces no las conocía. Vi varias cañas de azúcar, pero silvestres, y, por falta de cultivo, defectuosas. Me contenté con estos descubrimientos por aquella vez, y regresé meditando sobre cómo podía llegar a conocer las virtudes y propiedades de todas las plantas y frutos que descubriría; pero no pude llegar a ninguna conclusión, porque había sido tan poco observador mientras estaba en Brasil, que era poco lo que sabía de las plantas del campo, al menos muy poco que pudiera servirme para algo ahora en mi desgracia.

Al día siguiente, el 16, seguí otra vez el mismo camino, y después de haber ido un poco más lejos que el día anterior, descubrí que el arroyo y las sabanas no se prolongaban mucho más, y que el terreno se hacía más selvoso que antes. En esta parte encontré diferentes frutos, y sobre todo melones en tierra, en gran abundancia, y uva en lo alto de los árboles. Las viñas se habían enzarzado en los árboles, y los racimos de uva estaban precisamente entonces en su punto, muy maduros y dulces. Éste fue un asombroso descubrimiento que me produjo una extraordinaria alegría; pero mi experiencia me previno de comer moderadamente de ellos, recordando que, cuando estaba en Berbería, varios ingleses que se hallaban allí como esclavos habían muerto por comer uva, que les causó flujos de vientre y fiebres. Pero encontré una excelente manera de aprovechar los racimos, y que fue dejarlos madurar o secarlos al sol, y conservarlos como se conserva la uva seca o pasa, con lo cual pensé serían, como así fue, un manjar sano y agradable al paladar, cuando no se pudiera conseguir uva fresca.

Pasé allí toda la tarde, y ya no regresé a mi morada, lo cual, dicho sea de paso, fue la primera noche en que puedo decir que dormí fuera de casa. Al llegar la noche me acogí al primer recurso, y me subí a un árbol, en donde dormí bien, y a la mañana siguiente seguí con mis descubrimientos, caminando cerca de siete kilómetros, según juzgaba por la extensión del valle, continuando aún en dirección norte, teniendo al sur y al norte, delante de mí, toda un cadena de colinas.

Gravure par Dumont

Al final de esta excursión llegué a un descampado que parecía descender hacia el oeste, y un arroyuelo, que nacía de la falda de la colina que tenía junto a mí, corría en dirección contraria, esto es, hacia el este; y el lugar era tan fresco, tan verde, tan florido, todo el perenne verdor y floración de primavera, que parecía un jardín cuidado por manos humanas.

Bajé un poco por el costado de aquel delicioso valle, contemplándolo con una especie de oculto placer (aunque mezclado con mis otros pensamientos de aflicción), pensando que todo aquello era mío, que yo era rey y señor incontestable de toda aquella tierra y que tenía sobre ella derecho de propiedad; y que si hubiera sido transportable la hubiera podido dejar en herencia, como hace cualquier lord en Inglaterra con sus posesiones. Allí vi abundancia de árboles de cacao, naranjos y limoneros y cidros; pero todos silvestres, y muy pocos con fruto, al menos no entonces. Sin embargo, las limas verdes que cogí no sólo eran agradables al paladar, sino también muy sanas; y más adelante, mezclando su jugo con agua, conseguí una bebida muy sana, y muy refrescante y confortadora.

Comprendí entonces que ya tenía bastante trabajo en recoger cosas y llevarlas a casa; y decidí almacenar, tanto uva como limas y limones, a fin de proveerme para la estación húmeda, que sabía se estaba acercando.

Con este objeto formé un gran montón de uva en un lugar, y un montón más pequeño en otro, y un gran paquete de limas y limones en otro lugar; y cogiendo un poco de cada cosa, volví a casa, y decidí regresar otra vez y traer una bolsa o saco, o lo que pudiera hacerme, para llevar el resto a mi vivienda.

Así pues, habiendo empleado tres días en este viaje, volví a casa; así es como llamo desde ahora a mi tienda y a mi cueva. Pero antes de llegar, la uva se había echado a perder; lo dulce de la fruta y lo jugosa que era, la habían hecho romperse y machacarse, y servía ya para poco o para nada. En cuanto a las limas, eran buenas, pero sólo pude traer pocas.

Al día siguiente, que era el 19, volví allí, habiéndome fabricado dos saquitos para traer a casa la cosecha; pero quedé sorprendido al llegar ante el montón de uva, que era tan jugosa y bonita cuando la recogí, y la encontré toda desparramada, parte de ella pisoteada y arrastrada por el suelo, unos racimos por allí, otros por allá, y mucha parte mordida y devorada; de lo cual deduje que había por los alrededores animales salvajes que habían hecho aquello; pero no sabía qué animales eran éstos.

Sin embargo, viendo que no podía dejar la fruta amontonada, ni tampoco llevármela en un saco, ya que de una manera la destrozaba y de otra su propio peso la machacaba, tomé otra determinación; y así reuní una gran cantidad de racimos y los colgué de las ramas salientes de los árboles, para que maduraran y se secaran al sol; y en cuanto a las limas y limones, llevé a casa tantos como pude cargar.

Mientras volvía a casa de este viaje, reflexionaba con gran placer sobre la fertilidad de aquel valle y lo placentero de su situación, al abrigo de las tormentas en aquella parte del agua y del bosque, y concluí que para instalarme había elegido el que era con mucho el peor sitio de la región. Ante todo lo cual, empecé a considerar la posibilidad de cambiar de residencia y buscar un lugar tan seguro como el que entonces ocupaba, situado, si era posible, en aquella agradable y fértil parte de la isla.

Esta idea me rondó mucho por la cabeza, y la acogí con extraordinario gusto durante algún tiempo, ya que lo placentero del lugar me tentaba; pero cuando empecé a mirarlo más de cerca, y a considerar que yo estaba ahora a orillas del mar, donde al menos era posible que se produjera algo que fuera en mi provecho, y por donde la misma mala estrella que me había traído a mí aquí podía traer a otros desdichados al mismo lugar, aunque era poco probable que tal cosa ocurriera, encerrarme entre colinas y bosques, en el centro de la isla, era anticiparme a mi cautiverio, y hacer de un azar así algo no sólo improbable sino también imposible; y por lo tanto no debía en modo alguno cambiar de lugar.

Sin embargo, estaba tan enamorado de este paraje que pasé allí gran parte de mi tiempo, del resto del mes de julio; y aunque después de pensarlo bien decidí, como he dicho más arriba, no mudarme, me construí una especie de pequeña cabaña, y a cierta distancia la rodeé de una sólida valla, formada por un doble seto, tan alto como pude, bien clavado en el suelo y relleno de maleza. Allí dormía con toda seguridad a veces dos o tres noches seguidas, siempre entrando por una escalera, como solía; así que me imaginaba tener una casa de campo y una casa a orillas del mar; y este trabajo me ocupó hasta principios de agosto.

Tan pronto como hube terminado la valla y cuando había apenas empezado a disfrutar de mi obra, vinieron las lluvias y me impidieron salir de mi primera casa; porque, aunque me había hecho una tienda como la otra, con un pedazo de vela que quedaba muy bien extendida, no tenía la protección de una colina para defenderme de las tempestades, ni una cueva detrás donde guarecerme, cuando se desatasen las lluvias con toda su violencia.

Hacia principios de agosto, como he dicho, había terminado la cabaña y empecé a disfrutar de ella. El 3 de agosto vi que la uva que había colgado estaba completamente seca, y la verdad es que eran excelentes pasas soleadas; por lo tanto empecé a descolgarlas de los árboles, y aquélla fue una idea feliz; ya que las lluvias que siguie-

ron las hubieran podrido y yo hubiese perdido la mejor parte de mis provisiones de invierno, porque tenía más de doscientas ristras grandes. Apenas las había descolgado y transportado a mi cueva, cuando empezó a llover, y a partir de este momento —y estábamos a 14 de agosto— llovió más o menos todos los días, hasta mediados de octubre; y a veces con tanta fuerza, que no me era posible salir de mi cueva durante varios días.

En esta estación quedé muy sorprendido con el aumento de mi familia. Había estado preocupado por la pérdida de una de mis gatas, que había huido o, según yo pensaba, había muerto, y no volví a saber nada más de ella hasta que, ante mi asombro, volvió a casa hacia finales de agosto, con tres gatitos. Esto fue lo que más me extrañó, porque aunque yo había matado un gato montés —al menos yo lo llamé así— con mi escopeta, creía que eran de una especie totalmente distinta de nuestros gatos europeos; pero los gatitos eran de la misma especie doméstica que la madre; y como mis dos gatas eran hembras, lo consideré como muy extraño; pero con el tiempo, estos tres gatos se multiplicaron de tal modo que me vi invadido de gatos, y obligado a matarlos como a alimañas o fieras y a echarlos de mi casa como podía.

Desde el 14 al 26 de agosto. Lluvia incesante, de modo que no pude moverme, y ahora iba con mucho cuidado de no mojarme mucho. En esta reclusión empecé a pasar apuros con la comida, pero, aventurándome a salir dos veces, un día maté una cabra y el último día, que fue el 26, encontré una tortuga muy grande con la que me di un festín, y distribuí mi comida de este modo: comía un racimo de pasas para el desayuno, un pedazo de carne de cabra o de tortuga para la comida, asada; porque, para mi gran desgracia, no tenía ningún recipiente para hervir o estofar; y dos o tres huevos de tortuga para la cena.

Durante esta reclusión en mi refugio, debida a la lluvia, trabajé cada día dos o tres horas, agrandando la cueva, y excavando siempre en una de las paredes, salí al exterior en el costado de la colina, e hice una puerta o salida que quedaba fuera de mi valla o muro, y por allí podía entrar y salir; pero no estaba tranquilo del todo al dormir tan al descubierto; porque como antes me había arreglado para cerrarme por completo, ahora creía dormir exponiéndome abiertamente a cualquier peligro que viniera a amenazarme; y sin embargo, aún no había podido descubrir a ningún ser viviente que fuese de temer, ya que el mayor de los animales que había visto en la isla era una cabra.

30 de septiembre. Había llegado al día del desdichado aniversario de mi desembarco. Conté las muescas del poste y vi que había pasado en tierra 365 días. Guardé este día con ayuno solemne, consagrándolo a prácticas religiosas, arrodillándome en el suelo con la máxima humildad, confesando mis pecados a Dios, reconociendo el recto juicio que de mí había hecho, y rogándole que tuviera piedad de mí, por los méritos de Jesucristo; y no habiendo tomado ni el menor alimento en doce horas, hasta la puesta del sol, luego comí un poco de galleta y un racimo de uvas, y me acosté, terminando el día como lo había empezado.

En todo este tiempo yo no había guardado ningún domingo, porque, como al principio no tenía ningún sentido religioso en el espíritu, al cabo de algún tiempo me olvidé de hacer una muesca más larga de las ordinarias para el domingo, y así en realidad nunca sabía qué día era; pero, ahora, habiendo contado los días, como he dicho más arriba, vi que había estado allí un año; entonces lo dividí en semanas, distinguiendo cada siete días el domingo; aunque al final de mis cálculos encontré que había perdido uno o dos días en la cuenta.

Poco tiempo después de esto, la tinta empezó a escasear, así que me contenté con usarla más parcamente y con anotar tan sólo los acontecimientos más destacados de mi vida, sin continuar haciendo un memorándum cotidiano de otras cosas.

CAPÍTULO 7
Exploración de la isla y primeras cosechas

La estación lluviosa y la estación seca empezaban ahora a mostrarme su periodicidad, y aprendí a dividirlas y, por lo tanto, me proveía de acuerdo con su ritmo. Pero antes pagué muy cara mi experiencia; y esto que voy a contar fue quizá la más descorazonadora de todas las experiencias que hice. Ya he dicho que había guardado unas cuantas espigas de cebada y de arroz, que con tanta sorpresa había visto crecer, por ellas mismas, según yo creía y creo que había unas treinta matas de arroz y unas veinte espigas de cebada; y pensé que la época más adecuada para sembrarlas era después de las lluvias, cuando el sol se hallaba en posición sur, alejándose de mí.

Así pues, cavé un pedazo de tierra lo mejor que pude con el azadón de madera, y, dividiéndolo en dos partes, sembré el grano; pero mientras estaba sembrándolo se me ocurrió por casualidad que lo mejor sería no sembrarlo todo al principio, porque no sabía cuándo era el tiempo adecuado para ello; así que sembré las dos terceras partes del grano, y me reservé un puñado de cada clase.

Más adelante fue un gran alivio para mí haberlo hecho de este modo, porque ni uno solo de los granos que sembré aquella vez fructificó; porque, al llegar los meses secos, falta la tierra de lluvia, y una vez sembrada la simiente no hubo humedad que le permitiera germinar, y no creció en absoluto hasta que hubo llegado la estación húmeda, y entonces creció como si se acabara de sembrar.

Viendo que mis primeras simientes no habían germinado, lo cual fácilmente comprendí que se debía a la sequedad, busqué un pedazo de tierra más húmeda para hacer otra prueba, y cavé un pedazo de tierra seca de mi nueva cabaña y sembré el resto de mi simiente en febrero, poco antes del equinoccio[12] de primavera; y la simiente, contando con los meses lluviosos de marzo y abril que la regaron, creció muy lozana y dio una cosecha muy buena; pero tratándose sólo de una parte del grano que había separado, ya que no me había atrevido a sembrar todo el que tenía, resultó que cogí una cantidad pequeña, y que toda mi cosecha no pasó de un celemín[13] de cada clase.

Pero esta prueba me hizo experto en el asunto, y yo ya sabía exactamente cuál era la estación adecuada para

12. Momento en que la duración del día y de la noche es aproximadamente igual. Sucede dos veces al año: 20 o 21 de marzo y el 22 o 23 de septiembre.
13. Antigua medida de capacidad para granos, legumbres y otros frutos, que equivale a 4,625 litros, aunque según la zona esta cantidad varía.

sembrar, y que podía esperar dos siembras y dos cosechas cada año.

Mientras esta cebada crecía, hice un pequeño descubrimiento que más adelante me sirvió. Tan pronto como terminaron las lluvias y el tiempo empezó a estabilizarse, lo cual fue hacia el mes de noviembre, subí, haciendo una excursión, hasta mi cabaña, en donde, aunque no había estado allí en varios meses, lo encontré todo tal como lo había dejado. El recinto o doble valla que había hecho no solamente seguía firme y entero, sino que las estacas, que había cortado de algunos árboles que crecían por los alrededores, habían echado brotes y formado largas ramas, como suele hacer el sauce, que rebrota al año siguiente de haberlo podado. No podría decir cómo se llama el árbol del que corté esas estacas. Quedé sorprendido, pero muy contento de ver crecer los arbolillos; y los podé y los hice crecer tan iguales como me fue posible; y es casi increíble el hermoso aspecto que tomaron en tres años. Así pues, aunque la valla formase un círculo de unos veintitrés metros de diámetro, los árboles —así puedo llamarlos ya— pronto lo cubrieron; y la sombra era tan tupida que permitía cobijarse debajo durante toda la estación seca.

Esto me decidió a cortar unas estacas más y a hacerme una valla como ésta formando un semicírculo alrededor de mi muro; quiero decir el de mi primera morada, y así lo hice; y disponiendo los árboles o estacas en una doble hilera, a unos siete metros de distancia de mi primitivo recinto, crecieron rápidamente y fueron, primero

una hermosa cobertura para mi casa, y más adelante me sirvieron también de protección, como ya relataré a su debido tiempo.

Observé que las estaciones, en general, podían dividirse, no en verano e invierno, como en Europa, sino en estaciones lluviosas y secas, que en general eran como sigue:

Mediados de febrero	
Marzo	Lluvias, sol en el equinoccio o cerca de él
Mediados de abril	

Mediados de abril	
Mayo	
Junio	Sequía, sol al norte del ecuador
Julio	
Mediados de agosto	

Mediados de agosto	
Septiembre	Lluvia, el sol vuelve
Mediados de octubre	

Mediados de octubre	
Noviembre	
Diciembre	Sequía, sol al sur del ecuador
Enero	
Mediados de febrero	

La estación lluviosa a veces era más larga o más corta, según los vientos que soplaban; pero en general esto fue lo que observé. Después de haber visto por experiencia las malas consecuencias de salir cuando llovía, me cuidé de almacenar provisiones de antemano, a fin de no verme obligado a salir; y durante los meses húmedos me quedaba en casa todo el tiempo que me era posible.

Esta vez encontré muchas ocupaciones (y muy adecuadas al tiempo, además), ya que encontré la ocasión de hacer muchas cosas, de las que no podía proveerme sin duro trabajo y mucha perseverancia. Particularmente probé varios modos de hacerme un cesto, pero todas las ramitas que conseguí para este objeto eran tan frágiles que no podía hacerse nada con ellas. Entonces me sirvió de mucho el que, cuando era chico, soliera quedarme embobado ante una cestería de la ciudad donde vivía mi padre, viendo cómo tejían los mimbres; y siendo yo, como suelen ser los chicos, muy servil para ayudar, y un gran observador de la manera en que trabajaban aquellas cosas, y a veces habiéndoles echado una mano, conocía, pues, perfectamente sus métodos, de modo que no me faltaban más que los materiales. Cuando se me ocurrió que las ramas de aquel árbol del que había cortado las estacas que rebrotaron quizá eran tan flexibles como las de sarga, sauce y mimbre en Inglaterra, decidí probar.

Así pues, al día siguiente fui a mi casa de campo, como yo la llamaba, y corté unas cuantas ramitas pequeñas, que encontré tan adecuadas a mi propósito como podía desear. De modo que volví la vez siguiente provisto de una pequeña hacha con que cortar más cantidad, que pronto encontré, porque las había en gran abundancia. Las puse a secar dentro de mi valla o recinto, y cuando estuvieron a punto de servir, las llevé a la cueva, y allí, durante la estación siguiente, me ocupé en hacer, lo mejor que pude, muchos cestos, tanto para llevar tierra, como para llevar o guardar cualquier cosa que conviniera; y aunque no estaban muy bien acabados, servían perfectamente para mi propósito; y más adelante me cuidé de que nunca me faltaran; y a medida que mi trabajo de cestería se iba estropeando con el uso, iba haciendo más. Especialmente hice unos cestos hondos y fuertes, para guardar la cebada, en vez de sacos, para cuando llegase a tener una buena cantidad de ella.

Habiendo vencido esta dificultad y empleado en ello tanto tiempo, procuré hallar el modo de remediar dos necesidades. No tenía recipientes en los que guardar nada que fuese líquido, excepto los dos barriles que estaban casi llenos de ron, y algunas botellas de vidrio, las unas de medida usual, y otras que eran unas garrafas destinadas a contener agua, licores, etcétera. No tenía ni siquiera una olla para hervir algo, con la excepción de un caldero que había salvado del barco, y que era demasiado grande para usarlo para lo que yo quería, es decir, para hacer caldo y estofar un pedazo de carne. La segunda cosa que tanto deseaba era una pipa, pero era imposible hacer una; sin embargo, también para esto terminé encontrando solución.

Me ocupé en clavar la segunda hilera de estacas o postes, y en hacer trabajos de cestería, todo el verano o estación seca, cuando otra cuestión me tuvo ocupado más tiempo del que lógicamente podía disponer.

Ya he mencionado antes que tenía un gran deseo de ver toda la isla, y que había remontado el arroyo y seguido hasta donde me había construido la cabaña y desde donde se divisaba todo el mar en el otro lado de la isla. Decidí entonces seguir adelante y recorrer la playa por aquel lado. Así que, cogiendo mi escopeta, una hacha y mi perro, y una cantidad de pólvora y perdigones mayor que la habitual, con dos tortas de galletas y un gran racimo de pasas en el bolsillo como provisiones, empecé mi viaje. Cuando había atravesado el valle, donde, como ya he dicho más arriba, estaba mi cabaña, llegué a la vista del mar, hacia poniente, y como era un día muy despejado, fácilmente divisé tierra, ya fuera una isla o un continente, lo cual no hubiera sabido decirlo; pero quedaba muy elevada, extendiéndose desde el oeste hasta el oeste sudoeste a una enorme distancia. Según mis suposiciones, no estaría a menos de quince o veinte leguas.

No hubiera sabido decir qué parte del mundo podía ser aquélla, salvo que comprendía que debía de ser parte de América y que, según deduje de mis observaciones, debía de estar cerca de las posesiones españolas, y quizá estaba totalmente habitada por salvajes, de modo que, de haber desembarcado allí, me hubiera visto en una situación peor de la que ahora estaba; y por tanto me incliné ante los designios de la Providencia, que ya empezaba a reconocer y a creer que lo disponía todo con el mejor fin. Decía que tranquilicé mi espíritu con esto, y dejé de afligirme con deseos inútiles de estar allí.

Además, después de haberme detenido un poco sobre esta cuestión consideré que, si aquella tierra era la costa española, ciertamente que llegaría la hora en que vería ir o volver algún barco en una u otra dirección; pero de no serlo, sería la costa salvaje que hay entre la tierra española y Brasil, cuyos salvajes eran los peores de todos, porque son caníbales o antropófagos, y no dejan de asesinar y devorar a todo ser humano que cae en sus manos.

Con estas consideraciones seguí andando muy pausadamente, y encontré que aquella parte de la isla en donde entonces me hallaba era mucho más agradable que la mía, el descampado o sabana oloroso, adornado con flores y hierba, y lleno de bosques hermosísimos. Vi abundancia de loros, y de ser posible me hubiera gustado mucho coger uno para tenerlo conmigo, domesticarlo y enseñarle a hablar. Después de muchas fatigas logré atrapar uno joven, dándole un golpe con un palo, y después de cogerlo lo traje a casa; pero me costó varios años hacerle hablar; sin embargo, por fin le enseñé a llamarme por mi nombre, muy familiarmente. Pero el incidente que esto trajo consigo, aunque sea una menudencia, resultará muy divertido en su lugar.

Yo estaba extraordinariamente complacido con este viaje. En las tierras bajas encontré liebres, al menos eso me parecieron, y zorras, pero se diferenciaban mucho de las otras especies con las que había topado. Tampoco me decidí a comérmelas, aunque maté varias. Pero no necesitaba arriesgarme, porque no me faltaba la carne, ni siquiera de la mejor; especialmente de estas tres clases, a saber: de cabra, de palomino y de tortuga; con lo cual, si se añaden mis uvas, ni el mercado de Leaden Hall hubiese podido proveer una mesa mejor que yo, en proporción con los invitados; y aunque mi situación era considerablemente lastimosa, tenía grandes motivos de gratitud, ya que no me veía reducido a ningún apuro en cuestiones de comida; sino que más bien tenía abundancia, incluso en golosinas.

En este viaje nunca anduve más de tres kilómetros completos por día, poco más o menos; pero daba tantas vueltas y revueltas para ver qué descubrimiento podía hacer que llegaba muy fatigado al lugar en que había resuelto instalarme para pasar toda la noche; y entonces, o bien descansaba en la copa de un árbol, o bien me rodeaba de una hilera de estacas clavadas en tierra, o bien dormía entre dos árboles, para que ninguna fiera pudiera acercárseme sin despertarme.

Tan pronto como llegué a la orilla del mar quedé asombrado de ver que había elegido la peor parte de la isla; porque aquí, la verdad, es que la playa estaba cubierta de innumerables tortugas, mientras que en la otra parte no había topado más que con tres en un año y medio. Aquí había también un número infinito de aves de muchas especies, algunas que ya había visto y otras que nunca había visto antes, y muchas de ellas de carne muy sabrosa; pero de éstas no conocía los nombres, excepto las llamadas pingüinos.

Hubiera podido cazar tantas como quisiera, pero economizaba tanto como podía la pólvora y los perdigones; y por lo tanto, me interesaba más matar una cabra, si podía, que me alimentaría más; y aunque aquí había muchas más cabras que en mi parte de la isla, me era mucho más difícil acercarme a ellas, ya que el terreno era llano y liso, y me veían mucho antes que cuando estaba sobre la colina.

Confieso que esta parte del país era mucho más agradable que la mía, pero no tenía la menor tentación de mudarme; ya que, una vez fijada mi vivienda, me acostumbré a ella, y me parecía que todo el tiempo que estaba aquí era como un viaje fuera de casa. Sin embargo, recorrí toda la orilla del mar en dirección este, calculo que a lo largo de unos diecinueve kilómetros; y luego, clavando en la playa un gran palo como señal, decidí regresar a casa; y que en el siguiente viaje que hiciera iría por la otra parte de la isla, al este de mi morada, y que daría la vuelta hasta llegar otra vez al palo; de lo cual ya se hablará en su lugar.

Para regresar tomé un camino distinto del que seguí en la ida, creyendo que podía tener tan fácilmente toda la isla en la cabeza que no podía perderme, sino que encontraría mi vivienda atravesando el país; pero me equivoqué, porque, después de andar unos cinco kilómetros, me encontré bajando por un valle muy grande, pero tan rodeado de colinas, y esas colinas cubiertas de bosques, que no podía ver cuál era mi camino por ningún indicio, si no era el del sol, y ni aun así, a menos de conocer muy bien la posición del sol en aquella hora del día.

Y para más desdicha ocurrió que el tiempo se nubló los tres o cuatro días que estuve en este valle; y al no poder ver el sol, vagaba de un lado a otro muy inquieto, y por fin me vi obligado a salir a la orilla del mar, buscar mi palo, y regresar por el mismo camino por el que había venido; y entonces, en lentas jornadas, me dirigí a casa, con un tiempo extraordinariamente cálido, y la escopeta, las municiones, el hacha y otras cosas muy pesadas.

En este viaje, mi perro sorprendió un cabritillo y lo cogió, y yo, corriendo para apoderarme de él, lo sujeté y lo saqué con vida de entre los dientes del perro. Me hubiera gustado traerlo a casa si esto era posible; porque a menudo había pensado en si no podría hacerme con uno o dos cabritos, y empezar una cría de cabras domesticadas, que podrían proporcionarme carne cuando la pólvora y los perdigones se hubieran acabado del todo.

Hice un collar para este animalillo, y con una cuerda hecha a partir hilos, la cual siempre llevaba conmigo, me lo llevé, aunque con ciertas dificultades, hasta llegar a mi cabaña, y allí lo encerré y lo dejé; porque estaba muy impaciente por volver a casa, ya que había estado ausente más de un mes.

No podría expresar la satisfacción que sentí al volver a mi antigua guarida y tenderme en mi hamaca. Esta pequeña excursión de vagabundeo, sin tener lugar fijo como residencia, me había sido tan desagradable, que mi casa, como yo la llamaba, en comparación con esto, me pareció un albergue perfecto; y todo lo que me rodeaba me resultaba tan confortable, que decidí que nunca volvería a alejarme de ella por tanto tiempo, mientras tuviese que permanecer en la isla.

Aquí reposé una semana, para descansar y regalarme después de mi largo viaje; durante la cual, la mayoría del tiempo se me fue en la pesada tarea de hacer una jaula para mi lorito, que empezaba ahora a domesticarse muy bien y a familiarizarse conmigo en gran manera. Entonces empecé a pensar en el pobre cabrito que había encerrado en mi pequeño recinto, y decidí ir y traérmelo a casa o darle algo de comer; así pues, fui y lo encontré donde lo había dejado, porque la verdad es que no podía escapar, pero casi muerto de hambre por falta de comida; fui y corté follaje de los árboles y ramas de los arbustos que pude encontrar, y se los eché, y habiéndolo alimentado, lo até como antes para llevármelo; pero haber pasado hambre le había hecho tan dócil que no hubiera necesitado atarlo; porque me siguió como un perro; y como yo seguí dándole de comer, el animal se hizo tan cariñoso, tan manso y tan fiel, que desde aquel momento se convirtió en otro de mis compañeros, y nunca más me abandonó.

La estación lluviosa del equinoccio de otoño había llegado, y guardé el 30 de septiembre de la misma manera solemne de la vez anterior, siendo el aniversario de mi llegada a la isla y habiendo pasado ya allí dos años, y sin tener más perspectivas de ser salvado que las del primer día en que llegué. Pasé todo el día reconociendo humilde y agradecido la mucha y prodigiosa ayuda con la que me había visto favorecido en mi solitaria situación, y sin la cual ésta hubiera sido infinitamente más lastimosa. Humildemente y con todo mi corazón agradecí a Dios que se hubiera placido en revelarme que incluso era posible ser más feliz en esta situación solitaria de lo que hubiera sido en medio de la sociedad de los hombres y de todos los placeres del mundo; que Él pudiera reemplazar plenamente las deficiencias de mi estado solitario y la falta de compañía humana, por su presencia, comunicando su gracia a mi alma, sosteniéndome, confortándome y alentándome a confiar aquí en su providencia, y a esperar su eterna presencia en el otro mundo.

Fue entonces cuando empecé a sentir con toda evidencia cuánto más feliz era la vida que ahora llevaba, con todas sus penosas circunstancias, que no la perversa, maldita, abominable vida que había llevado en todos mis días pasados; y ahora habían cambiado tanto mis alegrías como mis pesares. Mis mismos deseos eran otros, mis afectos habían cambiado de carácter, y mis placeres eran totalmente distintos de los del primer día de mi llegada, e incluso de los dos últimos años.

Antes, cuando salía a andar, ya fuera para ir de caza, ya para reconocer el país, la angustia de mi alma ante mi situación irrumpía en mí súbitamente, y el mismo corazón parecía que iba a fallarme al pensar en los bosques, las montañas, los yermos que me rodeaban; y cómo era un prisionero encerrado por los barrotes y cerrojos eternos del océano, en un desierto inhabitado, sin salvación. En medio de la mayor serenidad del espíritu, esto se abatía sobre mí como una tempestad, y me hacía retorcer las manos y llorar como un chiquillo. A veces me ocurría en pleno trabajo, y tenía que sentarme al momento, y suspiraba y me estaba mirando al suelo durante una o dos horas seguidas; y esto aún me hacía más daño, porque si hubiese podido romper a llorar y desahogarme con palabras, aquello hubiera pasado, y la pesadumbre, habiéndose agotado por sí misma, hubiera cedido.

Pero ahora empezaba a ejercitarme con nuevos pensamientos; cada día leía la palabra de Dios y aplicaba todos sus consuelos a mi situación presente. Una mañana, encontrándome muy triste, abrí la Biblia por estas palabras: «Nunca, nunca te dejaré ni te desampararé», al instante pensé que estas palabras me estaban destinadas; ¿por qué otra razón me hubiera podido llegar de este modo, precisamente en el momento en que me lamentaba de mi situación, como alguien desamparado de Dios y de los hombres? «Pues bien —me dije—, si Dios no me desampara, ¿qué malas consecuencias puede acarrearme y qué me importa, si el mundo me desampara, sabiendo por otra parte que si tuviera todo el mundo y perdiese el favor y la bendición de Dios, no habría comparación posible en la pérdida?»

A partir de este momento fui llegando a la conclusión de que me era posible ser más feliz en esta situación solitaria y desamparada, de lo que probablemente hubiese sido en ningún otro particular estado en el mundo; y con esa idea, iba a dar gracias a Dios por haberme traído a este lugar.

No sé lo que fue, pero algo asaltó mi espíritu ante este pensamiento, sin atreverme a pronunciar las palabras. «¿Cómo puedes ser tan hipócrita —me dije de un modo casi inaudible— de pretender estar agradecido de una situación de la que, aunque te propongas estar satisfecho, más bien rogarías de todo corazón ser salvado?» Me detuve, pues, en este punto; pero aunque no podía decir que daba gracias a Dios por estar allí, sinceramente agradecía a Dios haberme abierto los ojos, no importa por qué aflictivas providencias, para hacerme ver el género de vida que llevaba yo antes, y hacerme lamentar mi perversidad y arrepentirme. Nunca abría o cerraba la Biblia sin que en el fondo de mi alma bendijese a Dios por haber inspirado a mi amigo de Inglaterra, sin ninguna orden mía, la idea de incluirla entre mis mercancías; y por haberme permitido más tarde salvarla del naufragio del barco.

De este modo, pues, y en esta disposición de espíritu, empecé mi tercer año; y aunque no he dado al lector una relación enojosa y tan detallada de mis tareas en este año como hice con el primero, en general ya se habrá observado que muy raras veces estaba ocioso; sino que habiendo dividido regularmente mi tiempo, según las diversas ocupaciones diarias que tenía ante mí, tales como, primero, mis deberes con Dios, y la lectura de las Escrituras, para lo cual me reservaba siempre algún tiempo tres veces al día; segundo, salir a cazar con mi escopeta para procurarme comida, lo cual generalmente me ocupaba tres horas cada mañana, cuando no llovía; tercero, preparar, salar, guardar y cocinar lo que había matado o cogido para mi sustento. Esto me ocupaba gran parte del día; también hay que tener en cuenta que al mediodía, cuando el sol estaba en el cenit, la intensidad del calor era demasiado grande para salir; así que unas cuatro horas por la tarde puede decirse que era todo el tiempo que trabajaba dentro de casa; con la excepción de que a veces cambiaba las horas de caza y de trabajo, y que iba a trabajar por la mañana y salía con mi escopeta por la tarde.

Respecto a este breve tiempo que dedicaba al trabajo, debe tenerse en cuenta la extraordinaria dificultad de todas mis tareas: las muchas horas que, por falta de herramientas, falta de ayuda y falta de habilidad, me restaban de mi tiempo todo lo que hacía. Por ejemplo, estuve cuarenta y dos días enteros para hacerme una tabla para un estante largo que necesitaba en la cueva; mientras que dos aserradores, con sus herramientas y una sierra, hubieran cortado seis de ellas del mismo árbol en medio día.

Mi sistema era éste: tenía que ser un árbol grueso el que cortara porque la tabla tenía que ser gruesa también. Empleaba tres días en talar este árbol, y dos más en cortarle las ramas y dejarlo convertido en un simple tronco o pedazo de madera. A fuerza de innumerables tajos y hachazos, lo rebajaba por ambos lados sacándole astillas, hasta que empezaba a ser lo suficientemente ligero para moverlo. Entonces, le daba media vuelta y lo hacía por uno de sus lados tan plano y liso como una tabla, de una punta a la otra. Luego volviéndolo del otro costado, cortaba este segundo lado hasta conseguir una plancha de unos siete centímetros de espesor, y lisa por ambos lados. Júzguese lo penoso de esta tarea en una obra como ésta; pero la laboriosidad y la paciencia me hacían seguir adelante con ésta y otras muchas cosas. Sólo hago notar ésta en concreto, para mostrar la razón de que perdiese tanto tiempo haciendo tan poco trabajo, es decir, que lo que podía hacerse en poco tiempo con ayuda y herramientas requiere mucho trabajo y una cantidad prodigiosa de tiempo para hacerse solo y a mano.

Pero, a pesar de todo esto, con paciencia y laboriosidad, salí adelante de muchas cosas; y la verdad es que de todo lo que las circunstancias me obligaron a hacer, como se verá por lo que sigue.

Estaba ahora en los meses de noviembre y diciembre, esperando mi cosecha de cebada y arroz. El terreno que había abonado y cavado para ello no era muy grande; porque, como ya he dicho, la simiente que tenía de cada especie no era más de un celemín; porque había perdido toda una cosecha entera al sembrar en la estación seca; pero ahora mi cosecha se presentaba muy bien, cuando de repente vi que estaba en peligro de perderla toda de nuevo, debido a enemigos de diversas clases, de los que me era casi imposible defenderla; como, en primer lugar, las cabras y los animales silvestres a quienes yo llamaba liebres, que, habiendo gustado la dulzura de la hoja, acudían de noche y de día, tan pronto como brotaba, y se la comían arrasándola de modo que no le dejaban tiempo para convertirse en espiga.

Para esto no vi otro remedio que rodearlo con una valla que me costó mucho trabajo hacer; y sobre todo porque debía hacerse con rapidez. Sin embargo, como mi tierra cultivable era pequeña, de acuerdo con la cosecha, la tuve completamente bien cercada en unas tres semanas de tiempo; y disparando sobre algunos de los animales durante el día, puse a mi perro para vigilar por la noche, atándolo a una estaca en la entrada, en donde se estaría y ladraría toda la noche. Así en poco tiempo los enemigos abandonaron el lugar y el grano creció fuerte y hermoso, y empezó a madurar deprisa.

Pero, del mismo modo que los animales me arruinaban antes, cuando el grano no era más que hojas, ahora eran los pájaros los que estaban a punto de arruinarme cuando habían crecido ya las espigas; porque caminando yo a lo largo del lugar para ver cómo prosperaba, vi mi pequeña cosecha rodeada de aves de no sé cuántas especies, que estaban como esperando que yo me fuese. Sin pensarlo disparé contra ellas (porque siempre llevaba mi escopeta conmigo). Apenas había disparado, cuando se levantó una pequeña nube de aves que yo no había visto en absoluto, de entre las mismas espigas.

Eso fue un rudo golpe para mí, ya que preví que en unos cuantos días devorarían todas mis esperanzas, que yo moriría de hambre y que nunca me sería posible hacer crecer una cosecha, y no sabía qué hacer. Sin embargo, decidí no perder mi cosecha, si esto era posible, aunque tuviera que vigilarla noche y día. En primer lugar me metí en el sembrado para ver los daños que ya habían hecho, y encontré que habían echado a perder buena parte de ella, pero que como aún era demasiado verde para ellos, la pérdida no era muy grande, y que lo que quedaba podía llegar a ser una buena cosecha si era capaz de salvarla.

Me detuve cerca de allí para cargar mi escopeta, y mientras me alejaba pude distinguir fácilmente a los ladrones, posados sobre los árboles a mi alrededor, como si sólo estuvieran esperando a que yo me fuera, y de hecho se probó que era así; porque cuando eché a andar, como si me fuese, aún no había desaparecido de su vista cuando de nuevo se precipitaron uno por uno dentro del cercado. Esto me encolerizó de tal modo que no supe tener paciencia de esperar a que acudieran más, sabiendo que cada grano que comían ahora era, como si dijéramos, un panecillo que me arrebataban en el futuro. Así que, dirigiéndome hacia el vallado, disparé de nuevo y maté a tres de ellos. Esto era lo que quería; así que los recogí y los utilicé como se hace con los ladrones famosos en Inglaterra, es decir, los colgué en ristra para asustar a los demás. Resulta casi inimaginable que esto pudiera tener el efecto que tuvo; ya que las aves no sólo no se acercaron más al sembrado, sino que, en resumen, abandonaron toda aquella parte de la isla, y nunca más volví a ver un pájaro cerca del lugar, mientras los «espantapájaros» siguieron colgados allí.

Podéis estar seguros de que quedé muy contento de esto, y hacia fines de diciembre, que era la época de nuestra segunda siega, recogí mi cosecha.

Estaba muy preocupado por la falta de una hoz o guadaña para segar, y no tuve otro remedio que hacerme una, lo mejor que supe, de los espadones o machetes que había salvado con las demás armas del barco. Sin embargo, como mi primera cosecha fue tan pequeña, no tuve grandes dificultades para segarla; en resumen, que lo hice todo a mi manera, ya que no corté más que las espigas, me las llevé en un gran cesto que yo había hecho y las desgrané con mis propias manos; y al final de toda mi cosecha resultó que de mi celemín de simiente había sacado cerca de una fanega[14] de arroz, y más de una fanega y media de cebada; es decir, todo esto aproximadamente, porque en aquella época no tenía medidas.

Sin embargo, esto me animó mucho, y preví que, con el tiempo, complacería a Dios el proporcionarme pan; y con todo volví a quedarme pensativo, porque no sabía cómo moler el grano, ni cómo convertirlo en harina ni, la verdad, cómo limpiarlo ni tamizarlo; ni cómo, una vez hecha la harina, obtener el pan, y una vez obtenido, no sabía tampoco cómo cocerlo. Todo esto unido a mi deseo de almacenar una buena cantidad y asegurar así mis provisiones, me decidieron a no tocar nada de esta cosecha, sino a reservarla toda entera como simiente para la próxima estación, y entretanto dedicar toda mi atención y mis horas de trabajo a realizar esta gran obra de proveerme de grano y de pan.

En verdad que ahora podía decirse que trabajaba para ganarme el pan. No deja de ser prodigioso, y creo que poca gente ha pensado mucho sobre ello, la extraordinaria multitud de pequeñas cosas necesarias para iniciarse, producir, vigilar, condimentar, hacer y terminar esta sola cosa que es el pan.

Yo, que estaba reducido al simple estado de naturaleza, lo veía para mi desánimo cotidiano, y a cada hora que pasaba era más sensible a ello, incluso después de

14. Medida de capacidad para el grano, las legumbres y otros frutos, de valor variable según las regiones.

haber conseguido el primer puñado de simiente, que, como ya he dicho, me llegó inesperadamente, y dándome una gran sorpresa.

En primer lugar, ni tenía arado con que remover la tierra, ni azadón o pala para cavar. Bueno, esto lo solucioné haciéndome un azadón de madera, como ya he contado antes; pero éste no podía hacer más trabajo que el de una herramienta de madera, y aunque me costó muchos días hacerlo, al faltarle el hierro, no sólo se desgastó más pronto, sino que hizo mi trabajo más penoso, y me hizo realizarlo mucho peor.

Sin embargo, me resignaba a todo, y estaba satisfecho del trabajo que hacía a fuerza de paciencia, y me conformaba con lo imperfecto de los resultados. Hecha ya la siembra, no tenía rastrillo, pero me vi obligado a improvisar uno, y arrastré por tierra una rama de árbol gruesa y pesada, que más bien la escarbaba, si así puede decirse, que no la rastrillaba o allanaba.

Cuando fue creciendo y espigando, ya he observado las cosas que tuve que hacer para cercarlo, defenderlo, segarlo o recolectarlo, secarlo y transportarlo a casa, desgranarlo, limpiarlo y guardarlo. Luego necesitaba un molino para molerlo, cedazos para la harina, levadura y sal para convertirlo en pan, y un horno para cocerlo, y lo hice sin todas estas cosas, como se verá más adelante; y con todo, el grano me dio un inestimable bienestar y me fue muy útil. Todo esto, como he dicho, me hacía todo el trabajo laborioso y penoso, pero no tenía otra solución; y tampoco me hacía perder todo mi tiempo, porque como lo tenía distribuido, dediqué cada día cierta parte de él a estas tareas; y como decidí no utilizar nada del grano para hacer pan hasta que tuviera una cantidad mayor, disponía de los seis meses siguientes para consagrar enteramente mi trabajo y mi ingenio a proporcionarme los utensilios adecuados para llevar a cabo todas las operaciones necesarias para hacer que el grano (cuando lo tuviera) me sirviese de algo.

Pero primero tuve que preparar más tierra, porque ahora tenía bastantes semillas para sembrar casi media hectárea de terreno. Antes de empezar con esto, al menos estuve una semana haciéndome un azadón, que, cuando estuvo terminado, la verdad es que ofrecía un aspecto lamentable, y pesaba mucho y requería doble esfuerzo para trabajar con él; sin embargo, seguí adelante, y sembré mi simiente en dos grandes pedazos de tierra llana, tan cerca de la casa como pude encontrarlo a propósito, y lo cerqué todo con una buena valla, cuyas estacas pertenecían a la misma madera que había usado antes, y que sabía crecerían, y que, por lo tanto, al cabo de un año sabía iban a formar un seto viviente que no necesitaría muchas reparaciones. Esta obra fue lo suficientemente grande para ocuparme no menos de tres meses, porque gran parte de aquel tiempo correspondió a la estación húmeda, cuando yo no podía salir.

Dentro de casa, esto es, cuando llovía y no podía salir, encontré en qué ocuparme en las siguientes ocasiones: debo advertir que siempre que estaba trabajando me distraía hablando con mi loro, y enseñándole a hablar, y pronto aprendió a conocer su nombre, y por fin a pronunciarlo en voz muy alta, *Poll*, y ésta fue la primera palabra que oí pronunciar en la isla, salida de una boca que no fuese la mía. Esto, no obstante, no era mi trabajo, sino algo que me ayudaba a hacerlo, porque ahora, como ya he dicho, tenía mucha faena entre manos, como por ejemplo, ésta de que voy a hablar: hacía ya tiempo que pensaba en conseguir, de un modo u otro, hacerme algunas vasijas de tierra, que la verdad es que me eran muy necesarias, pero no sabía por dónde empezar. Sin embargo, teniendo en cuenta lo cálido del clima, no dudé de que si podía encontrar algo parecido a la arcilla, sería capaz de hacer mal que bien una especie de puchero que, después de secarlo al sol, fuese lo bastante duro y lo bastante fuerte para poderme servir de él, y contener todo lo que tuviese que preservar de la humedad; y como esto era necesario para la preparación de grano, harina, etcétera, que era tras de lo que iba, decidí hacer algunos tan grandes como pudiera, con tal que se mantuvieran de pie como jarras, para contener todo lo que hubiera de poner dentro.

El lector me compadecería, o más bien se reiría de mí, si contara cuántos y cuán torpes fueron los sistemas que adopté para formar esta pasta, lo extravagante, deforme y feo de las cosas que hice; cuántas se desmoronaron, ya sea hacia dentro, ya hacia fuera, al no ser la arcilla lo bastante sólida para soportar su propio peso; cuántas se quebraron al intenso calor del sol, al ser expuestas a sus rayos con demasiada precipitación; y cuántas se rompieron con sólo cambiarlas de lugar, tanto antes como después de haberse secado; y en una palabra, cómo después de haber trabajado tanto para encontrar la arcilla, extraerla, amasarla, llevarla a casa y moldearla, no pude hacer más que dos objetos —no puedo llamarlos jarras— de tierra, grandes y feos, en unos dos meses de trabajo.

Sin embargo, como el sol había cocido estas dos, secándolas y endureciéndolas mucho, las levanté muy delicadamente, y las metí dentro de dos grandes cestos de mimbre que había hecho a propósito para ellas, para evitar que se rompieran, y como entre la vasija y el cesto quedaba un pequeño espacio vacío lo rellené con paja de arroz y de cebada, y como estas dos vasijas estarían siempre secas, pensé que podrían contener mi grano seco y quizá la harina, cuando el grano fuese pulverizado.

Aunque mi intento de hacer vasijas grandes había tenido tan poco éxito, hice varias cosas más pequeñas con mejores resultados, tales como ollitas redondas, platos llanos, jarras y cazuelitas, y todo lo moldeaba con mis manos, y el calor del sol lo cocía dándole una dureza extraordinaria.

Pero todo esto no respondía a mi objeto que era conseguir una vasija de tierra para contener líquidos y que resistiera al fuego, de lo cual no eran capaces las demás. Ocurrió que al cabo de algún tiempo, habiéndome encendido un gran fuego para asar la carne, cuando fui a retirarla porque ya estaba lista, encontré en el fuego un pedazo de una de mis vasijas de tierra que se había roto y cocido y estaba duro como una piedra y rojo como un ladrillo. Quedé agradablemente sorprendido al verlo, y me dije que podría cocerlos enteros si se cocían rotos.

Esto me hizo calcular el modo de disponer el fuego para conseguir que cociera vasijas. Yo no tenía la menor idea de los hornos que usan los alfareros, ni de que se recubrieran de plomo, aunque tenía plomo para hacerlo; pero puse tres pucheritos grandes y dos o tres vasijas, amontonadas unas sobre otras, y puse alrededor leña y debajo un gran montón de ascuas. Alimenté el fuego con nuevo combustible por todos los lados y por encima, hasta que vi que los cacharros de dentro estaban todos completamente al rojo, y observé que no se quebraban en abso-

204

luto. Cuando los vi de un color rojo claro, les hice mantener el mismo calor durante unas cinco o seis horas, hasta que vi que uno de ellos, aunque no se quebraba, se fundía o derretía, ya que la arena que se había mezclado con la arcilla se fundía ante un calor tan intenso, y se hubiera hecho vidrio de haber seguido yo adelante; así que reduje gradualmente el fuego hasta que los cacharros empezaron a perder el color rojo, y vigilándolos toda la noche, para impedir que el fuego bajase demasiado deprisa, al amanecer tenía tres excelentes —no diré hermosos— pucheritos, y dos cacharros más de tierra, tan bien cocidos como se hubiera podido desear; y uno de ellos perfectamente barnizado por la fusión de la arena.

Después de este experimento no necesito decir que ya no echaba de menos ninguna otra clase de vajilla de barro para mi uso; pero debo admitir, por lo que respecta a las formas, que éstas estaban lejos de la perfección, como cualquiera puede suponer, dado que no tenía otro medio de moldearlas que el de los niños cuando hacen pasteles de barro, o el de una mujer que quisiese hacer un pastel sin haber aprendido jamás a amasar.

Ninguna alegría provocada por algo de tan poca importancia pudo ser nunca igual a la mía, cuando vi que había hecho una vasija de tierra que podía resistir el fuego; y apenas tuve paciencia para contenerme hasta que se hubieran enfriado, antes de lo cual puse una de ellas al fuego otra vez, con agua dentro, para hervirme un poco de carne, lo cual hizo admirablemente bien; y con un trozo de cabrito hice un caldo magnífico, aunque me faltaba harina y avena y otros varios ingredientes para hacerlo tan bueno como yo hubiese querido que fuese.

Mi siguiente preocupación fue conseguirme un mortero de piedra para triturar y machacar el grano, ya que, por lo que respecta al molino, no había ni que pensar en llegar a aquella perfección de arte, con sólo un par de manos. Para atender a esta necesidad me sentía muy poco capacitado, porque entre todos los oficios del mundo yo era tan totalmente inepto para el de picapedrero como para el que pudiera serlo más. Por otra parte, no tenía tampoco ninguna herramienta para empezar a trabajar. Pasé muchos días buscando una piedra lo suficientemente grande para poder ser vaciada y utilizada como mortero, pero no pude encontrar ni una tan sólo, excepto las del bloque rocoso, que no tenía medio de extraer ni cortar. La verdad es que tampoco las rocas de la isla tenían la dureza suficiente, sino que eran todas de una piedra arenosa que se desmenuzaba y que nunca hubiera resistido los golpes de una mano de mortero pesada, ni hubiese triturado el grano sin mezclarlo con arena; así que después de perder mucho tiempo buscando una piedra, lo dejé correr, y decidí buscar un trozo grande de madera dura, que la verdad es que encontré mucho más fácilmente; y cogiendo uno tan grande como mis fuerzas me permitían mover, le di una forma redonda, y lo pulí por fuera con una pequeña hacha, y luego, con ayuda del fuego e infinitas fatigas, le hice un hueco dentro, como los indios de Brasil hacen sus canoas. Tras esto hice una mano de mortero o batidor grande y pesada, de la madera que se llama madera de hierro, y esto lo preparé y lo dejé a un lado hasta que tuviese mi próxima cosecha, cuando me proponía moler o, más bien triturar, el grano para convertirlo en harina y hacerme el pan.

La dificultad siguiente fue hacer un cedazo[15] para tamizar la harina, y separarla de la paja y de la cáscara, sin lo cual no veía el modo de hacer ninguna clase de pan. Esto era lo más difícil, tanto como casi para dejar de pensar en ello; ya que estaba seguro de no tener absolutamente nada de lo necesario para hacerlo; esto es, una buena tela fina para tamizar la harina. Y aquí me atasqué durante muchos meses; y la verdad es que no sabía qué hacer. Todo el lienzo que me quedaba estaba hecho jirones. Tenía pelo de cabra, pero no sabía ni cómo hilarlo ni cómo tejerlo; y aunque hubiera sabido cómo, aquí tampoco tenía útiles para hacerlo. La única solución que encontré para esto fue que al fin recordé que entre las ropas de los marineros que había salvado del barco tenía varias corbatas de indiana[16] o muselina; y con unos pedazos de ellas hice tres pequeños cedazos que servían para mi propósito; y así me arreglé por varios años. Cómo lo hice más adelante, ya lo explicaré en su lugar.

La cuestión del horno fue lo siguiente en lo que hubo que pensar, y cómo llegaría a hacer pan cuando tuviese el grano; porque, en primer lugar, no tenía levadura. En

15. Utensilio que sirve para separar elementos de diferente grosor.
16. Tela de lino o algodón estampada por un solo lado que en un principio se importaba de la India.

cuanto a esto, como no tenía manera de reemplazarlo, no me preocupé mucho, pero la verdad es que el horno sí que era un problema que me apuraba mucho. Por fin, también para esto encontré una solución, que fue ésta: hice varias vasijas de tierra muy anchas pero poco hondas; es decir, de unos sesenta centímetros de diámetro y de no más de veintitrés centímetros, y las puse aparte; y cuando necesité cocer el pan, encendí un gran fuego en el hogar, que había enlosado con unos ladrillos cuadrados que yo mismo había hecho y también cocido; aunque quizá sería excesivo decir que eran cuadrados.

Cuando la leña se hubo ya quemado y convertido en ascuas o brasas vivas, las puse sobre el hogar de modo que lo cubrieran todo y allí las dejé hasta que el hogar estuvo muy caliente. Entonces, sacando todas las brasas, ponía el pan o panes, y los tapaba con la vasija de tierra, poniendo las brasas alrededor, por la parte de fuera de la vasija, para mantener el calor y reconcentrarlo; y así fue como, tan bien como en el mejor horno del mundo, hice mis panes de cebada, y la práctica me convirtió en poco tiempo en un verdadero pastelero, ya que me hice una serie de pasteles de arroz y budines; lo que no hice fueron empanadas, ya que no tenía nada que meter dentro, salvo, suponiendo que las hubiera hecho, carne de ave o de cabra.

No es de extrañar que todas estas cosas me ocuparan la mayor parte del tercer año de mi estancia allí; porque hay que hacer notar que en el tiempo libre que me dejaban estas cosas tenía que cuidarme de mi nueva cosecha y de su cultivo; porque recogí el grano a su debido tiempo, lo llevé a casa como pude y guardé las espigas en mis grandes cestas, hasta que tuve tiempo de desgranarlas, porque no tenía espacio en el que separar el grano de la paja ni instrumento para ello.

Y ahora que mi provisión de grano aumentaba, lo cierto es que necesitaba construir graneros más espaciosos.

Necesitaba un lugar para guardarlo, porque el aumento del grano había sido tan considerable, que de cebada tenía unas veinte fanegas, y de arroz otro tanto o más. De manera que me decidí a utilizarlo sin restricción; porque el pan se me había acabado del todo ya hacía tiempo; estudié también ver qué cantidad era suficiente para todo un año, para no sembrar más que una vez al año.

A fin de cuentas, comprendí que las cuarenta fanegas de cebada y arroz era mucho más de lo que podía consumir en un año. Así que resolví sembrar cada año exactamente la misma cantidad que había sembrado el anterior, pues esta cantidad bastaría para proveerme ampliamente de pan, etcétera.

Mientras se iban haciendo todas estas cosas, puedo asegurar que el pensamiento se me escapaba muchas veces hacia la silueta de aquella tierra que había visto desde el otro lado de la isla, y no me faltaban secretos deseos de desembarcar allí, imaginando poder ver desde allí el continente, y que siendo una tierra habitada, encontraría uno u otro modo de ir más lejos y quizá, por fin, de encontrar algún medio de escapar.

Pero durante todo este tiempo no tuve en cuenta los peligros de una empresa semejante, y cómo podía caer en las manos de los salvajes, quizá tales, que hubiera tenido motivos para considerarlos mucho peores que los leones y tigres de África; que, si llegaba a caer en su poder, tenía más de mil probabilidades contra una de que me dieran muerte y quizá de que me devorasen; porque había oído decir que los habitantes de las costas del Caribe eran caníbales o antropófagos; y sabía por la latitud que no podía estar lejos de aquellas costas. Que, suponiendo que no fuesen caníbales, me matarían del mismo modo como les había ocurrido a muchos europeos que habían caído en sus manos, aun siendo grupos de diez o veinte; con mucha más razón lo harían conmigo, que no era más que uno y que poco o nada podía defenderme. Todas estas cosas, digo, que tanto hubiera debido considerar, y que sólo acudieron a mi mente más tarde, no me inspiraron ningún temor al principio, sino que por mi cabeza sólo rondaba la idea de abordar aquella tierra.

Ahora hubiese querido tener a mi lado a mi buen Xury y la chalupa grande con su vela triangular, con la que navegué más de mil seiscientos kilómetros por la costa de África, pero era en vano pensar en esto. Entonces, se me ocurrió ir a ver en qué estado había quedado la chalupa del barco, que, como ya he dicho, había sido arrojada a la playa, a gran distancia, durante la tempestad, cuando naufragamos. Estaba casi en el mismo sitio que antes pero no exactamente en el mismo; y la fuerza de las olas y de los vientos casi la habían volcado por completo contra un elevado montículo de arena gruesa que había en la playa; pero no estaba rodeada de agua como antes.

Si hubiese tenido quien me ayudase a repararla y a lanzarla al mar, la chalupa me hubiera servido perfectamente, y con ella hubiese podido regresar a Brasil sin grandes dificultades; pero ya hubiera podido prever que darle la vuelta y ponerla de pie me era tan imposible como mover la isla. Sin embargo, fui hacia los bosques y corté palancas y rodillos y los llevé junto a la chalupa, decidido a hacer lo que pudiera, convenciéndome a mí mismo de que si podía darle la vuelta repararía fácilmente los daños que había recibido, y podría así tener una excelente chalupa con la que hacerme a la mar sin dificultades.

La verdad es que no regateé esfuerzos en este trabajo infructuoso, y empleé en él creo que tres o cuatro semanas. Por fin, viendo que era imposible alzarla con mis pocas fuerzas, me puse a cavar la arena para descalzarla y así hacerla caer, introduciendo por debajo palos de madera para empujarla y que se deslizara por el lugar más propicio.

Pero una vez hecho esto, me fue imposible volverla a levantar, ni pasar nada por debajo, y muchísimo menos moverla en dirección al agua; así que me fue forzoso dejarlo correr; y, sin embargo, aunque puse en olvido las esperanzas que había puesto en la chalupa, el deseo de aventurarme por el continente aumentaba en vez de disminuir, a medida que los medios para la empresa parecían hacerse imposibles.

Esto, por fin, me hizo pensar en si no sería posible hacerme una canoa o piragua, como las que hacen los indí-

genas de estas latitudes, incluso sin herramientas, o, por decirlo así, sin trabajo; es decir, del tronco de un árbol grueso. Esto no sólo me pareció posible, sino también fácil, y me complacía extraordinariamente la idea de hacerlo al tener en cuenta que contaba con medios mucho más apropiados que los de los negros o indios; pero sin considerar ni por un momento las especiales dificultades con las que tenía que enfrentarme en mi caso, y que desconocían los indígenas, esto es, la falta de manos para llevar la canoa al agua cuando estuviese hecha, dificultad que para mí era mucho más difícil de superar que todas las consecuencias que la falta de herramientas pudiese tener para ellos. Porque ¿de qué me serviría, una vez que hubiera elegido un árbol grande en los bosques, y que lo hubiese cortado con gran fatiga, y después de lijarlo y alisarlo por fuera con mis herramientas, dándole la forma propia de un bote, y de quemarlo o cortarlo por dentro para vaciarlo, hacer así un bote, si, después de todo esto, tenía que dejarlo en el mismo lugar en que lo había encontrado y era incapaz de llevarlo al agua?

Se hubiera dicho que yo no reflexioné lo más mínimo sobre las circunstancias en que me hallaba mientras hacía este bote, porque de lo contrario hubiese pensado inmediatamente en cómo lanzarlo al mar; pero estaba tan obsesionado por la idea de hacer este viaje y cruzar el mar en él, que ni una sola vez se me ocurrió pensar en cómo lo sacaría de tierra; y en realidad caía de su propio peso que era más fácil conducirlo por el mar más de sesenta y cuatro kilómetros, que no por tierra cuarenta y cinco brazas, desde donde estaba hasta hacerlo flotar en el agua.

Me puse a trabajar en este bote, más como un loco que como un hombre que tuviese sus cinco sentidos. La idea me ilusionaba tanto, que no me detuve a meditar si era capaz de llevarla a cabo; y no porque la dificultad de lanzar al agua el bote no acudiese a menudo a mi mente; pero yo desechaba mis dudas sobre este punto, dándome a mí mismo esta respuesta estúpida: «Primero, hagámoslo; estoy seguro de que cuando esté hecho encontraré un medio u otro de sacarlo de aquí».

Éste era un sistema más que descabellado, pero la vehemencia de mi fantasía prevalecía sobre todo, y a trabajar me puse. Derribé un cedro; dudo mucho que Salomón tuviera uno semejante para construir el templo de Jerusalén. Medía un metro y medio y veinticinco centímetros de diámetro en la parte baja, y un metro veinte y veintiocho centímetros de diámetro a la altura de casi siete metros, después de lo cual disminuía un poco y luego se dividía en ramas. Me costó infinito trabajo derribar este árbol. Estuve veinte días hacheando y cortando por el pie; estuve catorce más despojándolo de ramas y extremidades y de su frondosísima copa, que estuve hacheando y cortando con el hacha, con un indecible trabajo; tras esto me costó un mes darle forma y alisarlo de un modo proporcionado y semejante al casco de una embarcación, a fin de que se deslizara derechamente sobre el agua, como debía. Me costó cerca de tres meses más ahuecarlo y agrandar el hueco hasta convertir el tronco en una verdadera piragua. Y lo cierto es que todo esto lo hice sin ayuda del fuego, sólo con mazo y cincel, y con un trabajo durísimo, hasta que hube conseguido hacer una hermosa piragua, lo suficientemente grande para llevar a veintiséis hombres, y por lo tanto lo bastante grande para llevarme a mí y todo mi cargamento.

Cuando hube terminado esta tarea, quedé extraordinariamente contento de ella. En realidad, el bote era mucho más grande que todas las canoas o piraguas hechas de un solo árbol que yo había visto en toda mi vida. Había costado muchos y fatigosos golpes, puedo asegurarlo; y ya no quedaba más que echarla al agua; y de haberla podido echar al agua, sin ningún género de dudas que hubiera intentado el viaje más insensato y con menos probabilidades de éxito que jamás se haya emprendido.

Pero todos mis intentos para llevarla hasta el agua fracasaron, aunque también me costaron infinitos esfuerzos. Se hallaba a unos noventa metros del agua, y no más. Pero el primer inconveniente era que había un montículo que la separaba de la cala. Bueno, para salvar este obstáculo decidí cavar la tierra hasta formar un declive. A ello me puse y me costó prodigiosos esfuerzos, pero ¿quién se queja de los esfuerzos cuando se tiene la salvación a la vista? Mas cuando hube terminado este trabajo y esta dificultad estuvo salvada, a fin de cuentas la situación era la misma, porque no podía mover la canoa, como antes no había podido mover la chalupa.

Entonces, medí la distancia que la separaba del mar, y decidí abrir un canal para traer agua hasta la canoa, viendo que no podía llevar la canoa hasta el agua. Bueno, empecé esta obra, y cuando ya había empezado, y calculado la profundidad que debía tener y la anchura, y dónde pondría la tierra sobrante, comprendí que con el número de brazos con que contaba, es decir, sólo con los míos, necesitaría de diez a doce años para terminarla; porque la playa quedaba alta, tanto que en el extremo superior al menos necesitaría seis metros de profundidad; así es que, por fin, aunque muy a pesar mío, me decidí a abandonar también esta tentativa.

Esto me afligió mucho, y entonces vi, aunque demasiado tarde, la locura que significaba empezar una obra antes de calcular lo que cuesta ejecutarla y antes de calibrar fielmente nuestras fuerzas para terminarla.

CAPÍTULO 8
Viaje por mar

Ocupado aún en esta obra, terminó mi cuarto año en este lugar, y celebré mi aniversario con la misma devoción y el mismo consuelo de siempre; porque por el estudio constante y seria aplicación de la palabra de Dios, y por el auxilio de su gracia, había llegado a tener una visión de las cosas distinta de la que tenía antes. Concebía nociones distintas. Ahora consideraba el mundo como algo remoto, con el que yo no tenía nada que ver, del que nada esperaba, y del que la verdad es que nada deseaba. En pocas palabras, que no tenía nada que ver con él, y parecía como si esta disposición nunca fuera a cambiar; así es que creo que se mostraba como tal vez lo contemplaremos en la otra vida, es decir, como un lugar en el que había vivido, pero que ya había abandonado; y bien hubiera podido decir como el Padre Abraham al rico Epulón: «Entre yo y tú hay un gran abismo».

En primer lugar me había alejado de todas las perversidades de este mundo. No tenía ni «los deseos de la carne ni los deseos de los ojos ni la vanidad de la vida». No tenía nada que envidiar, porque tenía todo lo que era capaz de disfrutar. Era el señor de todo el territorio; o, si quería, podía titularme rey o emperador de todo aquel país del que había tomado posesión. No había rivales; no tenía competidores, nadie que me disputase la soberanía o el poder. Podía cultivar grano suficiente para cargar barcos enteros, pero de nada me hubiera servido; así que me limité a cultivar el que creí bastaría a mis necesidades. Tenía suficientes tortugas, pero todo lo que podía aprovecharme de ellas era coger una de vez en cuando. Tenía madera suficiente para construir toda una flota de barcos. Tenía uva suficiente para hacer vino o dejarla secar y obtener pasas como para cargar aquella flota que ya estaría construida.

Pero lo único que tenía valor para mí era de lo que podía servirme. Tenía lo suficiente para comer y para proveer a mis necesidades, y ¿qué me importaba todo el resto? Si hubiese cazado más de lo que podía comerme, hubiera debido dárselo al perro o las alimañas. Si hubiese sembrado más grano del que podía comerme, se hubiera echado a perder. Los árboles que hubiera cortado se pudrirían sobre la tierra, ya que no podía utilizarlos más que como combustible; y éste no me servía más que para cocer mi comida.

En una palabra, la naturaleza y la experiencia de las cosas me enseñó, después de la debida reflexión, que todas las cosas buenas de este mundo sólo son buenas por el servicio que nos prestan; y que de todo lo que atesoramos para tener más, disfrutamos únicamente de lo que podemos servirnos. El avaro más sórdido y envidioso del mundo se hubiese curado del vicio de la envidia de hallarse en mi caso; porque yo poseía infinitamente más de lo que podía aprovecharme. No había lugar para el deseo, si no era de las cosas que no tenía, y éstas sólo eran baratijas, aunque la verdad es que de gran utilidad para mí. Tenía, como ya he indicado antes, un paquete de monedas, tanto de oro como de plata, unas treinta y seis libras esterlinas. ¡Ay de mí!, allí quedaba aquel engaño sórdido, triste, inútil. Ningún uso podía hacer de él; y a menudo me decía a mí mismo que de buena gana hubiese cambiado un puñado de aquellas monedas por unos rollos de tabaco de pipa o por una muela de mano para moler mi grano; más aún, lo habría dado por seis peniques de simiente de nabos y zanahorias de Inglaterra, o por un puñado de guisantes y habas y un frasco de tinta. En donde estaba, no me servía absolutamente para nada, ni me beneficiaba en nada; sino que quedaba allí en un cajón, y criaba moho con la humedad de la cueva en la estación de las lluvias; y si hubiese tenido el cajón lleno de diamantes, el caso hubiera sido el mismo; y para mí no hubieran tenido ningún valor, porque de nada me hubieran servido.

Había ya conseguido, pues, llevar un género de vida mucho más tranquilo que al principio, y mucho más conveniente tanto para mi alma como para mi cuerpo. Frecuentemente me sentaba a comer agradecido, y admiraba la mano providente de Dios, que me había puesto mesa en aquel desierto. Aprendí a mirar mi situación más por el lado bueno que por el lado malo, y a tener más en cuenta lo que disfrutaba que lo que echaba de menos; y esto a veces me dio tales consuelos íntimos que no sabría explicarlos; de lo cual dejo constancia aquí, para recordarlo a los descontentos que no saben disfrutar apaciblemente de lo que Dios les ha dado; porque ven y envidian algo que Él no les ha dado. Todo nuestro descontento por lo que nos falta me parecía originarse de la falta de gratitud por lo que tenemos.

Otra reflexión me fue de gran provecho, y sin duda lo hubiese sido también para cualquiera que se hubiese visto en una desgracia como la mía; y fue la de comparar mi situación presente con la que al principio esperaba que sería; mejor dicho, con la que sin duda alguna hubiese sido, si la buena providencia de Dios no hubiese dispuesto prodigiosamente que el barco fuese lanzado más cerca de tierra, en donde yo no sólo pude llegar a él, sino también traer lo que había sacado de él a tierra, para mi ayuda y auxilio; sin lo cual me hubieran faltado herramientas para trabajar, armas para defenderme o pólvora y balas para conseguirme alimentos.

Empleé horas enteras, podría decir días enteros, en representarme con los más vivos colores qué es lo que hubiera debido hacer de no poder sacar nada del barco. Cómo no hubiera podido conseguirme ningún alimento excepto pescado y tortugas; y como pasó mucho tiempo antes de descubrir su existencia, hubiera debido morir al principio. Cómo hubiese vivido, en caso de no morir, exactamente como un salvaje. Cómo si hubiese cazado una cabra o un ave, valiéndome de Dios sabe qué artificios, no hubiese tenido modo de despellejarlos o abrirlos, ni de separar la carne de la piel y las entrañas o cortarlos, sino que hubiera debido roerla con los dientes y desgarrarla con las uñas, como una fiera.

Estas reflexiones me hicieron más sensible a la bondad de la Providencia conmigo, y muy agradecido por mi situación presente, con todos sus sinsabores e infortunios; y tampoco puedo dejar de recomendar este fragmento a la reflexión de los que en sus desgracias suelen decir: «¡No hay aflicción como la mía!». Que consideren cómo son mucho peores los casos de algunos otros, y cómo hubiera podido ser su caso si la Providencia lo hubiese creído oportuno.

Me hacía otra reflexión que también me ayudaba a confortar mi espíritu con esperanzas; y ésta era la de comparar mi situación presente con la que había merecido, y que tenía por lo tanto motivos de esperar de la mano de la Providencia. Yo había llevado una vida horrible, totalmente ajena al conocimiento y al temor de Dios. Había recibido una buena enseñanza de mi padre y de mi madre; y nunca habían dejado, desde que yo era muy niño, de inculcar en mi espíritu un religioso temor de Dios, mi sentido del deber, y de lo que el origen y el fin de mi vida exigían de mí. Pero, ¡ay!, habiendo emprendido muy tempranamente la vida de las gentes del mar, la cual, de todas las vidas, es la más ajena al temor de Dios, a pesar de que sus terrores están siempre ante ellos; decía que habiendo emprendido muy tempranamente la vida de las gentes del mar, y viviendo en su compañía, todo aquel pequeño sentido religioso que había conservado, desapareció con las burlas de mis camaradas, con el endurecido menosprecio de los peligros, con el espectáculo habitual de la muerte, cosas a las que me fui acostumbrando, debido a pasar tan largo tiempo sin ningún género de oportunidad de conversar con alguien que fuese distinto de mí, o de oír algo que fuese bueno o que tendiese a ello.

Tan falto estaba de lo que era bueno, o de lo que yo era o debía ser, que con ocasión de los mayores beneficios que recibí, tales como mi fuga de Salé, mi salvación gracias al capitán de barco portugués, mi tan afortunada instalación en Brasil, recibir el cargamento de Inglaterra, y tantos otros por el estilo, nunca, ni una sola vez, las palabras *¡Gracias, Dios mío!* acudieron ni a mi espíritu ni a mis labios; ni tampoco en las mayores desgracias tuve ni un pensamiento para dedicarle ni para decirle: «¡Señor, tened piedad de mí!»; no, ni mencionar el nombre de Dios, a no ser para jurar y blasfemar.

Reflexiones terribles acudieron a mi espíritu durante muchos meses, como ya he observado antes, acerca de lo perverso y empedernido de mi vida pasada; y cuando miraba a mi alrededor, y consideraba los particulares favores con que la Providencia me había asistido desde mi llegada a este lugar, y cómo Dios me había tratado con tanta generosidad; no sólo no me había castigado por lo que mi maldad había merecido, sino que había provisto abundantemente a mi subsistencia; esto me daba grandes esperanzas de que mi arrepentimiento fuese aceptado, y de que Dios no hubiese agotado aún su misericordia conmigo.

Con estas reflexiones incité a mi espíritu no sólo a resignarse a la voluntad de Dios, a las presentes circunstancias en que me hallaba, sino también a estarle sinceramente agradecido por mi situación, ya que, conservando aún la vida, no debía quejarme, viendo que no había tenido el castigo que merecía por mis pecados; ya que gozaba de tantas concesiones que no tenía motivo de haber esperado en aquel lugar. Nunca más debería quejarme de mi situación, sino por el contrario, dar las gracias a Dios cada día por aquel pan cotidiano, que sólo una multitud de prodigios había podido hacer posible. Que debía considerar que había sido alimentado gracias a un milagro, tan grande como el de Elías alimentado por los cuervos, o, mejor dicho, por una larga serie de milagros; y que difícilmente hubiera podido ser arrojado con más ventajas. Un lugar en donde, si bien me faltaba la compañía, lo cual era mi aflicción por una parte, tampoco había encontrado bestias feroces, ni lobos ni tigres que amenazasen mi vida, ni nada dañoso ni venenoso de lo que me alimentase para mi mal, ni salvajes para asesinarme y devorarme.

En una palabra, si mi vida era por una parte una vida de pesadumbre, por otra era una vida de misericordia; y no me faltaba para hacer de ella una vida amable, más que hacerme cargo de la bondad de Dios para conmigo, y de cómo velaba por mí en esta situación, auxiliándome cotidianamente; y una vez hechos tan sensibles adelantos en estas cosas, seguí adelante y no volví a entristecerme más.

Ahora hacía ya tanto tiempo que estaba aquí, que muchas de las cosas que había traído a tierra para mi uso se habían terminado, o estaban muy deterioradas o a punto de agotarse.

La tinta, como ya he observado, se había terminado hacía ya algún tiempo, toda excepto un poquitín a la que iba añadiendo agua poco a poco, hasta que fue tan clara que apenas dejaba ninguna señal negra en el papel. Mientras duró, la usé para anotar los días del mes en los que me ocurría alguna cosa notable y, antes, para reseñar el tiempo pasado. Recuerdo que había una extraña coincidencia de fechas en los diversos acontecimientos que me habían sucedido; y que, de haber estado yo supersticiosamente propenso a considerar la existencia de días afortunados y desafortunados, hubiera tenido motivos de prestar atención al caso con gran interés.

En primer lugar, había notado que el mismo día en que abandoné a mis padres y a mis amigos y salí de Hull para embarcarme, el mismo día, un tiempo después, fui hecho prisionero por el pirata de Salé y reducido a la esclavitud.

El mismo día del año que me salvé del naufragio de aquel barco en la bahía de Yarmouth, aquel mismo día, un tiempo después, me escapé de Salé en la chalupa.

El mismo día del año en que nací, es decir, el 30 de septiembre, aquel mismo día, salvé milagrosamente la vida, veintiséis años después, cuando fui arrojado a la playa en esta isla, con lo que resulta que mi vida de perversión y mi vida de soledad empezaron el mismo día.

La primera cosa que se me terminó después de la tinta fue el pan, quiero decir la galleta que había sacado del barco; yo la había economizado hasta el máximo, no permitiéndome más que un bizcocho por día, durante más de un año, y sin embargo me quedé sin una miga de pan, cerca de un año antes de conseguir el primer grano. Tenía poderosas razones para estar agradecido de tener grano de la clase que fuera, ya que su obtención, como ya he observado, fue algo lindante con lo milagroso.

Mis ropas empezaron también a estropearse. No me quedaba ya nada de lino desde hacía bastante tiempo, con la excepción de unas camisas a cuadros que había encontrado en los baúles de los marineros, y que conservaba cuidadosamente, porque muchas veces no podía llevar más ropa que una camisa; y me fue de grandísima ayuda que entre las ropas de todos los miembros de la tripulación hubiese casi tres docenas de camisas. Había también varios capotes de marino muy gruesos que había sacado del barco, pero abrigaban demasiado para llevarlos; y aunque es cierto que el tiempo era tan intensamente caluroso que no se necesitaban ropas, tampoco podía ir completamente desnudo. No, aunque esta idea me hubiese tentado, que no había sido así, no hubiera sabido acostumbrarme a ello, aunque estaba totalmente solo.

El motivo de no poder ir completamente desnudo era que no podía soportar tan bien el calor del sol cuando iba completamente desnudo como cuando llevaba encima alguna ropa. Más aún, con frecuencia el mismo calor me levantaba ampollas en la piel; mientras que llevando camisa el mismo aire la movía, y, circulando por dentro de la camisa, el frescor era doble que sin ella. Tampoco podía nunca salir a pleno sol sin un gorro o sombrero; el calor del sol, cuyos rayos tienen tanta intensidad en esas regiones, me hubiera dado inmediatamente dolor de cabeza, al caer tan de lleno sobre ella, sin llevar un gorro o sombrero, así que no podía resistirlo, mientras que si me ponía un sombrero, el dolor de cabeza desaparecía al instante.

En vista de lo cual, empecé a pensar en poner un poco en orden los pocos harapos que tenía y que yo llamaba ropas. Había ya estropeado todos los chalecos y ahora se trataba de ver si podía hacerme chaquetas de los capotes grandes que tenía conmigo y de algunos otros materiales que tenía; así que me puse a hacer de sastre, o la verdad es que más bien de remendón, ya que mi trabajo daba verdadera pena. Sin embargo, me las ingenié para hacerme tres chalecos nuevos, que yo esperaba que me fueran de utilidad durante mucho tiempo. En cuanto a calzones y calzoncillos, lo que hice por el momento la verdad es que no podía ser más lastimoso.

Ya he mencionado que guardaba las pieles de todos los animales que cazaba, quiero decir, de los de cuatro patas, y las tendía al sol en unos palos, con lo que varias de ellas se hicieron tan secas y tan duras que para poco me sirvieron, pero en cambio otras me fueron muy útiles. Lo primero que me hice de éstas fue un gorro grande, con el pelo por la parte de afuera para que repeliera la lluvia; y esto me salió tan bien, que, tras esto, me hice todo un vestido completo de estas pieles, es decir, un chaleco y unos calzones abiertos por las rodillas, ambas prendas anchas, ya que más que abrigarme quería que me defendieran del calor. No puedo dejar de reconocer que la confección era chapucera, porque si yo era un mal carpintero, como sastre era aún peor. Sin embargo, tal como eran me prestaron un gran servicio; y cuando estaba fuera de casa, si me sorprendía la lluvia, como el chaleco y el gorro tenían el pelo por la parte de fuera, no me mojaba en absoluto.

Después de esto empleé mucho tiempo y mucho trabajo en hacerme un parasol. La verdad es que realmente necesitaba uno, y tenía grandes deseos de hacérmelo. Los había visto hacer en Brasil, en donde son muy útiles por el gran calor que allí hace; y pensé que el calor aquí era igual, y quizá mayor aún, ya que estaba más cerca del ecuador. Por otra parte, como debía hacer largas correrías, me era algo extraordinariamente útil, tanto para la lluvia como para el sol. Me costó muchos quebraderos de cabeza, y pasó mucho tiempo antes de poder hacer algo que fuera útil; mejor dicho, cuando ya creía haber encontrado el sistema, estropeé dos o tres antes de hacer uno a mi gusto, pero por fin hice uno que me satisfacía bastante. La principal dificultad con la que topé fue la de hacer que se cerrara. Podía abrirlo, pero si no se cerraba y plegaba, tendría que llevarlo siempre abierto sobre la cabeza, lo cual sería incómodo. Sin embargo, por fin, como ya he dicho, hice uno que me satisfacía, y lo forré con pieles, con el pelo hacia fuera, a fin de que repeliera la lluvia como un techo y me protegiera del sol con tanta eficacia que pudiera salir en el tiempo más caluroso mucho mejor de lo que podía antes en el más fresco, y cuando no tenía necesidad de él, podía cerrarlo y llevarlo bajo el brazo.

Así vivía yo muy agradablemente, con el espíritu totalmente calmado, resignándome a la voluntad de Dios y entregándome por completo a lo que dispusiera su providencia. Esto hizo mi vida mejor que la que se lleva en compañía de los hombres, porque cuando empezaba a pesarme la falta de conversación, me preguntaba si este diálogo con mis propios pensamientos y, como espero que pueda decirse, con el mismo Dios con mis oraciones, no era mejor que los máximos placeres que puede ofrecer en el mundo la compañía de los hombres.

No puedo decir que después de esto, durante cinco años, no me ocurriera nada extraordinario, pero sí que viví del mismo modo, en el mismo lugar y con las mismas disposiciones, igual que antes. Las principales cosas de que me ocupé, además de la tarea anual de plantar la cebada y el arroz y de dejar secar las pasas, de todo lo cual sólo almacenaba lo suficiente para tener provisiones para el año siguiente; decía que además de esta tarea anual, y de mi tarea diaria de salir a cazar con la escopeta, me ocupaba en hacerme una canoa, que por fin terminé; de manera que cavando un canal de unos dos metros de ancho y un metro veinte de hondo, la llevé hasta la caleta, que estaba a unos ochocientos metros de distancia. En cuanto a la primera, que era tan enormemente grande, ya que la hice sin considerar antes, como debía haberlo hecho, cómo podría echarla al agua; la primera, digo, viéndome incapaz de echarla al agua o de hacer llegar el agua hasta ella, me vi obligado a dejarla en donde estaba, como recuerdo que me enseñase a ser más prudente la segunda vez; y en efecto, la segunda vez, aunque no pude encontrar un árbol adecuado, y en el lugar en que se hallaba había que traer el agua desde una distancia que, como he dicho, no era menor de ochocientos metros, sin embargo, viendo que a fin de cuentas era algo realizable, no abandoné la empresa; y aunque me llevó cerca de dos años, no regateé mis esfuerzos con la esperanza de poder tener un bote con el que hacerme por fin a la mar.

Sin embargo, aunque mi pequeña piragua estaba terminada, su tamaño no respondía del todo a los propósitos que tenía al construir la primera; quiero decir, aventurarme a intentar ganar el continente, que estaba a unos sesenta y cuatro kilómetros de distancia. Así pues, las reducidas dimensiones de mi bote contribuyeron a dejar de lado este propósito y ya no volví a pensar más en él; pero, como tenía un bote, mi propósito siguiente fue dar una vuelta a la isla; ya que, como había estado en un lugar de la otra parte de ella, cruzando, como ya he descrito, la tierra, los descubrimientos que hice en aquel pequeño viaje me dieron grandes deseos de visitar otras partes de la costa; y ahora que tenía un bote sólo pensaba en dar la vuelta a la isla por mar.

Con este fin, queriendo hacer todas las cosas con mesura y reflexión, equipé el bote con un pequeño mástil, e hice una vela de varios trozos de la vela del barco que tenía guardada, y de la que me quedaba aún una gran parte.

Después de haber ajustado el mástil y la vela, probé el bote y vi que navegaba muy bien. Entonces hice unos pequeños armarios o cajas en los dos extremos del bote, para poner provisiones, cosas necesarias, municiones, etcétera, a fin de preservarlas del agua, tanto de la lluvia como de las salpicaduras del mar; y en el interior del bote hice una pequeña hendidura alargada para dejar allí mi escopeta, cubriéndola con un lienzo para que no se mojara.

Fijé también el parasol en un saliente de la popa, como un mástil, para tenerlo siempre sobre mi cabeza y que me protegiera del calor del sol a modo de toldilla; y así de vez en cuando hacía algún pequeño viaje por mar, aunque nunca yendo muy lejos ni alejándome de la pequeña caleta; pero, por fin, ansioso de explorar los contornos de mi pequeño reino, me decidí al periplo[17] y en consecuencia proveí mi embarcación para el viaje, embarcando en ella dos docenas de mis panes (yo los llamaría más bien tortas) de harina de cebada, una vasija de tierra llena de arroz tostado, alimento del que hacía gran consumo, una botellita de ron, media cabra y pólvora y perdigones para cazar más, y dos chalecos grandes de los que, como ya he dicho antes, había salvado de los cofres de los marineros. Éstos los cogí, el uno para echarme encima, y el otro para cubrirme con él por la noche.

17. Viaje o recorrido.

Fue el 6 de noviembre, en el sexto año de mi reinado, o de mi cautiverio, como se prefiera, cuando emprendí este viaje, que resultó mucho más largo de lo que yo esperaba; pues, aunque la isla en sí no era muy grande, cuando llegué a la parte este encontré un arrecife que se adentraba unas dos leguas en el mar, a veces sobresaliendo del agua, a veces bajo ella; y a continuación se extendía un banco de arena que emergía del mar y se prolongaba por media legua más; así que me vi obligado a dar un gran rodeo para doblar la punta.

Cuando descubrí ambos estuve a punto de abandonar la empresa y volverme atrás, no sabiendo lo que aquello me obligaría a adentrarme en el mar; y sobre todo dudando de si podría volver atrás; así que eché el ancla, porque me había hecho una especie de ancla con un trozo de una pequeña ancla rota que había sacado del barco.

Después de asegurar el bote, cogí mi escopeta y desembarqué, y escalé una colina que dominaba aquel promontorio, desde donde vi hasta donde llegaba y decidí aventurarme.

Mientras estaba contemplando el mar desde aquella colina, advertí la existencia de una corriente de agua muy fuerte, rapidísima, que iba en dirección este y que incluso se acercaba al promontorio. Tomé buena nota de ello porque comprendí que podía ser un peligro para mí; ya que cuando yo llegase a su altura, su fuerza podía arrastrarme hacia alta mar sin que pudiese volver a la isla; y la verdad es que de no haber subido antes a esa colina, esto es lo que hubiera sucedido; porque si bien había la misma corriente en el otro lado de la isla, allí quedaba mucho más alejada de tierra; y vi que allí se formaba un fuerte remolino al pie de la costa. Así que no tenía más que salir de la primera corriente, para encontrarme inmediatamente en un remolino.

Con todo, allí permanecí dos días, porque el viento soplaba con no poca fuerza en dirección este sudeste y, siendo esta dirección contraria a la corriente mencionada, el mar formaba un gran rompiente en el promontorio; así que no me hubiera visto seguro ni manteniéndome cerca de la costa, por el rompiente, ni alejándome de él debido a la corriente de agua.

Al tercer día por la mañana, como el viento había aflojado durante la noche, el mar estaba en calma, y me aventuré; pero he ahí algo que puede servir de ejemplo a todos los pilotos atolondrados e inexpertos; porque, apenas hube llegado al promontorio, cuando no distaba de tierra más que la longitud de mi bote, me encontré en una enorme profundidad de agua, y en medio de una corriente como la esclusa de un molino. El bote fue arrastrado con tal violencia que, a pesar de todos mis esfuerzos, no conseguí mantenerme cerca de la orilla, sino que me vi impulsado cada vez más lejos del remolino, que quedaba a mi izquierda. No soplaba el menor viento para ayudarme, y todo lo que podía hacer con los remos era prácticamente nada, y entonces empecé a considerarme perdido; ya que como la corriente circulaba por ambos lados de la isla, comprendí que a unas pocas leguas de distancia los dos ramales se encontrarían, y entonces yo estaría irremediablemente perdido; y no veía tampoco ninguna posibilidad de evitarlo. Así que no tenía otra perspectiva ante mí que la de morir, no ahogado, porque el mar estaba bastante en calma, sino de hambre. Yo había encontrado una tortuga en la playa, tan grande que apenas la pude levantar, y la había metido en el bote; y tenía una jarra grande de agua dulce, quiero decir uno de mis cacharros de tierra; pero ¿qué era todo esto para navegar a la deriva en el inmenso océano, en donde a buen seguro que no habría tierra ni continente ni isla, al menos en unas mil leguas?

Entonces, vi lo fácil que era para la providencia de Dios el empeorar aun la más lastimosa de las situaciones humanas. Entonces, pensaba en mi desolada isla desierta como en el lugar más agradable del mundo, y toda la felicidad que mi corazón podía desear era volver allí de nuevo. Hacia allí extendí las manos con fervientes deseos: «¡Oh, desierto feliz —dije—, no volveré a verte más! ¡Oh, miserable criatura! —exclamé—, ¿adónde voy?». Luego me reproché a mí mismo mi carácter ingrato y el haberme quejado de mi condición solitaria; y ahora ¡qué es lo que no hubiera dado yo por volver a estar en tierra! Así es como nunca vemos las ventajas de la situación en que vivimos hasta que se nos hacen evidentes al experimentar sus contrarios, ni damos valor a lo que disfrutamos hasta que nos falta. Es casi imposible imaginar la consternación en que estaba, al verme arrastrado lejos de mi amada isla (porque entonces me parecía así) hacia el ancho océano, casi dos leguas, sin tener ninguna esperanza de regresar a ella. Sin embargo, trabajé de firme, hasta casi agotar mis fuerzas, y mantuve el bote, todo lo que me fue posible, en dirección norte, es decir, hacia el lado de la corriente en que se hallaba el remolino. Hacia el mediodía, cuando el sol estaba pasando el meridiano, creí sentir en la cara un leve soplo de viento que procedía del sur sudeste. Esto me alentó un poco, especialmente cuando al cabo de una media hora empezó a soplar un vientecillo nada despreciable. Por entonces ya había sido llevado a una horrorosa distancia de la isla, y de haber aparecido la menor nube o bruma, hubiera seguido también otro rumbo; porque como no llevaba brújula a bordo, no hubiera sabido qué dirección tomar para volver a la isla, si la hubiese perdido de vista; pero el tiempo seguía despejado, me puse a enderezar de nuevo el mástil y a extender la vela, dirigiéndome tanto como me fue posible hacia el norte, para escapar de la corriente.

Apenas había enderezado el mástil y soltado la vela y el bote empezaba a hacer fuerza de vela, cuando vi por la transparencia del agua que estaba cerca de un cambio de la corriente; porque donde la corriente era muy fuerte, el agua era turbia; pero cuando advertí que el agua era clara comprendí que la corriente cedía, y al instante divisé hacia el este, a eso de unos ochocientos metros, el rompiente del agua contra unas rocas. Vi que estas rocas dividían la corriente en dos, y como el ramal principal de ella corría más al sur, dejando las rocas al noreste, el otro retornaba rechazado por las rocas y creaba un fuerte remolino, que se dirigía de nuevo hacia el noroeste con toda su fuerza.

Los que saben lo que es recibir el indulto al pie mismo del patíbulo, o ser rescatado de manos de unos ladrones en el mismo momento en que iban a asesinarlos, o que se hayan visto en situaciones tan extremas, adivinarán lo que fue mi sorpresa jubilosa, y lo alegremente que puse mi bote en la corriente de este remolino, y como el viento también se avivaba, lo alegremente que solté la vela, navegando contentísimo con el viento en popa y con una fuerte corriente o remolino bajo los pies.

Este remolino me llevó cerca de una legua por el camino directo de regreso hacia la isla, pero unas dos leguas más al norte de lo que la corriente me había arrastrado al principio. De manera que cuando llegué cerca de la isla, me encontré frente a la costa norte de ella, es decir, en el otro extremo de la isla, opuesto a aquel del que había salido.

Cuando ya había hecho algo más de una legua de camino gracias a la ayuda de esta corriente o remolino, comprendí que había agotado su fuerza y que ya no me servía más. Sin embargo, vi que entre las dos grandes corrientes, es decir, la de la parte sur, que me había empujado hacia alta mar, y la del norte, que quedaba más o menos a una legua por el otro lado; decía que entre estas dos, ya junto a la orilla, vi que las aguas eran tranquilas y quietas y, como soplaba todavía un poco de brisa que me era favorable, me dirigí directamente a la isla, aunque con mucha más lentitud que antes.

A eso de las cuatro de la tarde, hallándome más o menos a una legua de distancia de la isla, vi que el promontorio que había ocasionado este desastre, extendiéndose, como ya he descrito antes, en dirección sur, y desviando la corriente más hacia el sur, naturalmente había formado otro remolino al norte, y éste lo encontré muy fuerte, pero sin que interceptase mi camino, que era hacia el oeste, pero casi pleno norte. Sin embargo, como tenía un viento muy vivo, atravesé este remolino en dirección noroeste, y al cabo de una hora, poco más o menos, llegué a un kilómetro y medio de la playa, desde donde, como las aguas eran tranquilas, no tardé en alcanzar tierra.

En la playa caí de rodillas y di gracias a Dios por haberme salvado, decidiendo dejar de lado toda idea de abandonar la isla con el bote; y después de hacer una comida ligera con lo que tenía, llevé el bote junto a la playa, en una pequeña enseñada que había visto a la sombra de unos árboles, y me tendí a dormir, completamente extenuado por los esfuerzos y la fatiga del viaje.

Me dio mucho que pensar el modo de volver a casa con el bote. Demasiados peligros había corrido ya y demasiado sabía a lo que me exponía para pensar en volver por el mismo camino de la ida, y no sabía qué es lo que podía haber en el otro lado (quiero decir, en el lado oeste) ni tenía el menor propósito de correr más aventuras. Así es que lo único que decidí por la mañana fue dirigirme hacia el oeste, bordeando la costa, y ver si encontraba alguna caleta donde poder dejar la lancha a seguro, de modo que, en caso de interesarme, pudiera recuperarla. Después de ir costeando durante unos cinco kilómetros, poco más o menos, llegué a una magnífica ensenada o bahía, que debía de tener como un kilómetro y medio, que se estrechaba hasta convertirse en un pequeño riachuelo o arroyo, donde me pareció encontrar un puerto muy apropiado para mi bote, y en donde estaría como si aquel pequeño muelle se hubiese hecho ex profeso para él. Allí lo dejé, y después de amarrarlo muy sólidamente bajé a tierra para explorar el lugar y ver en dónde estaba.

No tardé en darme cuenta de que estaba casi en el mismo sitio en el que había estado antes, cuando había hecho una excursión a pie por aquella costa; así que, sin tomar conmigo más que la escopeta y el parasol, porque hacía un calor terrible, me puse en marcha. El camino no me resultó demasiado penoso, después del viaje que había hecho, y llegué a mi antiguo cobertizo al caer la tarde, en donde lo encontré todo tal como lo había dejado; pues siempre lo tenía bien ordenado, ya que, como he dicho antes, aquélla era mi casa de campo.

Pasé por encima de la valla, y me tendí a la sombra para descansar, pues estaba muy fatigado, y me quedé dormido. Pero imaginad, si podéis, vosotros que leéis mi historia, cuál debió de ser mi sorpresa cuando me despertó del sueño una voz que me llamaba por mi nombre varias veces:

—Robin, Robin, Robin Crusoe, pobre Robin Crusoe, ¿dónde estás, Robin Crusoe? ¿Dónde estás? ¿En dónde has estado?

Al principio estaba tan profundamente dormido, por la fatiga del remar, o bogar, como se dice, la primera parte del día, y por el andar la otra parte, que no me desperté del todo, sino que en el duermevela, medio dormido medio despierto, creí soñar que alguien me hablaba; pero como la voz continuaba repitiendo «Robin Crusoe, Robin Crusoe», por fin me desperté completamente, y al principio me asusté terriblemente y me puse de pie precipitadamente en medio del mayor espanto. Pero apenas había abierto los ojos cuando vi a mi *Poll* posado en lo alto de la valla, e inmediatamente comprendí que era él quien me hablaba; pues era precisamente en este lenguaje lastimero que yo le había enseñado y acostumbrado a hablar; y lo había aprendido tan bien que, posándose en mi dedo, me acercaba el pico a la cara y chillaba:

—Pobre Robin Crusoe, ¿dónde estás? ¿Dónde has estado? ¿Cómo has venido aquí?

Y cosas por el estilo que le había enseñado.

Con todo, aunque sabía que se trataba del loro, y que evidentemente no podía haber sido nadie más, pasó un buen rato antes de que me rehiciera. En primer lugar, me asombraba que el animal hubiera llegado hasta aquí, y luego que se hubiera quedado precisamente en este lugar y no en otro cualquiera; pero como estaba bien seguro de que no podía ser nadie más que mi buen *Poll*, lo dejé correr; y tendiéndole la mano y llamándole por su nombre, *Poll*, el sociable animalillo vino hacia mí y se posó en mi pulgar, como solía hacer, y siguió hablándome:

—¡Pobre Robin Crusoe! ¿Y cómo viniste aquí? ¿Dónde has estado?

Como si se alegrara muchísimo de volverme a ver; y así me lo llevé conmigo a casa.

Por algún tiempo ya tenía bastante de correrías por el mar, y tenía bastante que hacer por muchos días para quedarme quieto, y reflexionar sobre los peligros que había corrido. Me hubiera gustado mucho poder volver a tener mi bote en mi lado de la isla, pero no encontraba un medio practicable de traerlo. En cuanto a la parte este de la isla, que había bordeado, sabía perfectamente que no podía arriesgarme por allí. El corazón se me encogía y se me helaba la sangre con sólo pensar en ello; y en cuanto al otro lado de la isla, no sabía cómo podía ser; pero suponiendo que la corriente se estrellase contra la costa del este con la misma fuerza que cuando pasaba junto a la otra, correría el mismo riesgo de ser arrastrado por el agua y lanzado contra la isla, como antes había sido alejado de ella. Así que con estos pensamientos me resigné a quedarme sin ningún bote, aunque había sido el fruto de tantos meses de trabajo como me costó hacerlo, y de tantos otros más como me costó echarlo al mar.

En esta disposición de ánimo permanecí cerca de un año, llevando una vida retirada y muy tranquila, como bien puede suponerse; y como mis pensamientos se habían ya acomodado muchísimo a mi situación, y encontraba pleno consuelo en inclinarme ante los designios de la Providencia, la verdad es que creía vivir muy feliz en todos los órdenes, excepto en el de la falta de compañía.

Durante este tiempo me perfeccioné en todos los trabajos manuales a los que mis necesidades me hacían dedicar, y creo que, de llegar la ocasión, podría ser un excelente carpintero, sobre todo considerando las pocas herramientas que tenía.

Aparte de esto llegué a una perfección inesperada en la alfarería, y me las arreglé para hacer cacharros con un torno, con lo que el trabajo me resultó mucho más fácil y de resultados mucho mejores; porque hacía redondas y proporcionadas las cosas que antes la verdad es que daban asco de mirar. Pero creo que nunca estuve tan orgulloso de una obra mía, ni tan alegre por ninguno de mis hallazgos, como cuando fui capaz de hacerme una pipa. Y aunque una vez hecha resultó ser francamente fea y chapucera, y de la misma materia y color rojo que los otros objetos de tierra, con todo, como era dura y sólida y tiraba bien, me causó un consuelo extraordinario, porque yo siempre había tenido la costumbre de fumar, y aunque en el barco había pipas, al principio yo me había olvidado de ellas al no saber que en la isla había tabaco; y más adelante, cuando volví a registrar el barco, no pude dar ni con una sola de ellas.

También en mis trabajos de cestería me perfeccioné mucho, e hice multitud de cestas que necesitaba, tan bien como mi inventiva supo guiarme, y que, aunque no eran muy bonitas, resultaban muy manejables y prácticas para guardar cosas o para llevar cosas a casa. Por ejemplo, si cazaba una cabra lejos de allí, podía colgarla de un árbol, despellejarla, preparar la carne, cortarla en pedazos y llevarla a casa en un cesto; y lo mismo con una tortuga: podía abrirla, sacar los huevos y uno o dos pedazos de carne, que para mí bastaban, y traerlo a casa en un cesto y dejar lo restante tras de mí. También cestos grandes y hondos fueron mis recipientes para el grano, que yo siempre desgranaba tan pronto como estaba seco, y preparaba y guardaba en grandes cestos.

Entonces empecé a darme cuenta de que la pólvora disminuía considerablemente, y esto era algo que me era imposible de reemplazar, y empecé a considerar seriamente lo que haría cuando ya no me quedase más pólvora; es decir, cómo podría cazar las cabras. Como ya he dicho, en el tercer año de mi estancia aquí, había capturado una cabrita y la había domesticado, y tenía esperanzas de conseguir un macho cabrío, pero no hubo modo de realizar este propósito, y así la cabrita se convirtió en una cabra vieja; y nunca tuve valor suficiente para matarla hasta que por fin murió de puro vieja.

Pero hallándome ahora en el año undécimo de mi estancia, y, como he dicho, empezando a agotarse mis municiones, me puse a estudiar los medios de poner trampas o lazos a las cabras, para ver si me era posible cogerlas vivas y sobre todo lo que quería era una hembra con crías.

Con este objeto construí lazos para que se enredaran las patas en ellos, y creo que más de una vez ocurrió así, pero los hilos no servían, y yo no tenía alambres, y siempre los encontré rotos y el cebo comido.

Por fin me decidí a probar con una trampa; así es que cavé en la tierra varios hoyos grandes, en lugares en que había observado que las cabras solían pacer, y cubrí estos hoyos con un cañizo, también obra mía, sobre el que puse un gran peso; y diversas veces dejé allí espigas de cebada y arroz seco, sin tender la trampa, y advertí fácilmente que las cabras habían acudido y se habían comido el grano, porque vi las huellas de sus patas. Por fin tendí tres trampas en una noche, y al salir al día siguiente por la mañana las encontré todas intactas, pero el cebo había sido comido y había desaparecido. Esto era muy desalentador. Sin embargo, modifiqué mi trampa y, para no cansar al lector con detalles, al ir una mañana a ver mis trampas, encontré en una de ellas un macho cabrío fuerte y viejo, y en una de las otras, tres cabritos, un macho y dos hembras.

Por lo que respecta al viejo, no sabía qué hacer con él, pues era tan fiero que no me atrevía a bajar al hoyo; es decir, cogerlo y llevármelo vivo, que era lo que necesitaba. Hubiera podido matarlo, pero no hubiera sacado nada con ello, no tenía por qué hacerlo. Así es que lo dejé escapar, y huyó como enloquecido; pero yo entonces había olvidado algo que más tarde aprendí, que el hambre doma a un león. Si lo hubiese dejado allí durante tres o cuatro días sin comer, y luego le hubiera llevado un poco de agua para beber y luego un poco de grano, se hubiera hecho tan dócil como uno de los cabritos, porque son animales extraordinariamente listos y sociables, si se les trata bien.

Sin embargo, el hecho es que lo dejé en libertad, porque en aquella época ignoraba estas cosas. Luego me acer-

242

qué a los tres cabritos, y cogiéndolos uno por uno los até con cuerdas todos juntos, y con ciertas dificultades me los llevé a casa.

Transcurrió algún tiempo antes de que quisieran comer, pero cuando les arrojé buen grano esto les tentó, y empezaron a domesticarse; y entonces comprendí que para obtener carne de cabra, una vez no me quedara ya más pólvora ni perdigones, no tenía otro remedio que criar algunas domesticadas, y quizá podría llegar a tenerlas por los alrededores de mi casa, como un rebaño de ovejas.

Pero entonces se me ocurrió que tenía que separar las domesticadas de las silvestres, o de lo contrario siempre volverían a hacerse silvestres cuando crecieran, y el único medio de conseguirlo era tener un terreno cercado, bien vallado, ya fuera con maleza, ya con palos, para guardarlas a buen seguro, a fin de que ni las de dentro pudieran escapar ni las de fuera, invadirlo.

He aquí una gran empresa para un solo par de manos, pero como vi que era absolutamente necesario hacerlo, lo primero en que me ocupé fue en encontrar un trozo de tierra adecuado, es decir, un lugar en donde pudiera haber hierba para que comieran, agua para que bebieran y sombra para defenderlas del sol.

Los que entiendan de este tipo de cercados pensarán que yo tenía bien poca idea de ellos, cuando, después de elegir un lugar muy apropiado para esos fines, ya que era un trozo de pradera llana y despejada, o sabana (como las llamamos en nuestras colonias occidentales), que tenía dos o tres arroyuelos de agua fresca y una parte muy boscosa en uno de sus extremos; decía que sonreirán de mis previsiones cuando les cuente que empecé el cercado de este trozo de terreno de tal manera que mi seto o empalizada debía de tener como mínimo tres kilómetros de circunferencia. A pesar de todo, la locura no consistía en querer cercar una extensión tan grande, pues aunque hubiera tenido una circunferencia de dieciséis kilómetros hubiera tenido tiempo suficiente para hacerlo. Pero en lo que no pensé fue en que mis cabras serían tan silvestres teniendo tanto espacio, como si hubieran tenido toda la isla entera y hubieran tenido tanto campo para correr, que me hubiese sido completamente imposible atraparlas.

Mi seto estaba ya empezado y tenía ya, creo, unos cuarenta y cinco metros, cuando este pensamiento me acudió a la mente. Así que inmediatamente me paré, y para empezar decidí cercar un trozo de unos ciento treinta y cinco metros de largo por noventa metros de ancho, que podía contener a tantas como era previsible que llegara a tener en un tiempo razonable, y así, a medida que mi rebaño aumentara, podía añadir más terreno al cercado.

Esto ya era obrar con un poco de cordura, y me puse a trabajar con muchos ánimos. Me llevó unos tres meses el cercar el primer trozo, y hasta que no hube terminado con ello, tuve atados a los tres cabritos en la mejor parte del terreno, y los acostumbré a comer tan cerca de mí como era posible para que se familiarizaran conmigo; y muy a menudo iba y les llevaba unas espigas de cebada o un puñado de arroz, y les daba de comer en mi mano. Así es que cuando el cercado estuvo listo y los dejé sueltos, me seguían arriba y abajo, balando detrás de mí para que les diera un puñado de grano.

Esto era lo que yo quería, y en cerca de un año y medio tenía un rebaño de unas doce cabras, cabritos y todo; y al cabo de dos años más tenía cuarenta y tres, sin contar las que había cogido y matado para mi sustento. Después de esto cerqué otros cinco trozos de terreno para que pacieran, con pequeños rediles a donde llevarlas o de donde sacarlas, y entradas que comunicaran unos terrenos con otros.

Pero esto no era todo, porque ahora no sólo tenía carne de cabra para comer cuando quisiera, sino también leche, algo en lo que al principio la verdad es que no pensé en absoluto, y cuando se me ocurrió fue ciertamente una agradable sorpresa. Pues establecí mi lechería, y a veces reunía cuatro o nueve litros de leche por día. Y como la naturaleza, que provee de alimentos a todas sus criaturas, les enseña también la manera de servirse de ellos, así yo, que nunca había ordeñado una vaca, y mucho menos una cabra, ni había visto hacer manteca ni queso, en poco tiempo y con mucha maña, aunque después de muchas pruebas y fracasos, llegué a hacer tanto manteca como queso, y fue algo que a partir de entonces ya no me faltó más.

¡Con cuánta misericordia puede nuestro gran Creador tratar a sus criaturas, incluso en aquellas situaciones en las que parecen quedar anonadadas por los desastres! ¡Cómo puede endulzar las circunstancias más amargas y darnos motivo de ensalzarle en mazmorras y prisiones! ¡Qué mesa me había puesto en el desierto, en donde al principio yo no había visto sino el morir de hambre!

Hubiera hecho sonreír al hombre más grave vernos a mí y a mi pequeña familia sentados a la mesa; allí estaba Mi Majestad, el príncipe y señor de toda la isla; tenía derecho de vida y muerte sobre todos mis súbditos; podía colgar, destripar, darles libertad y quitársela, y no había ni un solo rebelde entre todos mis súbditos.

Y luego había que ver cómo comía, igual que un rey, completamente solo, en presencia de mi servidumbre. *Poll*, como si fuera mi favorito, era el único a quien le estaba permitido hablarme. Mi perro, que se había hecho muy viejo y decrépito, y que no había encontrado animales de su especie para multiplicarla, se sentaba siempre a mi derecha, y dos gatos, uno a cada lado de la mesa, esperaban que de vez en cuando yo les diera un bocado con la mano, como muestra de especial favor.

Pero éstos no eran los dos gatos que había llevado a tierra en un principio, ya que aquéllos ya habían muerto y yo mismo los había enterrado con mis propias manos cerca de mi morada; sino que habiéndose multiplicado uno de ellos con no sé qué especie de animal, estos dos eran los que yo había mantenido domesticados, mientras que el resto se convirtieron en salvajes en los bosques, y la verdad es que llegaron a hacérseme muy molestos; ya que entraban a menudo en mi casa y me la saqueaban y todo, hasta que por fin me vi obligado a disparar contra ellos y maté a muchísimos; finalmente me dejaron en paz. Con este séquito y en medio de esta abundancia, vivía yo; y no puede decirse que me faltase nada, excepto la compañía, y en cuanto a ésta, al cabo de poco tiempo estuve a punto de tener demasiada.

CAPÍTULO 9
Una huella humana

Yo estaba algo impaciente, como ya he observado, para poder usar mi bote, aunque muy poco dispuesto a correr más aventuras; por tanto, a veces me ponía a idear sistemas de conducirlo hasta aquí, costeando la isla, y otras veces me sentía plenamente satisfecho sin él. Pero tenía en mi espíritu una extraordinaria inquietud por bajar hasta el promontorio de la isla, en donde, como ya he dicho, en mi última excursión subí a la colina para ver hasta dónde se extendía la costa, y cuál era la dirección de la corriente, a fin de saber qué es lo que debía hacer. Esta inclinación fue creciendo en mí, día a día, y finalmente decidí llegarme hasta allí por tierra, siguiendo el contorno de la costa. Y así lo hice. Pero si alguien en Inglaterra hubiese topado con una figura como la mía, o se hubiera asustado o se hubiese echado a reír a carcajadas; y como yo a menudo me detenía a mirarme a mí mismo, no podía por menos de sonreír, al imaginarme viajando por el Yorkshire con aquel equipaje y vestido de aquella manera. Aquí tenéis, si os complace, un esbozo del aspecto que ofrecía, que era el siguiente:

Llevaba un enorme gorro alto e informe, hecho de piel de cabra, con un colgajo por la parte de atrás, que me servía tanto para defenderme del sol como para evitar que la lluvia me entrase por el cuello; porque nada es más peligroso en esos climas que la lluvia en la piel bajo los vestidos.

Llevaba una chaqueta corta de piel de cabra, cuyos faldones me llegaban casi hasta medio muslo, y unos calzones de lo mismo. Los calzones estaban hechos de la piel de un macho cabrío viejo, cuyo pelo era tan largo y me colgaba tanto por todos lados, que, como los pantalones, me cubría hasta media pierna; medias y zapatos no tenía, pero me había hecho un par de cosas, apenas sé cómo llamarlas, una especie de botas, que me cubrían las piernas y se ataban por los lados, como las polainas, pero de la forma más rústica, como la verdad es que era todo el resto de mis ropas.

Llevaba un cinturón ancho de piel seca de cabra, que me abrochaba con dos tiras de lo mismo en vez de hebilla, y una especie de ojal a cada lado de éste, en los que, en vez de una espada o un puñal, llevaba colgadas una pequeña sierra y una hacha, una a un lado y otro al otro. También llevaba otra correa no tan ancha, que se abrochaba del mismo modo, colgada del hombro; en donde terminaba, debajo del brazo izquierdo, colgaban dos bolsas, ambas también de piel de cabra; en una de las cuales llevaba la pólvora y en la otra, los perdigones. A la espalda llevaba el cesto; al hombro, la escopeta, y sobre la cabeza, un parasol grande, feo y chapucero, de piel de cabra, pero que, a fin de cuentas, era la cosa más necesaria que llevaba, después de la escopeta. En cuanto a mi cara, en realidad su color no era tan amulatado como hubiera podido esperarse de un hombre que no había tomado ninguna precaución contra el sol, y eso viviendo a nueve o diez grados del equinoccio. Antes me había dejado crecer la barba, hasta que llegó a tener cerca de un cuarto de metro; pero como tenía tijeras y navajas suficientes, me la había dejado muy corta, exceptuando el pelo que crecía sobre el labio superior, que recorté hasta hacerme un enorme mostacho mahometano, como los que había visto usar a algunos turcos que había visto en Salé; porque los moros no los usan así, pero los turcos sí; de estos bigotes o mostachos, no diré que fueran lo bastante largos como para colgar mi sombrero, pero eran de una longitud y forma lo suficientemente monstruosas como para causar espanto en Inglaterra.

Pero todo esto dicho sea de paso, ya que, en cuanto a mi aspecto, había tan poca gente que pudiera observarme, que no tenía la menor trascendencia. Así es que no digo nada más de esto. Con este aspecto emprendí mi nuevo viaje, y estuve fuera de casa cinco o seis días. Empecé por seguir la orilla del mar, dirigiéndome directamente al lugar en donde tiempo atrás había ido a anclar mi bote para trepar por las rocas; y como ahora no tenía ningún bote del que preocuparme, seguí andando y tomé un atajo para llegar a la misma elevación en donde estuve la otra vez, cuando, al contemplar el promontorio que tenía delante, y que me había visto obligado a doblar con mi bote, como ya he dicho más arriba, quedé asombrado al ver el mar completamente llano y tranquilo, sin ningún oleaje, ningún movimiento, ninguna corriente, nada que no se viese en otros sitios.

Quedé muy extrañado y sin saber cómo explicarme esto y decidí dedicar cierto tiempo a observarlo, para ver si no era el movimiento de la marea el que lo ocasionaba; pero no tardé mucho en convencerme de lo que era, eso es, que el reflujo de la marea procedente del oeste, al juntar sus aguas con las de algún gran río en la costa, debía de ser la causa de esta corriente; y que según el viento soplase con más fuerza del oeste o del norte, esta corriente se acercaba o se alejaba de la costa; ya que, después de esperar por los alrededores hasta el atardecer, volví a subir a la roca, y entonces, al volver el reflujo de la marea, vi con toda claridad cómo la corriente era de nuevo como antes, sólo que quedaba más alejada, a una media legua de la costa. Mientras que en mi caso pasaba junto a la costa, y así fue como me arrastró a mí y a mi canoa con ella, lo cual no hubiera podido hacer en otra ocasión.

Esta observación me convenció de que no tenía más que observar el flujo y reflujo de la marea, y que podría con gran facilidad hacer que mi bote diera de nuevo la vuelta a la isla; pero cuando empecé a pensar en ponerlo en práctica, fue tal el terror que se adueñó de mi espíritu al recordar el peligro que había corrido, que fui incapaz de volver a pensar en ello con calma; sino que, por el contrario, tomé otra resolución que era más segura, aunque más trabajosa; y ésta fue la de construirme, o mejor dicho, hacerme, otra piragua o canoa; y así tener una para un lado de la isla, y otra para el otro.

Debe tenerse en cuenta que entonces yo tenía, si puedo llamarlas así, dos haciendas en la isla; una, mi pequeña fortificación o tienda, rodeada del muro, al pie de la roca, con la cueva detrás, que por esta época ya había agrandado con diversas estancias o cuevas, que comunicaban entre sí. Una de éstas, que era la más seca y la mayor, y que tenía una puerta que daba más allá de mi muro o fortificación, es decir, más allá del lugar en donde el muro se unía a la roca, estaba toda llena de los cacharros grandes de tierra, de los que ya he hecho relación, y de catorce o quince cestas grandes, que contendrían cada una de tres a cuatro fanegas, en donde tenía mi almacén de provisiones, especialmente mi grano, o bien en espigas separadas de la paja, o bien desgranado con mis propias manos.

En cuanto a mi muro, hecho, como dije antes, con estacas o palos; aquellos palos habían crecido como árboles, y por aquel tiempo se habían hecho tan gruesos y frondosos, que nadie podía tener ni la menor sospecha de que tras ellos había una morada humana.

Cerca de donde yo vivía, pero un poco más tierra adentro y en un terreno más bajo, se hallaban mis dos campos, que sembraba y cultivaba a su debido tiempo, y que a su debido tiempo me proporcionaban una cosecha regular; y siempre que hubiese querido tener más grano, tenía al lado más tierra tan apropiada como aquélla.

Además de esto, tenía mi finca en el campo, y ahora poseía también allí una hacienda no despreciable; porque, para empezar, estaba mi pequeña cabaña, como yo la llamaba, que conservaba en buen estado; o sea que mantenía siempre el seto que la circundaba cortado a la misma altura, y la escalera siempre quedaba por la parte de dentro. Los árboles, que al principio no eran más que estacas, pero que fueron desarrollándose muy robustos y altos, los tenía siempre muy bien podados para que pudieran crecer gruesos y vigorosos y dar la más agradable de las sombras, como en realidad daban, a mi juicio. En medio de esto conservaba siempre plantada mi tienda, un trozo de vela extendido sobre unos palos clavados en tierra con este objeto, y que nunca necesitó la menor compostura ni remiendo. Dentro me había hecho un lecho con las pieles de los animales que había matado y con otras cosas blandas, y una manta de las que usábamos en el barco, y que yo había salvado, y un enorme capote, servían para cubrirme; y siempre que tenía que ausentarme de mi morada principal, venía a vivir a esta casa de campo.

Al lado tenía los cercados para el ganado, es decir, las cabras. Y como me había costado una inconcebible cantidad de trabajo cercar y proteger este terreno que me desvelé tanto por conservar como estaba, a fin de que las cabras no pudieran pasar la cerca, no descansé hasta que con infinito trabajo no hube clavado tantas estacas pequeñas por la parte de afuera del seto, y tan cerca las unas de las otras, que más que un seto era ya una empalizada, y apenas había espacio para meter una mano entre ellas, lo cual, más adelante, cuando estas estacas crecieron, como así hicieron en la estación lluviosa siguiente, hizo el cercado tan fuerte como un muro, más fuerte aún que ningún muro.

Todo esto prueba que no estaba ocioso y que no regateaba esfuerzos para conseguir cualquier cosa que pareciese necesaria para mejorar mi género de vida; ya que consideré que criar animales domesticados como éstos, al alcance de mi mano, era como tener un almacén viviente de carne, leche, manteca y queso, durante todo el tiempo en que viviese en aquel lugar, aunque fuera por cuarenta años; y que el conservarlos dependía tan sólo de que yo perfeccionara mis cercados hasta el punto de que pudiese estar seguro de que ninguno escaparía; y con este sistema, la verdad es que lo conseguí, tanto que, cuando esas pequeñas estacas empezaron a crecer, las había plantado tan juntas que me vi obligado a arrancar alguna de ellas.

En este lugar tenía también mis viñas, que me proporcionaban la mayor parte de mi reserva invernal de uva, y que nunca dejaba de vigilar con la mayor atención, como la mejor y más agradable de las golosinas de que disponía; y la verdad es que no sólo era agradable, sino también saludable, medicinal, nutritiva y refrescante en grado extremo.

Como esto se hallaba aproximadamente a medio camino entre mi otra cabaña y el lugar en donde había dejado el bote, generalmente me detenía allí cuando llevaba este camino, porque solía visitar frecuentemente mi bote y tener en buen orden todas las cosas relativas a él o que contenía. A veces hacía una salida con él, como diversión, pero no hubiera emprendido ningún otro viaje arriesgado, y apenas me atrevía a alejarme de la costa más de uno o dos tiros de piedra, tanto era el temor que tenía de ser arrastrado a pesar mío por las corrientes o los vientos, o cualquier otro accidente, como la vez anterior. Pero ahora llego a un nuevo episodio de mi vida.

Un día, hacia el mediodía, ocurrió que dirigiéndome hacia donde estaba mi bote, quedé extraordinariamente sorprendido al ver la huella de un pie desnudo de hombre en la playa, que era perfectamente visible en la arena. Me quedé como herido por el rayo, o como si hubiese visto una aparición. Forcé el oído, miré a mi alrededor, no pude escuchar nada ni ver nada. Subí a una pequeña altura para ver mejor; recorrí toda la playa de un lado a otro, pero todo fue inútil, no pude descubrir ningún otro rastro más que aquél. Volví de nuevo al lugar para ver si no había ninguna más y para convencerme de que no había sido una ilusión mía; pero no había ninguna duda, era verdaderamente la auténtica huella de un pie, los dedos, el talón y las demás partes del pie. Cómo había sido hecha la huella no lo sabía, ni podía imaginarme cómo. Pero después de una confusión de innumerables pensamientos, como un hombre totalmente extraviado y fuera de sí, regresé a mi fortificación sin saber, como vulgarmente se dice, qué terreno pisaba, y aterrorizado hasta el máximo, volviendo la cabeza cada dos o tres pasos, asustándome de cada arbusto y de cada árbol e imaginándome que cada tronco lejano era un hombre. No es posible describir de cuántas y de cuán diversas formas me representaba las cosas la imaginación aterrorizada, cuántas ideas descabelladas creaba a cada instante mi fantasía, y cuán extraños e incontables pensamientos asaltaron mi mente durante el camino.

Cuando llegué a mi castillo, porque creo que así lo llamé para siempre desde entonces, me lancé dentro como alguien a quien persiguen. Si subí por la escalera, por donde solía entrar siempre, o me metí por el agujero de la roca que yo llamaba puerta, no puedo recordarlo; no, ni tampoco pude recordarlo al día siguiente por la mañana, porque nunca una liebre asustada había corrido a su madriguera ni una zorra a su cubil con más terror que el mío al precipitarme hacia mi refugio.

No dormí en toda la noche. Cuanto más lejos estaba de lo que había sido ocasión de miedo, mayores eran mis temores, lo cual es algo contrario a la naturaleza de tales cosas y especialmente a lo que es usual en todo el que tiene miedo; pero estaba tan abrumado por mis terribles ideas sobre aquello que mi imaginación sólo formaba imágenes funestas, aun cuando estaba ya muy lejos de allí. A veces imaginaba que debía de haber sido el diablo; y la razón me daba argumentos en favor de esta hipótesis, pues ¿cómo podía haber llegado hasta aquel lugar cualquier otro ser en forma humana? ¿Dónde estaba el barco que le hubiera debido traer? ¿Qué rastros había de otras pisadas? ¿Y cómo le hubiera sido posible a un hombre llegar hasta allí? Pero, luego, pensar que Satanás había tomado forma humana en un lugar como éste, en donde no tenía ninguna clase de oportunidades excepto dejar marcada la huella de su pie, y aun esto sin ningún objeto, porque ni siquiera podía estar seguro de que yo la vería, hubiera sido una diversión absurda. Consideré que el diablo hubiera podido encontrar multitud de otros medios para aterrorizarme, mejores que el de dejar la simple huella de un pie; que, como yo vivía en el lado totalmente opuesto de la isla, él jamás hubiese sido tan estúpido como para dejar un rastro en un lugar en el que había mil probabilidades contra una de que nunca llegase a descubrirlo, y además en la arena, en donde el primer oleaje del mar, agitado por un ventarrón, la hubiera borrado por completo. Todo esto parecía incompatible con la cosa en sí y con todas las ideas que generalmente se tienen acerca de la sutileza del diablo.

Multitud de reflexiones como éstas me ayudaron a rechazar todos los temores de que fuese el diablo; y así, pues, no tardé en concluir que debía de haber sido alguien más peligroso, esto es, que debía de haber sido alguno de los salvajes del continente que tenía delante, quienes hallándose navegando en sus canoas, o bien arrastrados por las corrientes o bien por vientos contrarios, habían llegado a la isla y habían estado en la playa, pero habían vuelto a hacerse a la mar, con tan pocas ganas, quizá, de permanecer en esta isla desierta, como las que yo hubiera tenido de recibirlos.

Mientras estas reflexiones se agolpaban en mi mente, estaba muy agradecido de haber sido tan afortunado como para no hallarme en aquellos contornos en aquel momento, y de que no viesen mi bote, de lo que hubieran deducido que alguien había estado en aquel lugar y tal vez se hubieran puesto a buscarme. Entonces, terribles pensamientos torturaron mi imaginación, en la que ya veía cómo habían encontrado mi bote y se habían quedado en la isla; y cómo, de ser así, sin duda alguna volverían en mayor número y me devorarían; cómo, si llegase a ocurrir que no me encontrasen, no dejarían de encontrar mi cercado, destruirían todas mis cosechas, se llevarían todo mi rebaño de cabras domesticadas, y yo terminaría por morir de simple inanición.

Así fue como mi miedo ahuyentó toda mi esperanza religiosa. Toda aquella confianza de antes en Dios, que estaba fundada en pruebas tan portentosas como las que había tenido de su bondad, se desvaneció ahora, como si Aquel que hasta aquel momento me había alimentado no pudiese conservarme con su poder los bienes que su bondad me había dado. Me reproché a mí mismo la imprevisión que me había hecho sembrar cada año tan sólo el grano que necesitaba para esperar la siguiente estación, como si no pudiese intervenir ningún incidente que pudiera impedirme recoger la cosecha que estaba aún en el campo. Pensé que este reproche era tan justo, que decidí para el futuro tener grano para las necesidades de dos o tres años, a fin de que, ocurriera lo que ocurriese, no muriera por falta de pan.

¡Qué extraña y paradójica obra de la Providencia es la vida del hombre! ¡Y por qué diversos y ocultos resortes sus sentimientos son impulsados según las diversas circunstancias que se presentan! Hoy amamos lo que mañana odiaremos; hoy buscamos lo que mañana rechazaremos; hoy deseamos lo que mañana nos inspirará temor, más aún, lo que nos hará temblar de miedo. De esto tuve yo en mí un buen ejemplo entonces, y de la manera más viva que pueda imaginarse; porque yo, cuya única aflicción era la de sentirme desterrado de la sociedad de los hombres, la de estar solo, rodeado por un océano sin límites, separado de la humanidad y condenado a lo que yo llamaba una vida muda; la de ser alguien a quien el Cielo no consideraba digno de ser contado entre los seres vivos, ni de aparecer entre el resto de sus criaturas. Yo, para quien ver a alguien de mi propia especie hubiera parecido como volver de la muerte a la vida y la mayor de las bendiciones que el Cielo, después de la gracia suprema de la salvación, podía otorgarme; yo mismo, decía, estaba ahora temblando de miedo sólo de llegar a ver a un hombre, y estaba dispuesto a esconderme en lo más hondo de la tierra sólo ante la sombra o la aparición silenciosa del hombre que había pisado la isla.

Tal es la singular condición de la vida humana; y ello suscitó gran número de curiosas reflexiones tiempo después, cuando ya me había recobrado un poco de mi primera sorpresa. Consideré que ésta era la situación que la providencia de Dios, infinitamente sabia y buena, me había asignado; que como no podía prever cuáles eran los fines hacia los que la sabiduría divina enderezaría todo aquello, no tenía por qué discutir sus decretos; que, como yo era su criatura, la creación le daba un indudable derecho para gobernarme y disponer de mí absolutamente, como Él juzgase mejor; que, como yo era una criatura que le había ofendido, tenía como un derecho de juez a condenarme al castigo que Él juzgase más apropiado; y que a mí me correspondía someterme a soportar su indignación, porque había pecado contra Él.

Entonces pensé que Dios, que no sólo era justo sino también omnipotente, del mismo modo que había creído oportuno castigarme y afligirme de esta manera, tenía también poder para salvarme; que si Él no creía oportuno hacerlo, mi incuestionable deber era el de resignarme absoluta y totalmente a su voluntad; y que, por otra parte, yo también tenía el deber de confiar en Él, rezarle, y esperar tranquilo los designios y mandatos de su diaria providencia.

Estos pensamientos me ocuparon muchas horas, días, bueno, casi podría decir semanas y meses; y una de las consecuencias concretas de mis reflexiones en esta ocasión no sabría omitirla; y ésta fue que un día, a primera hora de la mañana, estando yo tendido en mi cama con la mente ocupada por la idea del peligro que corría en caso de que aparecieran los salvajes, cuando me sentía más deprimido, acudieron a mi memoria aquellas palabras de la Escritura: «Invócame en la hora de la aflicción, y te salvaré, y tú me glorificarás».

Ante lo cual, me levanté alegremente de la cama, sintiendo no sólo consolado mi corazón, sino también guiado e impulsado a rezar fervorosamente a Dios por mi salvación. Cuando hube terminado de rezar, cogí mi Biblia, y abriéndola para leerla, las primeras palabras que aparecieron ante mis ojos fueron: «Sirve al Señor y alégrate, y Él fortalecerá tu corazón; sirve, te digo, al Señor». Sería imposible expresar el consuelo que esto me dio. Como respuesta, lleno de gratitud volví a dejar el libro, y no volví a estar triste, al menos por entonces.

En medio de todas estas meditaciones, temores y reflexiones, un día se me ocurrió pensar que todo esto no debía de ser más que una simple ilusión mía, y que la pisada debía de ser la huella de mi propio pie, que dejé en la arena cuando desembarqué del bote. Esto también contribuyó a animarme un poco, y empecé a convencerme a mí mismo de que todo había sido un error, de que no se trataba más que de mi propia pisada, y, en verdad, ¿por qué no podía haber seguido aquel camino al bajar del bote del mismo modo que lo había tomado para dirigirme a él? Por otra parte también consideré que no tenía ningún medio de decir con certeza por dónde había andado y por dónde no; y que, si a fin de cuentas, aquélla resultaba no ser más que la huella de mi propio pie, había hecho como los bobos que se esfuerzan en inventar historias de espectros y aparecidos, y que luego se asustan de ellas más que ningún otro.

Empecé, pues, a cobrar nuevos ánimos, y a volver a hacer correrías por los alrededores; ya que no había salido de mi castillo durante tres días con sus noches; así es que empecé a notar la falta de provisiones, ya que poca cosa o nada tenía dentro de mi casa, a excepción de algunas tortas de cebada y agua. Entonces también me acordé de que las cabras necesitaban ser ordeñadas, lo cual generalmente era la distracción que tenía a última hora de la tarde; y los pobres animales tenían grandes dolores y se sentían inquietos al no ser ordeñados; y, efectivamente, varias de las cabras quedaron casi inutilizadas, y por poco se les retiró la leche.

Dándome, pues, ánimos con la idea de que no había sido más que la huella de uno de mis propios pies, y que por lo tanto bien podía decir que me asustaba de mi misma sombra, empecé de nuevo a hacer salidas, y fui a mi casa de campo para ordeñar mi rebaño; pero al ver con qué miedo caminaba, cuán a menudo miraba hacia atrás, cómo una y otra vez estuve a punto de dejar mi cesta y echar a correr, cualquiera hubiese pensado que me atormentaba una conciencia culpable, o que hacía poco que había tenido un terrible susto, y la verdad es que así era.

Sin embargo, al cabo de dos o tres días de haber bajado hasta allí sin haber visto nada, empecé a ser un poco más audaz, y a pensar que todo aquello no había sido más que fruto de mi imaginación; pero no podía convencerme a mí mismo del todo hasta que no volviese a bajar a la playa y viese la huella del pie, y la midiese con el mío, y viese si había alguna semejanza o parecido, a fin de poder estar seguro de que era mi propio pie. Pero, cuando llegué al lugar, primero me di cuenta con toda evidencia de que cuando dejé mi bote era imposible que ello fuera en un punto de la playa cercano a aquél; segundo, al comparar la huella con mi pie, vi que mi pie era mucho más pequeño. Estas dos cosas volvieron a llenarme la cabeza de nuevas cavilaciones, y me impresionaron de nuevo de un modo inconcebible; de modo que volví a sentir escalofríos, como si tuviese fiebre. Volví a casa obsesionado por la idea de que un hombre, o unos hombres, habían estado en aquel lugar de la playa; o, en resumen, que la isla estaba habitada, y que yo podía ser sorprendido antes de que pudiera darme cuenta; y qué es lo que debía hacer para proveer a mi seguridad, yo no lo sabía.

¡Oh, qué decisiones más ridículas toman los hombres cuando están poseídos por el miedo! Él los priva del

uso de aquellos medios que la razón les ofrece para aliviar su estado. Lo primero que me propuse hacer fue derribar mis cercados y devolver a los bosques los animales domesticados que tenía, para que el enemigo no los encontrara, y luego se dedicara a recorrer la isla en busca de un botín igual o semejante. Luego, hacer el sencillo trabajo de destruir mis dos sembrados, para que no pudieran encontrar nada de grano allí, y tener también la tentación de recorrer la isla. Después, arrasar la cabaña y la tienda para que no pudieran ver ningún rastro de morada humana y tener la tentación de buscar más cosas, a fin de encontrar también a sus habitantes.

Estos planes fueron el objeto de las cavilaciones de mi primera noche, una vez hube regresado a casa, mientras los temores que habían invadido mi espíritu estaban aún frescos, y en mi cabeza había la mayor de las confusiones, como ya he dicho más arriba. Este miedo al peligro es diez mil veces más aterrador que el peligro mismo que se muestra ante los ojos; y las ansias de la inquietud resultan ser mucho mayores que el mal que nos hace estar inquietos; y lo que era peor que todo esto: en esta tribulación no tenía el consuelo de la resignación a la que solía recurrir, y que hubiera querido tener. Era, pensaba yo, como Saúl, que se lamentaba no sólo de que los filisteos lo estuvieran venciendo, sino también de que Dios lo hubiera desamparado, porque en aquel momento yo no puse en práctica ninguno de los medios que debía para sosegar mi ánimo, implorando a Dios en mi aflicción, y abandonándome a su providencia, como había hecho antes, para mi defensa y salvación; que, de hacerlo, al menos me hubiera sentido más alegremente confortado ante esta nueva sorpresa, y quizá me hubiera conducido con más decisión.

Esta confusión de mis pensamientos me tuvo desvelado toda la noche; pero al amanecer me quedé dormido, y como, debido al desasosiego de mi espíritu, estaba como fatigado, y mis ánimos exhaustos, me dormí muy profundamente y me desperté mucho más sereno de lo que había estado en todo el día anterior; y entonces empecé a pensar con calma; y después de un último debate conmigo mismo, concluí que esta isla que era tan extraordinariamente agradable, fértil y no lejos del continente que yo había visto, no estaba tan enteramente desierta como yo había imaginado; que, aunque no había habitantes fijos que viviesen en aquel lugar, podían de vez en cuando llegar tan sólo canoas procedentes de la otra costa, o bien voluntariamente o bien impulsadas por vientos contrarios.

Que llevaba viviendo aquí quince años, y que aún no había visto ni la menor sombra o rastro de nadie; y que si alguna vez eran arrastrados hasta aquí, era probable que se fuesen de nuevo tan pronto como pudieran, ya que nunca habían considerado oportuno establecerse aquí en ninguna ocasión, hasta este momento.

Que el único peligro que podía prever era el de un desembarco casual y accidental de gentes del continente que se extraviasen, y que probablemente si venían a parar aquí era contra su voluntad, de modo que volverían a irse lo antes que pudieran, siendo muy raro que se quedasen una noche en la playa, a menos que no tuviesen ayuda de las mareas y de la luz del día para regresar; y que, por lo tanto, no tenía más que pensar en algún refugio seguro para el caso de que viese a los salvajes desembarcar en el lugar.

Entonces empecé a arrepentirme amargamente de haber agrandado tanto mi cueva, como para haberle podido hacer una puerta de salida, la cual, como ya he dicho, daba más allá del punto en que la fortificación se juntaba a la roca. Tras haber considerado muy atentamente esto, decidí, pues, hacerme una segunda fortificación, también en forma de semicírculo, a cierta distancia del muro, exactamente en el sitio en donde había plantado una doble hilera de árboles unos doce años antes, de lo cual ya hice mención. Estos árboles habían sido plantados tan juntos los unos de los otros que bastaba poner unas cuantas estacas entre ellos para formar una barrera más espesa y más sólida, y que mi muro estuviese pronto terminado.

Así es que tenía ahora un muro doble, y el muro exterior se reforzó con maderas, cables viejos y todo lo que se me ocurrió para darle más solidez; y tenía siete pequeños agujeros, lo suficientemente anchos como para poder pasar el brazo, poco más o menos. Por la parte de dentro reforcé mi muro añadiéndole un espesor de más de tres metros, con la tierra que continuamente sacaba de la cueva y que depositaba al pie del muro y luego la pisaba; y en los siete agujeros pensé colocar los mosquetes, de los que advertí que había sacado siete del barco; éstos, como decía, los coloqué a modo de cañones, montándolos en una especie de bancos que servían como armazón, a fin de que pudiera disparar las siete escopetas en dos minutos. Este muro me costó muchos meses de fatigas antes de verlo terminado, y no me consideré seguro hasta que estuvo hecho.

Una vez estuvo hecho esto, planté en el terreno que quedaba fuera del muro, en una gran extensión y por ambos lados, tantas estacas o ramas de la madera de un árbol parecido a los sauces, y que sabía que se desarrollaban tan rápidamente, como pude hacer que cupieran; hasta el punto de que creo que planté cerca de veinte mil, dejando un espacio considerablemente ancho entre ellas y el muro, a fin de que yo pudiera ver a los enemigos y ellos no pudieran escudarse en los arbolillos si intentaban aproximarse a mi muro exterior.

Así, al cabo de dos años tenía un espeso bosquecillo, y al cabo de cinco o seis años tenía delante de mi cabaña un bosque tan portentosamente espeso y frondoso, que la verdad es que era totalmente infranqueable; y ningún hombre, fuese quien fuese, hubiera jamás imaginado que había algo detrás de él, muchísimo menos una vivienda humana. En cuanto al modo que ingenié para entrar y salir, ya que no había dejado ningún paso, fue el de servirme de dos escaleras, una que llegaba hasta un lugar de la roca bastante bajo, y que luego formaba un entrante, habiendo espacio para luego poner otra escalera encima; así que cuando se retiraban las dos escaleras, nadie podía llegar hasta mí sin descalabrarse; y aun en el caso de haber podido superar este obstáculo, sólo se hubiera hallado en la parte exterior de mi segundo muro.

Así que tomé todas las medidas que la prudencia humana podía sugerir para mi seguridad; y a la larga se verá que todas ellas no dejaban de tener justificación, aunque en aquella época yo no preveía más que lo que el simple miedo me inspiraba.

Mientras hacía todo esto, no descuidaba mis otras ocupaciones; ya que me preocupaba mucho mi pequeño rebaño de cabras; no sólo era algo de lo que podía echar mano para proveerme en cualquier ocasión, sino que bastaban ya para mi sustento sin tener que gastar pólvora y perdigones, sin contar con que me ahorraba las fatigas de cazar las silvestres, y estaba muy poco dispuesto a perder estas ventajas y a tener que volver a empezar a criarlas de nuevo.

Con este objeto, después de largas reflexiones, no se me ocurrieron sino dos sistemas de ponerlas a salvo; uno era encontrar otro lugar adecuado para hacer una cueva subterránea y llevarlas allí todas las noches; y el otro era cercar dos o tres pequeños trozos de tierra, separados los unos de los otros, tan escondidos como fuera posible, en donde pudiera guardar alrededor de una media docena de cabritos en cada lugar; a fin de que, si le ocurría algún desastre al grueso del rebaño, pudiera yo hacerme otro con poco trabajo y poco tiempo; y éste, aunque requería muchísimo tiempo y trabajo, pensé que era el proyecto más racional.

En consecuencia, pues, dediqué algún tiempo a buscar los parajes más retirados de la isla; y me decidí por uno que la verdad es que era tan apartado como mi corazón podía desear. Se trataba de una pequeña extensión de terreno, muy húmedo, en medio de profundos y espesos bosques, en los que, como ya he contado, yo casi me perdí tiempo atrás, al intentar regresar a mi casa por este camino, desde la parte este de la isla. Allí encontré un claro de cerca de doce mil metros cuadrados, tan rodeado de bosques que era casi un cercado natural, o al menos el hacerlo no requería ni con mucho tanto trabajo como me había costado en los otros terrenos en los que había trabajado.

Inmediatamente me puse a trabajar en este trozo de terreno, y en menos de un mes lo tuve tan bien vallado que mi hato o rebaño, llámese como se quiera, que ya no era tan salvaje como al principio cabía suponerse, podía permanecer allí con toda seguridad. Así que, sin más tardar, trasladé diez cabritas y dos machos a aquel lugar; y cuando las tuve allí seguí perfeccionando el cercado hasta hacerlo tan seguro como el otro, el cual, sin embargo, había hecho con más calma, y me había llevado mucho más tiempo.

Todo este trabajo en el que me ocupaba no tenía más causa que la huella de pie humano que había visto, porque hasta entonces aún no había visto a ningún ser humano acercarse a la isla, y había ya vivido dos años con esta inquietud, que la verdad es que hizo mi vida mucho menos agradable de lo que era antes. Como bien puede imaginarse todo el que sepa lo que es vivir en el constante cepo del miedo al hombre; y también esto debo anotarlo con pesar, que el desasosiego de mi espíritu influyó también muchísimo en el aspecto religioso de mis ideas, ya que el espanto y el terror de caer en manos de los salvajes y caníbales pesaba tanto en mi ánimo que raras veces me encontraba en una disposición adecuada para dirigirme a mi Creador, al menos no con la sosegada calma y resignación de espíritu con que tenía por costumbre hacerlo. Más bien rezaba como bajo una gran aflicción y con el alma oprimida, rodeado de peligros y esperando cada noche ser asesinado y devorado antes del amanecer; y puedo probar por experiencia propia que un estado de ánimo tranquilo, agradecido, amoroso y afectuoso, es algo que predispone mucho mejor a la oración que el del terror y el desasosiego; y que bajo el temor de un mal inminente, un hombre no es más apto para el cumplimiento reconfortante del deber de rogar a Dios, que para el arrepentimiento en el lecho del dolor; porque estos desasosiegos afectan el espíritu como los otros el cuerpo; y el desasosiego del espíritu ha de ser por fuerza una incapacidad tan grande como la del cuerpo, y aún mucho más, ya que la oración, en rigor, es un acto del espíritu, no del cuerpo.

CAPÍTULO 10
Los caníbales

Pero sigamos adelante. Tras haber puesto a salvo de este modo una parte de mi rebaño, me puse a recorrer toda la isla buscando otro lugar retirado para hacer allí otro depósito semejante. Cuando vagando más hacia el extremo oeste de la isla, hacia donde nunca había ido hasta entonces, y contemplando el mar, creí ver un bote en el mar, a gran distancia. Yo había encontrado uno o dos anteojos de larga vista en uno de los baúles de los marineros que había salvado del barco; pero no los llevaba conmigo, y aquello estaba tan lejos que no hubiera sabido decir qué es lo que era, a pesar de que fijé la mirada hasta que mis ojos no pudieron ya resistir más. Si era o no un bote, no lo sé, pero como al bajar de la colina ya no vi nada más, lo dejé correr. Sólo que decidí no volver a salir sin llevar en el bolsillo un anteojo.

Cuando hube bajado de la colina y llegado al extremo de la isla, hacia donde la verdad es que era la primera vez que iba, estaba ya completamente convencido de que haber visto la huella del pie humano no era un cosa tan extraña en aquella isla como yo había imaginado;

y que, de no haber tenido la excepcional suerte de haber sido arrojado a la parte de la isla a donde nunca llegaban los salvajes, fácilmente hubiera sabido que nada les era más habitual a las canoas del continente, cuando les ocurría que se habían alejado demasiado en alta mar, que ir a parar a aquella parte de la isla que utilizaban como puerto; e igualmente que, como a menudo se encuentran y luchan en sus canoas, los vencedores que hubieran hecho prisioneros los llevaban a esta playa, en donde, siguiendo sus pavorosas costumbres, ya que eran todos caníbales, les daban muerte y se los comían; de lo cual se hablará enseguida.

Cuando hube bajado de la colina y llegado a la playa, como ya he dicho más arriba, hallándome en el extremo sudoeste de la isla, quedé totalmente confundido y espantado. No me es posible expresar mi horror al ver la playa sembrada de cráneos, manos, pies y otros huesos de cuerpos humanos; y especialmente me llamó la atención un lugar en donde se había encendido fuego, alrededor del cual había un círculo marcado en la arena, como para una pelea de gallos, en donde es de suponer que aquellos perversos salvajes se habían sentado para celebrar sus inhumanos festines con los cuerpos de sus semejantes.

Quedé tan sobrecogido a la vista de estas cosas que olvidé todo el peligro que podía correr yo mismo durante un largo rato. Todos mis temores quedaron sepultados por el pensamiento de aquel abismo de brutalidad inhumana e infernal y el horror de la degradación de la naturaleza humana; de la que, aunque había oído hablar a menudo, nunca había visto pruebas tan de cerca. En resumen, que aparté la vista de aquel horrible espectáculo; sentí náuseas y ya estaba a punto de desvanecerme, cuando la naturaleza me desembarazó de los trastornos de mi estómago, y después de vomitar con una violencia inusitada, quedé un poco aliviado, pero no podía resistir quedarme en aquel lugar ni un momento más; así que trepé de nuevo por la colina todo lo deprisa de que fui capaz, y eché a andar en dirección a mi morada.

Cuando ya me había alejado un poco de aquella parte de la isla, me detuve un rato, como sobrecogido, y luego, recuperándome, levanté la mirada, y con el mismo fervor en el alma y un torrente de lágrimas en los ojos, di gracias a Dios por haberme destinado en principio a vivir en una parte del mundo en donde estaba tan lejos de seres tan espantosos como aquéllos; y porque, aun cuando yo había considerado mi situación actual como muy lastimosa, Él me había dado tantos consuelos que aún tenía más cosas que agradecer que de quejarme; y, sobre todo, porque, incluso en esta lastimosa situación, había sido confortado con el conocimiento de Él y la esperanza de su bendición, lo cual era un bien que sobrepasaba en mucho a todas las desgracias que había sufrido o que podía llegar a sufrir.

En esta disposición de gratitud regresé a mi castillo, y entonces empecé a sentirme mucho más tranquilo, por lo que respecta a la seguridad de mi situación, de lo que estaba antes; ya que observé que aquellos desdichados nunca iban a la isla con la intención de sacar algo de ella. Quizá no buscando, no necesitando o no esperando nada de allí; y sin duda, habiendo ya recorrido muy a menudo la parte boscosa de la isla, sin encontrar nada que les interesase. Sabía que hacía ya casi dieciocho años que estaba aquí, y que antes de ahora nunca había visto ni la menor huella de seres humanos; y podía seguir viviendo aquí dieciocho más, tan bien oculto como estaba ahora, si yo mismo no me descubría a ellos, de lo cual no tenía la menor intención, sin hacer más que seguir tan oculto en donde estaba ahora, a menos que encontrase gentes de mejor condición que los caníbales para darme a conocer.

Con todo, experimentaba una aversión tal por los bárbaros salvajes de los que he estado hablando, y por su bárbara e inhumana costumbre de comerse y devorarse los unos a los otros, que seguí pensativo y triste, y me mantuve encerrado en mis dominios durante cerca de dos años después de esto. Cuando digo mis dominios, quiero decir con ello mis tres propiedades, esto es, mi castillo, mi casa de campo, como yo llamaba a mi cabaña, y mi cercado en los bosques; y este último tampoco lo empleaba para ningún otro uso que el de cercado para las cabras, ya que era tal la aversión que mi naturaleza sentía por aquellos infernales desdichados que tenía tanto miedo de verlos como de ver al mismo diablo. Durante todo este tiempo tampoco hice nada por ir a buscar mi bote, sino que más bien empecé a pensar en hacerme otro; ya que no podía pensar en hacer ninguna tentativa más para traer hasta aquí el otro bote, costeando la isla, sin temor a tropezarme con alguna de aquellas gentes en el mar, en donde, de darse el caso de caer en sus manos, ya sabía cuál hubiera sido mi suerte.

El tiempo, sin embargo, y la satisfacción que tenía de no correr ningún peligro de ser descubierto por aquella gente, empezó a disipar mis inquietudes acerca de ella; y empecé a vivir exactamente de la misma tranquila manera que antes; sólo con esta diferencia, que usaba más precauciones y mantenía mis ojos mucho más alerta que antes, temiendo que llegase a ser visto por alguno de ellos; y especialmente tomaba más precauciones en lo que respecta a disparar mi escopeta, temiendo que hallándose en la isla alguno de ellos, pudiesen oír el disparo; y por lo tanto, fue una gran suerte para mí haberme provisto de un rebaño de cabras domesticadas, ya que así no tenía ninguna necesidad de cazar en los bosques ni de disparar sobre estos animales; y todos los que cogí después de esto fue gracias a trampas y cepos, como había hecho antes. Así que durante los dos años que siguieron a esto, creo que no disparé mi escopeta ni una sola vez, a pesar de que nunca salía sin ella; y, más aún, como había salvado del barco tres pistolas, siempre las llevaba conmigo, o, al menos, dos de ellas, metidas en mi cinturón de piel de cabra. También afilé uno de los machetes grandes que había sacado del barco, y me hice un cinturón para llevarlo siempre conmigo; así que cuando hacía una salida debía de ser el tipo más impresionante que jamás se ha visto, si se añade a la descripción de mí mismo que ya hice antes, el detalle de las dos pistolas y del gran espadón colgado a un lado del cinto, pero sin vaina.

Siguiendo, pues, de este modo, como ya he dicho, durante algún tiempo, me parecía que, exceptuando aquellas precauciones, había vuelto a mi anterior género de vida, tranquilo y apacible. Todas estas cosas contribuían cada vez más a mostrarme cuán lejos estaba mi situación de ser lastimosa, comparada con la de algunos otros; quiero decir, comparada con otras clases de vida, que hubieran podido placer a Dios para destinarme como suerte. Ello me hizo reflexionar sobre las pocas quejas que habría entre los hombres, fuera cual fuese la condición de su vida, si las gentes comparasen su situación con otras que son peores, con objeto de sentirse agradecidos, en vez de compararlas siempre con las que son mejores, para poder así murmurar y quejarse.

Como en mi situación actual en realidad no había muchas cosas que echase en falta, la verdad es que pensaba que los sustos que había pasado por culpa de aquellos desdichados salvajes y las preocupaciones en que me había visto para atender a mi propia conservación, me habían embotado la inventiva al servicio de mis conveniencias; y había dejado correr una buena idea que tiempo atrás me había hecho cavilar mucho; y ésta era la de ver si podía convertir parte de mi cebada en malta, y luego probar a hacerme un poco de cerveza. En realidad, ésta era una idea bastante fantástica, y a menudo me reprochaba a mí mismo mi simpleza; ya que al momento me daba cuenta de que me faltarían una serie de cosas necesarias para hacer cerveza, y que me eran imposible de procurarme; como, en primer lugar, toneles para meterla, lo cual era algo que, como ya he observado, nunca conseguí construir. No, aunque dediqué no muchos días, sino semanas, más aún, meses, a intentarlo, sin conseguirlo nunca. En segundo lugar no tenía lúpulo para conservarla ni levadura para hacerla fermentar ni olla ni caldera para hacerla hervir; y a pesar de todas estas cosas, creo sinceramente que, de no haberse producido todas estas cosas, quiero decir los sustos y terrores por causa de los salvajes, me hubiera lanzado a la empresa, y quizá con éxito; porque raras veces abandonaba algo sin haberlo realizado, cuando la idea había madurado ya lo suficiente en mi cabeza para empezar a ponerla en práctica.

Pero ahora mi inventiva se orientaba por rumbos muy distintos. De día y de noche no era capaz de pensar en otra cosa que en cómo podía destruir a alguno de aquellos monstruos en medio de sus sangrientos festines, y, si era posible, salvar a la víctima que hubieran traído allí para ser sacrificada. Llenaría un volumen mayor que el destinado a toda esta obra mencionar todos los planes que forjé o, mejor dicho, que me rondaban por la mente para aniquilar a aquellos seres, o al menos asustarlos, con objeto de impedir que volviesen a aquel lugar; pero todo era inútil, todo era imposible de realizar, a menos que yo no estuviera allí en persona para hacerlo; y ¿qué es lo que podría hacer un solo hombre entre ellos, cuando quizá serían veinte o treinta entre todos, con sus jabalinas o sus arcos y flechas, que manejaban con tanta puntería como yo mi escopeta?

A veces imaginaba hacer un agujero debajo del lugar en donde encendían el fuego, y poner allí dos o tres kilos de pólvora, la cual, cuando ellos prendieran fuego, se inflamaría inmediatamente, y haría saltar a todos los que estarían cerca; pero como en primer lugar me parecía muy mal gastar tanta pólvora en ellos, ya que mi provisión había quedado reducida a un solo barril, y ni siquiera podía estar seguro de que la explosión se produciría en un momento dado, cuando pudiese sorprenderlos; y como, en el mejor de los casos, no conseguiría más que chamuscarles las orejas y asustarlos, pero no lo suficiente para hacerles abandonar el lugar; así que lo dejé, y entonces decidí ir yo mismo a emboscarme en algún lugar apropiado, con mis tres escopetas, todas con carga doble, y en medio de su sangrienta ceremonia disparar contra ellos, cuando estuviese seguro de matar o herir al menos a dos o tres con cada disparo; y entonces, cayendo sobre ellos con mis tres pistolas y la espada, no tenía ninguna duda de que si ellos eran veinte los mataría a todos. Estuve acariciando esta fantástica idea durante varias semanas, y me tenía tan absorbido que a menudo lo soñaba, y a veces estaba a punto de disparar contra ellos en sueños.

Llegué tan lejos con mi imaginación que dediqué varios días a buscar lugares apropiados para emboscarme, como yo decía, y desde allí espiarlos; e iba frecuentemente a aquel lugar, con el que ahora me iba familiarizando cada vez más; y, especialmente, mientras mi espíritu estaba lleno de este modo de pensamientos de venganza y de sangrientos proyectos de abatir a veinte o treinta de ellos con mi espada, como podría llamarla, el horror que me inspiraba aquel lugar y los rastros de aquellos bárbaros desdichados devorándose los unos a los otros calmaban un tanto mi furor.

Bueno, al final encontré un lugar en la falda de la colina, en el que estaba seguro de que podía esperar sin peligro hasta ver venir algunos de sus botes, para poder entonces, incluso antes de que ellos tuvieran tiempo de desembarcar, deslizarme sin ser visto hacia unos frondosos árboles, en uno de los cuales había un hueco lo suficientemente grande como para ocultarme por completo; y en donde podía instalarme y desde allí observar todos sus sangrientos hechos, y afinar la puntería cuando estuvieran todos apiñados, de manera que fuese casi imposible que pudiera fallar el tiro o que dejase de herir a tres o cuatro al primer tiro.

En este lugar, pues, decidí llevar a cabo mi plan, y en consecuencia preparé los dos mosquetes y la escopeta de caza que solía usar. Cargué cada uno de los dos mosquetes con un par de cartuchos, de cuatro o cinco más pequeñas, más o menos del tamaño de las balas de pistola; y la otra escopeta la cargué con casi un puñado de perdigones de caza de los más grandes. También cargué mis pistolas, con cerca de cuatro balas cada una; y con todo ello y bien provisto de municiones para hacer una segunda y una tercera descarga, me preparé para mi expedición.

Una vez trazado el plan de lo que me proponía hacer, y cuando en mi imaginación ya lo había puesto en práctica, ni una sola mañana dejaba de hacer mi recorrido hasta la cumbre de la colina, que distaba de mi castillo, como yo lo llamaba, quizá algo menos de unos cinco kilómetros, para ver si podía divisar algún bote en el mar que se dirigiese a la isla o permaneciese cerca de ella; pero empecé a cansarme de esta pesada tarea, después de haber estado manteniendo constantemente mi vigilancia durante dos o tres meses, y de regresar siempre sin haber descubierto nada, ni haber visto en todo este tiempo ni el menor rastro, no sólo en la playa o cerca de ella, sino incluso en todo el océano, hasta donde mi mirada, aun ayudándose del anteojo, podía alcanzar en todas las direcciones.

Mientras seguí haciendo mi cotidiana excursión a la colina para vigilar, mantuve también el vigor de mi propósito, y durante todo el tiempo mi ánimo parecía hallarse en una disposición adecuada para llevar a cabo algo tan atroz como matar a veinte o treinta salvajes indefensos, por un crimen que aún no me había detenido a analizar en mi mente, tanto más cuanto que en un principio mis ánimos se habían inflamado ante el horror que experimenté por la inhumana costumbre de la gente de aquel país, a quien al parecer había permitido la Providencia, en su sabia ordenación del mundo, que no tuviesen otra guía que la de sus abominables y corrompidas pasiones; y en consecuencia se entregaban, y quizá así había sido durante generaciones enteras, a hacer co-

sas tan horribles y a aceptar costumbres tan espantosas, a las que sólo la naturaleza, totalmente abandonada del Cielo e impulsada por una suerte de degradación infernal, podía haberlos llevado. Pero ahora que, como decía, empezaba a cansarme de mis infructuosas excursiones que, durante tanto tiempo y hasta tan lejos, había hecho cada mañana en vano, mi opinión del hecho mismo empezó a modificarse, y con pensamientos más fríos y serenos empecé a considerar qué era lo que iba a acometer; qué autoridad o misión tenía yo para pretender ser juez y verdugo de aquellos hombres, como criminales, a quienes el Cielo había creído oportuno a lo largo de tantas generaciones tolerar dejándolos impunes, de modo que siguiesen así y fuesen, como lo eran, verdugos de sus juicios, los unos para los otros; hasta qué punto me habían perjudicado aquellos seres, y qué derecho tenía yo a mezclarme en luchas sangrientas y derramar sangre como ellos lo hacían entre sí. Muy a menudo debatí esta cuestión conmigo mismo en los siguientes términos: ¿cómo sé yo el juicio de Dios en este caso particular? Lo indudable es que estas gentes no consideran esto como un crimen; no obran contra el dictado de su conciencia, o el reproche de ésta es muy leve. Ellos ignoran que esto sea un delito, y lo cometen desafiando a la justicia divina, como hacemos nosotros en casi todos los pecados que cometemos. Para ellos tan crimen es matar a un cautivo tomado en la guerra, como para nosotros matar a un buey; y comer carne humana es para ellos como para nosotros comer carne de carnero.

Cuando hube considerado un poco todo esto, me vi obligado a reconocer que ciertamente yo no tenía razón, que aquellas gentes no eran asesinos en el sentido en el que al principio yo los había condenado en mis pensamientos. No eran más asesinos que aquellos cristianos que a menudo dan muerte a los prisioneros que cogen en una batalla; o que, más frecuentemente, en muchas ocasiones, pasan a cuchillo ejércitos enteros sin darles cuartel, a pesar de haber arrojado las armas y haberse rendido.

Luego se me ocurrió que, a pesar de que el trato que así se daban los unos a los otros fuese brutal e inhumano, en realidad conmigo no iba nada: aquellas gentes no me habían causado ningún daño. Que si me atacaban o yo consideraba necesario para mi inmediata conservación caer sobre ellos, esto ya sería otra cosa; pero que como yo aún estaba lejos de su alcance, y ellos en realidad no sabían nada de mi existencia, por lo tanto no tenían ninguna intención contra mí; y en estas condiciones no hubiera sido justo caer sobre ellos. Que esto justificaría la conducta de los españoles en todas sus atrocidades llevadas a cabo en América, en donde aniquilaron a millones de estas gentes, que, a pesar de ser idólatras y bárbaros, y de tener en sus costumbres una serie de ritos sanguinarios y bárbaros, tales como el de sacrificar vidas humanas a sus ídolos, para los españoles eran de lo más inofensivo; y que de su exterminio en estos países se habla con el mayor horror y reproche incluso por los mismos españoles hoy en día, y por todas las demás naciones cristianas de Europa, como una auténtica matanza, un sangriento e inhumano ejemplo de crueldad, injustificable tanto ante Dios como ante los hombres; y por lo cual el solo nombre de español es tenido por pavoroso y terrible a todo el que conozca la humanidad y la compasión cristiana; como si el reino de España se distinguiera particularmente por engendrar una raza de hombres sin sentimientos o sin esas comunes entrañas de piedad para los desdichados que se consideran como señal de generosos impulsos en el espíritu.

Estas consideraciones realmente me llevaron a hacer una cierta pausa y luego a hacer algo; y empecé poco a poco a desistir de mi plan y a concluir que había tomado una medida equivocada al decidirme a atacar a los salvajes; que no era asunto mío meterme con ellos, a no ser que ellos me atacaran primero, y éste sí que era asunto mío, si era posible, evitarlo; pero que si yo era descubierto y atacado, entonces ya sabía cuál era mi deber.

Por otra parte, argumenté conmigo mismo, éste no era el sistema de salvarme yo, sino de hundirme y perderme por completo; ya que, a menos de no estar seguro de matarlos a todos, tanto a los que estuvieran en la playa en aquel momento como a los que vinieran a desembarcar más adelante, sólo con que uno de ellos escapara y fuera a contar a los suyos lo que había ocurrido, volverían por millares para vengar la muerte de sus compañeros, y yo sólo conseguiría atraerme una perdición segura, que, por el momento, no tenía ningún motivo de temer.

En vista de todo lo cual, concluí que tanto mis principios como mi sentido práctico me aconsejaban quedar totalmente al margen de esta cuestión. Que lo que me tocaba era valerme de todos los medios posibles para ocultarme de ellos, y no dejar tras de mí ningún rastro que les permitiera suponer que había en la isla más seres vivientes; quiero decir, de forma humana.

La religión estaba, pues, de acuerdo con esta prudencia, y quedé convencido de que por muchos conceptos estaba totalmente alejado de mi deber cuando preparaba mis sangrientos planes para el aniquilamiento de aquellos seres inofensivos, quiero decir inofensivos para mí. En cuanto a los crímenes de los que eran culpables los unos con los otros, yo no tenía nada que ver con ello; eran crímenes nacionales, y yo debía dejarlos a la justicia de Dios, que gobierna las naciones y sabe cómo, por medio de castigos nacionales, lograr la justa reparación de los delitos nacionales; y administrar públicos castigos a los que le han ofendido de un modo público, por los medios que mejor le plazcan.

Ello se me mostraba ahora con tanta claridad, que mi mayor satisfacción era la de que no se me hubiese permitido hacer una cosa que ahora tenía tantos motivos para creer que hubiese sido un pecado no menor que el de un homicidio premeditado, si lo hubiese cometido; y di con la mayor humildad gracias a Dios, de rodillas, por haberme así librado de cometer un asesinato; implorándole que me otorgase la protección de su providencia para que no cayese en manos de los bárbaros; o para que no tuviese que ponerles las manos encima, a no ser que tuviese una más clara misión del Cielo para hacerlo, en defensa de mi propia vida.

En esta disposición seguí durante cerca de un año más después de esto; y tan lejos estaba de desear una ocasión de atacar a aquellos desdichados, que en todo este tiempo ni una sola vez subí a la colina para ver si había alguno de ellos a la vista o para saber si alguno de ellos había desembarcado en la costa o no, para que no pudiera tener la tentación de renovar alguno de mis planes contra ellos, o ser provocado por cualquier situación favorable que pudiera presentarse para caer sobre ellos. Lo único que hice fue ir a sacar mi bote, que tenía en la otra parte de la isla, y llevarlo hasta el extremo este de la isla, donde lo metí en una pequeña cueva que descubrí al pie de unos altos peñascos, y donde sabía que, debido a las corrientes, los salvajes no se atreverían o, al menos no querrían, llegar con sus botes de ninguna de las maneras.

Junto con mi bote me llevé todo lo que allí había dejado perteneciente a él, aunque no me era necesario para llegar hasta allí, esto es, un mástil y una vela que había hecho para él, y una cosa parecida a un ancla, pero que la verdad es que no podía llamarse ni ancla ni rezón; sin embargo, era lo mejor de esta clase que me salió. Todo esto me lo llevé, para que no quedara ni la menor sombra de un descubrimiento, de la existencia de ningún bote ni de ninguna vivienda humana en la isla.

Además de esto, permanecí, como ya he dicho, más retirado que nunca, y raras veces salía de mi celda, a no ser para mis constantes ocupaciones, esto es, ordeñar las cabras y cuidar de mi pequeño rebaño en el bosque; el cual, como estaba exactamente en la parte opuesta de la isla, estaba totalmente fuera de peligro; ya que era indudable que aquellos salvajes que de vez en cuando visitaban la isla, nunca venían con la idea de encontrar algo allí; y por lo tanto, nunca se alejaban de la orilla; y no dudo de que ellos podían haber estado diversas veces más en la playa después de que mis temores me hubieran hecho más precavido, y también antes; y la verdad es que volvía la vista atrás con horror, al pensar en cuál hubiera podido ser mi suerte de haber topado con ellos y haber sido descubierto antes de esto, cuando, indefenso y desarmado, sin más que una escopeta, y aun ésta a menudo sólo cargada con perdigones, me paseaba por todas partes explorando toda la isla para ver de encontrar algo aprovechable. Cuál no hubiera sido mi sorpresa si cuando descubrí la huella del pie humano, en vez de esto me hubiese visto ante quince o veinte salvajes, y ellos se hubieran puesto a perseguirme y por la rapidez de sus piernas no hubiese tenido la posibilidad de escapar.

Estas ideas a veces me llenaban el alma de angustia y turbaban tanto mi espíritu que tardaba mucho en rehacerme, pensando qué es lo que habría hecho y en cómo no sólo no habría sido capaz de resistirles, sino que ni siquiera hubiera tenido presencia de ánimo suficiente para hacer lo que podría haber hecho; mucho menos para lo que ahora, después de tantas reflexiones y tantos preparativos, era capaz de hacer. La verdad es que después de pensar seriamente en estas cosas me entraba una gran melancolía; y a veces me duraba mucho tiempo; pero al final todo se convirtió en una acción de gracias a la Providencia, que me había salvado de tantos peligros invisibles y me había librado de todos aquellos males de los que, por mí mismo, nunca hubiera podido salir con bien, porque no tenía ni la menor idea de que tal cosa ocurriese, ni la más leve sospecha de que ello fuera posible.

Esto renovó en mí una reflexión que a menudo me había venido a la mente tiempo atrás, cuando al principio empezaba a ver las misericordiosas disposiciones del Cielo en los peligros que corremos en esta vida; cómo prodigiosamente somos salvados aun sin saber nada de ello; cómo, cuando estamos en un embrollo, como se dice vulgarmente, en una duda o vacilación, sin saber si ir por un lado o por otro, una voz oculta nos hace ir por este lado cuando nosotros pensábamos ir por aquel otro; más aún, cuando la razón, nuestros propios impulsos y quizá nuestro interés, nos invitan a ir por el otro lado, una impresión extraña, que no sabemos de dónde viene ni qué fuerza la mueve, opera sobre el espíritu y nos obliga a ir por este lado; y más adelante comprobamos que de haber ido por aquel lado, por el que hubiéramos querido ir, e incluso hacia donde nuestra fantasía nos empujaba a ir, hubiéramos caminado hacia el desastre y la perdición. Tras éstas y otras muchas reflexiones parecidas, llegué a hacerme como una norma de conducta, la de que siempre que sintiese en mi espíritu estas voces e impulsos ocultos, para hacer o dejar de hacer cualquier cosa que se presentara, o para ir por un lado o por otro, nunca dejaría de obedecer su dictado secreto; aunque no tuviese ningún otro motivo para ello que uno de estos impulsos o una de estas voces resonando en mi espíritu. Podría dar muchos ejemplos del éxito de esta determinación en el curso de mi vida, pero muy especialmente en la última parte de mi estancia en esta desdichada isla, dejando aparte muchas ocasiones en las que es muy probable que hubiera podido advertirlo, de haberlo visto con los mismos ojos con que lo veo ahora. Pero nunca es demasiado tarde para aprender a ser juicioso; y no puedo por menos de aconsejar a todos los hombres de reflexión, en cuyas vidas se produzcan incidentes tan extraordinarios como en la mía, o incluso aunque no sean tan extraordinarios, que no menosprecien estas secretos avisos de la Providencia, sea cual sea la inteligencia invisible de la que procedan, ya que éste es un punto sobre el que yo no discutiré ni quizá podría tampoco dar razón; pero indudablemente son una prueba de las relaciones que hay entre los espíritus y de la comunicación secreta que hay entre los encarnados[18] y los no encarnados; y una prueba tal que nunca podrá refutarse. De lo cual ya tendré ocasión de dar varios ejemplos muy notables del resto de mi solitaria estancia en este triste lugar.

Creo que el lector de este libro no se extrañará si confieso que todas estas inquietudes, estos constantes peligros en los que vivía, y la preocupación que ahora pesaba so-

18. Que tienen cuerpo y no son sólo espíritu.

bre mí, pusieron fin a toda mi inventiva y a todos los planes que había trazado para procurarme más comodidad y más mejoras en el futuro. Ahora tenía que ocuparme más de mi seguridad que de mi comida. Ahora no me atrevía a clavar un clavo o a aserrar una madera por miedo a que el ruido que hiciera pudiese oírse; mucho menos hubiera disparado una escopeta, por la misma razón; y sobre todo me sentía enormemente intranquilo por tener que encender fuego, temiendo que el humo, que de día es visible a gran distancia, me delatase; y por esta razón trasladé todas mis industrias que requerían fuego, como la cocción de vasijas y pipas, etcétera, a mi nueva vivienda de los bosques, en donde, después de haber pasado allí algún tiempo, descubrí, con indecible alegría, una verdadera cueva natural bajo tierra, considerablemente espaciosa, y en la que me atrevería a decir que ningún salvaje, ni aun habiéndose detenido en la boca, sería tan audaz como para arriesgarse a entrar, ni la verdad es que tampoco ningún otro hombre, excepto quien, como yo, no quisiese otra cosa que un refugio seguro.

La entrada de esta caverna se hallaba al pie de una gran roca, en donde por simple casualidad (como yo diría si no tuviese abundantes motivos para atribuir ahora todas estas cosas a la Providencia) estaba cortando ramas gruesas de árboles para hacer carbón; y antes de seguir adelante, quisiera aclarar el motivo de que hiciera carbón; que era el siguiente:

Yo tenía miedo de hacer humo cerca de mi vivienda, como ya he dicho antes; y como, a pesar de todo, yo no podía vivir sin cocerme el pan, cocinarme la comida, etcétera, me las ingenié para quemar leña en aquel lugar, como había visto hacer en Inglaterra, debajo de turba, hasta que se convertía en carbón; y entonces, después de apagar el fuego, conservaba el carbón para llevármelo a casa y lo utilizaba para todos los usos para los que en una casa se necesita carbón, sin el peligro del humo.

Pero esto sea dicho de pasada. Mientras estaba allí cortando leña, me di cuenta de que detrás de unos espesísimos matorrales o malezas había una especie de concavidad. Sentí curiosidad por verla por dentro, y una vez hube llegado no sin dificultades a la entrada, resultó que era considerablemente grande; esto es, lo suficiente para permitirme estar de pie, y quizá a otro conmigo; pero he de confesar que salí más deprisa de lo que había entrado cuando, al dirigir la mirada hacia el fondo, que estaba totalmente oscuro, vi dos ojos enormes y brillantes de un ser, no sé si de hombre o demonio, que resplandecían como dos estrellas, ya que la débil luz que entraba por la boca de la cueva los iluminaba y les daba reflejos.

Sin embargo, al cabo de poco rato, me rehíce y empecé a llamarme a mí mismo mil veces tonto, y a decirme que quien tenía tanto miedo de ver al diablo no estaba hecho para vivir veinte años en una isla completamente solo; y que en aquella cueva era lógico pensar que no existía nada más espantoso que mi misma situación. Ante lo cual, armándome de valor, cogí un gran tizón encendido, y volví a precipitarme dentro con el palo inflamado en la mano. Aún no había dado tres pasos, cuando volví a asustarme casi tanto como antes, pues oí un suspiro muy profundo, como el de un hombre que sufre, y a esto siguió un ruido entrecortado, como un balbuceo de palabras, y luego otra vez un profundo suspiro. Retrocedí y la verdad es que la sorpresa que tenía era tan grande que quedé bañado en un sudor frío; y de haber llevado puesto un sombrero, no respondo de que el cabello, al erizarse, no lo hubiese hecho caer. Pero una vez más, juntando todo mi valor lo mejor que supe, y alentándome a mí mismo un poco al considerar que el poder y la presencia de Dios están en todas partes, y que estaba en su mano protegerme, después de esto, volví a dar unos pasos hacia delante, y a la luz del tizón encendido, que mantenía levantado un poco por encima de mi cabeza, vi tendido en el suelo un monstruoso y pavoroso macho cabrío, haciendo el testamento, como se suele decir, jadeando en la agonía, y muriéndose, porque ésta era la verdad, de puro viejo.

Lo sacudí un poco para ver si podía sacarlo de allí, y él intentó ponerse de pie, pero no tenía fuerzas para levantarse por sí mismo; y me dije que tanto daba que se quedase allí, pues si a mí me había asustado tanto, sin duda alguna asustaría también a cualquiera de los salvajes, si alguno de ellos fuese tan audaz como para entrar allí mientras le quedase un soplo de vida.

Ahora yo ya me había rehecho de mi sorpresa y empezaba a mirar a mi alrededor, cuando advertí que la cueva era muy pequeña, es decir, debía de tener unos tres metros y medio, de un extremo al otro, pero sin ninguna forma, ni redonda ni cuadrada, no habiéndose ocupado

de hacerla otras manos que las de la misma naturaleza. Observé también que había un lugar en la pared del fondo que tenía una abertura, pero ésta era tan baja que hubiera tenido que ponerme a gatas para entrar allí, y adónde daba, yo no lo sabía; así que no teniendo ninguna vela, lo dejé por algún tiempo; pero decidí volver al día siguiente provisto de velas y de un eslabón, que me había hecho con la llave de uno de los mosquetes, con un poco de pólvora.

Por lo tanto, al día siguiente llegué provisto de seis velas largas hechas por mí mismo, porque ahora hacía velas excelentes con sebo de cabra; y, dirigiéndome hacia esta pequeña abertura, me vi obligado a andar a gatas, como ya he dicho, casi durante nueve metros; lo cual, dicho sea de paso, me pareció una aventura bastante arriesgada, teniendo en cuenta que yo no sabía lo lejos que podía llevarme ni qué es lo que había más allá. Cuando hube pasado la estrechura, me encontré con que el techo se elevaba, creo que hasta cerca de unos seis metros; pero yo nunca había visto un espectáculo tan maravilloso en la isla, me atrevería a decir, como el que presencié al dirigir la mirada en torno de mí, hacia las paredes y el techo de este subterráneo o cueva. Las paredes me deslumbraban con cien mil reflejos de la luz de mis dos velas; qué es lo que había en la roca, si diamantes u otras piedras preciosas, u oro, que es lo que más bien pienso que era, yo no lo sabía.

El lugar en que estaba era la más deliciosa caverna o gruta de su especie que hubiera podido esperar, aunque totalmente oscura. El suelo era seco y llano, y tenía como una arenilla movible, así que no se veía ningún animal asqueroso o venenoso, ni había tampoco rastros de humedad ni de agua, ni en las paredes ni en el techo. El único inconveniente era la entrada, que, sin embargo, al convertirlo en un lugar tan seguro y en un refugio como el que yo quería, pensé que más bien era una ventaja, así que estaba realmente satisfecho con este descubrimiento, y decidí, sin pérdida de tiempo, traer algunas de las cosas que me inspiraban más inquietud a este lugar. Especialmente decidí traer aquí mi almacén de pólvora, y todas mis armas sobrantes, esto es, dos escopetas de caza, porque tenía tres en total; y tres mosquetes, pues de ellos tenía ocho en total; así es que en mi castillo no quedaron más que cinco, a punto y montados como cañones en la fortificación exterior, y estaban también a punto de ser retirados para una expedición.

Al trasladar mis municiones, tuve ocasión de abrir el barril de pólvora que había sacado del mar, y que se había mojado; y me encontré con que el agua había penetrado unos siete o diez centímetros en la pólvora por todos lados, formando una pasta que se había endurecido preservando el interior como una fruta seca dentro de su cáscara; así que tenía cerca de treinta kilos de excelente pólvora en el centro del tonel, y éste fue un agradable descubrimiento para mí en aquellas circunstancias. Así que lo llevé todo allí, sin quedarme con más de un kilo más o menos de pólvora en el castillo, por miedo a una sorpresa de cualquier especie; llevé también hasta allí todo el plomo que había reservado para hacer balas.

Ahora me imaginaba ser como uno de los antiguos gigantes que, según se dice, vivían en cavernas y agujeros en las rocas, en donde nadie podía llegar hasta ellos, pues me convencí a mí mismo, mientras estaba aquí, de que si quinientos salvajes se pusieran a darme caza, nunca podrían encontrarme; o si me encontraban, no se arriesgarían a atacarme aquí.

El viejo macho cabrío que había encontrado agonizando murió al día siguiente de haber hecho yo este descubrimiento; y encontré mucho más fácil cavar allí mismo un hoyo grande, echarlo dentro y cubrirlo con tierra, que arrastrarlo lejos de allí; así que lo enterré allí mismo para evitar molestias a mi nariz.

Transcurría ya mi vigesimotercer año de residencia en esta isla, y me había familiarizado tanto con el lugar y con el género de vida que, sólo con que hubiera podido gozar de la certidumbre de que ningún salvaje vendría a molestarme, de buena gana me hubiese comprometido a pasar allí el resto de mi vida, hasta el último momento, hasta que me hubiese tendido en tierra y hubiese muerto como el viejo macho cabrío en la cueva. También me había proporcionado algunas pequeñas diversiones y juegos, que me hacían pasar el tiempo de un modo mucho más agradable que antes; como que, en primer lugar, había enseñado a mi *Poll*, como ya he dicho antes, a hablar; y lo hacía con tanta naturalidad y articulaba tan claramente, que me era muy grato oírle; y vivió conmigo nada menos que veintiséis años; lo que vivió después no lo sé; aunque sé que en Brasil la gente cree que viven centenares de años. Quizá el pobre *Poll* esté todavía vivo allí, y aún hoy en día siga llamando al pobre Robin Crusoe. No deseo a ningún inglés la mala suerte de ir a parar allí y oírle, pero si así fuera, sin duda creería que se trataba del diablo. Mi perro fue un compañero muy agradable y cariñoso conmigo durante no menos de dieciséis años de mi estancia, y luego murió de puro viejo. En cuanto a mis gatos, se reprodujeron, como ya he observado, hasta tal punto que al principio me vi obligado a matar a tiros a una serie de ellos, para evitar que devoraran todo lo que tenía, pero al final, cuando los dos más viejos que yo había traído conmigo hubieron muerto, y después de algún tiempo durante el cual estaba continuamente alejándolos de mí y no permitía que me comieran nada, todos se hicieron montaraces en los bosques, excepto dos o tres favoritos que conservé domesticados, y cuyas crías, cuando las tenían, yo siempre ahogaba; y éstos fueron parte de mi familia. Además de éstos, siempre tenía en casa, a mi alrededor, a dos o tres cabritos, a los que enseñé a comer de mi mano, y tenía dos loros más que hablaban francamente bien, y que hubieran podido llamarme Robin Crusoe, pero ninguno como el primero; y la verdad es que con ninguno de ellos me tomé las molestias que me había tomado con él. Tenía también varias aves marinas domesticadas, cuyos nombres ignoro, que capturé en la playa y cuyas alas corté; y como las pequeñas estacas que había plantado delante del muro de mi castillo habían crecido hasta formar un espeso boscaje, todas estas aves vivían por entre los árboles bajos, y allí criaban, lo cual me era muy agradable. Así que, como he dicho más arriba, empecé a estar realmente muy contento de la vida que llevaba sólo con que hubiera podido estar a salvo del miedo a los salvajes.

Pero estaba dispuesto de otro modo. Y quizá no sea inoportuno que todo lector de mi historia saque de ella esta reflexión, la de que con cuánta frecuencia, en el curso de nuestras vidas, el mal que más empeño ponemos en evitar y que, una vez nos sucede, nos parece el más espantoso, es a veces el único medio o puerta de nuestra salvación, el único por el que podemos levantarnos de nuevo de la aflicción en que habíamos caído. Podría dar muchos ejemplos de ello en el curso de mi extraña vida, pero en ninguna ocasión fue más particularmente notable que en las circunstancias de mis últimos años de residencia solitaria en esta isla.

Era, pues, el mes de diciembre, como he dicho más arriba, de mi vigesimotercer año, y siendo la época del solsticio austral, porque invierno no puedo llamarlo, era el tiempo especial de mi cosecha, y ello me obligaba a pasar mucho tiempo fuera de casa, en los campos; cuando, al salir muy de mañana, incluso antes de que apuntara el día, me sorprendió ver un resplandor de fuego en la playa, a una distancia de unos tres kilómetros, en dirección al extremo de la isla, en donde había observado que habían vuelto a estar algunos salvajes; pero no en la otra parte, sino que, para mi gran aflicción, era en mi parte de la isla.

La verdad es que quedé terriblemente sorprendido al ver esto, y me paré en seco dentro de mi bosquecillo, sin atreverme a salir, temiendo ser sorprendido; y con todo tampoco estaba tranquilo allí dentro, por los temores que tenía de que los salvajes, al recorrer la isla, encontrasen mis cosechas, segadas o por segar, o cualquiera de mis obras o mejoras, lo cual les haría concluir inmediatamente que alguien habitaba aquellos lugares, y entonces no descansarían hasta haberme descubierto. Con este apuro, regresé directamente a mi castillo, retiré la escalera detrás de mí, e hice que todo lo de fuera tuviera un aire tan agreste y natural como pude.

Entonces, en el interior, me dispuse a ponerme en actitud de defensa; cargué todos los cañones, como yo les llamaba, es decir, los mosquetes que estaban montados en la fortificación nueva, y todas las pistolas, y decidí defenderme hasta el último suspiro, sin olvidar encomendarme fervorosamente a la protección divina, y rogar ardientemente a Dios que me salvara de caer en las manos de los bárbaros; y en esta actitud continué durante unas dos horas; pero empecé a impacientarme considerablemente porque no sabía lo que pasaba fuera, y no tenía espías a quienes mandar allí.

Después de pasar así un buen rato, y cavilando sobre lo que podía hacer en un caso semejante, no pude resistir seguir por más tiempo en la ignorancia. Así es que, apoyando la escalera contra la pendiente de la colina, en donde había un lugar llano, como ya he observado antes, y luego retirando la escalera tras de mí, la volví a levantar de nuevo y subí a la cumbre de la colina; y sacando mi anteojo, que me había llevado ex profeso, me tendí en el suelo boca abajo y empecé a mirar en dirección al lugar. Al momento distinguí no menos de nueve salvajes desnudos, sentados alrededor de una pequeña hoguera que habían hecho, no para calentarse, ya que no lo necesitaban, pues el tiempo era extraordinariamente caluroso, sino, según supuse, para prepararse alguno de sus bárbaros festines de carne humana, que habían traído con ellos; si viva o muerta, era algo que yo no podía saber.

Tenían dos canoas que habían dejado varadas en la playa; y como era la hora del reflujo, me pareció que estaban esperando a que volviese la marea para irse de nuevo. No es fácil de imaginar la confusión en que este espectáculo me dejó, especialmente al ver que habían venido a mi parte de la isla, y tan cerca de mí también; pero cuando advertí que ellos sólo podían venir con la corriente del reflujo, empecé a tener un poco más de tranquilidad de espíritu, convenciéndome de que podía salir sin ningún peligro durante todo el tiempo que durase la marea, si es que ellos no habían llegado ya antes a la playa; y una vez hecha esta observación, salí para seguir los trabajos de las cosechas, con la mayor calma.

Como yo esperaba, así se produjo; pues tan pronto como la marea se orientó hacia el oeste, vi que todos se embarcaban y remaban (o bogaban, como decimos nosotros) alejándose de allí. Hubiera debido citar que durante más de una hora, antes de que se fueran, estuvieron bailando, y que pude distinguir fácilmente sus posturas y movimientos con mi anteojo; aun afinando mucho la vista, no pude advertir sino que iban completamente desnudos, y que no llevaban absolutamente nada encima, pero no pude distinguir si eran hombres o mujeres.

Tan pronto como los vi embarcados y alejándose, cargué al hombro dos escopetas, y me puse dos pistolas al cinto, y mi espadón al costado, sin vaina, y con toda la rapidez de que fui capaz me dirigí hacia la colina en donde había descubierto los primeros rastros de ellos; y tan pronto como llegué allí, que no fue hasta dos horas más tarde (pues no podía ir muy deprisa, yendo tan cargado de armas), advertí que tres canoas más de salvajes habían estado en aquel lugar; y al levantar la mirada vi que estaban todas en el mar, encaminándose hacia el continente.

Éste fue para mí un espectáculo horrible, especialmente cuando, al bajar a la playa, pude ver los espantosos restos del macabro festín que habían celebrado, esto es, la sangre, los huesos y parte de la carne de los cuerpos humanos, comidos y devorados por aquellos desdichados, en medio de regocijadas fiestas. Me indigné tanto a la vista de esto que empecé a tramar la destrucción de los siguientes que viera allí, fuesen quienes fuesen, y sin importarme el número.

Me pareció evidente que las visitas que así hacían a esta isla no eran muy frecuentes, pues pasaron más de quince meses antes de que ninguno de ellos volviera de nuevo a desembarcar allí; es decir, yo no los vi, ni vi tampoco ninguna pisada ni señal suya en todo este tiempo, pues durante las estaciones lluviosas a buen seguro que no hacían salidas, o al menos hasta tan lejos; sin embargo, durante todo este tiempo viví con desasosiego a causa de los constantes temores que tenía de que cayeran sobre mí por sorpresa; de lo cual deduzco que esperar un mal es cosa mucho más amarga que el sufrirlo, sobre todo si no hay modo de librarse de esa espera o de esos temores.

Durante todo este tiempo seguí con mis deseos homicidas; y dediqué la mayor parte de mis horas, que hubieran podido estar mejor empleadas, a trazar planes para rodearlos y caer sobre ellos la próxima vez que los viese; especialmente, si estaban divididos, como la última vez, en dos grupos; y ni por un momento se me ocurrió que si mataba a todos los de un grupo, supongamos diez o una docena, aún tendría al día siguiente, o al cabo de una semana o de un mes, que matar a todos los de otro, y luego de otro, y así hasta el infinito, hasta que llegara a ser tan criminal como lo eran ellos siendo antropófagos; y quizá mucho más.

Mis días transcurrían con gran turbación e intranquilidad de espíritu, esperando de un día a otro caer en las manos de aquellos seres implacables; y si es verdad que me aventuraba a salir a cualquier hora, esto no era sin mirar a mi alrededor con la mayor atención y cautela imaginables; y entonces vi, para mi consuelo, la suerte que era para mí haber reunido un rebaño o hato de cabras domesticadas, pues no me atrevía, bajo ningún motivo, a disparar mi escopeta, especialmente cerca de aquella parte de la isla en la que solían estar, temiendo alarmar a los salvajes; y si ahora hubiesen huido de mí, estaba seguro de que hubieran vuelto, tal vez con dos o trescientas canoas, al cabo de pocos días, y entonces yo ya sabía lo que me esperaba.

Sin embargo, pasó un año y tres meses antes de que volviera a ver más salvajes, y entonces volví a encontrarlos de nuevo, como pronto explicaré. Es cierto que habían podido estar allí una o dos veces; pero, o bien su estancia en la isla había sido muy corta, o bien, por lo menos, yo no los oí; pero en el mes de mayo, por lo que yo pude calcular, y en mi vigesimocuarto año, tuve con ellos un singularísimo encuentro, de lo cual se hablará en su debido lugar.

La turbación de mi espíritu durante este intervalo de quince o dieciséis meses fue muy grande; dormía inquieto, siempre tenía sueños espantosos, y a menudo me despertaba sobresaltado en medio de la noche. De día graves preocupaciones se adueñaban de mi espíritu, y de noche solía soñar que mataba a los salvajes, y soñaba las razones por las que podía justificar hacerlo; pero, para dejar aparte todo esto por el momento, en el día 16, creo, según las cuentas de mi pobre calendario de madera; porque aún marcaba todos los días en el poste; decía que fue el día 16 de mayo cuando se desató una grandísima tempestad de viento que duró todo el día, con muchos rayos y truenos, y la noche que siguió fue horrorosa. No sé exactamente en qué momento fue, pero, mientras estaba leyendo la Biblia, y ocupado en reflexiones muy graves acerca de mi situación presente, me sorprendió el ruido de un cañonazo, según creí, disparado en el mar.

Sin duda que ésta fue una sorpresa de un género totalmente distinto de las que había tenido antes, pues las ideas que hizo acudir a mi mente fueron totalmente diversas. Me levanté todo lo deprisa que puede imaginarse, y en un abrir y cerrar de ojos subí por la escalera hasta la plataforma de la roca, y recogiéndola de nuevo, volví a levantarla por segunda vez y llegué a la cumbre de la colina en el mismo momento en que una llamarada me anunció un segundo cañonazo, que tardé alrededor de medio minuto en oír, y que por el ruido supe que venía de aquella parte del mar en donde yo y mi bote habíamos sido arrastrados corriente abajo.

Al instante pensé que debía de tratarse de algún barco en peligro, y que debía de tener algunos otros compañeros o algún otro barco que navegaba junto a él, y que disparaba esos cañonazos en señal de socorro y para obtener ayuda. Tuve la presencia de ánimo en aquel momento de pensar que aunque yo no podía ayudarlos, ellos sí que podían ayudarme. Así que reuní toda la leña seca que tenía a mano, y formando con ella una buena pira, le prendí fuego encima de la colina. Era leña seca y se encendió fácilmente; y aunque el viento soplaba con mucha violencia, ardía magníficamente. Yo estaba seguro de que si aquello era un barco, tenían que verla forzosamente, y sin duda que así fue, pues tan pronto como se encendió la hoguera, oí otro cañonazo, y luego varios más, todos procedentes del mismo sitio. Mantuve el fuego encendido durante toda la noche, hasta que apuntó el día; y cuando fue completamente de día y el cielo se iluminó, vi algo en el mar a una gran distancia, exactamente al este de la isla, pero si era una vela o el casco de un barco no pude distinguirlo, no, ni siquiera con mi anteojo, ya que la distancia era muy grande y el tiempo estaba aún un poco nebuloso; al menos mar adentro.

Estuve mirando con frecuencia hacia allí, durante todo aquel día, y pronto me di cuenta de que era algo inmóvil; así que al momento concluí que era un barco anclado, y ansioso, como es fácil de comprender, de cerciorarme, cogí la escopeta y corrí hacia la parte sur de la isla, hacia los escollos en donde tiempo atrás había sido yo arrastrado por la corriente. Trepé por ellos, y como el tiempo para entonces ya se había despejado por completo, pude ver perfectamente, y con gran tristeza, el casco de un barco que durante la noche se había estrellado contra los escollos ocultos que yo había advertido cuando salí con mi bote; escollos que, al oponerse a la violencia de la corriente y formar una especie de contracorriente o remolino, fueron la causa de que me salvara de la más desesperada de las situaciones en las que me había visto en toda mi vida.

Así es como lo que para unos es la salvación, para otros es la perdición, pues, al parecer, aquellos hombres, fueran quienes fuesen, ignorando aquello y hallándose los escollos totalmente ocultos por el agua, habían sido arrojados contra ellos durante la noche, soplando un fuerte viento en dirección este y este noreste. De haber visto la isla, y era forzoso suponer que no había sido así, a mi juicio hubieran intentado salvarse llegando hasta la playa con ayuda de un bote; pero, que dispararan los cañonazos pidiendo ayuda, especialmente cuando vieron, según imagino, mi hoguera, me da mucho que pensar. En primer lugar pensaba que, habiendo visto mi luz debían de haberse metido en el bote y haber ganado la playa; pero que como el mar estaba muy agitado, habían debido de ser arrastrados lejos de allí; otras veces pensaba que debían de haber perdido su bote antes, como podía haber ocurrido de tantas maneras; como, sobre todo, por los embates del mar contra el barco, que muchas veces obliga a los marinos a desfondar o a hacer pedazos su propio bote, y a veces a arrojarlo por la borda con sus propias manos; otras veces pensaba que debían de ir acompañados de otro u otros barcos, los cuales, al oír las señales de socorro que habían hecho, habían recogido la tripulación y se la habían llevado; en otros momentos me los imaginaba arrastrados mar adentro en el bote, y siendo impulsados lejos de allí por la corriente que tiempo atrás me había llevado a mí también, empujados hacia el gran océano, en donde no les esperaba más que el sufrimiento y la muerte; y que quizá a aquellas horas estarían a punto de morirse de hambre y en el trance de devorarse los unos a los otros.

Como todo esto, en el mejor de los casos, no eran más que conjeturas, en la situación en que yo estaba lo único que podía hacer era considerar la desgracia de aquella pobre gente y apiadarme de ellos, lo cual tuvo también sobre mí este buen efecto, el que me dio aún más motivos para dar gracias a Dios, que tan dichosa y regaladamente me había provisto en mi desolada situación; y que de las dos tripulaciones de los dos barcos que ya habían naufragado en este rincón del mundo, la única vida que se había salvado había sido la mía. Ésta era una nueva lección que me invitaba a observar cómo es muy poco frecuente que la providencia de Dios nos arroje a una situación en la vida tan mezquina, o a una desgracia tan grande, que no tengamos una u otra cosa por la que estarle agradecidos, y podamos ver a otros en peores circunstancias que las nuestras.

Ciertamente éste era el caso de aquellos hombres, de los que no tenía ningún motivo para suponer que ni uno solo de ellos se hubiera salvado. Nada permitía razonablemente ni siquiera desear o esperar que todos no hubieran muerto allí; exceptuando tan sólo la posibilidad de que hubiesen sido recogidos por otro barco que navegara con ellos, y esto la verdad es que no era más que una simple posibilidad, pues no vi ni el menor rastro o indicio de cosa semejante.

No podría expresar con palabras suficientemente enérgicas qué extraños anhelos o ansias de deseos sentí en mi alma ante este espectáculo, explayándome a veces de este modo: «¡Oh, sólo con que hubieran sido uno o dos; qué digo, que uno solo se hubiera salvado del barco, uno solo que hubiese escapado y venido a mí, que hubiera podido tener aunque sólo fuera un compañero, un semejante que me hablase, y con el que conversar!». En todo el tiempo de mi vida solitaria, nunca había sentido un deseo tan intenso, tan vehemente, de tener compañía de mis semejantes, o un desconsuelo tan grande por su falta.

Hay en los afectos ciertos resortes ocultos y movibles que cuando se ponen en funcionamiento ante la vista de algún objeto, o, simplemente por algún objeto que no sea siquiera visible, pero que se haga presente al espíritu por la fuerza de la imaginación, este movimiento arrastra al alma en su impetuosidad con un ansia tan violenta de poseer el objeto que su ausencia se hace insoportable.

Tales eran estos vehementes deseos de que alguien se hubiera salvado. «¡Oh, aunque fuera uno solo!» Creo que repetí las palabras, «¡Oh, aunque fuera uno solo!», un millar de veces; y los deseos se hacían tan urgentes que mientras pronunciaba estas palabras mis manos se entrelazaban con fuerza y los dedos apretaban las palmas de las manos, de modo que si hubiese tenido algo blando en la mano lo hubiese aplastado involuntariamente; y los dientes me rechinaban y se encajaron con tal fuerza que durante un rato no me fue posible separarlos.

Que los naturalistas expliquen estas cosas, y sus motivos y la especie a que pertenecen. Todo lo que yo puedo hacer es describir el hecho, que me sorprendió incluso a mí, cuando me encontré con ello; aunque no sabía a qué se debía, fue sin duda el efecto de los ardientes deseos y de los intensos pensamientos que tomaron forma en mi espíritu, al comprender el consuelo que la conversación con un semejante cristiano sería para mí.

Pero no tenía que ser; o su destino o el mío, o los dos, lo impidieron, pues hasta el último año de mi estancia en esta isla no supe si alguien se había salvado de aquel barco o no; y sólo tuve la aflicción, unos días después, de ver el cuerpo de un muchacho, ahogado, lanzado a la playa, hacia el extremo de la isla próximo al lugar del naufragio. No llevaba más ropa que un chaleco de marinero, unos calzones de hilo abiertos hasta las rodillas y una camisa de hilo azul, pero nada que me permitiera adivinar a qué nación pertenecía. En el bolsillo no llevaba más que dos monedas de a ocho y una pipa; esto último, para mí, fue diez veces más valioso que lo primero.

El tiempo estaba en calma, y yo tenía muchas ganas de aventurarme a salir en mi bote y llegarme hasta el casco del barco; no dudando de que podría encontrar algo a bordo que pudiera serme útil; pero esto no me empujaba tanto como la posibilidad de que hubiera aún alguien vivo a bordo, cuya vida podía no sólo salvar, sino que podía también, salvando esta vida, confortar la mía propia en gran modo; y esta idea la tenía tan aferrada a mi corazón que no hubiese podido tener reposo, ni de noche ni de día, si no me hubiera aventurado a salir en mi bote hasta el barco; y encomendando lo demás a la providencia de Dios, pensé que la impresión era tan fuerte en mi espíritu que no podía resistirme a ella, que debía proceder de algún propósito invisible y que, de no ir, me faltaría a mí mismo.

Dominado por esta impresión, regresé apresuradamente a mi castillo, lo preparé todo para el viaje, cogí una cantidad de pan, un cacharro grande para el agua dulce, una brújula para orientarme, una botella de ron, pues aún me quedaba mucho en reserva y un cesto lleno de pasas; y así, cargado con todas las cosas que necesitaba, bajé hasta mi bote, saqué el agua que tenía dentro, lo puse a flote, metí en él todo mi cargamento, y luego volví otra vez a casa a por más. El segundo cargamento consistió en un saco grande lleno de arroz, el parasol para tener sombra en la cabeza, otro cacharro grande lleno de agua dulce y unas docenas de mis panecillos o tortas de cebada, a añadir al pan de antes, con una botella de leche de cabra y un queso; todo lo cual, con grandes fatigas y sudores, lo llevé hasta el bote; y rogando a Dios que me guiase en mi viaje, me hice a la mar, y, remando o bogando, llevé la canoa a lo largo de la costa hasta que por fin llegué al promontorio extremo de la isla por aquella parte, es decir, la noreste. Y ahora sólo me quedaba adentrarme en el océano y decidirme a arriesgarme o no. Contemplé las rápidas corrientes que incesantemente pasaban por ambos lados de la isla, a cierta distancia de ella, y que me parecieron realmente temibles, por el recuerdo del peligro en que me había visto tiempo atrás, y mi corazón empezó a desfallecer; pues preví que si era arrastrado por una de estas dos corrientes, sería empujado mar adentro durante un largo trecho, quizá tanto como para perder de nuevo de vista la isla o no poder regresar a ella; y que entonces, como mi bote era tan pequeño, al menor soplo de viento que se levantase, yo estaría irremisiblemente perdido.

Estos pensamientos me dieron tal depresión de ánimo que empecé a pensar en dejar mi empresa, y después de varar el bote en una pequeña cala de la playa, salté a tierra y me senté en una pequeña eminencia del terreno, muy pensativo y desasosegado, vacilando entre el temor y el deseo de este viaje; cuando, mientras estaba cavilando, pude advertir que la marea había cambiado y que el flujo aumentaba, lo cual hacía impracticable mi viaje por muchas horas. Entonces, inmediatamente se me ocurrió la idea de subir al punto más alto que pudiese encontrar y observar desde allí, si podía, cuál era la dirección que tomaba la marea o las corrientes cuando llegaba el flujo, para que pudiese calcular si, en caso de ser arrastrado por una de esas corrientes, no podía esperar que el mismo impulso de las corrientes me devolviese de nuevo a tierra. Apenas esta idea tomó forma en mi cerebro, cuando mis ojos se posaron en una pequeña colina que dominaba suficientemente el mar por ambos lados, y desde la cual tuve una vista perfecta de las corrientes o direcciones de la marea y del rumbo que debía tomar para mi regreso. Desde allí descubrí que, como la corriente de reflujo nacía junto a la punta sur de la isla, la corriente del flujo comenzaba junto a la costa del lado norte, y que lo único que debía hacer era dirigirme hacia el norte de la isla para mi regreso, y que así todo saldría bien.

Animado por esta observación decidí que al día siguiente por la mañana saldría con el inicio de la marea; y después de descansar por la noche en la canoa, abrigado por el grueso capote que ya mencioné, me hice a la mar.

Empecé por poner rumbo al norte, hasta empezar a beneficiarme de la corriente, que llevaba dirección este, y que me impulsó durante un largo trecho, pero no con tanta fuerza como llevaba la otra corriente de la parte sur, que hasta llegó a impedirme todo gobierno del bote, sino que, sirviéndome del remo como de un timón, me dirigí directamente hacia el barco hundido, y en menos de dos horas llegué junto a él.

Ante mi vista se presentó un triste espectáculo: el barco, que a juzgar por su construcción era español, estaba encajado, incrustado entre dos rocas. Toda la popa y su castillo habían sido destrozados por el mar; y como el castillo de proa, que había chocado contra las rocas, había sufrido una sacudida tan violenta, el palo mayor y el trinquete habían sido precipitados por la borda, es decir, rotos por la misma base; pero el bauprés se mantenía firme, y la proa y el esperón parecían sólidos. Cuando me acercaba al barco, sobre la cubierta apareció un perro que, al verme venir, se puso a aullar y a ladrar; y tan pronto como lo llamé, saltó al agua, vino hacia mí, y yo lo recogí en el bote, pero lo encontré medio muerto de hambre y de sed. Le di una de mis tortas y él la comió como un lobo hambriento que ha pasado quince días de penuria en la nieve. Luego di al pobre animal un poco de agua dulce, y si le hubiera dejado habría seguido bebiendo hasta reventar.

Tras esto subí a bordo, pero lo primero con que toparon mis ojos fue con dos hombres ahogados en la cocina, en el castillo de proa, abrazados el uno al otro. Supuse, como ciertamente era lo más probable, que cuando el barco había encallado, en medio de la tempestad, el mar levantaba olas tan altas y tan continuas por encima de él que aquellos hombres no pudieron resistirlo, y los constantes embates del agua les habían hecho morir aho-

314

gados, como si hubiesen estado bajo el agua. Aparte del perro, en el barco no había quedado ningún ser con vida; ni tampoco, por lo que yo podía ver, objetos que no hubiera echado a perder el agua. Había varios barriles de licor, si de vino o de aguardiente yo no lo sabía, que se hallaban en el fondo de la bodega, y que el agua, al retirarse, me permitió ver, pero eran demasiado grandes para que yo pudiera cogerlos. Vi varios baúles que pensé pertenecerían a algunos de los marineros; y llevé dos de ellos al bote sin mirar lo que había dentro.

Si hubiese sido la popa del barco la intacta y la proa la que se hubiera destrozado, estoy convencido de que hubiese podido hacer un buen viaje, pues por lo que encon-

tré en esos dos baúles tenía motivos para suponer que el barco llevaba gran cantidad de riquezas a bordo; y por lo que podía conjeturarse por el rumbo que seguía, debía de venir de Buenos Aires o del Río de la Plata, en la parte sur de América, más allá de Brasil, y se dirigía a La Habana, en el golfo de México, y de allí quizá a España. Sin duda llevaba un gran tesoro, pero en aquel momento no servía de nada a nadie; y lo que fue del resto de la tripulación, yo entonces lo ignoraba por completo.

Encontré, además de los baúles, un barrilillo de licor, de unos noventa litros, que llevé hasta mi bote con grandes dificultades. En uno de los camarotes había varios mosquetes y un gran frasco de pólvora, que contenía unos dos kilos. En cuanto a los mosquetes, no me eran de utilidad, así que los dejé, pero cogí el frasco de pólvora. Cogí también una pala y unas tenazas, de lo cual estaba muy necesitado; como también dos pequeñas marmitas de bronce, una chocolatera de cobre y unas parrillas; y con este cargamento y el perro me fui, ya que la marea empezaba de nuevo a avanzar en dirección a la isla; y aquella misma noche, alrededor de una hora después de haber oscurecido, llegué otra vez a tierra, extremadamente cansado y agotado.

Pasé la noche en el bote, y al amanecer decidí guardar mis adquisiciones en mi nueva cueva, y no llevarlo a casa, a mi castillo. Después de desayunar, desembarqué todo mi cargamento y empecé a examinar cada cosa detenidamente. El barril de licor resultó ser una especie de ron, pero distinto del que teníamos en Brasil, y, en una palabra, francamente malo; pero cuando fui a abrir los baúles encontré una serie de cosas que me fueron de gran utilidad; por ejemplo, en uno encontré una magnífica caja de botellas, de forma muy singular, con cordiales excelentes, buenísimos. Las botellas contenían unos dos litros cada una, y llevaban tapones guarnecidos en plata. Descubrí también dos botes llenos de excelente confitura o mermelada, igualmente tan bien cerrados que el agua salada no los había deteriorado. Encontré varias camisas muy buenas, a las que di la mejor de las acogidas; y alrededor de una docena y media de pañuelos de lino blanco y corbatas de color; a los primeros les di también muy buena acogida, ya que refresca extraordinariamente enjugarse la cara en los días calurosos. Además de esto, al llegar al fondo del baúl, encontré allí tres bolsas grandes de monedas de a ocho, que en total debían de contener unas mil cien monedas; y en una de ellas, envueltos en un papel, había seis doblones de oro, y varias barritas o lingotes de oro. Calculo que el conjunto debía de pesar cerca de medio kilo.

El otro baúl que hallé contenía algunas ropas, pero de poco valor; al parecer debía de haber pertenecido al oficial de artillería; aunque no contenía pólvora, a no ser alrededor de un kilo de excelente pólvora vítrea, guardada en tres frasquitos, que supongo que era para cargar las escopetas de caza, cuando llegaba la ocasión. En conjunto, pues, saqué muy poco de este viaje que me fuera de utilidad; porque, por lo que respecta al dinero, no tenía manera de aprovecharlo; para mí valía tanto como el barro que pisaba; y lo hubiese dado todo por tres o cuatro pares de medias y zapatos ingleses, que eran cosas que necesitaba en gran modo, pero que hacía ya muchos años que no había llevado en los pies. La verdad es que ahora había conseguido dos pares de zapatos, que saqué de los pies de los dos ahogados que había visto en el barco; y encontré dos pares más en uno de los baúles, que acogí muy bien; pero no eran como nuestros zapatos ingleses, ni por lo cómodos ni por lo prácticos; más que zapatos eran lo que nosotros llamamos escarpines. Encontré en el baúl de este marinero unas cincuenta monedas de a ocho en reales, pero nada de oro; supongo que éste pertenecía a alguien más pobre que el otro, que parecía pertenecer a un oficial.

Bueno, el caso es que llevé este dinero a mi cueva y lo guardé allí, como había hecho antes con el que había sacado de nuestro propio barco, pero fue una gran lástima que, como ya he dicho, la otra parte del barco no me fuera accesible, porque estoy convencido de que hubiese podido cargar mi canoa una serie de veces más con dinero, el cual, en caso de haber podido escapar a Inglaterra, hubiese dejado allí a buen seguro, hasta que hubiese podido volver a recogerlo.

Después de haber desembarcado todas mis cosas y de haberlas puesto a buen recaudo, volví a mi bote y, remando o bogando, fui siguiendo la costa hasta su antiguo fondeadero, donde lo dejé, y me dirigí lo más deprisa posible hacia mi antigua morada, donde lo encontré todo seguro y tranquilo. Así que empecé a darme un descanso, a vivir al modo de antes y a ocuparme de mis tareas domésticas; y durante algún tiempo viví bastante tranquilo, sólo que estaba más alerta de lo que antes solía estar, vigilaba los alrededores más a menudo que antes y no salía con tanta frecuencia; y si alguna vez me movía con cierta libertad, era siempre hacia la parte este de la isla, adonde estaba plenamente convencido de que los salvajes nunca iban, y adonde podía ir sin tantas precauciones y sin cargar con tantas armas y municiones como siempre llevaba conmigo cuando tomaba la otra dirección.

En estas condiciones viví cerca de dos años más, pero mi desdichada cabeza, que siempre me estaba recordando que había nacido para hacer desgraciado a mi cuerpo, durante estos años se llenó de proyectos y planes, buscando el modo, si esto era posible, de abandonar la isla; pues a veces estaba tentado de hacer otro viaje al barco hundido, aunque la razón me decía que allí no había quedado nada por lo que valiese la pena correr los riesgos de un nuevo viaje. A veces me tentaba explorar unos parajes, a veces otros; y lo cierto es que creo que si hubiese tenido la chalupa con la que hui de Salé, me hubiera arriesgado a hacerme a la mar, tomando cualquier rumbo, no sé cuál.

Yo he sido, en todas las circunstancias de mi vida, un ejemplo para los contagiados de este mal general de la humanidad, del que, a mi entender, proceden la mitad de sus calamidades; quiero decir no conformarse con la situación en la que Dios y la naturaleza nos han puesto;

pues, sin necesidad de volver la vista atrás, a mi situación primitiva y a los excelentes consejos de mi padre, la oposición a los cuales fue, como podríamos decir, mi pecado original, los errores de la misma especie que cometí más tarde habían sido el camino que me había conducido a esta lastimosa situación; pues si aquella Providencia que tan felizmente me había hecho instalar en Brasil como plantador me hubiese bendecido con deseos moderados y yo hubiese podido contentarme con prosperar poco a poco, hubiera sido por esta época, quiero decir, la época de mi estancia en la isla, uno de los plantadores más importantes de Brasil. Más aún, estoy persuadido de que con las mejoras que había hecho en el corto espacio de tiempo que había estado allí, y las que a éstas habría añadido probablemente de haberme quedado, hubiera podido reunir unos cien mil moidores.[19] ¿Y por qué había tenido yo que dejar una fortuna sólida, una plantación tan rica, próspera y en pleno auge, para embarcarme para Guinea como sobrecargo, a buscar negros, cuando la paciencia y el tiempo hubiesen bastado para acrecentar tanto nuestro capital, sin movernos de casa, como para comprarlos en nuestra misma puerta a los que tenían por oficio irlos a buscar? Y aunque hubiesen costado algo más, con todo la diferencia de precio en modo alguno justificaba exponerse a un riesgo tan grande para ahorrar.

Pero del mismo modo que éste es de ordinario el destino de las cabezas jóvenes, así la reflexión sobre estas lo-

19. Antigua moneda de oro portuguesa.

curas es de ordinario lo propio de una edad más avanzada o el fruto de la experiencia del tiempo que tan cara se paga; y así me ocurrió a mí; y sin embargo, el error había echado raíces tan hondas en mi carácter que no sabía conformarme con mi situación, sino que estaba continuamente buscando los medios y las posibilidades de escapar de este lugar; y con tal de que, para mayor placer del lector, pueda seguir con lo que resta de mi historia, quizá no sea inoportuno hacer una somera relación de mis ideas sobre el tema de este estúpido proyecto de mi huida; y cómo y con qué fundamentos obraba.

Supóngase, pues, que yo ya me había retirado a mi castillo, después de mi último viaje al barco hundido. Mi lancha quedaba en lugar seguro bajo el agua, como de costumbre, y mi situación había vuelto a ser la misma de antes. La verdad es que ahora tenía más riquezas que antes, pero no era por esto más rico, pues me servían de tan poco como a los indios de Perú antes de que los españoles llegasen allí.

Era una noche de la estación lluviosa, en marzo, veinticuatro años después de aquel en que pisé por vez primera esta isla de soledad. Estaba tendido en mi cama, o hamaca, despierto, muy bien de salud, sin ningún dolor, ningún malestar, ninguna molestia corporal; no, ni tampoco espiritual, más que las de costumbre, pero no había manera de pegar ojo, esto es, de dormirme; no, ni dormir un sueño en toda la noche, a no ser lo siguiente:

Sería tan imposible como innecesario reseñar el inconmensurable tropel de pensamientos que se agolparon en la gran calle del cerebro que es la memoria, a lo largo de esta noche. Repasé toda la historia de mi vida en miniatura, o abreviadamente, como podríamos decir, hasta mi llegada a esta isla, y también la parte de mi vida correspondiente a la época posterior a mi llegada. En mis reflexiones en torno a mi situación desde que desembarqué en esta isla, comparaba lo dichoso de mi vida en los primeros años de mi estancia aquí, al lado de la vida de inquietud, temor y precauciones que había llevado siempre desde el momento en que descubrí la huella de un pie humano en la arena. No es que yo creyese que los salvajes no habían estado en la isla durante todo este tiempo, y en realidad es posible que en ocasiones hubiera varios centenares de ellos en la playa, pero yo no lo había sabido, y no había lugar para temer nada. Mi tranquilidad era perfecta, aunque el peligro fuese el mismo; y yo era tan feliz ignorando el peligro como si realmente nunca hubiese estado expuesto a él. Esto proveyó a mis pensamientos de muchas y muy provechosas reflexiones, y sobre todo de ésta, la de cuán infinitamente buena es esta Providencia que ha dispuesto, en su gobierno de la humanidad, límites tan estrechos a su visión y a su conocimiento de las cosas; y así, aunque el hombre camina por entre tantos miles de peligros, cuya visión, de descubrirlos, perturbaría su espíritu y abatiría su ánimo, se mantiene sereno y tranquilo, teniendo oculto a sus ojos el ocurrir de las cosas, y no sabiendo nada de los peligros que le rodean.

Después de que estos pensamientos me habían ocupado por algún tiempo, pasaba a reflexionar seriamente sobre el peligro real que había corrido durante muchos años en esta misma isla; y cómo me había paseado por ella con la mayor seguridad y con toda la tranquilidad posible; incluso cuando quizá sólo la cima de una colina, un árbol corpulento o la casual caída de la noche, se habían interpuesto entre mí y la peor de las suertes, esto es, caer en manos de los caníbales y salvajes, que se hubieran apoderado de mí con las mismas intenciones con las que yo cogía una cabra o una tortuga, y que hubiesen considerado matarme y devorarme como un crimen no mayor que el que yo creía cometer al comerme un pichón o un chorlito. Me calumniaría a mí mismo si no dijera que estaba sinceramente agradecido a mi gran Protector, de cuya singular protección reconocía, con gran humildad, que todas aquellas ignoradas ayudas le eran debidas; y sin las cuales inevitablemente hubiera caído en sus inexorables manos.

Cuando esos pensamientos hubieron pasado, mi cabeza se ocupó por algún tiempo en considerar cómo eran en el fondo aquellas desdichadas criaturas, quiero decir los salvajes; y cómo podía ocurrir en el mundo que Él, que rige todas las cosas, permitiese que una sola de sus criaturas se sumiese en una inhumanidad tal, más aún, en algo que estaba incluso por debajo de la misma brutalidad, como era devorar a los de su propia especie; pero como esto terminaba en especulaciones (por aquel entonces estériles), se me ocurrió preguntarme en qué parte del mundo vivirían aquellos desdichados; lo lejos que estaría la costa de la que procedían; por qué se aventuraban a alejarse tanto de su tierra; qué clase de botes tenían;

y por qué no podría yo arreglármelas con mis cosas de modo que fuese tan capaz de ir allí, como ellos lo eran de venir adonde yo estaba.

Nunca me preocupé de considerar qué es lo que haría cuando llegase allí, qué es lo que sería de mí si caía en manos de los salvajes, o cómo escaparía de ellos si me atacaban. No, ni siquiera cómo me sería posible alcanzar la costa sin que me atacasen unos u otros de ellos, sin tener ninguna posibilidad de salvación ni de no caer en sus manos; ni de cómo me aprovisionaría ni hacia dónde enderezaría mis pasos; ninguno de estos pensamientos, digo, ni siquiera se me pasó por la cabeza, sino que todo mi espíritu estaba absorto en la idea de cruzar el mar en mi bote y llegar al continente. Consideraba mi situación presente como la más lastimosa de todas las posibles, y como no podía imaginarme en otra que pudiera llamarse peor, excepto la muerte. Pensaba que si podía alcanzar la costa del continente, quizá pudiese encontrar algún socorro, o pudiese ir costeando, como hice por tierras de África, hasta llegar a alguna región habitada, en donde pudiese encontrar algún socorro; y después de todo, quizá pudiese topar con algún barco cristiano que me recogiese; y en el peor de los casos, no podía ocurrirme nada peor que la muerte, que pondría fin a todas aquellas desgracias al momento. Ruego que se tenga en cuenta que todo esto era fruto de una mente perturbada, de un temperamento fogoso, que había llegado a esta suerte de desesperación por la larga serie de mis desgracias y de las decepciones que había tenido en el barco a bordo del cual había estado; y donde había estado tan cerca de conseguir aquello por lo que había suspirado durante tanto tiempo, es decir, alguien con quien hablar y de quien tener nuevas del lugar de donde yo era y de los probables medios de mi salvación; decía que estaba totalmente trastornado por estos pensamientos. Toda la calma de mi espíritu en mi conformación a la Providencia y en la espera de la solución que me ofrecieran los propósitos del Cielo parecía haberse esfumado por algún tiempo, y yo me sentía como sin fuerzas para dirigir los pensamientos hacia otra cosa que no fuera el proyecto de viaje al continente, que se adueñó de mí con tal violencia y con tal impetuosidad de deseo que era irresistible.

Después de que esto hubo perturbado mis pensamientos durante dos horas o más, con tal violencia que me hacía bullir la sangre y latir el pulso como si tuviese fiebre, sólo con el extraordinario ardor que mi espíritu ponía en ello, la naturaleza, como si estuviera fatigado y exhausto sólo con pensarlo, me sumió en un profundo sueño. Soñé que una mañana, cuando salía de mi castillo, como de costumbre, veía en la playa dos canoas y once salvajes que se acercaban a tierra, y que llevaban a otro salvaje a quien iban a matar, con objeto de comérselo. Cuando de repente, el salvaje a quien iban a matar de un salto se libraba de ellos y echaba a correr para salvar la vida; y yo pensaba, en mi sueño, que llegaba corriendo al espeso boscaje que había delante de mi fortificación, para esconderse; y que yo, al verle solo, y sin advertir que los otros lo buscaban en aquella dirección, me mostraba a él y sonriéndole le daba ánimos; que él se arrodillaba ante mí, como rogándome que lo ayudara; ante lo cual yo le mostraba la escalera, le hacía subir y lo llevaba al interior de mi cueva, y él se convertía en mi criado; y que, tan pronto como me hube procurado aquel hombre, me decía a mí mismo: «Ahora sí que puedo aventurarme hasta el continente; pues este compañero me servirá de piloto y me dirá qué es lo que hay que hacer, y adónde hay que ir para aprovisionarse; y adónde no hay que ir por miedo a ser devorado, y por cuáles sitios aventurarse y de cuáles huir». Me desperté con este pensamiento, y estaba bajo tales impresiones inexpresables de alegría, ante la perspectiva de mi huida en el sueño, que las decepciones que sentí al volver en mí y ver que no había sido más que un sueño fueron también exageradas en sentido contrario, y me sumieron en un enorme abatimiento de ánimo.

Sin embargo, enseguida llegué a esta conclusión, que el único medio que tenía de intentar escapar era apoderarme, si esto era posible, de un salvaje; y, si era posible, que fuese uno de sus prisioneros, a quienes habían condenado a ser comidos y que traían allí para matar; pero, con todo, estos pensamientos chocaban con una dificultad, la de que esto era imposible de llevar a cabo sin atacar a toda una multitud de ellos y matarlos a todos; y esto no sólo era una tentativa desesperada y que podía salir mal; sino que, por otra parte, yo tenía muchos escrúpulos de que me fuera lícito; y mi corazón temblaba ante la idea de verter tanta sangre, aunque fuera para mi salvación. No necesito repetir los argumentos que se me ocurrieron contrarios a esto, porque fueron los mismos que ya mencioné antes, pero, aunque ahora tenía otras razones que presentar, como por ejemplo, que aquellos hombres amenazaban mi vida, y me devorarían si pudiesen, que era un caso extremo en que estaba en juego mi vida, que así me salvaba de la muerte y que estaba actuando en defensa propia exactamente igual que si ellos me estuvieran atacando en aquel momento, y así por el estilo; decía que aunque todas estas cosas estaban a favor de mi plan, la idea de verter sangre humana para salvarme me horrorizaba en gran modo, hasta el punto de que tardé mucho en reconciliarme con este proyecto.

Sin embargo, por fin, después de muchas y secretas deliberaciones conmigo mismo y de grandes vacilaciones sobre el caso, pues todos aquellos argumentos en uno y en otro sentido lucharon largamente dentro de mi cabeza, el vehemente y dominador deseo de salvarme al final se impuso a todo lo demás; y decidí, si era posible, hacer mío a uno de aquellos salvajes, costara lo que costara. Entonces, lo siguiente era ingeniárselas para hacerlo, y la verdad es que esto fue un problema muy difícil de solucionar. Pero como no podía hallar ningún medio que me pareciese viable, decidí ponerme al acecho para espiarlos cuando desembarcaran, dejando que se desarrollaran los acontecimientos, para tomar entonces las medidas que la ocasión exigiera, fueran las que fueran.

Con estas decisiones en la mente, me apostaba a espiar tan a menudo como me era posible, y la verdad es que tan a menudo que llegué a estar lo que se dice harto de

ello, pues estuve a la espera durante más de un año y medio, y buena parte de este tiempo lo pasé yendo al extremo oeste y al ángulo sudoeste de la isla casi todos los días, para ver si descubría canoas, pero ninguna apareció. Esto era muy desalentador y empezó a inquietarme mucho, aunque no puedo decir que en este caso tuviese el mismo efecto que hubiera tenido algún tiempo antes, eso es, el de embotarme el deseo de aquella cosa; sino que, cuanto más parecía que aquello se aplazaba, más ansioso estaba yo de topar con la ocasión. En pocas palabras, no había puesto al principio tanto interés en esquivar la vista de aquellos salvajes y en evitar ser visto por ellos, como ahora estaba ansioso de atacarlos.

Por otra parte, yo me imaginaba capaz de gobernar a uno, e incluso a dos o tres salvajes, si los tenía, hasta el punto de convertirlos en esclavos, de hacerles hacer lo que yo les ordenara, y de impedirles que pudieran causarme algún daño. Pasó bastante tiempo durante el cual estuve acariciando esta idea, pero seguía sin ocurrir nada. Todas mis fantasías y planes no servían de nada, pues durante mucho tiempo ningún salvaje se acercó por allí.

CAPÍTULO 11
Viernes

Alrededor de un año y medio después de haber concebido estas ideas, y cuando después de largas cavilaciones parecía que todas iban a quedar en nada por falta de una ocasión de ponerlas en práctica, una mañana, a primera hora, me quedé asombrado al ver nada menos que cinco canoas en la playa, en mi lado de la isla. Su número superaba todas mis previsiones, pues viendo que eran tantas y sabiendo que siempre iban cuatro o seis, o a veces más, en un bote, no sabía qué pensar de ello ni qué medidas tomar para atacar yo solo a veinte o treinta hombres. Así es que no me moví del castillo, desconcertado y abatido; sin embargo, tomé las mismas precauciones ante un posible ataque que tiempo atrás había previsto, y estaba totalmente a punto para actuar si se hubiese presentado cualquier cosa. Después de esperar un buen rato con el oído atento por si podía oír si hacían algún ruido, al final, sintiéndome ya muy impaciente, dejé las escopetas al pie de la escalera, y subí a la cumbre de la colina en dos veces, como de costumbre; poniéndome, sin embargo, de tal modo que mi cabeza no sobresaliera de la colina, para que no pudieran verme por ningún medio. Aquí observé, con ayuda de mi anteojo, que eran en número no menor de treinta, que habían encendido un fuego y que tenían comida preparada. Cómo la habían cocinado no lo sabía, como tampoco lo que era, pero vi que estaban todos bailando, con no sé qué gestos y posturas bárbaras, a su manera, alrededor del fuego.

Mientras estaba así contemplándolos, reparé gracias a mi anteojo en dos infelices desdichados que eran arrastrados desde los botes, en donde al parecer habían estado tendidos, y que ahora sacaban para la matanza. Advertí que uno de ellos caía inmediatamente, siendo abatido supongo que con una maza o una espada de madera, pues así es como lo hacían, y dos o tres de los otros se precipitaban sobre él inmediatamente y lo descuartizaban para cocinarlo, mientras la otra víctima permanecía a un lado, esperando a que los demás pudiesen ocuparse de él. En aquel mismo momento, al verse por un momento en libertad, a este pobre desdichado la naturaleza le inspiró esperanzas de vida, y huyó, corriendo por la arena con una increíble ligereza en dirección a mí, quiero decir hacia aquella parte de la costa en donde yo tenía vivienda.

Yo me quedé terriblemente asustado (debo reconocerlo) cuando me di cuenta de que corría hacia mí, y sobre todo cuando lo imaginaba perseguido por todo el grupo; y entonces yo esperaba que ocurriese igual que en la otra parte de mi sueño y que viniera a ampararse en mi bosquecillo; pero en modo alguno podía confiar en mi sueño para lo restante, es decir, que los otros salvajes no lo perseguirían hasta allí y no lo encontrarían. Sin embargo, seguí en mi puesto, y empecé a recobrar el ánimo cuando vi que sólo tres hombres le seguían, y aún me alentó más ver que les sacaba mucha ventaja corriendo, y que les ganaba terreno, de modo que, sólo con que pudiera continuar durante media hora, era fácil prever que escaparía sin dificultades de todos ellos.

Entre ellos y mi castillo había la pequeña ensenada que he mencionado a menudo en la primera parte de mi historia, cuando desembarcaba los cargamentos que saqué del barco; y ésta, según vi enseguida, le era forzoso atravesarla a nado, o el pobre desdichado sería cogido allí. Cuando el salvaje en su huida llegó hasta allí, no pareció preocuparse por ello, aunque la marea estaba entonces subiendo, sino que zambulléndose en el agua se puso a nadar y en unas treinta brazadas, poco más o menos, ganó la otra orilla, y siguió corriendo con un vigor y una ligereza extraordinarios. Cuando los otros tres llegaron a la ensenada, vi que dos de ellos sabían nadar, pero que el tercero no, y que quedándose en la orilla contemplaba a los otros, pero no siguió adelante, y poco después dio media vuelta y emprendió lentamente el regreso, lo cual, por lo que sucedió más tarde, me fue muy bien a mí.

Advertí que los dos que nadaban empleaban en cruzar a nado la ensenada más del doble de tiempo que el fugitivo al que perseguían. Entonces, se me presentó en el pensamiento muy vivamente, y la verdad es que de un modo irresistible, la idea de que aquélla era la ocasión de hacerme con un criado, y quizá con un compañero o auxiliar; y que la Providencia me pedía con toda claridad que salvase la vida de aquella pobre criatura. Al instante bajé corriendo por la escalera, con la mayor rapidez posible, y tomé mis dos escopetas, pues ambas estaban al pie de la escalera, como ya observé más arriba; y volviendo a subir de nuevo con la misma prisa hasta la cumbre de la colina, me encaminé hacia el mar; y como seguí un buen atajo y bajé derecho por la colina, me interpuse entre los perseguidores y el perseguido. Llamé a gritos al que huía, que, al mirar hacia atrás, al principio tal vez se asustó tanto de mí como de ellos, pero yo le hice señas con la mano de que retrocediera; y entretanto avancé lentamente hacia los dos que le seguían. Entonces, precipitándome de pronto sobre el que iba delante, lo derribé de un culatazo. Yo no quería disparar para que los demás no oyeran el tiro, aunque a aquella distancia hubiera sido difícil que lo oyeran, y como también estaban demasiado lejos para poder ver el humo, lo más probable es que no hubieran sabido a qué atribuirlo. Después de haber derribado a aquel tipo, el otro que iba con él se detuvo, como si se hubiera asustado; y avancé hacia él con presteza, pero cuando me hube acercado más, advertí de pronto que llevaba un arco y una flecha, y que lo estaba montando para disparar contra mí. Así que me vi obligado a disparar contra él primero, lo cual hice, y le di muerte al primer disparo. El pobre salvaje que huía, pero que se había detenido, aunque vio a sus dos enemigos caídos, y a su juicio, muertos, con todo estaba tan asustado con el fogonazo y el ruido de mi arma que se quedó como petrificado, sin avanzar ni retroceder, aunque más bien parecía dispuesto a seguir huyendo que no a acercárseme. Volví a llamarle y le hice señas de que avanzara, lo cual entendió fácilmente y se acercó un poco, luego se volvió a detener, dio unos pasos y volvió a detenerse, y entonces pude advertir que estaba temblando, como si hubiese sido hecho prisionero y tuviesen que matarle, como a sus dos enemigos. Volví a indicarle que se acercara y le hice todas las señales que se me ocurrieron para darle ánimos, y él se acercó más y más, arrodillándose cada diez o doce pasos como muestra de reconocimiento por haberle salvado la vida. Le sonreí y le puse buena cara y le indiqué que se acercase aún más; por fin, llegó junto a mí, y entonces volvió a arrodillarse, besó la tierra y apoyó la cabeza en la tierra y cogiéndome el pie lo puso sobre su cabeza. Esto parecía ser un modo de jurarme que sería mi esclavo para siempre. Hice que se levantara, me mostré amable con él y lo animé todo lo que pude. Pero la tarea aún no estaba terminada, pues me di cuenta de que el salvaje a quien había derribado no estaba muerto, sino sólo aturdido por el golpe, y empezaba a volver en sí. Así que se lo indiqué, señalando al salvaje que no estaba muerto; a lo cual me contestó con unas palabras que, aunque yo no pude entender, me fueron muy gratas al oído, porque era el primer sonido de voz humana que había oído, exceptuando el mío propio, por más de veinticinco años. Pero entonces no había tiempo para estas reflexiones. El salvaje que había sido abatido se recobraba hasta el punto de llegar a sentarse en tierra, y me di cuenta de que mi salvaje empezaba a asustarse; pero cuando vi esto apunté con mi otra arma al hombre, como si fuera a dispararle. Ante esto, mi salvaje, pues así le llamo desde ahora, me pidió con un gesto que le prestara el machete que colgaba desnudo a un lado de mi cinto, y así lo hice; apenas lo tuvo en las manos cuando corrió hacia su enemigo y de un tajo le cortó la cabeza tan limpiamente como ningún verdugo alemán hubiera podido hacer ni antes ni mejor; lo cual me pareció muy extraño en alguien de quien tenía razones para creer que nunca había visto una espada, antes de ahora, exceptuando sus espadas de madera. Sin embargo, al parecer, como supe más tarde, hacen sus espadas de madera tan afiladas y tan pesadas, y la madera es tan dura, que con ellas incluso pueden cortar cabezas y brazos, y esto también de un solo tajo. Una vez hecho esto, vino hacia mí riendo en señal de triunfo y me devolvió el machete, y con abundancia de gestos que yo no entendí, lo dejó en tierra junto con la cabeza del salvaje que había matado, exactamente delante de mí.

Pero lo que más le asombraba era que hubiese podido matar al otro indio desde tan lejos. Así que señalándolo, me hizo gestos para que le dejara acercarse, y yo le autoricé a ir, lo mejor que supe. Cuando se acercó a él se quedó como sobrecogido, mirándolo, lo volvió primero de un lado, luego del otro, miró la herida que había hecho la bala, que, al parecer, se hallaba precisamente en el pecho, en donde había hecho un agujero, del que había salido muy poca sangre, pero sin duda había sangrado por dentro, porque estaba completamente muerto. Cogió su arco y sus flechas y volvió atrás, así que decidí irme, y le indiqué que me siguiera, indicándole que podían venir más tras ellos.

Entonces, me hizo señas de que los enterraría en la arena, para que no fueran descubiertos por el resto, si los seguían; y yo le hice señas de nuevo de que lo hiciera así. Se puso a trabajar, y en un instante cavó un hoyo en la arena con las manos, lo suficientemente grande para enterrar al primero, y entonces lo arrastró hasta allí, lo metió dentro y lo cubrió, y lo mismo hizo con el otro. Creo que en un cuarto de hora ya los había enterrado a los dos. Luego, llamándole, me lo llevé no a mi castillo, sino mucho más lejos, a mi cueva, en la parte más alejada de la isla. Así es que no dejé que mi sueño se realizara en aquella parte, eso es, aquella en la que él iba a ampararse en mi bosquecillo.

Allí le di a comer pan y un racimo de pasas y unos sorbos de agua, de lo cual vi que la verdad es que se hallaba muy necesitado, después de lo que había corrido; y una vez rehecho le hice señas de que se acostara y durmiese; señalándole el sitio en donde había dejado un gran montón de paja de arroz, con una manta encima, y en donde yo mismo solía dormir a veces; y así el pobre se tendió y se echó a dormir.

Era un muchacho apuesto y bien parecido, muy bien formado; con miembros largos y fuertes, no demasiado gruesos; alto y de buena figura, y, según mis cálculos, de unos veintiséis años de edad. Tenía muy buen semblante, no un aspecto de ferocidad y rudeza, pero parecía haber algo muy viril en su rostro, aunque tenía también toda la dulzura y delicadeza de un europeo en su semblante, sobre todo cuando sonreía. Su pelo era largo y negro, no rizado como la lana; su frente, muy alta y ancha, y una gran vivacidad y un agudo centelleo en los ojos. El color de la piel no era completamente negro, sino muy tostado, pero no de un tostado feo, amarillento y repugnante, como el de los brasileños y virginianos y otros indígenas de América, sino una especie de color pardo oliváceo, que tenía algo muy agradable, aunque no fuera fácil de describir. Su cara era redonda y rolliza; su nariz, pequeña, no chata como la de los negros; una boca magnífica, labios finos, y los dientes, hermosos y regulares, y blancos como el marfil. Después de haber dormitado, más bien que dormido, durante una media hora, se despertó y salió de la cueva a mi encuentro, pues yo había estado ordeñando las cabras, que tenía en un cercado vecino. Cuando me divisó, vino corriendo hacia mí y se postró de nuevo en tierra, con todas las señales posibles de una disposición humilde y agradecida, haciendo muchos gestos grotescos para demostrármelo. Por último apoyó la cabeza en tierra junto a mi pie, y puso mi otro pie sobre su cabeza, como había hecho antes; y tras esto hizo todas las manifestaciones imaginables de sujeción, servidumbre y sumisión a mí, para hacerme saber cómo me serviría durante toda su vida. Le entendí muchas cosas y le di a saber que estaba muy contento de él. Al cabo de algún tiempo, empecé a hablarle y a enseñarle a hablarme; y en primer lugar le hice saber que su nombre sería Viernes, que era el día en que le salvé la vida. Le llamé así en recuerdo de aquella ocasión. También le enseñé a decir Amo,

338

y entonces le hice saber que éste era mi nombre. También le enseñé a decir sí y no, y a saber su significado. Le di leche en un cacharro de tierra y le hice ver cómo yo la bebía y cómo mojaba el pan en ella; y le di una torta de pan para que hiciese lo mismo, lo cual hizo con presteza, dando muestras de que le gustaba mucho.

Me quedé con él a pasar allí toda aquella noche, pero tan pronto como amaneció le indiqué que viniera conmigo y le di a entender que le daría ropa, ante lo cual pareció alegrarse mucho, porque iba completamente desnudo. Cuando estuvimos en el sitio en donde él había enterrado a los dos hombres, indicó exactamente el lugar, mostrándome las señales que había dejado para poder volver a encontrarlos, haciéndome gestos de que los desenterráramos y nos los comiéramos. A esto me mostré muy encolerizado, expresé el horror que me producía, haciendo como si vomitara sólo con pensarlo, y le indiqué con la mano que se alejara, lo cual hizo al instante muy sumisamente. Entonces, subí a la cumbre de la colina para ver si sus enemigos se habían ido; y sacando mi anteojo miré por él y vi con toda claridad el lugar en donde habían estado, pero sin rastro de ellos ni sus canoas. Así es que estaba claro que se habían ido, y que habían dejado a sus dos compañeros sin preocuparse de buscarlos.

Pero no me contenté con este descubrimiento, sino que, teniendo ahora más ánimos y por lo tanto más curiosidad, cogí a mi criado Viernes, poniéndole el machete en la mano, con el arco y las flechas, que descubrí que sabía usar con gran destreza, a la espalda, haciéndole llevar una de mis escopetas y cogiendo yo dos más, nos encaminamos hacia el lugar en donde habían estado aquellas criaturas, pues yo tenía deseos de saber de ellos de un modo más completo. Cuando llegué al lugar, la sangre se me heló en la venas y el corazón pareció que me fallaba ante el horror de aquel espectáculo. La verdad es que era una visión espantosa, al menos para mí, aunque a Viernes no le hizo ningún efecto. El lugar estaba cubierto de huesos humanos, la tierra teñida de su sangre, grandes pedazos de carne abandonados aquí y allá, medio comidos, desgarrados y despellejados, y, en resumen, todos los restos del festín triunfal que habían celebrado allí, después de una victoria sobre sus enemigos. Vi varios cráneos, cinco manos y los huesos de tres o cuatro piernas y pies, y multitud de otras partes del cuerpo; y Viernes, por señas, me hizo entender que habían llevado allí a cuatro prisioneros para su festín; que tres de ellos habían sido devorados y que él, señalándose a sí mismo, era el cuarto; que había habido una gran batalla entre ellos y un rey vecino, de quien al parecer él había sido uno de los súbditos; y que habían cogido un gran número de prisioneros, todos los cuales habían sido llevados a diversos lugares por los que los habían cogido en la lucha, con objeto de celebrar con ellos un festín, como habían hecho en la playa aquellos desdichados con los que habían traído aquí.

Ordené a Viernes que recogiese todos los cráneos, huesos, carne y todos los restos, y que los pusiese juntos en un montón y encendiera un gran fuego encima, hasta reducirlos a ceniza. Vi que Viernes tenía aún un estómago que apetecía aquella carne, y que por naturaleza era todavía un caníbal; pero mostré tanto horror ante la simple idea de ello y ante el temor de sus indicios, que no se atrevió a manifestarlo, pues, de diversas maneras, le había dado a entender que le mataría si lo intentaba.

Una vez hubimos hecho esto volvimos a nuestro castillo y allí me puse a trabajar para mi criado Viernes, y lo primero de todo le di unos calzones de hilo, que había sacado del baúl del pobre artillero que ya mencioné, y que había encontrado en el barco hundido, y que con unos pequeños cambios le sentaron muy bien. Luego le hice un abrigo de piel de cabra, tan bien como mi habilidad me permitió, y ahora me había ya convertido en un sastre aceptable; y le di un gorro, el cual había hecho de piel de liebre, muy cómodo y bastante bien confeccionado; y así quedó vestido por el momento, de un modo aceptable, y él estaba enormemente contento de verse casi tan vestido como su amo. Es cierto que al principio se sentía muy torpe con estas cosas. Llevar los calzones le resultaba mucho estorbo y las mangas de la pelliza le molestaban en los hombros y en los sobacos, pero, al ensanchárselas un poco donde se quejaba de que le hacían daño y al irse acostumbrando, por fin se amoldó a ellos muy bien.

Al día siguiente de mi regreso a mi madriguera con él, empecé a considerar dónde lo alojaría; y para que él estuviera bien y yo estuviese totalmente a mis anchas, le hice una pequeña tienda en el espacio libre que quedaba entre mis dos fortificaciones, en el interior de la última y en el exterior de la primera; y como allí había una puerta o entrada que daba a la cueva, hice con tablas un marco de puerta y una puerta para él, cerrando así el paso, un poco hacia dentro de la entrada; y haciendo que la puerta se abriera por la parte de adentro, la cerraba por la noche, metiendo también dentro las escaleras. Así es que Viernes no tenía manera de llegar a mí, hasta dentro del más interior de los muros, sin hacer tanto ruido en saltarlo que forzosamente me hubiera despertado, pues mi primer muro estaba ahora cubierto por completo de un techo de estacas largas, que cubrían toda mi tienda y se apoyaban en el costado de la colina, sobre las que se cruzaban ramas más pequeñas en lugar de traviesas, y luego todo esto cubierto por un gran espesor de paja de arroz, que era tan sólida como las cañas; y en el agujero o lugar que se había dejado para entrar o salir por la escalera, había colocado una especie de trampa, la cual, si hubiera sido forzada por la parte de afuera, no se hubiera abierto en absoluto, sino que se habría derrumbado haciendo un gran estrépito; y en cuanto a las armas, todas las noches las cogía y las dejaba a mi lado.

Pero ninguna de estas precauciones era necesaria, pues nunca nadie había tenido un criado tan fiel, tan afectuoso, tan sincero como Viernes lo era conmigo; sin prontos, sin malhumores ni egoísmos, totalmente agradecido y adicto. Sus mismos sentimientos lo ligaban a mí, como los de un hijo a su padre; y me atrevería a decir que hubiera sacrificado su vida por salvar la mía en cualquier ocasión. Las muchas pruebas que me dio de esto lo pusieron fuera de toda duda, y pronto me convencí de que no necesitaba emplear ninguna precaución para mi seguridad, por lo que a él se refería.

Esto me dio la ocasión de reconocer, y ello con maravilla, que, aunque había complacido a Dios, en su providencia y en el gobierno de su creación, negar a una parte tan grande del mundo de sus criaturas los mejores usos a los cuales sus facultades y las potencias de sus almas están adaptadas, sin embargo Él les había otorgado las mismas potencias, la misma razón, los mismos afectos, los mismos sentimientos de bondad y gratitud, las mismas pasiones y resentimientos ante las ofensas, el mismo sentido de la gratitud, de la sinceridad, de la fidelidad, y exactamente la misma capacidad de hacer el bien y de recibirlo que Él nos ha dado a nosotros; y que cuando a Él le complace ofrecerles ocasiones de ejercer éstos, ellos están tan dispuestos, más aún, mejor dispuestos que nosotros para emplearlos en los usos debidos para los que les fueron otorgados. A veces me ponía muy melancólico, al reflexionar, a medida que las diversas ocasiones se presentaban, sobre el uso tan mezquino que hacemos de todo ello, aun cuando tenemos todas esas potencias iluminadas por la gran lámpara de la instrucción, del espíritu de Dios y del conocimiento de su palabra, añadido a nuestro entendimiento; y ¿por qué Dios habría preferido ocultar este conocimiento salvador a tantos millones de almas que, a juzgar por este pobre salvaje, hubieran hecho de él un uso mejor que nosotros?

De ahí, a veces iba demasiado lejos, hasta discutir los supremos propósitos de la Providencia, como si pidiera cuentas de una disposición de cosas tan arbitraria que negaba la luz a unos, y la revelaba a otros, y que sin embargo esperaba un igual cumplimiento de todos. Pero me detenía y atajaba mis pensamientos con esta conclusión: primero, que no sabemos por qué criterio y qué ley serán éstos juzgados; y que puesto que Dios era necesariamente, y por la misma naturaleza de su ser, infinitamente bueno y justo, no podía ocurrir sino que si aquellas criaturas habían sido todas condenadas a la ausencia de Él, fuera porque habían pecado contra la luz que, como dice la Escritura, para ellos era una ley, y respecto a normas que su conciencia reconocería como justas, aunque su fundamento no les hubiese sido revelado. Y, segundo, como nosotros no somos más que arcilla en las manos del alfarero, ninguna vasija podría preguntarle: ¿por qué me has hecho así?

Pero volviendo a mi nuevo compañero: yo estaba muy complacido con él, y me proponía enseñarle todo lo necesario para hacer que fuera útil, manejable y provechoso, pero sobre todo le hice hablar y comprenderme cuando yo hablaba, y era el más listo de los alumnos que jamás han existido, y sobre todo era tan alegre, siempre tan diligente, y se ponía tan contento cuando podía entenderme o hacer que yo lo entendiese, que me era muy grato hablar con él; y entonces mi vida empezó a ser tan agradable que empecé a decirme a mí mismo que sólo con que no hubiera tenido que temer a los demás salvajes, no me hubiera importado no salir de aquel lugar mientras viviese.

Dos o tres días después de haber regresado a mi castillo, pensé que, para hacer abandonar a Viernes su espantoso género de alimentación y las apetencias de su estómago de caníbal, debía hacerle probar otra carne. Así que una mañana me lo llevé conmigo a los bosques. La verdad es que yo había salido con la intención de matar un cabrito de mi propio rebaño, y traerlo a casa y cocinarlo, pero mientras andaba vi una cabra tendida a la sombra, y a dos cabritillos junto a ella. Agarré a Viernes.

—¡Quieto! —le dije—, no te muevas.

Y le hice señas de que no se moviese. Al momento apunté con mi arma, disparé y maté a uno de los cabritos; el pobre, que había visto con sus propios ojos cómo mataba a distancia a su enemigo el salvaje, pero que no sabía ni podía imaginar cómo lo había hecho, quedó visiblemente sorprendido, temblando y estremeciéndose, y parecía tan aterrorizado que creí que se iba a desvanecer. Él no veía el cabrito al que yo había disparado, ni se daba cuenta de que yo lo había matado, sino que se abrió la pelliza para ver si no estaba herido y, por lo que vi, al momento pensó que yo había decidido matarle, pues se me acercó, se arrodilló delante de mí y, abrazándose a mis rodillas, me dijo muchas cosas que yo no entendí, pero vi fácilmente que su significado era rogarme que no le matara.

Pronto encontré el modo de convencerlo de que no le haría daño, y cogiéndole de la mano me reí de él, y señalándole el cabrito que había matado, le indiqué que fuera a recogerlo, y él así lo hizo; y mientras él estaba, lleno de maravilla, intentando ver cómo había muerto el animal, yo cargué de nuevo la escopeta, y al cabo de un rato vi un pájaro grande, como un halcón, posado en un árbol que estaba a tiro. Así es que para que Viernes comprendiera un poco lo que haría, lo llamé de nuevo, le señalé el pájaro, que la verdad es que era un loro, aunque yo había creído que era un halcón; digo que, señalándole el loro, mi escopeta y la tierra que estaba bajo el loro, para que viera que yo lo haría caer, le di a entender que yo dispararía y mataría aquel pájaro. Disparé, pues, haciéndole mirar hacia allí, y al momento vio caer el loro, quedándose de nuevo como sobrecogido, a pesar de todo lo que le había dicho; y comprendí que aún se había asustado más al no verme meter nada en la escopeta. Así es que creyó que debía de haber una prodigiosa fuente de muerte y destrucción en aquella cosa, capaz de matar hombres, animales, pájaros y cualquier otra cosa, ya estuviera cerca o lejos, y el susto que ello le produjo fue tal que tardó mucho tiempo en poder quitárselo de encima; y creo que si lo hubiese dejado, me hubiera adorado a mí y a mi escopeta. En cuanto a la escopeta no quiso ni siquiera tocarla, hasta que hubieron pasado varios días, pero le dirigía la palabra, y conversaba con ella, como si le respondiera, cuando se le acercaba; lo cual, como más tarde supe por él mismo, era para suplicarle que no le matase.

Bueno, cuando se le hubo pasado un poco el susto, le indiqué que fuera a recoger el pájaro que yo había matado, y así lo hizo, pero tardó un rato; pues como el loro no estaba completamente muerto, aleteando se había alejado un buen trecho del lugar en el que había caído; sin embargo, lo encontró, lo cogió y me lo trajo; y como antes yo ya había advertido su ignorancia respecto a mi escopeta, aproveché esto para volver a cargar la escopeta, sin que él me viese, a fin de poderla tener preparada para cualquier otro blanco que pudiera presentarse; pero no se me ofreció ninguno más aquella vez; así es que traje a casa el cabrito y aquella misma noche lo despellejé y lo descuarticé lo mejor que supe. Como tenía una olla destinada a este objeto, herví parte de la carne e hice un caldo excelente; y después de haber empezado yo a tomarlo, di un poco a mi criado, quien pareció muy contento con ello, y le gustó mucho, pero lo que más le extrañó fue verme comer con sal. Me hizo señas de que la sal no era buena para comer, y poniéndose un poco en la boca la escupió y se enjuagó después la boca con agua dulce. A mi vez yo me metí en la boca un poco de carne sin sal, e hice como si escupiera por falta de sal, del mismo modo que él había hecho con la sal, pero fue en vano, él no se preocupó en absoluto por ponerse sal en la carne ni en el caldo; al menos durante bastante tiempo, y luego sólo muy poca.

Después de haberle hecho comer carne hervida y caldo, decidí regalarle al día siguiente con un trozo de cabrito asado. Para ello lo colgué de una cuerda delante del fuego, como había visto hacer a mucha gente en Inglaterra, plantando dos palos, uno a cada lado del fuego, y otro atravesado por la parte de encima, y, atando la cuerda al palo cruzado, hacía girar continuamente la carne. Viernes quedó muy admirado de ello, pero cuando probó la carne, usó de tantos modos para decirme lo mucho que le gustaba, que no pude por menos de entenderle; y al final me dijo que nunca más volvería a comer carne humana, lo cual estuve contentísimo de oír.

Al día siguiente lo puse a trabajar separando el grano según la manera que yo solía hacerlo, como ya he contado antes, y pronto supo hacerlo tan bien como yo, sobre todo después de que hubo visto para qué se hacía aquello, y que era para hacer pan; porque después de esto hice que viera cómo se hacía el pan, y también cómo lo cocía, y al cabo de poco tiempo Viernes era capaz de hacerme todo el trabajo tan bien como podía hacerlo yo mismo.

Entonces, empecé a considerar que, teniendo dos bocas que alimentar en vez de una, debía buscar más terreno para mis cultivos, y plantar una cantidad de grano mayor de la que tenía por costumbre. Así es que elegí un trozo de tierra mayor, y empecé a vallarlo del mismo modo que antes, en lo cual Viernes no sólo trabajó de muy buena gana y con mucho entusiasmo, sino también muy alegremente, y le dije para qué era aquello; que era para grano, para hacer más pan, porque ahora él estaba conmigo, y para que pudiera tener bastante para él y también para mí. Pareció hacerse perfecto cargo de ello, y me hizo saber que creía que yo tenía mucho más trabajo por causa suya, y que él trabajaría más para mí, si yo le decía qué es lo que debía hacer.

Éste fue el año más agradable de todos los que pasé en este lugar. Viernes empezaba a hablar francamente bien, y a comprender los nombres de casi todas las cosas que yo tenía ocasión de pedirle, y de todos los lugares a donde yo tenía que enviarle, y hablaba mucho conmigo. Así es que, en resumen, empecé de nuevo a servirme de mi lengua, la cual, la verdad es que antes de entonces había tenido muy pocas ocasiones de utilizar; es decir, en lo que respecta al hablar. Además del placer de hablarle, el muchacho mismo me daba una singular satisfacción; su sencilla honradez sin artificios cada día se me mostraba más y más, y empecé a tenerle verdadero afecto; y por su parte, creo que me quería más de lo que hasta entonces le había sido posible querer a algo o a alguien.

Una vez tuve deseos de probar si tenía alguna propensión o anhelo de regresar a su país, y como yo le había enseñado nuestra lengua tan bien que podía contestarme a casi todas las preguntas, le pregunté si el pueblo al que pertenecía nunca había salido victorioso en una batalla; a lo cual sonrió y dijo:

—Sí, sí, nosotros siempre luchamos mejor.

Con esto quería decir que siempre llevaban la mejor parte en la lucha; y así empezamos la conversación siguiente:

—Si siempre lucháis mejor —dije—, entonces ¿cómo fuiste hecho prisionero, Viernes?

Viernes. Mi pueblo vencer mucho, sin embargo.

Amo. ¿Cómo vencer? Si tu pueblo los venció, ¿cómo te hicieron prisionero?

350

Viernes. Ellos muchos más que mi pueblo en el lugar donde yo estar; ellos coger uno, dos, tres y yo; mi pueblo vencerlos en otro lugar donde yo no estar; allí mi pueblo coger uno, dos, muchos miles.

Amo. Pero, entonces, ¿por qué los vuestros no os salvaron de las manos de vuestros enemigos?

Viernes. Ellos coger uno, dos, tres y yo, y meternos en la canoa; mi pueblo no tener canoas allí.

Amo. Bueno, Viernes, ¿y qué es lo que hace tu pueblo con los prisioneros? ¿Se los lleva lejos y se los come, como hacían éstos?

Viernes. Sí, mi pueblo también comer hombres, comerlos todos.

Amo. ¿Adónde los llevan?

Viernes. Ir a otro lugar, donde ellos querer.

Amo. ¿Vienen aquí?

Viernes. Sí, sí, vienen aquí; también vienen otros lugares.

Amo. ¿Has estado aquí con ellos?

Viernes. Sí, estado aquí. (Señala hacia la parte noroeste de la isla, que, al parecer, era su parte.)

Así fue como me enteré de que mi criado Viernes, tiempo atrás, había sido uno de los salvajes que solían desembarcar en la parte de allá de la isla, con motivo de los mismos festines de carne humana que últimamente le habían traído de nuevo aquí; y algún tiempo después, cuando me atreví a llevarle a aquel lugar, el mismo que antes mencioné, al momento reconoció el sitio, y me contó que allí había estado una vez cuando devoraron a veinte hombres, dos mujeres y un niño. No sabía decir veinte, pero me indicó el número poniéndome una fila de piedras y señalándome para que dijese cuántas eran.

He contado esto porque es una introducción para lo que sigue; que, después de haber tenido esta conversación con él, le pregunté qué distancia había de nuestra isla a la otra costa, y si las canoas no solían perderse. Me dijo que no había ningún peligro, que nunca se había perdido ninguna canoa, pero que, al poco de adentrarse en el mar, se encontraba una corriente de agua y un viento, siempre en un sentido por la mañana, y en el contrario por la tarde.

Supuse que esto no era más que el movimiento de la marea, con su flujo y su reflujo, pero más adelante comprendí que aquello era ocasionado por la gran atracción y el reflujo del caudaloso río Orinoco, en cuya desembocadura o golfo, como más adelante descubrí, estaba nuestra isla; y la tierra que yo divisaba al oeste y al noroeste era la gran isla Trinidad, en la punta norte de la desembocadura del río. Hice a Viernes mil preguntas acerca del país, los habitantes, el mar, la costa y los pueblos vecinos. Me dijo todo lo que sabía con la mayor de las franquezas imaginables. Le pregunté el nombre de los diversos pueblos de su raza, pero el único nombre que conseguí fue el de «carib», de lo cual deduje fácilmente que eran los caribes, que nuestros mapas sitúan en la parte de América que se extiende desde la desembocadura del río Orinoco hasta la Guayana, y que llega hasta Santa Marta. Me dijo que mucho más allá de la luna, esto es, más allá del poniente de la luna, que debía de ser al oeste de su

país, habitaban hombres barbudos como yo; y señalaba mis grandes mostachos, de los que ya he hablado antes; y que ellos habían matado «muy hombres», ésta fue su expresión; por todo lo cual, deduje que se refería a los españoles, cuyas crueldades en América se habían difundido por todos los países, y eran recordadas por todos los pueblos de padres a hijos.

Indagué si podía decirme cómo podría yo salir de la isla y llegar hasta aquellos hombres blancos. Me dijo, sí, sí, yo podría ir «en dos canoas»; yo no sabía lo que quería decir, ni sabía cómo hacerle explicar lo que quería decir «dos canoas», hasta que al fin descubrí que lo que quería decir debía de ser un bote grande, tan grande como dos canoas.

Esta parte de la conversación de Viernes empezó a interesarme, y desde entonces alimenté algunas esperanzas de que, tarde o temprano, podría encontrar la ocasión de escapar de este lugar; y de que aquel pobre salvaje podría ayudarme a llevar esto a cabo.

Durante todo el largo tiempo que Viernes había pasado ya conmigo y que empezaba a hablarme y a entenderme, yo no descuidaba sentar las bases del conocimiento de la religión en su espíritu. Concretamente una vez le pregunté quién le había hecho. El pobre no me entendió en absoluto, sino que creyó que le había preguntado quién era su padre; pero yo agarré la cosa por otro mango y le pregunté quién había hecho el mar, la tierra que pisábamos y las colinas y los bosques. Me dijo que era un anciano llamado Benamukí, que vivía más que todos los hombres. No supo decirme nada de este gran personaje, excepto que era muy viejo; mucho más viejo, dijo, que el mar y la tierra, que la luna y las estrellas. Entonces le pregunté por qué, si este anciano había hecho todas las cosas, no le adoraban todas ellas. Se quedó muy serio, y con un aire de perfecta inocencia dijo:

—Todas las cosas le dicen «¡Oh!».

Le pregunté si en su tierra los que morían iban a algún lugar. Dijo que sí, que todos iban a Benamukí; entonces le pregunté si los que ellos se comían iban allí también. Dijo que sí.

Con estas cosas empecé a instruirle en el conocimiento del Dios verdadero. Le dije que el gran Creador de todas las cosas vivía allá arriba, y le señalaba hacia el cielo;

que Él gobierna el mundo con el mismo poder y providencia con que lo había hecho; que era omnipotente, que podía hacerlo todo por nosotros, dárnoslo todo, quitárnoslo todo; y así, gradualmente, le abrí los ojos. Él escuchaba con mucha atención y acogió con agrado la idea de que Jesucristo fue enviado para redimirnos, y la manera de hacer oración a Dios, y el que fuera capaz de oírnos, incluso desde el cielo. Un día me dijo que si nuestro Dios podía oírnos desde más allá del sol, forzosamente debía ser un dios mayor que su Benamukí, que no vivía muy lejos, y que sin embargo no podía oírlos hasta que subían a las grandes montañas en las que habitaba para hablarle. Le pregunté si él había ido allí alguna vez para hablarle; dijo que no, que nunca iban los que eran jóvenes; que sólo iban allí los ancianos, a quienes él llamaba sus *uwocakí*, es decir, por lo que hice que me explicara, sus religiosos o clérigos, y que iban a decir «¡Oh!» (así llamaba él al rezar), y luego regresaban y les contaban lo que había dicho Benamukí. Así fue como advertí que incluso entre los paganos más ciegamente ignorantes del mundo hay también engaños sacerdotales, y que la táctica de hacer de la religión algo misterioso, con objeto de mantener la veneración del pueblo con los clérigos, no se encuentra tan sólo entre los católicos, sino quizá también en todas las religiones del mundo, incluso entre los salvajes más embrutecidos y bárbaros.

Intenté hacer ver este fraude a mi criado Viernes, y le dije que la excusa de sus ancianos de subir a las montañas para decir «¡Oh!» a su dios Benamukí era una farsa, y que el que trajeran de allí las palabras que él había pronunciado era otra mucho mayor aún; que si allí recibían alguna respuesta o hablaban con alguien, debía de ser un espíritu maligno. Y entonces inicié una larga conversación con él acerca del diablo, su condición originaria, su rebelión contra Dios, su enemistad con el hombre, la razón de ella, su establecimiento en las partes oscuras del mundo para ser adorado en vez de Dios, y como Dios; y las muchas estratagemas que usaba para llevar a la humanidad engañada a su perdición; cómo tiene una entrada secreta a nuestras pasiones y a nuestros afectos, para adaptar sus trampas a nuestras inclinaciones de un modo tan perfecto que logra que nosotros mismos seamos nuestros propios tentadores, y que corramos por voluntad propia hacia nuestra perdición.

Observé que no era tan fácil grabar en su mente las ideas verdaderas acerca del diablo, como lo habían sido las relativas a la existencia de un Dios. La naturaleza me asistía en todos mis argumentos para demostrarle incluso la necesidad de una gran Causa Primera y de un Poder que gobierna soberanamente, de una Providencia que dirige de un modo oculto, y de la equidad y justicia de rendir homenaje al que nos ha creado, y así sucesivamente. Pero nada de todo esto parecía compatible con la idea de un espíritu maligno, con las de su condición originaria, su existencia, su naturaleza y, sobre todo, su inclinación a hacer el mal y a inducirnos a nosotros a hacerlo también; y en una ocasión el pobre me dejó tan confuso con una pregunta puramente natural e inocente, que apenas supe qué decirle. Yo le había estado hablando durante largo rato del poder de Dios, de su omnipotencia, de su horror al pecado, de que era un fuego devorador para los que cometían iniquidades; de cómo, del mismo modo que nos había creado a todos, podía destruirnos, y con nosotros a todo el mundo, en un instante; y él me escuchaba con gran atención durante todo el rato.

Tras esto, yo había estado contándole cómo el diablo era el enemigo de Dios en el corazón de los hombres, y usaba de toda su malicia y habilidad para frustrar los buenos propósitos de la Providencia y arruinar el reino de Cristo en el mundo; y así por el estilo.

—Bueno —dijo Viernes—, pero dices Dios es muy fuerte, muy grande... ¿No ser más fuerte, más poderoso que el diablo?

—Sí, sí, Viernes —dije—, Dios es más fuerte que el diablo; Dios está por encima del diablo y por eso rogamos a Dios que lo aplaste bajo nuestros pies y nos permita resistir sus tentaciones y apagar sus dardos ardientes.

—Pero —dijo de nuevo—, si Dios más fuerte, más poderoso que el diablo, ¿por qué Dios no matar el diablo, y así él no hará más malos?

Quedé extraordinariamente sorprendido ante su pregunta, pues, al fin y al cabo, aunque entonces yo ya era un hombre de edad, con todo no era más que un maestro novato, y muy poco competente para hablar de principios y tratar estas dificultades. Al principio yo no sabía qué decir, así es que fingí que no le había oído bien y le pregunté qué había dicho. Pero él estaba demasiado ansioso por obtener una respuesta para olvidar su pregunta; así es que la repitió con la misma expresión chapurreada de antes. Pero para entonces yo ya me había recuperado un poco y dije:

—Dios quiere castigarle severamente al final; lo reserva para el juicio, y será arrojado al pozo sin fondo para que sufra el fuego eterno.

Esto no satisfizo a Viernes, sino que insistió repitiendo mis palabras.

—Reservado, al final, yo no entender; ¿por qué no matar diablo ahora? ¿O matar diablo hace mucho tiempo?

—También podrías preguntarme —dije— por qué Dios no nos mata a ti y a mí cuando hacemos cosas malas que le ofenden. Nos conserva la vida para que nos arrepintamos y seamos perdonados.

Esto le hizo cavilar un rato.

—Bueno, bueno —dijo extraordinariamente exaltado—, esto ser bueno; así tú, yo, el diablo, todos los malos, todos seguir viviendo, arrepentirse, Dios perdonar todos.

De nuevo volvió a dejarme confuso en grado máximo, y me dio una prueba de que las simples ideas naturales, aunque conduzcan a los seres racionales al conocimiento de un Dios, y al culto u homenaje debido al Ser Supremo, a Dios como consecuencia de nuestra naturaleza; con todo, solamente la revelación divina puede hacer conocer a Jesucristo, y la redención obtenida para nosotros, y a un Mediador de la nueva alianza, y a un Intercesor en el escabel del trono de Dios; decía que solamente una revelación del Cielo puede imprimir estas ideas en el alma, y que, por lo tanto, el evangelio de Nuestro Señor y Salvador Jesucristo, quiero decir, la palabra de Dios y el espíritu de Dios, prometidos para guía y santificación de su pueblo, son las enseñanzas absolutamente necesarias para las almas de los hombres, en el conocimiento salvador de Dios y los medios de salvación.

Por lo tanto, desvié la presente conversación entre mi criado y yo, levantándome apresuradamente, como si tuviera un motivo para salir repentinamente. Luego le mandé a buscar algo bastante lejos de allí, y rogué fervorosamente a Dios para que me capacitara para instruir debidamente a aquel pobre salvaje, socorriendo con su espíritu el corazón de aquel pobre ser ignorante, para que recibiese la luz del conocimiento de Dios en Cristo, reconciliándose con Él, y para que me inspirase a hablarle de la palabra de Dios, de modo que su entendimiento se convenciera, sus ojos se abriesen y su alma se salvara. Cuando regresó inicié con él una larga conversación sobre el tema de la redención del hombre por el Salvador del mundo, y de la doctrina del evangelio proclamada desde el mismo cielo, esto es, del arrepentimiento y de la fe en nuestro santísimo Señor Jesús. Luego le expliqué lo mejor que pude por qué nuestro Santísimo Redentor no asumió la naturaleza de los árboles, sino la de la estirpe de Abraham, y cómo por este motivo los ángeles caídos no participaban de la redención; que vino solamente a buscar la oveja perdida de la casa de Israel, y así por el estilo.

Dios sabe que había más sinceridad que ciencia en todos los sistemas que adopté para instruir a aquel pobre ser, y he de reconocer algo que creo que les ocurrirá a todos los que actúan según este mismo principio, el que a medida que lo ilustraba a él me informaba y me instruía yo mismo en muchas cosas que, o bien no sabía, o bien hasta entonces nunca había prestado plena atención, pero que acudían de un modo natural a mi mente cuando las buscaba para ilustrar a aquel pobre salvaje; y en aquella ocasión puse más empeño en la investigación de tales cosas del que nunca había puesto antes. Así es que, tanto si había hecho algún bien a aquel pobre y selvático desdichado como si no, tenía grandes motivos de agradecimiento porque hubiese venido a reunírseme. Mi aflicción me era más llevadera, mi morada me resultaba cada vez más agradable, fuera de toda medida; y cuando reflexionaba que en esta vida solitaria a la que había sido confinado, no sólo había sido movido a levantar los ojos al Cielo y a buscar la mano que me había llevado allí, sino que también me había hecho un instrumento de la Providencia para salvar la vida y, por lo que yo preveía, el alma de un pobre salvaje, y llevarla al verdadero conocimiento de la religión y de la doctrina cristiana, a fin de que pudiese conocer a Jesucristo, para conocer a Quien es vida eterna; decía que, cuando reflexionaba sobre todas estas cosas, una alegría secreta me inundaba el alma entera, y a menudo me alegraba de haber sido traído a este lugar, lo cual tan frecuentemente había considerado como la más espantosa de todas las aflicciones que hubiesen podido sobrevenirme.

En esta disposición agradecida continué durante todo el resto de mi tiempo, y la conversación con la que ocupábamos las horas Viernes y yo fue tal que hizo los tres años que vivimos allí juntos perfecta y completamente felices, si es que algo como la felicidad completa puede darse bajo el sol. El salvaje era ya un buen cristiano, lo era mucho mejor que yo; aunque tengo motivos para confiar, y bendigo a Dios por ello, que éramos ambos igualmente arrepentidos, y arrepentidos consolados y regenerados. Allí teníamos la palabra de Dios para leer, y su espíritu no estaba más lejos de nosotros para aleccionarnos que si hubiéramos estado en Inglaterra.

Yo me dedicaba constantemente a leer las Escrituras, para hacerle conocer, lo mejor que me era posible, el significado de lo que leía; y él, con sus continuas y profundas preguntas y objeciones, me hizo, como ya he dicho antes, mucho más entendido en el conocimiento de las Escrituras de lo que hubiera sido de haberme limitado a leerla yo solo. Otra cosa que no puedo dejar de observar aquí, también fruto de la experiencia en estos años solitarios de mi vida, es la de cuán infinita e inexpresable es la gracia de que el conocimiento de Dios y de la doctrina de la salvación por Jesucristo se exponga con tanta claridad en la palabra de Dios, sea tan fácil de asimilar y comprender que tan sólo leer simplemente las Escrituras me hizo capaz de comprender mis deberes lo bastante como para llevarme directamente a la gran obra del arrepentimiento sincero de mis pecados, a aferrarme a un Salvador que da la vida y la salvación, a una rigurosa reforma de costumbres, y a la obediencia a todos los mandatos de Dios, y ello sin ningún maestro ni instructor, quiero decir, humano. Así es que la misma breve instrucción bastó para ilustrar a aquel pobre ser salvaje y le llevó a ser un cristiano como he conocido pocos en mi vida.

En cuanto a todas las disputas, discusiones, rivalidades y controversias que se han dado en el mundo en materias de religión, ya sea por sutilezas de la doctrina, ya por sistemas de gobierno de la Iglesia, para nosotros era algo totalmente inútil; y, en mi opinión, lo es también para el resto del mundo. Nosotros teníamos una guía segura para el Cielo, eso es, la palabra de Dios; y teníamos, bendito sea Dios, consoladoras muestras del espíritu de Dios enseñándonos e instruyéndonos por su palabra, conduciéndonos hacia la verdad pura, y haciéndonos dispuestos y obedientes a la instrucción de su palabra, y no puedo encontrar la menor utilidad al tener un conocimiento profundísimo de las cuestiones de religión que se discuten, que, del mismo modo que han creado tal confusión en el mundo, hubiesen hecho igual con nosotros, si hubiéramos podido adquirirlo; pero he de seguir con la relación de esta historia, y contar cada cosa en su debido orden.

Una vez que Viernes y yo hubimos intimado más, y que él pudo entender casi todo lo que yo le decía, y hablar fluidamente, aunque en una lengua chapurreada, le referí la historia de mi vida, o al menos todo lo que se relacionaba con mi llegada a aquel lugar, cómo había vivido allí, y durante cuánto tiempo. Le inicié en el misterio, pues tal era para él, de la pólvora y de las balas, y le enseñé a disparar; le di un machete, lo cual le causó una prodigiosa alegría, y le hice un cinto con una vaina colgante, como las que usamos en Inglaterra para llevar cuchillos de caza; y en la vaina, en vez de un cuchillo de caza, le puse una pequeña hacha, que no sólo servía como arma en algunos casos, sino que también era mucho más útil en otras ocasiones.

Le describí los países de Europa, y particularmente Inglaterra, de donde yo procedo; cómo vivíamos, cómo dábamos culto a Dios, cómo nos comportábamos los unos con los otros; cómo comerciábamos con nuestros barcos por todas las partes del mundo. Le hice una relación del naufragio en el que me había visto, y le mostré, desde tan cerca como pude, el lugar en donde yacía el barco hundido, pero ya había sido completamente destrozado y había desaparecido.

Le mostré los restos de nuestra chalupa, aquella en la que nos perdimos cuando escapamos del naufragio, y que entonces no pude retirar del agua ni aun usando toda mi fuerza, pero que ahora estaba ya casi hecha pedazos.

Al ver esta chalupa, Viernes se quedó cavilando un buen rato y no dijo nada; le pregunté qué estaba pensando; por fin dijo:

—Yo ver bote igual llegar a mi tierra.

Tardé un buen rato en entenderle, pero por fin, al analizar más profundamente sus palabras, comprendí que una chalupa como aquélla había abordado la playa del país en donde él vivía; eso es, según me explicó, había sido arrastrada hasta allí a causa de un temporal. Al momento imaginé que algún barco europeo debía de haber sido arrojado contra aquellas costas, y que el bote debía de haberse perdido y había sido arrastrado hasta la playa; pero fui tan obtuso que ni por un momento se me ocurrió pensar en que algunos hombres hubiesen podido escapar del naufragio, ni tampoco el lugar de donde hubieran podido proceder. Así es que sólo le pedí una descripción de la chalupa.

Viernes me describió la chalupa bastante bien, pero me hizo comprenderlo todo mejor cuando añadió con cierta viveza:

—Nosotros salvar hombres blancos de ahogarse.

Entonces le pregunté inmediatamente si había algún hombre blanco, como él los llamaba, en la chalupa.

—Sí —dijo—, bote lleno hombres blancos.

Le pregunté que cuántos; con los dedos me indicó que diecisiete. Entonces le pregunté qué había sido de ellos.

—Ellos vivir, habitar con mi pueblo.

Esto me sugirió nuevos pensamientos, pues al momento imaginé que debía de tratarse de los hombres de la tripulación del barco que se había perdido a la vista de mi isla, como yo la llamo; y que, después de que el barco se estrellara contra las rocas y se vieran irremisiblemente perdidos, debían de haberse salvado en su chalupa y que habían desembarcado en aquella selvática costa entre los salvajes.

Entonces, le pedí más detalles de lo que había sido de ellos. Me aseguró que todavía vivían allí; que allí habían pasado unos cuatro años, que los salvajes los dejaban solos, y les daban víveres para que subsistieran. Le pregunté qué había ocurrido para que no los mataran y se los comieran.

—No, ser hermanos con ellos.

Es decir, según creí entender, habían hecho una tregua; y luego añadió:

—Ellos no comer hombres sino cuando luchar en guerra.

Es decir, nunca comían hombres más que cuando iban a luchar con ellos y eran hechos prisioneros en la batalla.

Bastante tiempo después de esto, estaba yo en la cumbre de la colina, en la parte este de la isla, desde donde, como ya he dicho, en un día despejado había llegado a divisar la tierra firme o el continente de América. Viernes, estando el tiempo muy sereno, miraba muy atentamente hacia el continente, y en una especie de arrebato, empezó a brincar y a bailar y me llamó a gritos, porque yo estaba a cierta distancia de él. Le pregunté que qué le pasaba.

—¡Oh, alegría! —dijo—. ¡Oh, alegre! ¡Yo ver mi tierra, ver mi país!

Observé que una intensa sensación de placer aparecía en su rostro, y que sus ojos centelleaban, y que sus ademanes revelaban un ansia extraordinaria, como si quisiera volver de nuevo a su tierra; y esta observación mía me sugirió muchas ideas, que en un principio me hicieron no estar tan tranquilo respecto de mi nuevo criado Viernes como lo estaba antes; y no tenía ninguna duda de que si Viernes podía regresar con su pueblo, no sólo olvidaría mi religión, sino también su gratitud conmigo; y que sería lo suficientemente osado como para hablar de mí a los suyos, y volver aquí, quizá con un centenar o dos de ellos, y hacer un festín conmigo, lo cual le produciría tanto júbilo como el que solía sentir con los de sus enemigos, cuando eran hechos prisioneros en la guerra.

Pero era muy injusto con aquel pobre honrado ser, lo cual más adelante sentí mucho. Sin embargo, como mi recelo aumentaba y me dominó durante varias semanas, fui un poco más reservado, y no tan familiar y amable con él como antes; en lo cual lo cierto es que también era injusto, pues aquel ser honrado y agradecido nunca había tenido pensamientos de aquéllos, sino sólo los acordes con los mejores principios, tanto los de un cristiano devoto como los de un amigo agradecido, como más tarde se demostró para mi plena satisfacción.

Mientras seguía recelando de él, el lector puede estar seguro de que cada día lo sondeaba para ver si descubría alguna de las nuevas ideas que yo sospechaba de él, pero resultó que todo lo que decía era tan honrado y tan inocente que no pude encontrar nada para alimentar mis sospechas; y a despecho de todas mis inquietudes, por fin me hizo completamente suyo de nuevo, y como no notó absolutamente nada de mi intranquilidad, por lo tanto yo no podía sospechar que él estuviera fingiendo.

Un día, al subir a la misma colina, pero cuando el tiempo estaba brumoso por el lado del mar, de modo que no podíamos ver el continente, lo llamé y le dije:

—Viernes, ¿no tienes ganas de volver a estar en tu tierra, con los tuyos?

—Sí —dijo—, yo ser mucho contento estar en mi tierra.

—¿Qué es lo que harías allí? —le pregunté—. ¿Volverías a hacerte selvático, a comer de nuevo carne humana y a ser un salvaje como lo eras antes?

Pareció impresionarse mucho, y sacudiendo la cabeza dijo:

—No, no, Viernes decirles vivieran bien, decirles rezar a Dios, decirles comer pan de cebada, carne de animales, leche, no volver a comer hombres.

—Entonces —le dije—, ellos te matarán.

Al oírme se quedó muy serio y luego dijo:

—No, ellos no matarme; ellos querer amar, aprender.

Quería decir con esto que ellos querrían aprender. Añadió que aprendían mucho de los hombres barbudos que vinieron en el bote. Entonces le pregunté si regresaría con ellos. A esto sonrió y me dijo que no podía ir hasta allí nadando. Le dije que yo le haría una canoa. Él me dijo que iría si yo iba con él.

—¿Ir yo? —dije—, ¡ca, si fuese me comerían!

—No, no —dijo—, yo hacer que ellos no comerte; yo hacer que ellos quererte mucho.

Quería decir que les explicaría cómo yo había matado a sus enemigos, y le había salvado la vida a él, y que así él haría que me quisieran. Entonces me contó lo mejor que supo lo bien que habían tratado a los dieciséis hombres blancos u hombres barbudos, como él los llamaba, a quienes la desgracia había hecho desembarcar en aquella costa.

A partir de entonces confieso que tuve el propósito de aventurarme a cruzar el mar y ver si me era posible unirme a estos hombres barbudos, que para mí no cabía ninguna duda de que eran o españoles o portugueses. En caso de poder, yo no dudaba de que pudiéramos encontrar algún sistema de escapar de allí, hallándonos ya en el continente y habiéndonos reunido tantos, mejor de lo que podía yo desde una isla a sesenta y cuatro kilómetros de la costa, solo y sin ayuda. Así es que, al cabo de varios días, sondeé de nuevo a Viernes, por medio de una conversación, y le dije que le daría un bote para volver a su tierra; y así fue como lo llevé a ver mi chalupa, que se hallaba en el otro lado de la isla, y después de haberla vaciado de agua, porque yo siempre la mantenía hundida en el agua, la puse a flote, se la enseñé y los dos nos metimos dentro.

Vi que era habilísimo en maniobrar con ella, que sabía hacerla navegar casi con tanta ligereza y rapidez como yo mismo, así que cuando él estuvo dentro le dije:

—Bueno, Viernes, ¿vamos a tu tierra?

Se quedó como alelado al oírme decir esto, al parecer porque creía que el bote era demasiado pequeño para ir tan lejos. Entonces le dije que tenía otro mayor. Así es que al día siguiente fui hacia el lugar donde estaba el primer bote que había hecho, pero que no pude llevar hasta el agua. Él dijo que aquél era lo suficientemente grande, pero lo que pasaba era que como yo no me había cuidado de él, y había estado allí veintidós o veintitrés años, el sol lo había resquebrajado y resecado, de manera que estaba como inservible. Viernes me dijo que un bote así iría muy bien, y podría llevar «mucho bastante víveres, bebida, pan», que así era como hablaba.

Después de todo lo cual, estaba ya por este tiempo tan obsesionado por mi propósito de cruzar el mar con él y llegar hasta el continente que le dije que íbamos a hacer uno tan grande como aquél, y que él volvería a su país. No respondió ni una palabra, pero se quedó muy serio y triste. Le pregunté que qué le pasaba. Y él a su vez me hizo esta pregunta:

—¿Por qué tú muy enfadado con Viernes? ¿Qué hacer yo?

Le pregunté qué quería decir con esto; le dije que yo no estaba en absoluto enfadado con él.

—¡No enfadado! ¡No enfadado! —dijo repitiendo varias veces las palabras—. ¿Por qué enviar Viernes fuera de casa a mi tierra?

—¡Cómo, Viernes! —dije—. ¿No decías que quisieras estar allí?

—Sí, sí —dijo—, querer estar allí los dos, no querer Viernes allí, no amo allí.

En una palabra, que no le cabía en la cabeza irse sin mí.

—Pero, Viernes —dije—, si me voy contigo, ¿qué voy a hacer allí?

A esto me replicó con mucha viveza:

—Tú hacer mucho, mucho bien —dijo—, tú enseñar hombres salvajes ser hombres buenos, sabios, mansos. Tú decirles conocer Dios, rezar Dios y vivir vida nueva.

—¡Ay, Viernes! —dije—, no sabes lo que te dices, yo no soy más que un ignorante.

—Sí, sí —dijo—, tú enseñarme bien, tú enseñar ellos bien.

—No, no, Viernes —dije—, irás sin mí, me dejarás aquí viviendo solo como antes.

De nuevo pareció quedarse muy confuso ante estas palabras, y precipitándose sobre uno de las pequeñas hachas que solía llevar, lo cogió apresuradamente, vino hacia mí y me la dio.

—¿Qué tengo que hacer con esto? —le pregunté.

—Tú coger, matar Viernes —dijo.

—¿Por qué tengo que matarte? —dije a mi vez.

Replicó con mucha viveza:

—¿Por qué enviar lejos Viernes? Coger, matar Viernes; ¿no enviar lejos Viernes?

Esto lo decía con tanta emoción que vi lágrimas en sus ojos. En una palabra, que vi con tal evidencia el extremado afecto que me profesaba y lo firme de su resolución que le dije entonces, y se lo repetí a menudo más adelante, que nunca lo enviaría lejos de mí, si él quería quedarse conmigo.

Después de todo lo cual, como vi por todas sus palabras que sentía por mí un sólido afecto y que nada lo separaría de mí, comprendí que todo su deseo de regresar a su tierra se fundaba exclusivamente en el vivo afecto que sentía por los suyos, y en sus esperanzas de que yo les hiciera bien, algo que, con la mala opinión que yo tenía de mí mismo, no tenía ni la menor idea ni intención ni deseo de emprender. Pero sentía aún una fuerte inclinación a intentar la huida, como he dicho más arriba, fundada en el hecho del que me había enterado en la conversación, esto es, que allí había diecisiete hombres barbudos;

y así fue como sin más tardanza, Viernes y yo nos pusimos manos a la obra para encontrar un árbol grande, adecuado para derribarlo y hacer una gran piragua o canoa para emprender el viaje. En la isla había árboles suficientes como para construir una pequeña flota, no de piraguas y canoas, sino incluso de navíos bien grandes. Pero la cosa principal a la que presté atención fue a elegir uno que estuviera tan cerca del agua que pudiéramos echarlo al mar cuando estuviese hecho, para evitar el error que cometí la primera vez.

Por fin Viernes escogió un árbol, pues yo vi que él sabía mucho mejor que yo qué clase de madera era la más apropiada para ello, y lo cierto es que aún hoy mismo no sabría qué nombre dar a la madera del árbol que cortamos, excepto que era muy parecida a la del árbol que nosotros llamamos fustete,[20] o entre la de éste y la madera de Nicaragua, pues era casi del mismo color y olor. Viernes iba a vaciar o a hacer hueco el tronco de este árbol quemándolo, para hacer un bote. Pero yo le enseñé cómo era mejor vaciarlo con herramientas, lo cual, después de que le hube enseñado cómo manejarlas, y al cabo de un mes de penoso trabajo, lo terminamos, y nos quedó muy bien, sobre todo cuando, con nuestras hachas, que yo le enseñé cómo manejar, desbastamos y modelamos la parte de afuera, dándole la forma característica de un bote. Tras esto, sin embargo, nos costó cerca de quince días el llevarlo, como si dijéramos centímetro a centímetro, sobre grandes rodi-

20. Árbol de las Antillas, del que se extrae un tinte amarillo.

llos, hasta el agua. Pero cuando estuvo a flote hubiera podido llevar a veinte hombres con todo desahogo.

Cuando estuvo en el agua, a pesar de ser tan grande, quedé asombrado de ver con qué habilidad y con cuánta ligereza mi criado Viernes maniobraba con él, lo hacía girar y lo impulsaba con los remos. Así es que le pregunté si él quería y nos sería posible aventurarnos por el mar con él.

—Sí —dijo—, aventurarse con bote muy bien, aunque soplar mucho viento.

Sin embargo, yo tenía otra intención de la que él nada sabía, y ésta era la de hacer un mástil y una vela, y de dotar al bote de un ancla y de un cable. En cuanto al mástil, ello fue bastante fácil de conseguir. Así es que elegí un cedro joven y recto, que encontré cerca de aquel lugar, y de los que había en gran cantidad en la isla, e hice que Viernes lo derribara y le di instrucciones para que le diera forma y lo ajustara al bote. Pero en cuanto a la vela, fui yo quien tuve que encargarme de ello; sabía que tenía bastantes velas viejas o, mejor dicho, pedazos de velas viejas, pero como, por aquel entonces, hacía ya veintiséis años que las tenía, y no había sido muy cuidadoso en conservarlas, no imaginando que llegaría el día en que les daría este uso, no dudé de que estarían todas podridas, y la verdad es que la mayoría de ellas lo estaban. Sin embargo, encontré dos pedazos que me parecieron en un estado francamente bueno, y con éstos me puse manos a la obra, y con innumerables fatigas y no sé cuántas puntadas pesadas y torpes (el lector puede estar bien seguro de esto), debido a la falta de agujas, llegué a hacer algo muy feo de tres puntas, como lo que en Inglaterra llamamos una guaira o vela triangular, para ir con una botavara en la base y un pequeño botalón corto en la parte superior, como con las que suelen navegar las chalupas grandes de nuestros barcos, y del modo como mejor sabía manejar; porque era como la que había llevado en la chalupa en la que me escapé de Berbería, como ya he relatado en la primera parte de mi historia.

Empleé cerca de dos meses en llevar a cabo esta última obra, esto es, preparar y ajustar el mástil y la vela, pues lo dejé muy bien acabado, haciendo un pequeño estay y una vela de trinquete, para que ayudara, en caso de que pudiéramos tomar el viento; y, lo más importante de todo, fijé un timón a la popa, para gobernar el bote; y aunque no era más que un carpintero de ribera muy chapucero, como sabía la utilidad, e incluso la necesidad de tal cosa, puse tanto empeño en hacerlo que, con muchas penas y fatigas, terminé por salirme con la mía; a pesar de que, teniendo en cuenta las muchas y desgraciadas invenciones a que recurrí y que fracasaron, creo que casi me costó tanto trabajo como hacer el bote.

Una vez estuvo terminado también esto, tuve que enseñar a mi criado Viernes lo relativo a la navegación del bote, pues aunque él sabía muy bien cómo impulsar la canoa con los remos, no sabía nada referente a una vela y a un timón; y se quedó inmensamente asombrado cuando me vio maniobrar con el bote en el mar gracias al timón, y cómo la vela se movía y se orientaba en una u otra dirección, según cambiaba el rumbo del bote; decía que cuando vio esto se quedó como pasmado y atónito. Sin embargo, con un poco de práctica, hice que todas estas cosas terminaran por serle familiares, y se convirtió en un experto marinero, excepto en lo relativo a la brújula, de la que no conseguí hacerle comprender gran cosa. Por otra parte, como el cielo casi nunca estaba nublado, y muy raras veces o nunca había niebla en estas regiones, no había ocasión de emplear una brújula, ya que las estrellas se veían siempre durante la noche, y de día se veía la costa, excepto en las estaciones lluviosas, y entonces nadie iba a hacer viajes ni por tierra ni por mar.

Había ya entrado en el vigésimo séptimo año de mi cautiverio en este lugar, aunque los tres últimos años en

los que había tenido conmigo a aquel compañero, mejor fuera que no entraran en la cuenta, ya que mi estancia había sido totalmente distinta de todo el tiempo restante. Celebré el aniversario de mi desembarco allí con el mismo agradecimiento a Dios por sus concesiones, como había hecho en un principio; y si en primer momento había tenido tales motivos de gratitud, ahora tenía muchos más, teniendo además tales muestras de la atención que me concedía la Providencia, y las grandes esperanzas que tenía de lograr de un modo real y rápido mi libertad; pues tenía en el pensamiento la irresistible impresión de que la libertad estaba al alcance de mi mano, y de que ya no pasaría otro año en este lugar. Sin embargo, seguí con mis cultivos, cavando, plantando, vallando, como de costumbre; recogí y puse a secar la uva, e hice todas las cosas necesarias como antes.

Mientras, llegó la estación lluviosa, cuando yo permanecía más tiempo dentro de casa que en las otras épocas. Así que había ocultado nuestra nueva embarcación en un lugar tan seguro como pudimos, haciéndola remontar la ensenada, en donde, como ya he dicho, en los primeros días desembarcaba con mis balsas, cuando venía del barco, y después de dejarla varada en la orilla, cuando el agua estaba en su punto más alto, hice que mi criado Viernes cavara una pequeña dársena, sólo lo bastante grande para que cupiera dentro, y lo bastante profunda para que tuviera agua suficiente para quedar a flote; y luego, cuando la marea se retiró, hicimos un sólido dique cerrando la entrada, para contener el agua; y así quedó fuera del alcance de la marea del mar; y para preservarla de la lluvia amontonamos encima muchas ramas de árbol, formando un espesor tal que quedó tan cubierta como una casa; y así esperamos los meses de noviembre y diciembre, en los que yo me proponía llevar a cabo mi aventura.

Cuando empezó a llegar la estación convenida, como la idea de mi propósito volvía con el buen tiempo, cada día hacía preparativos para el viaje; y lo primero que hice fue separar una cierta cantidad de provisiones, que debían ser los víveres para nuestro viaje; y me proponía, al cabo de una o dos semanas, abrir la dársena y hacernos a la mar con nuestro bote. Una mañana estaba yo ocupado en alguna de estas cosas, cuando llamé a Viernes y le encargué que fuera a la playa y viera si podía encontrar una tortuga, de las que generalmente cogíamos una a la semana, tanto por los huevos como por la carne. Viernes aún no se había alejado mucho, cuando regresó corriendo, y saltó por encima de mi muro exterior o valla, como si volara o no tuviera necesidad de pisar la tierra, y antes de que tuviera tiempo de hablarle, me gritó:

—¡Oh, amo! ¡Oh, amo! ¡Oh, pena! ¡Oh, malo!

—¿Qué pasa, Viernes? —pregunté.

—¡Oh, allá abajo, allá! —dijo—. ¡Uno, dos, tres canoa! ¡Uno, dos, tres!

Por su modo de hablar deduje que eran seis; pero al preguntarle resultó que no eran más que tres.

—Bueno, Viernes —dije—, no te asustes.

Así es que lo animé lo mejor que supe. Sin embargo, vi que el pobre muchacho estaba verdaderamente aterrorizado, pues no se le ocurrió otra cosa que habían venido a buscarle a él, y que lo descuartizarían y se lo comerían, y el pobre muchacho temblaba de tal modo que yo apenas sabía qué hacer con él. Le alenté lo mejor que supe, y le dije que yo estaba en tanto peligro como él, y que me comerían igual que a él.

—Pero, Viernes —dije—, hemos de decidirnos a luchar; ¿puedes luchar, Viernes?

—Yo disparar —dijo—, pero ellos venir muchos, muchos.

—No importa —le dije yo—, nuestras escopetas asustarán a los que no matemos.

Así es que le pregunté si él me defendería, y estaría a mi lado y haría todo lo que yo le mandase, si yo decidía defenderle.

—Yo morir —dijo— cuando tú ordenar morir, amo.

Así es que fui a por un buen trago de ron y se lo di, pues había economizado tanto mi ron que aún me quedaba mucho. Cuando lo hubo bebido, le hice coger las dos escopetas de caza que yo siembre llevaba, y las cargué con perdigones de los más grandes, tan grandes como balas de pistola pequeña. Luego cogí cuatro mosquetes y los cargué con dos lingotes y cinco balas pequeñas cada uno; y mis dos pistolas las cargué con un par de balas cada una. Me colgué al cinto, desnudo, mi espadón, como de costumbre, y di a Viernes su hacha.

Cuando ya me hube equipado de este modo, cogí mi anteojo y subí a la falda de la colina, para ver qué es lo que podía divisar desde allí; y pronto vi, gracias al anteojo, que había veintiún salvajes, tres prisioneros y tres canoas; y que al parecer no se proponían más que celebrar un banquete triunfal con aquellos tres seres humanos (la verdad es que un bárbaro festín), pero nada más de lo que yo había observado que era usual en ellos.

Observé también que habían desembarcado, no donde lo habían hecho cuando Viernes escapó, sino más cerca de mi ensenada, donde la costa era baja, y donde un espeso bosque llegaba hasta el mar. Esto, unido al horror que me producía la inhumana intención que había llevado hasta allí a aquellos desdichados, me llenó de tal indignación que bajé de nuevo hasta donde estaba Viernes, y le dije que estaba decidido a ir contra ellos y matarlos a todos; y le pregunté si él estaría a mi lado. Él ya había dominado su miedo y, con los ánimos un poco más elevados por la bebida que le había dado, se hallaba muy animoso, y me dijo como la otra vez que moriría cuando yo le ordenase morir.

En este acceso de furor, primero cogí y luego repartí las armas que había cargado, como antes he dicho, entre nosotros; di a Viernes una pistola para que se la prendiese al cinto, y tres escopetas para que las llevara al hombro; y yo cogí una pistola y las otras tres; y así equipados nos pusimos en marcha. Me metí una botellita de ron en el bolsillo, y di a Viernes un saco grande con más pólvora y balas; y como órdenes le encargué que se pusiera detrás de mí, y que no se moviera, ni disparara ni hiciera nada hasta que yo se lo ordenase; y que entretanto no dijese ni una palabra. En esta disposición describí un círculo por la derecha, de cerca de un kilómetro y medio, para evitar la ensenada y al mismo tiempo meterme en el bosque, a fin de que pudieran ponérseme a tiro antes de que fuese descubierto, lo cual había visto por el anteojo que era fácil de hacer.

A medida que iba andando, al volver a la mente las ideas de antes, empezó a quebrantarse mi resolución. No quiero decir que tuviese ningún miedo de su número, pues, como estaban desnudos e indefensos aquellos desdichados, era evidente que yo era superior a ellos; más aún, incluso si yo hubiese estado solo; pero me vino al pensamiento la idea de qué misión, qué motivo, mucho menos, qué necesidad tenía yo de mancharme las manos de sangre, de atacar a seres que ni me habían hecho ni intentaban hacerme ningún daño, que, en lo que a mí se refería, eran inocentes, y cuyas bárbaras costumbres eran su propia desgracia, siendo en ellos una muestra evidente de que la mano de Dios los había abandonado, con los otros pueblos de aquella parte del mundo, a semejante torpeza y a semejantes actos inhumanos, pero que nadie me llamaba a ser juez de sus acciones, ni ejecutor de su justicia; que, cuando Él lo creyese oportuno, tomaría la causa en sus manos y, por una venganza nacional, los castigaría como pueblo, por crímenes nacionales; pero que, entretanto, aquello no era asunto mío; que era cierto que Viernes podía justificarlo, porque él era un enemigo declarado, y en estado de guerra con aquellos mismos hombres en concreto; y que para él era legítimo atacarlos; pero yo no podía decir otro tanto de mí mismo. Estas cosas influyeron de un modo tan vivo en mis pensamientos durante todo el camino que decidí que sólo iría y me apostaría cerca de ellos, para poder observar su bárbaro festín, y que entonces actuaría como Dios me inspirase; pero que, a menos que se me presentase algo que fuese para mí una llamada más directa que las que hasta entonces había sentido, no me entremetería con ellos.

Con esta resolución entré en el bosque, y con toda la cautela y el silencio que era posible, mientras Viernes me seguía pegado a mis talones, anduve hasta llegar al lindero del bosque, por la parte que quedaba más cerca de ellos. Allí llamé en voz baja a Viernes, y señalándole un árbol grueso que estaba exactamente en el ángulo del bosque, le ordené que fuese hasta el árbol y que volviese a decirme si desde allí podía verse bien qué es lo que estaban haciendo. Así lo hizo, y volvió inmediatamente hacia mí y me dijo que desde allí se les veía muy bien; que estaban todos alrededor del fuego, comiendo la carne de uno de sus prisioneros; y que había otro atado en la arena, a poca distancia de ellos, y dijo que lo iban a matar después, lo cual me puso fuera de mí. Me dijo que no era de su pueblo, sino uno de los hombres barbudos, de los que él me había hablado, que llegaron a su tierra en un bote. Me quedé lleno de horror ante la sola mención del hombre blanco barbudo, y fui hacia el árbol y vi perfectamente, a través de mi anteojo, a un hombre blanco tendido junto a la orilla del mar, con las manos y los pies atados con gladiolos o unas cosas que parecían juncos; y que era un europeo y que iba vestido.

Había otro árbol, y un pequeño matorral más allá, a unos cuarenta y cinco metros más cerca de ellos que el lugar en donde yo estaba, hasta donde, haciendo un pequeño rodeo, vi que podía llegar sin ser descubierto, y que entonces los tendría a medio tiro de escopeta. Así es que contuve mi cólera, aunque la verdad es que estaba enfurecido en grado máximo, y, después de retroceder unos veinte pasos, me metí por detrás de unos arbustos que me ocultaron durante todo el camino hasta que llegué a una pequeña eminencia del terreno, desde donde los dominaba perfectamente a una distancia de unos setenta metros.

Ahora ya no tenía ni un momento que perder, pues diecinueve de aquellos horribles desdichados estaban sentados en tierra, todos apretujados los unos con los otros, y acababan de enviar a los otros dos a matar al pobre cristiano, y a traerle quizá miembro por miembro hasta su hoguera, y estaban agachados desatándole las ligaduras de los pies; me volví a Viernes.

—Ahora, Viernes —dije—, haz lo que te ordene.

Viernes dijo que así lo haría.

—Entonces, Viernes —dije—, haz exactamente lo que me veas hacer a mí, exactamente lo mismo.

Así es que dejé uno de los mosquetes y la escopeta de caza en el suelo, y Viernes, por su parte, hizo lo mismo; y con el otro mosquete apunté a los salvajes, ordenándole que me imitara. Le pregunté si estaba preparado, y dijo que sí.

—Entonces, ¡fuego! —dije.

Y en aquel mismo momento disparé.

Viernes afinó la puntería mucho mejor que yo, de modo que del lado por el que disparó mató a dos de ellos e hirió a tres más. El lector puede estar seguro de que quedaron poseídos del más terrible espanto. Todos los que no habían sido alcanzados, se pusieron en pie de un brinco, pero en aquel momento no sabían hacia dónde correr ni hacia dónde mirar, porque no sabían de dónde les llegaba la mortandad. Viernes no apartaba los ojos de mí, a fin de que, como yo le había ordenado, pudiese observar lo que yo hacía. Así es que apenas sonó el primer disparo cuando arrojé el arma y cogí la escopeta de caza, y Viernes hizo lo mismo. Vio como apuntaba y me imitó de nuevo.

—¿Estás preparado, Viernes? —dije.

—Sí —dijo.

—¡Fuego, pues —dije—, en nombre de Dios!

Y al decir esto disparé de nuevo contra aquellos desdichados llenos de espanto, y lo mismo hizo Viernes; y como esta vez nuestras armas estaban cargadas con lo que yo llamo perdigones pequeños o balas de pistola pequeña, sólo vimos caer a dos, pero hubo muchos heridos que iban de un lado a otro chillando y aullando como locos, todos ensangrentados, y heridos de un modo lastimoso la mayoría de ellos. Muy poco después cayeron tres más, aunque no muertos del todo.

—Ahora, Viernes —dije, dejando en tierra las armas descargadas y cogiendo el mosquete que aún estaba cargado—, sígueme.

Y así lo hizo con mucho valor; después de lo cual me precipité fuera del bosque y me mostré, con Viernes pegado a mis talones. Tan pronto como advertí que ellos me veían, me puse a gritar tan fuerte como pude, ordenando a Viernes que hiciera también lo mismo; y corriendo tan deprisa como podía, que por cierto no era muy deprisa, ya que iba cargado con tantas armas, me dirigí directamente hacia la pobre víctima, que estaba, como ya he dicho, tendida en la playa u orilla, entre el lugar en donde ellos se sentaban y el mar. Los dos verdugos, que ya se disponían a cumplir con él su misión, le habían abandonado ante la sorpresa de nuestra primera descarga, y huyeron terriblemente asustados hacia el mar, y se habían metido de un brinco en una canoa, adonde se dirigían también tres más del resto. Me volví a Viernes y le ordené que se adelantase y disparase contra ellos. Me entendió al momento, y después de correr unos cuantos metros, para tenerlos más cerca, disparó contra ellos y yo pensé que los había matado a todos, pues los vi caer amontonados dentro del bote; aunque observé que dos de ellos volvían a levantarse rápidamente; sin embargo mató a dos e hirió al tercero; y éste se quedó en el fondo del bote como si estuviera muerto.

Mientras mi criado Viernes disparaba sobre ellos, saqué el cuchillo y corté las ligaduras que ataban a la pobre víctima y, después de liberar sus manos y pies, lo levanté y le pregunté en lengua portuguesa qué era.

—*Christianus* —contestó en latín.

Pero estaba tan débil y extenuado que apenas podía tenerse de pie y hablar. Saqué del bolsillo mi botella y se la di, haciéndole señas de que bebiese, lo cual hizo; y le di un pedazo de pan, que se comió. Entonces le pregunté de qué país era, y él dijo:

—*Espagniole*.

Y, habiéndose recuperado un poco, me dio a entender por todos los signos que le fue posible hacer, cuán grande era la deuda que había contraído conmigo por su salvación.

—*Seignior* —dije, en el mejor español que fui capaz de recordar—, ya hablaremos más adelante; ahora tenemos que luchar. Si os queda un poco de fuerza, tomad esta pistola y·el sable, y derribad a los que podáis.

Los cogió muy agradecido, y apenas se vio con las armas en la mano, como si ellas le hubieran infundido nuevo vigor, se abalanzó sobre sus asesinos como una furia, y en un instante acuchilló a dos de ellos; pues la verdad es que, como todo había sido una sorpresa tan grande para ellos, aquellos pobres seres estaban tan asustados por el ruido de nuestras armas que se desplomaron de puro pasmo y miedo; y eran tan incapaces de intentar la huida, como su carne lo era de resistir nuestras balas; y éste fue el caso de aquellos cinco contra los que Viernes disparó en el bote; ya que tres de ellos cayeron por las heridas recibidas, y los otros dos cayeron por el susto.

Yo aún tenía el arma en la mano, sin dispararla, queriendo tenerla a punto y cargada, porque había dado al español mi pistola y el espadón. Así que llamé a Viernes y le ordené que fuera corriendo al árbol desde donde antes disparamos, a buscar las armas que habían quedado allí descargadas, lo cual hizo con gran prontitud; y entonces, después de darle mi mosquete, me senté a cargarlas todas de nuevo, y los invité a venir a por ellas cuando las necesitasen. Mientras estaba cargando estas armas, se entabló un fiero combate entre el español y uno de los salvajes, quien le atacaba con una de aquellas grandes espadas de madera, la misma arma con la que le hubieran dado muerte poco antes si yo no lo hubiese impedido. El español, que era tan audaz y tan valiente como pueda imaginarse, aunque débil, había estado luchando con este indio durante un buen rato, y le había dado dos tajos, produciéndole dos grandes heridas en la cabeza; pero el salvaje, que era un tipo robusto y fornido, cogiéndolo por la cintura, lo había derribado (ya que estaba extenuado) y le había arrebatado mi sable de la mano, cuando el español, aunque estaba debajo, abandonando prudentemente la espada, se sacó la pistola del cinto, atravesó el cuerpo del salvaje de un tiro, y lo mató en el acto, antes de que yo, que ya corría en su auxilio, pudiera acercarme a él.

Viernes, al quedar en plena libertad, persiguió a los desdichados que huían, sin más arma en la mano que su pequeña hacha; y con él remató a aquellos tres que, como he dicho antes, habían sido heridos al principio y se habían desplomado, y a todos los demás que se pusieron a su alcance, y el español vino hacia mí a por un arma, y yo le di una de las escopetas de caza, con la cual persiguió a dos de los salvajes y los hirió a ambos; pero como no podía correr, los dos se le escaparon y se metieron en el bosque, adonde Viernes fue a perseguirlos y mató a uno de ellos; pero el otro era demasiado ligero para él, y, aunque estaba herido, se zambulló en el mar y nadó con todas sus fuerzas hacia aquellos dos que habían quedado en la canoa, y estos tres de la canoa, con el herido, que no sabemos si murió o no, fueron todos los que escaparon de nuestras manos de los veintiuno. La relación es la siguiente:

3 muertos por nuestra primera descarga desde el árbol.
2 muertos por la descarga siguiente.
2 muertos por Viernes en el bote.
2 muertos por él mismo, de los que antes habían sido heridos.
1 muerto por él mismo en el bosque.
3 muertos por el español.
4 muertos, que se encontraron caídos aquí y allá a consecuencia de sus heridas, o que mató Viernes al perseguirlos.
4 que escaparon en el bote, uno de los cuales herido si no muerto.

——————

21 en total.

Los que iban en la canoa remaron vigorosamente para ponerse fuera del alcance de nuestras armas; y aunque Viernes hizo contra ellos dos o tres disparos, no vi que acertara a ninguno. Viernes hubiera querido que cogiéramos una de sus canoas y que los persiguiésemos; y la verdad es que yo estaba muy inquieto por su huida, temiendo que, después de llevar a los suyos noticias de nosotros, regresaran quizá con dos o trescientas de sus canoas y nos aplastaran por tal superioridad numérica. Así que consentí en perseguirlos por mar, y corrí hacia una de sus canoas, salté dentro y ordené a Viernes que me siguiera, pero cuando estuve dentro de la canoa quedé atónito al encontrar allí a otro pobre ser, vivo, atado de pies y manos, como estaba el español, para la matanza, y casi muerto de miedo, sin saber nada de lo que pasaba, ya que no podía incorporarse para mirar por encima de la borda del bote, tan fuertemente atado estaba de pies a cabeza, y había estado atado durante tanto tiempo que la verdad es que apenas le quedaba un soplo de vida.

Inmediatamente corté los gladiolos o juncos entrelazados con que lo habían atado, y quise ayudarle a levantarse, pero no podía tenerse en pie ni hablar, sino sólo gemir muy lastimeramente, creyendo aún al parecer que sólo se lo desataba para matarle.

Cuando Viernes se le acercó, le ordené que le hablara y que le dijera que estaba libre, y saqué mi botella y le hice dar un trago a aquel pobre desgraciado, lo cual unido a las nuevas de su libertad lo reanimó y se sentó en el bote, pero cuando Viernes le oyó hablar y le miró a la cara, hubiera movido a lágrimas a cualquiera el ver cómo Viernes lo besaba, le abrazaba, le acariciaba, lloraba, reía, gritaba, saltaba a su alrededor, bailaba, cantaba, y luego volvía a llorar, se retorcía las manos, se golpeaba la cara y la cabeza, y luego volvía a cantar y a saltar a su alrededor, como un hombre que ha perdido el juicio. Pasó un buen rato antes de que pudiera hacerle hablar o de que me contara qué le pasaba, pero cuando volvió un poco en sí, me dijo que aquél era su padre. Para mí no es fácil expresar cómo me conmovió ver los transportes y el amor filial de aquel pobre salvaje a la vista de su padre, y al ver que había sido librado de la muerte; y la verdad es que tampoco podría describir ni la mitad de las extravagancias a las que se entregó su afecto después de esto, pues entró y salió del bote muchísimas veces. Cuando entraba, iba hacia él, se sentaba a su lado, se descubría el pecho, y apoyaba la cabeza de su padre sobre su corazón, permaneciendo así durante media hora, para nutrirlo. Luego, le cogía los brazos y los tobillos, que estaban adormecidos y rígidos por las ataduras, y se los frotaba y friccionaba con las manos, y yo, viendo de qué se trataba, le di un poco de ron de mi botella para que se los frotase con aquello, lo cual le hizo mucho bien.

Este hecho puso fin a la persecución de la canoa en donde iban los otros salvajes, y que ya casi se había perdido de vista; y fue una gran suerte para nosotros que no la emprendiéramos, pues empezó a soplar un viento muy fuerte unas dos horas después, y antes de que pudieran haber hecho ni una cuarta parte de su camino, y siguió soplando con tanta fuerza durante toda la noche, y del noroeste, es decir, en dirección contraria a la suya, que no era de suponer que su bote lo hubiese resistido y que hubiesen podido llegar a su tierra.

Pero, para volver a Viernes, estaba tan atareado con su padre que durante un buen rato no tuve corazón para arrancarlo de allí; pero cuando pensé que podía dejarle un poco, lo llamé, y él vino brincando y riendo y contento hasta lo indecible. Entonces le pregunté si le había dado algo de pan a su padre. Sacudió la cabeza y dijo:

—No, perro feo comer todo.

Así es que le di una torta de pan, que saqué de un pequeño zurrón que llevaba para este objeto. También le ofrecí un trago, pero él no quiso probarlo, sino que se lo llevó a su padre. Yo también llevaba en el bolsillo dos o tres racimos de pasas, así es que le di a su padre un puñado de ellas. Apenas había dado a su padre estas pasas cuando le vi salir del bote; y echó a correr como alma que lleva el diablo, de tal modo corría; pues era la persona de pies más ágiles que he visto en mi vida; decía que corría de tal modo que lo perdí de vista, como si dijéramos, en un instante; y aunque lo llamé y también grité tras de él, todo fue inútil, y él se alejó, y al cabo de un cuarto de hora le vi volver, aunque no tan deprisa como se había ido; y cuando estuvo más cerca, vi que su paso era más lento porque llevaba algo en la mano.

Cuando llegó a mi lado vi que había ido a casa a por una vasija de tierra o cacharro, para traer a su padre un poco de agua dulce, y que también había cogido dos tortas o panecillos. El pan me lo dio a mí, pero el agua se la llevó a su padre; sin embargo, como yo también tenía mucha sed, bebí un sorbo de ella. Esta agua reanimó a su padre más que todo el ron o licor que yo le había dado, pues estaba casi muerto de sed.

Cuando su padre hubo bebido lo llamé para saber si aún quedaba algo de agua; dijo que sí; y le ordené que se la diera al pobre español, que la necesitaba tanto como su padre; y mandé una de las tortas que trajo Viernes también al español, que la verdad es que estaba muy débil y estaba descansando sobre la hierba, a la sombra de un árbol; y cuyas extremidades estaban también muy hinchadas y adormecidas a causa de lo fuertemente apretadas que habían estado sus ligaduras. Cuando vi que, al acercársele Viernes con el agua, se levantaba y bebía, y cogía el pan y empezaba a comerlo, fui hacia él y le di un puñado de pasas. Levantó la vista hasta mi rostro con todas las muestras de gratitud y agradecimiento que pueden llegar a aparecer en un semblante, pero estaba tan débil, a pesar de los grandes ímpetus que había mostrado en la lucha, que no podía tenerse en pie. Lo intentó por dos o tres veces, pero lo cierto es que no podía, ya que sus tobillos estaban muy hinchados y le dolían mucho. Así es que le indiqué que se quedase sentado, e hice que Viernes le frotase los tobillos, y se los frotase con ron, como había hecho con su padre. Observé que aquel pobre ser tan afectuoso, a cada dos minutos, o quizá menos, durante todo el tiempo que estuvo allí, volvía la cabeza atrás, para ver si su padre estaba en el mismo lugar y en la misma posición en que él lo había dejado sentado; y al final se dio cuenta de que ya no le veía; ante lo cual se puso en pie y, sin decir una palabra, voló hacia él con aquella ligereza suya, que uno apenas advertía que sus pies tocasen la tierra al correr. Pero al llegar allí sólo vio que se había echado para descansar los miembros. Así es que Viernes regresó hacia mí al momento, y entonces me dirigí al español y le pedí que dejara que Viernes lo ayudara a ponerse en pie, si es que podía, y lo condujera al bote, y que luego le llevaría a nuestra morada, en donde yo le cuidaría. Pero Viernes, que era fuerte y robusto, cargó al español a sus espaldas y lo llevó al bote y lo depositó suavemente en el costado o borda de la canoa, con los pies por la parte de adentro, y luego lo levantó hasta acabar de meterlo, y lo dejó al lado de su padre, y al momento volvió a salir, empujó el bote, y se puso a remar, siguiendo la costa, más deprisa de lo que yo podía andar, a pesar de que soplaba un viento francamente fuerte. Así es que los llevó a ambos sanos y salvos hasta nuestra ensenada, y, después de dejarlos en el bote, se alejó corriendo para ir en busca de la otra canoa. Al pasar junto a mí, me dirigí a él y le pregunté adónde iba.

—Yo ir buscar más bote —me dijo.

Y se alejó como el viento; a buen seguro que ningún hombre ni ningún caballo corrían como él, y ya tenía la otra canoa en la ensenada casi al mismo tiempo que yo llegaba allí por tierra. Así es que me pasó a la otra orilla, y luego fue a ayudar a nuestros nuevos huéspedes a salir del bote, lo cual hizo, pero ninguno de los dos podía andar; así es que el pobre Viernes no sabía qué hacer.

Me puse a pensar cómo solucionaría esto, y llamé a Viernes para que les hiciera sentarse en la orilla y que viniese conmigo, y no tardé en hacer una especie de camillas donde tenderlos, y Viernes y yo los llevamos allí a los dos juntos. Pero cuando estuvimos ante nuestro muro o fortificación, nos vimos en un apuro aún mayor que el de antes, porque era imposible pasarlos por encima, y yo estaba decidido a no abrir ninguna brecha. Así es que me puse de nuevo manos a la obra, y Viernes y yo, en unas dos horas, construimos una magnífica tienda con velas viejas, y sobre ellas ramas de árboles, en la parte de afuera de nuestra valla más exterior, y entre ésta y el bosquecillo de árboles jóvenes que yo había plantado. Y allí les hicimos dos camas con lo que disponíamos, esto es, con paja de arroz, con una manta para echarse encima y otra para cubrirse en cada cama.

CAPÍTULO 12
El barco inglés

Mi isla estaba ya poblada, pues, y yo me consideraba muy rico en súbditos, y con frecuencia me hacía en broma la reflexión de que parecía igual que un rey. En primer lugar, todo el país era de mi exclusiva propiedad; así es que tenía un indiscutible derecho de dominio. En segundo lugar, mi pueblo se hallaba totalmente sometido; yo era señor y legislador absoluto; todos me debían la vida, y hubieran estado dispuestos a darla por mí si hubiese llegado la ocasión. Era también notable que no tenía más que tres súbditos, y pertenecientes a tres religiones distintas. Mi criado Viernes era protestante, su padre era pagano y caníbal, y el español era papista; pero yo permitía la libertad de conciencia en toda la extensión de mis dominios. Esto sea dicho de paso.

Tan pronto como tuve en lugar seguro a mis dos débiles prisioneros rescatados, y les hube dado abrigo y un lugar donde descansar, empecé a pensar en procurarles algunas provisiones. Y lo primero que hice fue mandar a Viernes a que cogiese una cabra de un año, entre cabrito y cabra, de las de mi rebaño particular, para matarla, y corté un cuarto trasero, y después de picar la carne hasta hacer trozos muy pequeños hice que Viernes la hirviera y estofara, y así les hice un plato excelente, puedo asegurárselo al lector, de carne y caldo, habiendo puesto también en el caldo un poco de cebada y de arroz; y como lo cociné al aire libre, porque nunca encendía fuego dentro de mi recinto interior, lo llevé todo a la tienda nueva; y después de prepararles allí una mesa, me senté y compartí también con ellos mi comida, alegrándoles y animándolos lo mejor que supe. Viernes era mi intérprete, sobre todo con su padre, y la verdad es que también con el español, pues el español hablaba francamente bien la lengua de los salvajes.

Después de haber comido, o mejor dicho cenado, mandé a Viernes que cogiera una de las canoas y fuera a buscar nuestros mosquetes y las otras armas de fuego, que, por falta de tiempo, habíamos dejado en el lugar de la batalla, y al día siguiente le mandé que fuera a enterrar los cadáveres de los salvajes que yacían a pleno sol y que ya empezarían a oler mal; y le mandé también que enterrara los horribles restos de su bárbaro festín, que sabía que eran lo que se dice muchos, y que no soportaba la idea de hacerlo yo mismo; más aún, que no hubiera podido soportar ni el verlos, si hubiera ido por allí. Todo lo cual cumplió escrupulosamente, borrando incluso los menores indicios de que allí hubiera habido salvajes; así es que cuando volví a aquel lugar, apenas pude saber dónde era a no ser por el ángulo del bosque que apuntaba hacia allí.

Entonces inicié una pequeña conversación con mis dos nuevos súbditos; y primero hice que Viernes preguntara a su padre qué pensaba de la huida de los salvajes en aquella canoa, y si era de esperar que volvieran en número demasiado grande para que nosotros pudiéramos resistirles. Su primera opinión fue la de que los salvajes del bote en modo alguno habían podido sobrevivir a la tormenta que se había desatado la noche en que ellos huyeron, sino que era forzoso o bien que se hubieran ahogado, o bien que hubiesen sido arrastrados hacia el sur, hacia aquellas otras tierras en las que era tan seguro que habían sido devorados, como lo era que se habían ahogado si habían sido lanzados a la deriva; pero por lo que respecta a lo que harían, en caso de llegar con vida a la costa, dijo que no lo sabía, pero su opinión era que estaban tan terriblemente asustados por el modo en que habían sido atacados, los estampidos y los fogonazos, que él creía que dirían a los suyos que todos habían sido muertos por truenos y rayos, y no por mano de hombres, y que los dos que se mostraron, es decir, Viernes y yo, éramos dos espíritus celestiales o furias, que habían bajado para aniquilarlos, y no hombres con armas. Esto dijo que lo sabía porque había oído cómo se lo decían a gritos los unos a los otros, en su lengua, pues para ellos era imposible concebir que dos hombres pudieran lanzar fuego y hacer sonar truenos, y matar a distancia, sin levantar la mano, como entonces había ocurrido. Y este anciano salvaje estaba en lo cierto, pues, según me enteré más tarde por otros conductos, los salvajes desde entonces nunca

más intentaron volver a la isla, tan aterrorizados quedaron con la relación que les habían hecho aquellos cuatro
hombres (pues al parecer escaparon al mar), que creían
que quien volviese a aquella isla encantada sería aniquilado por el fuego de los dioses.

Sin embargo, entonces yo no sabía esto, y por lo tanto seguí con continuos temores durante bastante tiempo,
y me mantuve siempre en guardia, junto con todo mi ejército, pues, como ahora ya éramos cuatro, yo me hubiera
atrevido muy bien en cualquier momento a luchar contra un centenar de ellos a campo abierto.

Sin embargo, al cabo de algún tiempo, al no aparecer más canoas, el miedo de que vinieran fue desapareciendo, y empecé a tomar en consideración mis antiguos proyectos de hacer un viaje al continente, habiéndome asegurado el padre de Viernes que de ir allí, en consideración a él, podía contar con una buena acogida por parte de su pueblo.

Pero mis proyectos quedaron un poco en suspenso cuando tuve una seria conversación con el español, y supe que había dieciséis más de sus compatriotas y portugueses, que, habiendo naufragado y después de haber escapado a aquel lugar, la verdad es que vivían allí en paz entre los salvajes, pero con gran penuria de lo más imprescindible y la verdad es que también temiendo por su vida. Le pregunté por todos los detalles de su viaje, y resultó que eran un barco español que había salido del Río de la Plata con destino a La Habana, con órdenes de dejar allí todo su cargamento, que consistía principalmente en pieles y plata, y de volver con las mercancías europeas que allí pudieran encontrarse; que había cinco marineros portugueses a bordo, a quienes recogieron de otro naufragio; que cinco de sus propios hombres se habían ahogado cuando se perdió el primer barco, y que éstos escaparon después de infinitos peligros y azares, y llegaron casi muertos de hambre a la tierra de los caníbales, en donde esperaban ser devorados de un momento a otro.

Me contó que tenían algunas armas, pero que eran completamente inútiles, puesto que no tenían pólvora ni balas, ya que el oleaje del mar había echado a perder toda su pólvora, salvo una poca que emplearon los primeros días de su desembarco para proveerse de algún alimento.

Le pregunté qué es lo que creía que sería de ellos, y si no habían trazado algún plan para huir. Dijo que habían discutido muchas veces este punto, pero que al no tener ni embarcación ni herramientas para construirla ni provisiones de ninguna clase, sus deliberaciones siempre terminaban con lágrimas y desesperación.

Le pregunté cómo creía que acogerían una proposición mía referente a una posible huida, y si, en caso de estar todos aquí, ésta no podría llevarse a cabo. Le dije con franqueza que lo que más temía era su traición y el que abusaran de mí, si yo ponía mi vida en sus manos, dado que la gratitud no era una virtud inherente a la naturaleza humana, y que los hombres no observan la misma conducta cuando esperan recibir unas ventajas, que cuando se trata de corresponder a las concesiones que ya han recibido. Le dije que sería muy triste que yo fuera el instrumento de su libertad, y que luego ellos me hicieran su prisionero en Nueva España, en donde era seguro que un inglés iba a ser una víctima, fuera cual fuese la necesidad o el accidente que le hubiese llevado hasta allí; y que prefería ser entregado a los salvajes y ser devorado vivo, que caer en las implacables garras de los curas y ser llevado ante la Inquisición. Añadí que, por otra parte, estaba convencido de que, de estar todos aquí, podríamos, disponiendo de tanta gente, construir una barca que fuera lo suficientemente grande como para llevarnos a todos lejos de allí, ya fuera hacia el sur, a Brasil, ya hacia el norte, a las islas o a la costa española; pero que si, en paga de esto, una vez hubiera puesto armas en sus manos, me llevaban por la fuerza con los suyos, mala recompensa tendría mi bondad para con ellos, y harían mi situación aún peor de lo que era antes.

Me respondió con mucha sinceridad y franqueza que su situación era tan lastimosa y que eran tan conscientes de ello, que él creía que sentirían horror ante la idea de abusar indignamente de un hombre que contribuyese a su libertad; y que, si a mí me complacía, iría a encontrarlos junto con el anciano, y discutiría con ellos esta cuestión, y regresaría y me traería una respuesta. Que les pondría como condición, bajo solemne juramento, ponerse por completo a mis órdenes, considerándome como su jefe y capitán, y jurar sobre los Santos Sacramentos y el Evangelio serme fieles e ir a una tierra cristiana a la que yo accediese, y no a otra; y dejarse guiar total y completamente por mis órdenes, hasta que hubieran desembarcado sanos y salvos en el país que yo designara; y que traería un documento firmado por ellos con este fin.

Luego me dijo que él sería el primero en jurarme que nunca se separaría de mí, mientras viviera, hasta que yo se lo ordenase; y que se pondría a mi lado hasta derramar la última gota de su sangre, en caso de producirse la menor deslealtad entre sus compatriotas.

Me dijo que todos ellos eran hombres muy corteses y honrados, y que se encontraban en la mayor de las miserias imaginables, sin tener ni armas ni vestidos ni nada de comer, y estando sometidos a la voluntad de los salvajes, lejos de toda esperanza de regresar alguna vez a su patria; y que él estaba seguro de que si yo acudía a socorrerlos, ellos vivirían y morirían por mí.

Ante estas seguridades, decidí arriesgarme a socorrerlos, si es que era posible, y a enviarles al anciano salvaje y a este español para hacer tratos. Pero cuando todo estuvo a punto para la marcha, el mismo español opuso una objeción que revelaba por una parte tanta prudencia y, por otra, tanta sinceridad, que no pudo por menos de complacerme mucho; y de acuerdo con su criterio, se aplazó la liberación de sus camaradas, al menos por medio año. El caso era éste:

Él, en ese momento, ya llevaba con nosotros alrededor de un mes; durante ese tiempo, yo le había mostrado de qué modo había provisto, con el auxilio de la Providencia, para mantenerme; y vio con sus propios ojos la provisión de cebada y de arroz que tenía almacenada, la cual, si bien era más que suficiente para mí, no era suficiente, o al menos no lo era sin economizar mucho, para mi familia, que ahora había aumentado hasta el número de cuatro; pero mucho menos sería suficiente si sus compatriotas, que eran, según él dijo, catorce aún vivos, vinieran aquí. Y todavía sería menos suficiente para abastecer nuestra embarcación, si construíamos una, para un viaje hasta alguna de las colonias cristianas de América. Así que me dijo que en su opinión sería mucho más aconsejable que él y los otros dos cavaran y cultivaran más tierra, tanta como yo pudiese destinar semillas o simientes para sembrarla, y que esperáramos a otra cosecha, a fin de poder tener una reserva de grano para cuando vinieran sus compatriotas; pues para ellos la escasez podría ser una tentación de discordia, o de no creerse salvados, sino sólo haber salido de una dificultad para entrar en otra.

—Ya sabéis —dijo— que los hijos de Israel, aunque en un principio estaban muy contentos de haber sido liberados de Egipto, se rebelaron incluso con el mismo Dios que los había liberado, cuando empezó a faltarles el pan en el desierto.

Su precaución era tan razonable y su consejo tan bueno que no pudo por menos de complacerme mucho su propuesta, tanto como me complacía su fidelidad. Así que los cuatro nos pusimos a cavar, tan bien como lo permitían las herramientas de madera de que disponíamos; y en cerca de un mes, hacia el final del cual era la época de la siembra, habíamos despejado y preparado la tierra suficiente para sembrar quince fanegas de cebada y dieciséis tinajas de arroz, que en resumen era toda la simiente de la que podíamos disponer; y la verdad es que ni siquiera nos reservamos suficiente cebada para nuestra alimentación, para los seis meses que teníamos que esperar nuestra cosecha, es decir, contando desde el momento en que pusimos aparte la simiente de la siembra; pues no hay que creer que el grano necesita estar seis meses en la tierra en estas regiones.

Teniendo ahora compañía bastante, y siendo lo suficientemente numerosos como para no tener miedo de los salvajes, si hubieran venido, a menos que su número hubiera sido muy grande, andábamos libremente por toda la isla, siempre que se presentaba la ocasión; y como nuestra huida o salvación no se apartaba de nuestros pensamientos, era imposible, al menos para mí, apartar de mi mente los medios de ella. Con este propósito señalé varios árboles que creí adecuados para nuestro trabajo, e hice que Viernes y su padre los derribaran; y luego encargué al español, a quien había comunicado mis ideas sobre aquella cuestión, que vigilara y dirigiera su trabajo. Les mostré con cuántos incansables esfuerzos había aserrado un árbol grueso hasta convertirlo en tablones, y les encargué que hicieran lo mismo hasta que hubieran conseguido alrededor de una docena de tablones grandes, de buena madera de roble, de medio metro de ancho, diez metros de largo, y de cinco a diez centímetros de espesor. Cualquiera puede imaginar la prodigiosa cantidad de trabajo que esto representó.

Al mismo tiempo me las ingenié para aumentar tanto como pude mi pequeño rebaño de cabras domesticadas; y con este objeto hacía que Viernes y el español salieran un día, y Viernes conmigo mismo al día siguiente, pues hacíamos nuestros turnos; y por este medio conseguimos más de veinte cabritos para criar con el resto; pues siempre que cazábamos una cabra, salvábamos las crías y las añadíamos a nuestro rebaño. Pero, sobre todo, cuando llegó la estación de secar las uvas, hice colgar al sol una cantidad tan prodigiosa que parecía como si estuviéramos en Alicante, en donde se secan las pasas al sol, y con ellas hubiéramos podido llenar de sesenta a ochenta barriles; y éstas, junto con el pan, eran una buena parte de nuestra alimentación, y puedo asegurar que era algo muy bueno para comer, pues es algo extraordinariamente nutritivo.

Llegó el tiempo de la siega, y nuestra cosecha ofrecía un buen aspecto. No era la más abundante que yo había visto en la isla, pero con todo era suficiente para lo que nos proponíamos, pues las quince fanegas de cebada que sembramos produjeron más de ciento treinta fanegas; y la misma proporción se dio para el arroz, lo cual era reserva suficiente para alimentarnos hasta la nueva cosecha, aunque los dieciséis españoles hubieran estado allí conmigo; y si hubiéramos estado a punto de emprender un viaje, hubiésemos podido abastecer abundantemente nuestro barco, para llevarnos a cualquier parte del mundo, esto es, de América.

Así pues, cuando hubimos guardado y puesto a seguro nuestra provisión de grano, nos pusimos a hacer más trabajos de cestería, esto es, cestas grandes donde guardarlo; y el español era muy diestro y muy hábil en esto, y a menudo me reprendía por no haber empleado algo de esta clase de trabajo para la defensa, pero yo no veía la necesidad de ello.

Y ahora, teniendo ya una buena reserva de víveres para todos los huéspedes que esperaba, di permiso al español para ir al continente a ver qué es lo que podía hacerse con los que había dejado allí. Le di por escrito órdenes estrictas de no traerme a nadie que antes no hubiese jurado en su presencia y en la del anciano salvaje que en ningún modo perjudicaría, combatiría o atacaría a la persona que encontrase en la isla, que era tan bondadosa como para mandar a por ellos con objeto de liberarlos, sino que se pondría a su lado y la defendería contra todas las tentativas de este género, y que allí adonde fuese se sometería por completo a sus órdenes; y que esto debía ponerse por escrito y ser firmado de su puño y letra. Cómo íbamos a hacerlo, cuando yo sabía que ellos no tenían ni pluma ni tinta, la verdad es que fue una cuestión que nunca nos planteamos.

Con estas instrucciones el español y el anciano salvaje, el padre de Viernes, se fueron en una de las canoas, en las que hubieran podido decir que llegaron, o mejor dicho, que fueron traídos, cuando llegaron como prisioneros para ser devorados por los salvajes.

Di a cada uno un mosquete con su llave, y unas ocho cargas de pólvora y balas, recomendándoles que economizaran mucho ambas cosas, y que no hicieran uso de ellas si no era en una ocasión apremiante.

Ésta fue una tarea alegre, pues eran las primeras medidas a que recurría con vistas a obtener mi libertad, en veintisiete años y algunos días. Les di provisiones de pan y de uva seca, suficientes para ellos para muchos días, y suficientes para todos sus compatriotas para unos ocho días; y, después de desearles buen viaje, los vi partir, conviniendo con ellos en que enarbolarían una señal a su regreso, por la cual pudiera reconocerlos a distancia, cuando volvieran, antes de que llegasen a tierra.

Se alejaron con buen viento, el día de luna llena, según mis cálculos, en el mes de octubre, pero por lo que se refiere al cómputo exacto de los días, una vez lo hube perdido, nunca pude volver a rehacerlo; ni siquiera había señalado el número de años con tanto rigor como para estar seguro de que estaba en lo cierto, aunque resultó ser así, pues más adelante, cuando repasé mis cálculos, vi que el cómputo de los años no tenía ningún error.

Hacía ya no menos de ocho días que los esperaba, cuando se produjo un acontecimiento singular e imprevisto, que quizá no tenga igual en la historia. Yo estaba una mañana profundamente dormido en mi cabaña, cuando vino corriendo mi criado Viernes y me llamó a gritos:

—¡Amo, amo, ellos haber venido, ellos haber venido!

Me puse en pie de un salto y, sin temer ningún peligro, salí, tan pronto como pude ponerme mis ropas, y crucé el bosquecillo, que, dicho sea de paso, para entonces ya se había convertido en un bosque muy espeso; decía que, sin temer ningún peligro, salí sin mis armas, lo cual no tenía costumbre de hacer, pero quedé atónito cuando, al dirigir mis ojos hacia el mar, vi al instante un bote, a alrededor de una legua y media de distancia, con una vela triangular o guaria, como la llaman; y el viento soplaba con no poca fuerza, impulsándolos hacia allí. También observé al momento que no venían del lado por donde quedaba el continente, sino más bien del extremo sur de la isla. Entonces llamé a Viernes y le ordené que no se moviese de allí, pues aquella gente no era la que esperábamos, y aún no podíamos saber si eran amigos o enemigos.

A continuación fui a buscar mi anteojo, para ver qué podía descubrir de ellos, y después de haber sacado la escalera, trepé hasta la cumbre de la colina, como solía hacer cuando estaba temeroso de algo y quería observar lo mejor posible sin ser visto.

Apenas acababa de pisar la cumbre, cuando mi mirada divisó fácilmente un barco anclado a unas dos leguas y media de distancia de allí, al sur sudeste, pero a menos de una legua y media de tierra. Por lo que veía, resultaba evidente que se trataba de un barco inglés, y que el bote era una lancha grande también inglesa.

No sabría expresar la confusión en que quedé, aunque la alegría de ver un barco, y un barco que tenía razones para creer que estaba tripulado por compatriotas míos, y en consecuencia amigos, fue tal que no podía describirla; pero, a pesar de todo, me quedaban todavía algunas dudas inexplicables, cuya causa no hubiera sabido decir, que me movían a estar alerta. En primer lugar, se me ocurrió pensar qué es lo que podría hacer un barco inglés en aquella parte del mundo, ya que no era camino ni para ir ni para volver a ninguna parte del mundo con el que los ingleses comerciaran; y sabía que no había habido ninguna tormenta que hubiese podido arrastrarlos hasta allí de llegada; y que si realmente eran ingleses, lo más probable es que no hubieran venido con buenas intenciones; y que para mí era mejor seguir como hasta entonces que no caer en manos de ladrones y asesinos.

Que nadie menosprecie las inexplicables sugerencias y avisos de peligro que a veces se nos dan, cuando podría creerse que no hay posibilidad de que éste sea real. Que tales sugerencias y avisos se nos dan, creo que son pocos los que teniendo una cierta experiencia de las cosas pueden negar; que hay ciertas señales de un mundo invisible y de un diálogo con los espíritus, no podemos dudarlo; y si su tendencia parece ser la de prevenirnos del peligro, ¿por qué no vamos a suponer que proceden de algún agente amistoso, ya sea supremo, ya inferior o subordinado —ésta no es la cuestión—, y que se nos dan para nuestro bien?

El presente hecho me confirma plenamente en la justicia de este razonamiento, pues, de no haber sido cauto, gracias a esta inexplicable advertencia, sea cual fuere su origen, me hubiera visto irremisiblemente perdido, y en una situación mucho peor que antes, como el lector verá acto seguido.

A poco de estar en esta posición, vi que el bote se acercaba a tierra, como si buscasen una ensenada donde introducirse para desembarcar convenientemente; sin embargo, como no llegaron lo bastante lejos, no vieron la pequeña caleta en donde tiempo atrás yo había desembarcado con mis balsas, sino que vararon el bote en la playa, a unos ochocientos metros de donde yo estaba, lo cual fue una gran suerte para mí; pues de otro modo hubieran ido a desembarcar precisamente, por decirlo así, delante de mi puerta, y pronto me hubieran arrojado de mi castillo, y quizá despojado de todo lo que tenía.

Cuando estuvieron en tierra quedé completamente convencido de que eran ingleses, al menos, la mayoría de ellos; uno o dos pensé que eran holandeses, pero luego resultó que no. En total eran once hombres, de los cuales tres vi que iban desarmados y, según me pareció, estaban atados; y cuando los primeros cuatro o cinco de ellos saltaron a tierra, sacaron del bote a aquellos tres como a prisioneros. Pude distinguir que uno de los tres hacía los ademanes más expresivos de súplica, aflicción y desesperación, rayando incluso en lo grotesco; pude distinguir también que los otros dos levantaban varias veces las manos, y la verdad es que parecían muy inquietos, pero no tanto como el primero.

Quedé totalmente confuso ante este espectáculo, y no sabía qué es lo que podía significar. Viernes exclamó en inglés, lo mejor que supo:

—¡Oh, amo! Tú ver hombres ingleses comer prisioneros como hombres salvajes.

—¿Por qué, Viernes? —dije—. ¿Es que crees que van a comérselos?

—Sí —dijo Viernes—, ellos los comerán.

—No, no, Viernes —dije—, la verdad es que temo que van a matarlos, pero puedes estar seguro de que no se los comerán.

Entretanto, yo no tenía ni la menor idea de lo que en realidad pasaba, pero estaba temblando de horror ante aquel espectáculo, esperando que de un momento a otro mataran a los tres prisioneros; e incluso una vez vi que uno de aquellos canallas levantaba el brazo armado de

un gran machete, como lo llaman los marineros, o espada, para herir a uno de aquellos pobres hombres; y esperaba verlo caer de un momento a otro, a lo cual parecía que toda la sangre se me helaba en las venas.

Ahora deseaba ardientemente tener conmigo al español y al salvaje que se había ido con él; o que encontrase el modo de llegar sin ser descubierto hasta donde los tuviera a tiro, a fin de rescatar a los tres hombres, pues no vi que llevasen armas de fuego; pero pronto se me ocurrió otra cosa.

Después de haber advertido el ofensivo trato que los tres hombres recibían de los marineros insolentes, observé que aquellos sujetos se dispersaban tierra adentro, como si quisiesen explorar el país. Observé que los tres hombres también tenían libertad para ir a donde quisieran, pero que estaban los tres sentados en el suelo, muy cabizbajos, y con aspecto de hombres desesperados.

Esto me recordó cuando por vez primera llegué a esta tierra, y empecé a mirar a mi alrededor; cómo me consideré perdido; con qué ojos extraviados miraba en torno a mí; qué espantosos temores tuve; y cómo me subí a un árbol para pasar toda la noche, por miedo de ser devorado por las fieras.

Como nada sabía aquella noche del auxilio que iba a recibir con el providencial acercamiento a tierra del barco, por obra de las tormentas y de la marea, gracias a lo que, a partir de entonces, me vi tan bien alimentado y provisto; así aquellos tres pobres hombres desolados nada sabían de lo cerca que estaban de recibir libertad y socorro, de lo cerca que tenían estas cosas, y de que real y efectivamente estaban en una situación de seguridad, al mismo tiempo que ellos se creían perdidos y veían su caso como desesperado.

Tan corto es el alcance de nuestra vista en este mundo, y tanta es la razón que tenemos para confiarnos con alegría al gran Creador del mundo, ya que Él nunca deja a sus criaturas tan absolutamente desamparadas, sino que en las peores circunstancias tienen siempre algo que agradecer, y a veces están más cerca de la salvación de lo que imaginan; más aún, incluso son llevadas a su salvación por los medios que ellas creen que son los que las llevan a su perdición.

Había sido precisamente en el punto máximo de la marea alta cuando aquella gente llegó a tierra y mientras estuvieron hablando con los prisioneros que habían llevado, y mientras exploraban el terreno para ver la clase de lugar en que estaban, había pasado el tiempo sin que prestaran atención a que el flujo había terminado y el agua se retiraba considerablemente lejos, dejando su bote en seco.

Habían apostado dos hombres en el bote, que, como vi más tarde, habían bebido demasiado aguardiente y se quedaron dormidos; sin embargo, uno de ellos se despertó antes que el otro, y al advertir que el bote estaba demasiado tierra adentro para que él pudiera moverlo, llamó a gritos al resto que rondaba por los alrededores, a lo cual todos acudieron enseguida al bote; pero ponerlo de nuevo a flote era algo superior a sus fuerzas, ya que el bote era muy pesado, y aquella parte de la playa tenía una arena floja y fangosa, casi como arenas movedizas.

En esta situación, como verdaderos marineros, que son la gente menos previsora de toda la humanidad, lo abandonaron y se alejaron de nuevo para vagar por el país; y oí que uno de ellos decía a gritos a otro, llamándolos para que dejaran el bote:

—¡Eh, tú, déjalo tranquilo, Jack, que no puedes! Ya se pondrá a flote con la próxima marea.

Con lo cual quedó plenamente satisfecha la principal de mis curiosidades, la de saber la nación a la que pertenecían.

Durante todo este tiempo permanecí bien oculto, sin atreverme ni una sola vez a salir de mi castillo ni a ir más lejos de mi lugar de observación, cerca de la cumbre de la colina; y muy contento que me sentía al pensar que estaba tan bien fortificado. Yo sabía que tenían que pasar al menos diez horas para que el bote pudiera volver a ponerse a flote, y para entonces habría oscurecido, y yo tendría más libertad para espiar sus movimientos y oír sus conversaciones, si es que tenían alguna.

Entretanto me preparé para una batalla, como la otra vez, aunque con más precauciones, ya que sabía que tendría que habérmelas con un enemigo totalmente distinto de la ocasión anterior. También encargué a Viernes, de quien había hecho un excelente tirador con su escopeta, que se llenara de armas. Yo cogí dos escopetas de caza y le di a él tres mosquetes. La verdad es que mi aspecto era muy feroz; llevaba mi formidable vestido de piel de cabra, el gran gorro que ya mencioné, una espada desnuda al costado, dos pistolas al cinto y una escopeta a cada hombro.

Mi propósito era, como ya he dicho más arriba, no intentar nada hasta que hubiera oscurecido, pero, alrededor de las dos, a la hora de más calor de todo el día, vi que todos se habían ido dispersando por los bosques, y, según pensé, se habían tendido a dormir. Los tres pobres desgraciados, demasiado inquietos por su situación para conciliar el sueño, se habían sentado al amparo de un árbol grueso y a unos cuatrocientos metros de donde yo estaba, aproximadamente, según me pareció, fuera del alcance de la vista de todo el resto.

Ante esto, decidí mostrarme a ellos y enterarme de algo de su situación. Inmediatamente me puse en marcha, con el aspecto que he descrito más arriba, llevando a mi criado Viernes detrás de mí, a una buena distancia, tan formidablemente armado como yo, pero con un aspecto no tan impresionante y fantasmagórico como el mío.

Llegué sin ser descubierto tan cerca de ellos como pude, y entonces, antes de que ninguno de ellos me viera, les grité en español:

—¿Quiénes sois, caballeros?

Al oírme se levantaron súbitamente, pero su confusión fue diez veces mayor cuando me vieron, con el estrafalario aspecto que tenía. No contestaron nada, pero cuando me di cuenta de que estaban a punto de echar a correr para huir de mí, les dije en inglés:

—Señores —dije—, no os asustéis de mí; quizá tenéis un amigo cerca de vosotros cuando no lo esperabais.

—Entonces es alguien enviado directamente desde el Cielo —me dijo uno de ellos muy gravemente, al mismo tiempo que se quitaba el sombrero—, porque nuestra situación está ya fuera del alcance del auxilio de los hombres.

—Todo auxilio viene del Cielo —dije—. Pero ¿podríais indicar a un desconocido la manera de auxiliaros, ya que parecéis pasar por una gran desgracia? Os vi cuando desembarcasteis, y cuando parecía que hacíais alguna súplica a los bárbaros que venían con vos, y vi a uno de ellos levantar la espada para mataros.

El pobre hombre, con las lágrimas corriéndole por las mejillas y temblando, como pasmado, replicó:

—¿Hablo con un dios o con un hombre? ¿Es un hombre de veras o un ángel?

—No temáis por esto —dije—; si Dios hubiese enviado a un ángel para socorreros, hubiese venido mejor vestido y armado de otro modo del que podéis verme a mí. Os ruego que desechéis vuestros temores, soy un hombre, un inglés, y dispuesto a auxiliaros, como veis. No tengo más que un criado; tenemos armas y municiones; decidnos francamente, ¿podemos seros útiles? ¿Qué es lo que os ha sucedido?

—Lo que nos ha sucedido —dijo— es demasiado largo para contároslo mientras nuestros asesinos están tan cerca, pero, en resumen, señor, yo era capitán de aquel barco, mis hombres se han amotinado contra mí. A du-

414

ras penas han consentido en no asesinarme, y por fin me han desembarcado aquí, en este lugar desierto, con estos dos hombres, uno de ellos mi piloto, el otro, un pasajero, en donde esperábamos morir creyendo que el lugar estaba deshabitado, y aún sin saber qué pensar de él.

—¿Dónde están esos bárbaros, vuestros enemigos? —dije—. ¿Sabéis adónde han ido?

—Están tumbados por allí —dijo señalando un macizo de árboles—; se me estremece el corazón de miedo de que nos hayan visto y de que os hayan oído hablar. Si fuese así, tened por cierto que nos asesinarían a todos.

—¿Tienen armas de fuego? —pregunté.

Contestó que no tenían más que dos armas, y una que habían dejado en el bote.

—Bueno, entonces —dije—, dejad el resto para mí. Veo que están todos dormidos, ahora es fácil matarlos a todos; pero ¿no sería mejor hacerlos prisioneros?

Me dijo que entre ellos había dos acabados canallas, y que sería una imprudencia tener algún género de piedad con ellos; pero que si nos asegurábamos de éstos, él creía que todo el resto volvería a su deber. Le pregunté cuáles eran. Me dijo que a aquella distancia no podía señalármelos, pero que él obedecería mis órdenes en todo lo que yo dispusiera.

—Bueno —dije—, alejémonos un poco para que no nos vean ni oigan, no sea que se despierten, y decidiremos lo que haya que hacer.

Así es que ellos retrocedieron gustosos conmigo, hasta que los bosques nos ocultaron de su vista.

—Mirad —dije—, si me arriesgo por salvaros, ¿estáis dispuestos a cumplir las dos condiciones que os ponga?

Él se anticipó a mis propuestas, diciéndome que tanto él como el barco, si se recobraba, estarían enteramente a mis órdenes y mandatos en todas las cosas; y que si el barco no se recobraba, él viviría y moriría conmigo en la parte del mundo a donde yo le mandase; y los otros dos hombres dijeron lo mismo.

—Bueno —dije—, mis condiciones sólo son dos. Primera: que mientras estéis aquí, conmigo, no pretenderéis tener ninguna autoridad; y que si os pongo armas en las manos me las devolveréis en el momento en que yo os las pida, y no causaréis ningún perjuicio ni a mí ni a lo mío en esta isla, y que, mientras, obedeceréis mis órdenes. Segunda: que si el barco puede ser recuperado, nos llevaréis a mí y a mi criado a Inglaterra sin pagar pasaje.

Me dio todas las seguridades que la imaginación y la lealtad de los hombres pueden concebir de que cumpliría estas dos peticiones, que eran de lo más razonable, y que además aún me debería la vida, y que lo reconocería en toda ocasión, mientras viviese.

—Bueno, entonces —dije—, aquí tenéis tres mosquetes para vosotros con pólvora y balas; decidme qué es lo que creéis más oportuno hacer ahora.

Él me dio todas las muestras de gratitud de que fue capaz, y se ofreció a ponerse enteramente a mis órdenes. Yo le dije que creía que era peligroso correr algún riesgo; y que el mejor sistema me parecía el de disparar contra ellos al momento, mientras dormían; y que si quedaba alguno con vida después de la primera descarga, y se ofrecía a someterse, podíamos dispensarlos de la muerte, y hacer que fuera así la providencia de Dios la única que dirigiera nuestros disparos.

Dijo con mucha moderación que le repugnaba matarlos, si podía evitarlo, pero que aquellos dos eran canallas incorregibles, y que habían sido los autores de todo el motín del barco, y que si escapaban estábamos perdidos, pues volverían a bordo y traerían a toda la tripulación del barco, y nos matarían a todos.

—Bueno, entonces —dije—, la necesidad legitima mi opinión, ya que es el único modo de salvar nuestras vidas.

Sin embargo, como aún le vi muy reacio a derramar sangre, le dije que fueran ellos mismos y que actuaran como les pareciera más conveniente.

En medio de esta conversación, oímos cómo varios de ellos se despertaban, y poco después vimos a dos ponerse de pie. Le pregunté si alguno de ellos era de los hombres que dijo que habían sido los cabecillas del motín. Dijo que no.

—Bueno, entonces —dije—, podéis dejarlos escapar, y la Providencia parece haberlos despertado a propósito para salvarlos. Ahora —dije—, si el resto se os escapan, es por culpa vuestra.

Animado con esto, cogió en la mano el mosquete que yo le había dado y se puso una pistola al cinto, y sus dos compañeros fueron con él, cada uno con un arma en la mano. Los dos que iban con él, y que marchaban delante, hicieron un poco de ruido y, al oírlo, uno de los marineros que estaba despierto se volvió y, al verlos venir, gritó para avisar al resto, pero ya era demasiado tarde; pues en el momento en que gritó, ellos dispararon; quiero decir que dispararon los dos, porque el capitán se reservó prudentemente su arma. Habían apuntado tan bien a los hombres, que sabían que uno de ellos quedó muerto en el acto, y el otro herido muy gravemente; pero como no estaba muerto, llamó ansiosamente a los otros pidiendo ayuda; pero el capitán, avanzando hacia él, le dijo que era demasiado tarde para pedir ayuda, que invocase a Dios para que le perdonase sus maldades, y mientras decía esto, lo derribó con la culata del mosquete, así es que nunca más habló. Había tres más en el grupo, y uno de ellos estaba levemente herido. Entonces yo me acerqué, y cuando vieron el peligro que corrían y que era en vano resistirse, imploraron piedad. El capitán les dijo que los dejaría con vida si le daban toda clase de seguridades del horror que sentían por la traición de que eran culpables, y si le juraban serle leales para recobrar el barco, y más tarde conducirlo de regreso a Jamaica, de donde venían. Ellos hicieron todas las protestas de sinceridad que podía desearse, y él estaba predispuesto a darles crédito y a dejarlos con vida, a lo cual yo no era contrario, sólo que le obligué a tenerlos atados de pies y manos mientras estuvieran en la isla.

Mientras estaban haciendo esto, envié a Viernes con el piloto del capitán al bote con órdenes de hacerse dueños de él y apoderarse de los remos y de la vela, como así

hicieron; y al poco, tres hombres dispersos que (por suerte para ellos) se habían separado del resto, volvieron al
oír los tiros de escopeta, y al ver a su capitán, que antes
era su prisionero y ahora su vencedor, se sometieron también a ser atados; y así nuestra victoria fue completa.

CAPÍTULO 13
Captura del barco

Ahora faltaba que el capitán y yo nos informáramos el uno al otro de las circunstancias de nuestras vidas. Empecé yo y le conté toda mi historia, que escuchó con una atención que rayaba en el pasmo; y sobre todo por la prodigiosa manera en que me había provisto de víveres y municiones; y la verdad es que, como mi historia es toda ella una sucesión de prodigios, quedó profundamente impresionado, pero cuando empezó a reflexionar sobre sí mismo, y en cómo parecía que se me había conservado en aquel lugar con objeto de salvar su vida, las lágrimas corrieron por sus mejillas, y ya no pudo pronunciar ni una palabra más.

Cuando esta conversación llegó a su fin, lo llevé a él y a sus dos compañeros hasta mi morada, haciéndolos entrar precisamente por donde yo salía, es decir, por encima de la casa, en cuyo interior hice que se repusieran con las provisiones que yo tenía, y les mostré todas las invenciones que había hecho durante mi larga, mi larguísima estancia en aquel lugar.

Todo lo que les mostré, todo lo que les dije, los dejó completamente atónitos, pero, sobre todo, el capitán admiró mi fortificación, y lo bien que había ocultado mi escondite detrás de un bosquecillo, el cual, habiendo sido plantado unos veinte años atrás, y como los árboles crecían mucho más deprisa que en Inglaterra, ya se había convertido en un bosque, y tan tupido, que no se podía atravesar por ninguna parte, a no ser por el lado por donde yo me había hecho un pequeño y tortuoso sendero. Le dije que aquél era mi castillo y mi residencia, pero que también tenía una casa de campo, como muchos príncipes, adonde podía retirarme cuando lo deseaba, y que también se la mostraría en otra ocasión; pero que en aquel momento se trataba de pensar en cómo recobrar el barco. En cuanto a esto estuvo de acuerdo conmigo, pero me dijo que no tenía ni la menor idea de las medidas que había que tomar, ya que a bordo aún quedaban veintiséis hombres, que después de haber participado en una conspiración tan abominable, por la que ante la ley merecían la pena de muerte, ahora la desesperación los haría empecinarse más en ella; y que seguirían adelante, sabiendo que si se sometían serían llevados a la horca tan pronto como llegasen a Inglaterra o a alguna de las colonias inglesas; y que por lo tanto no podíamos atacarlos, siendo tan pocos como éramos.

Estuve cavilando durante un rato sobre lo que me había dicho, y encontré que la suya era una conclusión muy razonable; y que por lo tanto había que decidir algo con la máxima rapidez, tanto para atraer a los hombres de a bordo a una celada, para sorprenderlos, como para evitar que desembarcaran, cayeran sobre nosotros y nos aniqui-

laran. Entonces, al momento, se me ocurrió pensar que la
tripulación del barco, preguntándose qué había sido de
sus camaradas y del bote, sin duda vendrían a tierra en el
otro bote, para buscarlos, y que quizá entonces vinieran
armados y fueran demasiado superiores en número para
nosotros. Él reconoció que esto era lo más lógico.

Ante esto, le dije que lo primero que teníamos que
hacer era desfondar el bote que estaba en la playa, a fin

de que no pudieran llevárselo con ellos; y después de sacar todo lo que contenía, dejarlo tan inservible que ya no fuera apto para navegar. Así pues, nos dirigimos hacia el bote y cogimos las armas que habían quedado a bordo, junto con todo lo demás que encontramos allí, que era una botella de aguardiente y otra de ron, unas cuantas galletas, un cuerno de pólvora y un terrón grande de azúcar envuelto en un pedazo de lona. El azúcar debía de pesar entre dos y tres kilos; a todo lo cual le hice muy buena acogida, sobre todo al aguardiente y el azúcar, de lo que hacía muchos años que no probaba.

Una vez hubimos llevado todo esto a tierra (los remos, el mástil, la vela y el timón del bote ya nos los habíamos llevado antes, como he dicho más arriba), hicimos un gran agujero en el fondo, de modo que, aunque hubieran venido en número suficiente como para vencernos, no se hubieran podido llevar el bote.

La verdad es que yo no confiaba mucho en que fuéramos capaces de recuperar el barco, pero lo que pensaba era que si ellos se iban sin el bote no nos costaría mucho recomponerlo para que nos llevase a las islas de Sotavento, recogiendo a nuestros amigos, los españoles, por el camino, pues yo no dejaba de pensar en ellos.

Mientras estábamos haciendo estos preparativos para nuestros propósitos, y después de haber reunido nuestras fuerzas para poner el bote lejos de la orilla, de modo que la marea, en su punto más alto, no pudiera volverlo a poner a flote; y después de haber hecho un agujero en su fondo, demasiado grande para ser reparado en poco tiempo, y después de que nos hubiéramos sentado a cavilar qué es lo que debíamos hacer entonces, oímos que el barco disparaba un cañonazo, y vimos que hacía ondear su enseña, indicando al bote que volviera a bordo; pero el bote no se movía, y dispararon varias veces más e hicieron otras señales al bote.

Por último, al resultar inútiles todas sus señales y disparos y no moverse el bote, vimos, con ayuda de mi catalejo, que bajaban otro bote y remaban hacia tierra; y, al aproximarse, comprobamos que no eran menos de diez hombres, y que llevaban con ellos armas de fuego.

Como el barco estaba anclado a casi dos leguas de la costa, los divisábamos perfectamente a medida que se acercaban, y distinguíamos fácilmente a los hombres e incluso sus caras, porque, como la marea los había desviado un poco del otro bote, remaban, costeando, para llegar al mismo lugar en donde el otro había abordado, y donde estaba el bote.

Decía que gracias a esto los divisábamos perfectamente, y el capitán conocía tanto física como moralmente a todos los hombres del bote, de los que dijo que había tres que eran muchachos muy honrados, que él estaba seguro de que habían sido arrastrados a esta conspiración por el resto, ya fuera por la fuerza, ya por el miedo.

Pero el contramaestre, que al parecer era el principal de los oficiales que iban con ellos, y todo el resto eran de lo más enloquecido de toda la tripulación del barco, y que sin duda se jugarían el todo por el todo en esta nueva empresa, y tenía grandes temores de que fuesen demasiado fuertes para nosotros.

Le sonreí y le dije que cuando un hombre se encuentra en nuestras circunstancias, ya no siente los efectos del miedo; que, dado que casi todas las situaciones que podían esperarse eran mejores que aquella en la que nos hallábamos, era de esperar que en consecuencia, ya fuera la muerte, ya la vida, en todo caso para nosotros sería una liberación. Le pregunté qué pensaba de las circunstancias de mi vida y si no valía la pena arriesgarse por la libertad.

—¿Qué se ha hecho —dije— de la convicción que teníais de que yo había sido conservado aquí con objeto de salvar vuestra vida, y que os alentaba hace tan poco rato? Por mi parte —dije—, sólo me parece ver una dificultad en cómo se nos presentan las cosas.

—¿Qué es ello? —preguntó.

—Veréis —dije—, decís que hay tres o cuatro hombres honrados entre ellos, cuya vida debiera respetarse. Si todos hubiesen sido tan malvados como el resto de la tripulación, yo hubiese creído que la Providencia divina los había separado para hacerlos caer en vuestras manos; pues podéis tener la certeza de que todos los que desembarquen serán nuestros, y el que mueran o conserven la vida dependerá de su comportamiento con nosotros.

Hablándole así, con voz firme y animado semblante, vi que lo alentaba en gran modo. Así es que nos pusimos manos a la obra con toda decisión. Al primer indicio de que los del barco iban a bajar un bote, ya habíamos pensado en separar a nuestros prisioneros, y la verdad es que los habíamos puesto a buen seguro.

A dos de ellos, de quienes el capitán desconfiaba, los envié con Viernes y uno de los tres (prisioneros liberados), a mi cueva, en donde estarían suficientemente lejos, y no habría peligro de que fueran oídos ni descubiertos, ni que encontraran un camino a través de los bosques, en caso de que hubiesen podido liberarse ellos mismos.

Allí los dejaron atados, pero les dieron provisiones y les prometieron que si no alborotaban les devolverían la libertad al cabo de uno o dos días; pero que si intentaban escaparse, se les daría muerte sin piedad. Ellos prometieron firmemente soportar su encierro con paciencia, y quedaron muy agradecidos por recibir tan buen trato, ya que se les dieron provisiones y se les dejó una luz, pues Viernes les dio velas (de las que nosotros mismos hacíamos) para su mayor comodidad; y ellos creían que se iba a quedar de centinela para vigilarlos, en la entrada.

Los otros prisioneros recibieron mejor trato. La verdad es que dos de ellos fueron maniatados, porque el capitán no podía fiarse, pero los otros dos entraron a nuestro servicio por recomendación de su capitán, y después de haberse comprometido solemnemente a vivir y morir a nuestro lado; de modo que con ellos y los tres hombres de bien, éramos siete, bien armados; y yo no tenía ninguna duda de que podíamos habérnoslas perfectamente con los diez que se acercaban, teniendo en cuenta que el capitán había dicho que también entre ellos había tres o cuatro hombres de bien.

Tan pronto como llegaron al lugar en donde estaba el otro bote, llevaron el suyo hasta la playa, y todos desembarcaron, arrastrando el bote tras ellos, lo cual me alegró mucho ver, pues yo tenía miedo de que prefiriesen dejar el bote anclado a cierta distancia de tierra, con varios hombres dentro para guardarlo; y en este caso nosotros no hubiéramos podido apoderarnos del bote.

Una vez en tierra, lo primero que hicieron todos fue precipitarse hacia el otro bote, y era fácil ver la enorme sorpresa que tuvieron al encontrarlo, como se ha dicho más arriba, totalmente desmantelado y con un gran agujero en el fondo.

Después de haber estado cavilando un rato sobre aquello, dieron dos o tres grandes voces, gritando con toda la fuerza de sus pulmones, para ver si podían hacerse oír por sus compañeros; pero todo fue en vano. Luego se reunieron todos formando un círculo, e hicieron una descarga con sus armas cortas, que la verdad es que sí que oímos, y cuyos ecos repitieron los bosques; pero todo era en vano, ya que los de la cueva estábamos seguros de que no los oirían, y los que custodiábamos nosotros, aunque los oían perfectamente bien, no se atrevían a responderles.

Aquello era tan inesperado y los dejó tan atónitos que, según ellos mismos nos contaron más tarde, decidieron volver todos a bordo del barco, e informar a los otros de que toda la tripulación había sido asesinada y la lancha grande desfondada; y así fue como inmediatamente volvieron a lanzar al agua su bote y todos embarcaron en él.

El capitán se asustó terriblemente e incluso quedó como desconcertado ante esto, creyendo que volverían al barco y se harían a la vela, dando por perdidos a sus camaradas, y que de este modo él perdería el barco, que aún tenía esperanzas de que recobrásemos, pero no tardó en asustarse por otro motivo.

Cuando aún el bote no se había alejado mucho, advertimos que regresaban de nuevo a tierra, pero con un nuevo propósito, que al parecer habían estado deliberando entre ellos: el de dejar a tres hombres en el bote, y bajar el resto a tierra para adentrarse en el país y buscar a sus compañeros.

Esto fue una gran decepción para nosotros, pues ahora ya no sabíamos qué hacer; ya que apoderarnos de aquellos siete hombres en tierra no nos serviría de nada si dejábamos escapar el bote, porque entonces ellos llegarían hasta el barco remando, y luego el resto era seguro que levaría anclas y se haría a la vela, y de este modo no podríamos recobrar el barco.

Sin embargo, no teníamos más remedio que esperar y ver qué giro tomaban las cosas. Los siete hombres desembarcaron, y los tres que se quedaron en el bote se alejaron a buena distancia de tierra y echaron el ancla para esperar a los otros, de modo que nos era imposible acercarnos a los del bote.

Los que bajaron a tierra, manteniéndose siempre juntos, se dirigieron hacia la cumbre de la pequeña colina bajo la cual estaba mi morada; y podíamos verlos perfectamente, aunque ellos no podían descubrirnos. Hubiéramos estado muy contentos si se hubieran acercado más, a fin de que hubiésemos podido disparar contra ellos, o bien de que se hubieran ido más lejos, para permitirnos salir de nuestro escondite.

Pero cuando llegaron a la cresta de la colina, desde donde dominaban gran parte de los valles y bosques, que se extendían hacia la parte noreste, por donde la isla se hacía más llana, empezaron a gritar y a dar voces hasta que se cansaron; y al parecer, no queriendo arriesgarse a alejarse mucho de la orilla ni a separarse los unos de los otros, se sentaron todos juntos bajo un árbol para reflexionar. Si entonces hubiesen creído oportuno ponerse a dormir, como había hecho el otro grupo, nos hubieran facilitado mucho el trabajo, pero estaban demasiado temerosos del peligro para arriesgarse a dormir, aunque no hubiesen podido decir cuál era el peligro que tenían que temer.

El capitán me hizo una propuesta muy juiciosa acerca de la deliberación que estaban teniendo: la de que quizá volvieran a hacer otra descarga para intentar hacerse oír por sus compañeros, y de que entonces podíamos atacarlos en el preciso momento en que tuviesen descargadas las armas, y de que entonces ellos sin duda se rendirían, y así los haríamos nuestros sin derramar sangre. Me pareció bien la propuesta, con tal de que lo hiciéramos cuando estuviésemos lo suficientemente cerca de ellos, antes de que pudieran volver a cargar sus armas.

Pero este hecho no llegó a ocurrir, y permanecimos aún largo rato muy indecisos acerca de lo que debía hacerse. Por último les dije que en mi opinión no había nada que hacer hasta que anocheciera, y entonces, si es que no volvían al bote, quizá podríamos encontrar el modo de interponernos entre ellos y la orilla, y emplear alguna estratagema para atraer a tierra a los del bote.

Esperamos durante mucho rato con gran impaciencia, para ver qué movimientos hacían, y nos llenamos de inquietud cuando, después de largas deliberaciones, vimos que se levantaban y bajaban en dirección al mar. Parece ser que tenían un miedo tan espantoso del peligro que corrían en aquel lugar que decidieron volver a bordo del barco, y dar por perdidos a sus compañeros, y así seguir con su proyectado viaje en el barco.

Apenas advertí que se dirigían hacia la playa, imaginé, como en realidad así era, que habían abandonado la búsqueda y que querían volverse; y el capitán, tan pronto le dije lo que pensaba, estuvo a punto de dejarse llevar por el abatimiento, pero al momento ideé una estratagema para hacerlos retroceder de nuevo, y que dio el mejor de los resultados.

Mandé a Viernes y al piloto del capitán que cruzaran la pequeña ensenada que caía hacia el oeste, y se dirigieran hacia el lugar en donde habían desembarcado los salvajes cuando salvé a Viernes; y que tan pronto como llegaran a una pequeña eminencia del terreno, a unos ochocientos metros de distancia, les ordené que gritaran tan fuerte como pudieran, y esperaran allí hasta que vieran que los marineros los oían; que, tan pronto como oyeran que los marineros les contestaban, volviesen a gritar, y luego, manteniéndose ocultos, dieran un rodeo, siempre contestando cuando los otros gritaran, para hacer que se adentraran en la isla y penetraran en los bosques, tanto como fuera posible, y que luego volvieran a mí por los caminos que yo les señalaba.

Estaban ya entrando en el bote cuando Viernes y el piloto dieron unos gritos, y al momento los oyeron, y al tiempo que contestaban se pusieron a correr a lo largo de la orilla en dirección oeste, hacia la voz que oían, pero pronto los detuvo la ensenada, en donde el agua estaba alta, y no pudieron atravesarla, y entonces llamaron a los del bote para que fueran hasta allí y los pasaran al otro lado, que la verdad es que era lo que yo estaba esperando.

Cuando hubieron pasado al otro lado, observé que el bote se había adentrado bastante en la ensenada, y que estaba, como si dijéramos, en un puerto interior, y que sacaban a uno de los tres hombres del bote para que fuera con ellos, dejando sólo a dos en la embarcación, a la que amarraron al tronco de un arbolillo de la orilla.

Esto era lo que yo estaba esperando, e inmediatamente, dejando que Viernes y el piloto del capitán cumplieran su misión, cogí al resto conmigo y, cruzando la ensenada por donde no nos vieran, sorprendimos a los dos hombres antes de que se pusieran en guardia. Uno de ellos estaba tendido en tierra, y el otro, dentro del bote; el primero estaba medio adormilado, y fue a ponerse en pie; el capitán, que iba delante, se precipitó sobre él y lo derribó de un golpe, y entonces gritó al del bote que se rindiera o era hombre muerto.

Se necesitaron muy pocos argumentos para convencer a un hombre solo a rendirse cuando vio ante sí a cinco hombres, y a su camarada por el suelo. Además, al parecer era uno de los tres que no se habían unido al motín con tanto entusiasmo como el resto de la tripulación, y por lo tanto fue fácil convencerle, no sólo de que se rindiera, sino, más adelante, de que se uniera muy sinceramente a nosotros.

Mientras tanto, Viernes y el piloto del capitán cumplían tan bien su misión con el resto, que con sus gritos y respuestas los habían ido llevando de una a otra colina, y de uno a otro bosque, hasta que no sólo los dejaron mortalmente cansados, sino que cuando los abandonaron estaban muy seguros de que no podrían volver de nuevo al bote antes de que oscureciera; y la verdad es que también ellos dos estaban mortalmente cansados cuando regresaron con nosotros.

No nos restaba más que esperarlos en la oscuridad y caer sobre ellos, con objeto de asegurarnos de nuestro ataque.

Pasaron varias horas después de que Viernes volviera junto a mí, antes de que regresaran al bote; y mucho antes de que llegaran a nuestra altura, oímos a los que iban delante gritando a los rezagados que se dieran prisa, y oímos también a éstos contestar y quejarse de lo agotados que estaban, y de que no podían andar más deprisa, noticias que fueron muy de nuestro agrado.

Por último llegaron hasta el bote, pero sería imposible expresar su confusión cuando encontraron el bote varado en tierra, ya que la marea se había retirado, y vieron que sus dos hombres habían desaparecido. Los oíamos llamarse los unos a los otros con las expresiones más lastimeras, diciéndose el uno al otro que habían ido a parar a una isla encantada; que, o bien allí había habitantes, y entonces todos serían asesinados, o bien había demonios o espíritus que los arrebatarían y los devorarían.

Se pusieron de nuevo a dar voces, y llamaron a sus dos camaradas por sus nombres multitud de veces, pero sin respuesta. Al cabo de un rato los vimos, a la escasa luz que había allí, ir de un lado a otro retorciéndose las manos como desesperados, y dirigirse a veces hacia el bote y sentarse en él para descansar, y luego saltar de nuevo a tierra y dar más vueltas por allí, y repetir lo mismo, y así sucesivamente.

Los míos hubieran deseado que los dejase caer sobre ellos en aquel momento, en la oscuridad, pero yo quería tener alguna ventaja más, para perdonarles la vida y matar los menos posibles; y sobre todo yo no quería exponerme a que mataran a alguno de los nuestros, ya que sabía que los otros estaban muy bien armados. Decidí esperar para ver si ellos no se desparramaban; y, entretanto, para tenerlos más seguros, preparé la emboscada más cerca, y mandé que Viernes y el capitán se arrastraran a gatas tan cerca del lugar como les fuera posible, y que sin ser descubiertos se acercaran a ellos todo lo que pudieran, con tal de que no ofreciesen blanco.

Al poco de estar en aquella posición, el contramaestre, que era uno de los principales cabecillas del motín, y que ahora se había mostrado como el más abatido y descorazonado de todo el resto, se dirigió hacia ellos con dos más de la tripulación. El capitán estaba tan impaciente al tener casi en su poder al principal de aquellos bribones que apenas pudo contenerse para dejarlo llegar lo suficientemente cerca de él para asegurar el golpe, pues antes sólo le habían oído la voz; pero cuando estuvieron más cerca, el capitán y Viernes se pusieron súbitamente en pie y dispararon sobre ellos.

El contramaestre quedó muerto en el acto, el segundo marinero fue herido en el cuerpo y se desplomó junto a él, aunque no murió hasta una o dos horas más tarde; y el tercero huyó corriendo.

Al ruido de los disparos, inmediatamente avancé con todo mi ejército, que ahora constaba de ocho hombres: yo, como generalísimo; Viernes, como mi lugarteniente; el capitán y sus dos hombres, y los tres prisioneros de guerra, a quienes habíamos confiado armas.

Y la verdad es que, como caímos sobre ellos en la oscuridad, no pudieron ver cuántos éramos; y mandé al hombre que custodiaba el bote, y que ahora era uno de los nuestros, que los llamara por sus nombres, para intentar convencerlos de que parlamentáramos, y así quizá hacerles aceptar nuestras condiciones, lo cual ocurrió tal como deseábamos; pues la verdad es que era fácil de imaginar que, en la situación en que estaban, capitularían de muy buen grado; de modo que gritó, tan fuerte como pudo, a uno de ellos:

—¡Tom Smith, Tom Smith!

Tom Smith contestó inmediatamente:

—¿Eres tú, Robinson? —Porque al parecer reconoció su voz.

El otro contestó.

—Sí, sí; por el amor de Dios, Tom Smith, arrojad las armas y rendíos, o ahora mismo sois todos hombres muertos.

—¿A quién tenemos que rendirnos? ¿Dónde están? —replicó Smith.

—Están aquí —dijo—; aquí está el capitán con cincuenta hombres, que os han estado acosando desde hace dos horas; el contramaestre ha muerto, Will Frye está herido, y yo he sido hecho prisionero; y si no os rendís, estáis todos perdidos.

—¿Nos darán cuartel si nos rendimos? —dijo Tom Smith.

—Iré a preguntarlo si prometéis rendiros —dijo Robinson.

De modo que lo preguntó al capitán, y entonces fue el mismo capitán quien gritó:

—¡Smith, ya conoces mi voz! Si deponéis las armas y os sometéis, todos salvaréis la vida, menos Will Atkins.

Entonces Will Atkins gritó:

—¡Por el amor de Dios, capitán, dadme cuartel! ¿Qué es lo que he hecho? Todos son tan culpables como yo.

Lo cual, dicho sea de paso, no era cierto; porque parece ser que este Will Atkins había sido el primero en poner las manos encima del capitán, cuando empezó el motín, y que lo había tratado de un modo indigno, atándole las manos y llenándolo de injurias. Sin embargo, el capitán le dijo que debía deponer las armas a discreción, y confiarse a la misericordia del gobernador, con lo cual aludía a mí; porque todos ellos me llamaban gobernador.

En pocas palabras, que todos depusieron las armas e imploraron por sus vidas; y envié al hombre que había parlamentado con ellos, y a dos más, para que los ataran a todos; y luego, mi gran ejército de cincuenta hombres, que, incluyendo a estos tres, no contaba con más que ocho, avanzó y se apoderó de todos ellos y de su bote, aunque yo, junto con otro más, me quedé fuera del alcance de su vista, por razones de Estado.

Entonces nos pusimos a reparar el bote, y a pensar en apoderarnos del barco; y en cuanto al capitán, ahora que tenía ocasión de hablarles, les reprochó la villanía que habían cometido con él, y se extendió sobre la perversidad de su propósito, y cómo, sin duda alguna, hubiera terminado por llevarlos a un fin lamentable y desastroso, y quizá a la horca.

Todos se mostraron muy arrepentidos y suplicaron afanosamente por sus vidas. En cuanto a esto, les dijo que ellos no eran prisioneros suyos, sino del gobernador de la isla; que ellos habían creído desembarcarle en una isla desierta y estéril, pero que había complacido a Dios encaminarlos de modo que la isla estuviera habitada, y que su gobernador fuera inglés; que él podía colgarlos a todos allí mismo, si le apetecía; pero que, como les había dado cuartel, suponía que los enviaría a Inglaterra, para que allí se hiciera justicia con ellos, exceptuando a

Atkins, acerca del cual el gobernador le había encargado que le aconsejase prepararse para la muerte, ya que al amanecer iba a ser colgado.

Aunque todo esto no era más que una ficción suya, con todo causó el efecto deseado. Atkins cayó de rodillas suplicando al capitán que intercediese por su vida ante el gobernador, y todo el resto le suplicaron por el amor de Dios que no se les enviase a Inglaterra.

Entonces se me ocurrió que la hora de nuestra libertad había llegado, y que sería muy fácil hacer que aquellos hombres nos ayudasen de buen grado a adueñarnos del barco. Así es que me retiré lejos de ellos, en la oscuridad, para que no vieran cómo era el gobernador que tenían, y llamé al capitán. Cuando lo llamé, como si estuviera a una buena distancia, ordené a uno de los hombres que fuera al capitán y le dijese:

—Capitán, el gobernador os llama.

Y al momento el capitán replicó:

—Di a su Excelencia que voy enseguida.

Esto terminó de engañarlos, y todos creyeron que el gobernador estaba allí cerca con sus cincuenta hombres.

Cuando el capitán se reunió conmigo, le conté mi proyecto para apoderarnos del barco, que le pareció de maravilla, y decidimos ponerlo en práctica a la mañana siguiente.

Pero, con objeto de llevarlo a cabo con más perfección, y asegurarnos el éxito, le dije que teníamos que separar a los prisioneros, y que fuese y cogiese a Atkins y a dos más de los peores de ellos, y los enviase maniatados

a la cueva donde estaban los otros. Esto fue encomendado a Viernes y a los dos hombres que desembarcaron con
el capitán.

Ellos los llevaron a la cueva, como a una prisión, y la
verdad es que era un lugar desolador, sobre todo para
quien se veía en su situación.

A los demás los hice llevar a mi cabaña, como yo la
llamaba, y de la que ya he hecho una descripción completa; y como estaba rodeada de una empalizada, y ellos
maniatados, el lugar era lo suficientemente seguro, teniendo en cuenta que su suerte dependía de su conducta.

A éstos, por la mañana, los envié al capitán, que tenía que parlamentar con ellos, en una palabra, sondear-
los, y decirme si creía que podíamos o no confiar en ellos,
para que fueran a bordo y se apoderaran del barco por
sorpresa. Les habló del agravio que le habían hecho; de
la situación en que se veían; y de que, aunque el gobernador les había dado cuartel en lo que respecta a sus vidas
en la circunstancia presente, que, si eran enviados a Inglaterra, a buen seguro que serían ahorcados; pero que si
colaboraban en una empresa tan justa como la de recobrar el barco, él obtendría del gobernador la promesa de
su perdón.

Y cualquiera puede imaginar lo prontamente que una
proposición como ésta fue aceptada por hombres que
se hallaban en su situación. Cayeron de rodillas ante el
capitán y prometieron, con los más solemnes juramen-
tos, que le serían leales hasta la última gota de su sangre,
y que le deberían la vida y que irían con él hasta el fin del

mundo; que lo considerarían como su padre mientras viviesen.

—Bueno —dijo el capitán—, tengo que ir a ver al gobernador para contarle lo que decís, e intentar convencerlo de que consienta en ello.

De modo que él vino a hacerme una relación de las disposiciones en que los había encontrado; y me dijo que él creía que verdaderamente serían leales.

Sin embargo, a fin de tener una seguridad completa, le dije que volviera con ellos y que eligiera a cinco y les dijera que, como podían ver, él no necesitaba hombres, que se llevaría a aquellos cinco para que le ayudaran, y que el gobernador se quedaría con los otros dos, y los tres que habían sido enviados al castillo (mi cueva) como rehenes para responder de la lealtad de aquellos cinco, y que si ellos se mostraban desleales en su cometido, los cinco rehenes serían colgados vivos en la playa.

Esto parecía muy riguroso y los convenció de que el gobernador era un hombre importante; sin embargo, no había más solución que aceptarlo; y desde entonces los prisioneros tuvieron tanto empeño como el capitán en persuadir a los otros cinco de que cumplieran con su deber.

Nuestras fuerzas para la expedición se disponían del siguiente modo: primero, el capitán, su piloto y el pasajero. Segundo, los dos prisioneros de la primera partida, a quienes, debido a los informes del capitán, había devuelto la libertad y había confiado armas. Tercero, los otros dos, que hasta entonces había tenido maniatados en mi cabaña, pero que por indicación del capitán había puesto en libertad. Cuarto, estos cinco recién puestos en libertad; de modo que en total eran doce, además de los cinco que manteníamos prisioneros en la cueva como rehenes.

Pregunté al capitán si estaba dispuesto a aventurarse con aquellos hombres a bordo del barco, pues en cuanto a mí y a mi criado Viernes no me parecía oportuno movernos de allí, dejando a siete hombres a nuestras espaldas; y ya teníamos bastante trabajo con mantenerlos separados y proveerlos de víveres.

En cuanto a los cinco de la cueva decidí que siguieran atados, pero Viernes iba dos veces al día para proveerlos de lo necesario; e hice que los otros dos llevaran

provisiones a una cierta distancia, adonde Viernes iba a recogerlas.

Cuando me mostré a los dos rehenes, iba conmigo el capitán, quien les dijo que yo era la persona que el gobernador había designado para vigilarlos, y que era voluntad del gobernador que no dieran un paso sin que yo se lo ordenara; y que si no lo hacían así, serían conducidos al castillo y cargados de cadenas. De modo que, como antes nunca permitimos que me vieran en calidad de gobernador, ahora yo aparecía como otra persona, y hablaba del gobernador, de la guarnición, del castillo y de otras cosas por el estilo, siempre que tenía ocasión.

El capitán, pues, no tenía más tarea ante sí que la de aparejar los dos botes, cerrar la brecha de uno de ellos, y armarlos. Hizo a su pasajero capitán de uno, con cuatro hombres más; y él mismo, con su piloto y cinco más, embarcaron en el otro; y se las ingeniaron muy bien para conseguir sus propósitos, pues llegaron junto al barco alrededor de medianoche. Apenas llegaron a un lugar desde donde podían oírlos desde el barco, hizo que Robinson los llamara y les dijese que traían a los hombres y al bote, pero que habían necesitado mucho tiempo para encontrarlos, y así por el estilo, distrayéndolos con su charla hasta que llegaron junto al costado del barco. Cuando el capitán y el piloto, entrando los primeros con sus armas, al instante derribaron por tierra al segundo piloto y al carpintero con las culatas de los mosquetes, siendo fidelísimamente secundados por sus hombres; una vez sometido todo el resto de la tripulación que se encontraba en el puente y en el castillo de popa, empezaron a cerrar las escotillas para que no pudieran salir los que estaban abajo, cuando, al llegar el otro bote, sus hombres, subiendo por las cadenas de proa, se apoderaron del castillo de proa del barco, y del escotillón por el que se bajaba a la cocina, haciendo prisioneros a tres hombres que encontraron allí.

Una vez hecho esto, y siendo dueños absolutos sobre cubierta, el capitán ordenó que el piloto con tres hombres forzasen la puerta de la cámara del consejo en donde se hallaba el nuevo capitán de los rebeldes, quien, a la señal de alarma, se había levantado y con dos marineros y el grumete, los esperaba con armas de fuego en la mano; y cuando el piloto descerrajó la puerta con una palanca, el nuevo capitán y sus hombres abrieron fuego sin vacilar, e hirieron al piloto de una bala de mosquete que le rompió el brazo, e hirieron a dos hombres más, pero no mataron a nadie.

El piloto, al tiempo que pedía ayuda, aunque herido, se precipitó dentro de la cámara del consejo, y de un pistoletazo atravesó la cabeza del nuevo capitán, a quien la bala le entró por la boca y le salió por detrás de una oreja, antes de que tuviera tiempo de decir nada; en vista de lo cual, el resto se rindió, y así el barco quedó totalmente recuperado sin que se perdiera ninguna vida más.

Tan pronto como se vio dueño del barco, el capitán ordenó disparar siete cañonazos, que era la señal convenida conmigo para darme la noticia de su triunfo, y que el lector puede estar seguro de que oí con gran satisfacción, ya que había estado velando en tierra, en espera de la señal, hasta cerca de las dos de la madrugada.

Una vez hube oído claramente la señal, me fui a dormir; y como para mí había sido un día extraordinariamente fatigoso, dormí muy profundamente, hasta que me produjo un cierto sobresalto el estampido de un cañonazo; y al levantarme presuroso oí que alguien me llamaba con el nombre de gobernador, gobernador, y al momento reconocí la voz del capitán, y trepé hasta la cumbre de la colina en donde estaba, y, señalando al barco, me estrechó entre sus brazos.

—¡Mi querido amigo y salvador! —dijo él—. He ahí vuestro barco, porque es todo vuestro, como lo somos nosotros y todo lo que contiene.

Dirigí la vista hacia el barco, y lo vi fondeado a poco más de ochocientos metros de la costa, pues habían levado anclas tan pronto como se habían adueñado de él; y como el tiempo era bueno, lo habían vuelto a anclar en la misma entrada de la pequeña ensenada; y como la marea estaba alta, el capitán había llevado la barca hasta cerca del lugar en donde tiempo atrás yo había arribado con mis balsas, desembarcando así delante de mi misma puerta.

Al principio estuve a punto de desvanecerme por la sorpresa. Puesto que vi mi libertad tan visiblemente puesta en mis manos, todas las dificultades allanadas y un gran barco preparado para llevarme adonde desease ir. Al principio, durante un rato, no pude contestarle ni una palabra, pero como me había tomado entre sus brazos, me agarré a él, o de lo contrario hubiese caído al suelo.

Él advirtió mi impresión, y al punto se sacó del bolsillo una botella y me dio un trago de cordial, que había traído ex profeso para mí. Después de beber, me senté en el suelo y, aunque aquello me rehízo, aún pasó un buen rato antes de que pudiera decirle alguna palabra.

Entretanto, el pobre hombre estaba tan enormemente emocionado como yo, sólo que, a diferencia de mí, no bajo el efecto de ninguna sorpresa, y me dirigió todo género de frases afectuosas para calmarme y hacerme volver en mí; pero mi corazón rebosaba tanta alegría que dentro de mí no había más que confusión. Por fin prorrumpí en lágrimas, y poco rato después recobré el habla.

Entonces yo a mi vez lo abracé como a mi salvador, y nos felicitamos el uno al otro; le dije que lo consideraba como alguien enviado por el Cielo para salvarme, y que todo lo sucedido me parecía una sucesión de prodigios; que cosas como éstas eran el testimonio de que la mano invisible de la Providencia gobernaba el mundo, y la prueba evidente de que los ojos de un Poder infinito podían penetrar hasta el más remoto de los rincones del mundo, y enviar ayuda al desgraciado en el momento en que le complaciera a Él.

No me olvidé de elevar al Cielo mi agradecido corazón; y ¿qué corazón hubiese podido dejar de bendecir a Aquel que no sólo había provisto de un modo milagroso para quien estaba en semejante desierto, y en semejante situación tan desesperada, sino que también debía ser siempre reconocido como Aquel de quien procede toda salvación?

Después de que hubimos charlado un rato, el capitán me dijo que me había traído unas pocas provisiones, de las que el barco estaba abastecido, y de las que aquellos desdichados, que durante tanto tiempo habían sido sus dueños, no habían aún saqueado. Entonces dio un grito a los del bote, y ordenó a sus hombres que trajeran a tierra lo que iba destinado al gobernador; y la verdad es que era un presente como si yo no fuera a irme con ellos, sino que me quedara todavía habitando la isla, y ellos se fueran sin mí.

En primer lugar me había traído una caja de botellas llenas de excelentes aguas cordiales, seis botellas grandes de vino de Madeira; las botellas eran de una cabida de dos litros cada una; un kilo de tabaco de la mejor clase; doce pedazos grandes de carne de vaca, salada, y seis pedazos de tocino, con un saco de guisantes y unos cuarenta y cinco kilos de galleta.

También me trajo una caja de azúcar, una caja de harina, un saco lleno de limones y dos botellas de zumo de lima, y multitud de otras cosas. Pero, además, y esto me fue mil veces más útil, me trajo seis camisas limpias y nuevas, seis magníficas corbatas, dos pares de guantes, un par de zapatos, un sombrero y un par de medias, y un magnífico vestido suyo, que había sido muy poco llevado; en pocas palabras, que me vistió de pies a cabeza.

Como cualquiera puede imaginarse, en mis circunstancias éste era un presente muy agradable y muy de agradecer, pero jamás hubo nada de este tipo tan incómodo, embarazoso y molesto, como fue para mí llevar estas ropas cuando me las puse por vez primera.

Terminadas estas formalidades, y una vez hubieron sido llevados a mi pequeña morada los magníficos presentes, empezamos a deliberar acerca de lo que haríamos con nuestros prisioneros; ya que valía la pena detenernos a considerar si podíamos arriesgarnos a llevárnoslos con nosotros o no, especialmente a dos de ellos, que sabíamos que eran incorregibles y tercos en grado extremo; y el capitán dijo que sabía que eran tales bribones que no eran dignos de confianza, y que si se los llevaba con él tenía que ser encadenados como malhechores, para ser entregados a la justicia en la primera colonia británica a la que llegaran; y me di cuenta de que el capitán estaba muy preocupado por aquella cuestión.

Al ver esto le dije que, si lo deseaba, me atrevería a entendérmelas con los dos hombres de que hablaba, para hacer que ellos mismos me pidieran que los dejase en la isla.

—Esto me satisfaría muy de veras —dijo el capitán.

—Bueno —dije yo—, haré que me los traigan, y hablaré con ellos en nombre vuestro.

De modo que encargué a Viernes y a los dos rehenes, puesto que ahora estaban en libertad, ya que sus camaradas habían cumplido su promesa; decía que les encargué que fueran a la cueva y me trajeran a los cinco hombres maniatados, tal como estaban, a la cabaña, y que los custodiaran allí hasta que yo llegase.

Al cabo de un rato me presenté allí vestido con mis nuevas ropas, y entonces volví a ser llamado gobernador. Después de reunirnos todos, y estando el capitán a mi lado, ordenó que me trajeran a los hombres, y les dije que se me había hecho una relación completa de las maldades que habían cometido con el capitán, y de cómo habían escapado con el barco y se disponían a cometer nuevos saqueos, pero que la Providencia había vuelto contra ellos sus propias emboscadas, y que habían caído en la misma trampa que ellos habían tendido para otros.

Les hice saber que, en cumplimiento de mis órdenes, el barco había sido apresado, y que ahora estaba fondeado en la rada; y que no tardarían en poder ver que su nuevo capitán había recibido el pago de su maldad, ya que verían colgado del penol de una verga.

Que, en cuanto a ellos, quería saber si tenían algo que alegar para que no los ejecutase como a piratas sorprendidos en su fechoría, ya que, por mi cargo, no podían dudar de que tenía autoridad para hacerlo.

Uno de ellos respondió en nombre del resto, que lo único que tenían que alegar era que, cuando fueron hechos prisioneros, el capitán les prometió respetar sus vidas, y que imploraban piedad humildemente, pero yo les dije que no sabía cómo mostrarles piedad, ya que, en cuanto a mí, había decidido abandonar la isla con todos mis hombres y embarcarme con el capitán para ir a Inglaterra; y que en cuanto al capitán, no podía llevarlos a Inglaterra más que como prisioneros bajo cadenas, para ser juzgados por motín y huida con el barco. La consecuencia de lo cual, y ellos debían forzosamente saberlo, sería la horca; de modo que yo no podía decirles cuál era el mejor camino que podían tomar, a menos que pensasen en probar fortuna en la isla. Si era esto lo que deseaban, a mí no me importaba, ya que tenían libertad para partir, me sentía inclinado a dejarlos con vida si ellos creían que podían arreglárselas en aquella tierra.

Parecieron quedar muy agradecidos y dijeron que preferían con mucho arriesgarse a permanecer allí, que ser llevados a Inglaterra para que los colgaran, de modo que di la cuestión por resuelta.

Sin embargo, el capitán pareció poner alguna dificultad, como si no se atreviera a dejarlos allí. Entonces yo me fingí un poco encolerizado con el capitán, y le dije que eran mis prisioneros y no los suyos; y que después de haberles ofrecido una merced como aquélla no dejaría de mantener mi palabra; y que si él no estaba dispuesto a consentir en ello, los dejaría en libertad, tal como los encontré; y que si no estaba de acuerdo con esto, podía volver a hacerlos prisioneros si es que podía cogerlos.

Al oírme se mostraron muy agradecidos, y así fue como los puse en libertad y les ordené que se retiraran a los bosques, hacia el lugar de donde habían venido, y les dije que les dejaría algunas armas de fuego, municiones, y que les daría ciertos consejos sobre cómo vivir muy bien, si lo creían oportuno.

Tras esto, me dispuse a subir a bordo del barco, pero le dije al capitán que aquella noche me quedaría en tierra para preparar mis cosas, y que prefería que entretanto él fuese a bordo y se cuidase de que allí todo estuviera en orden, y que al día siguiente enviase a tierra un bote para recogerme. Le encargué también que, durante ese tiempo, el nuevo capitán que encontró la muerte fuese colgado del penol de una verga, para que los otros pudieran verlo.

Cuando el capitán se hubo ido, mandé subir a mi morada a los marineros, y empecé a hablarles seriamente acerca de la situación en que quedaban. Les dije que en mi opinión habían elegido bien; que si el capitán se los llevaba con él, sin duda alguna serían colgados. Les señalé al nuevo capitán colgando del penol de una verga del barco, y les dije que no hubieran podido esperar otra cosa.

Una vez que todos ellos hubieron declarado su voluntad de quedarse allí, les dije que les contaría la historia de mi estancia en aquel lugar y que les facilitaría los medios de que la suya fuera cómoda. Así pues, les di una relación completa del lugar y de mi llegada a él. Les mostré mis fortificaciones, el modo de hacer pan, de plantar el grano, de secar la uva y, en pocas palabras, todo lo necesario para que su vida fuera más holgada. Les conté también la historia de los dieciséis españoles que esperábamos, para los cuales dejé una carta y les hice prometer que se lo partirían todo con ellos.

Les dejé mis armas de fuego, esto es, cinco mosquetes, tres escopetas de caza y tres espadas. Aún me había sobrado más de un barril y medio de pólvora; ya que después del primer, o de los primeros años, usé muy poca, y no malgasté ninguna. Les describí el modo en que criaba las cabras, y les indiqué cómo ordeñarlas y engordarlas, y cómo hacer manteca y queso.

En pocas palabras, les di todos los detalles de mi historia, y les dije que intercedería ante el capitán para que les dejase dos barriles más de pólvora, y simientes de hortalizas, de lo que les dije que yo hubiera estado muy contento de poder tener. También les di el saco de guisantes que el capitán me había traído para comer, y les anuncié que podían estar seguros de que si los sembraban obtendrían una buena cosecha.

CAPÍTULO 14
Regreso a Europa

Una vez hecho todo esto, al día siguiente los dejé y subí a bordo del barco. Inmediatamente nos dispusimos a soltar velas, pero aquella noche no levamos anclas. Al día siguiente, a primera hora de la mañana, dos de los cinco marineros llegaron nadando hasta el costado del barco, y después de quejarse del modo más lastimero de los otros tres, nos suplicaron por amor de Dios que los admitiéramos en el barco, ya que de lo contrario serían asesinados, y suplicaron al capitán que los aceptara a bordo, aunque los colgara inmediatamente.

A esto el capitán alegó que no tenía facultad de hacerlo sin mi permiso; pero, después de algunas dificultades, y de que prometieran solemnemente enmendarse, fueron aceptados a bordo, y al cabo de un rato fueron vigorosamente azotados y se les frotó las heridas con sal; después de lo cual se comportaron siempre como hombres muy honrados y apacibles.

Poco después se mandó el bote a tierra, aprovechando la marea alta, con todo lo que había prometido a los marineros, a lo que el capitán, por intercesión mía, hizo

LACOSTE ET FILS AINÉ

que se añadiera sus baúles y ropas, que ellos recogieron, y por lo que estuvieron muy agradecidos. Yo también los animé diciéndoles que si estaba en mi mano enviarles algún navío para que los recogiera, no los olvidaría.

Al despedirme de la isla, me llevé a bordo, como recuerdos, mi gran gorro de piel de cabra, que yo mismo me había hecho, mi parasol y mi loro. Tampoco me olvidé de coger el dinero que antes mencioné, el cual había guardado tanto tiempo sin que me sirviera de nada, que estaba enmohecido y herrumbroso, y apenas podía creerse que fuera plata hasta que lo hube frotado y manejado un poco; como también el dinero que encontré en el naufragio del barco español.

Y así fue como abandoné la isla el 19 de diciembre, según vi por el cómputo del barco, del año 1686, después de haber estado en ella veintiocho años, dos meses y diecinueve días; salvándome de este segundo cautiverio el mismo día del mes en que años atrás me escapé en la chalupa del poder de los moros de Salé.

En este navío, después de un largo viaje, llegué a Inglaterra el 11 de junio del año 1687, después de una ausencia de treinta y cinco años.

Cuando llegué a Inglaterra era un extraño para todo el mundo, como si allí nunca nadie me hubiese conocido. Mi bienhechora y fiel administradora, a quien había confiado mi dinero, vivía aún, pero había sufrido grandes desgracias. Había enviudado por segunda vez y se hallaba en mala posición. La tranquilicé respecto a lo que me debía, asegurándole que no le causaría ninguna molestia, sino que, por el contrario, como gratitud por sus desvelos y la fidelidad que me había mostrado tiempo atrás, la socorrería en todo lo que me permitiese mi pequeño capital, que, la verdad es que en aquel momento no me hubiera permitido hacer gran cosa por ella; pero le aseguré que nunca olvidaría sus pasadas atenciones para conmigo; ni la olvidé, cuando tuve suficiente para ayudarla, como se verá en su debido lugar.

Luego me dirigí al condado de York, pero mi padre y mi madre habían muerto, y toda la familia se había extinguido, si se exceptúa que encontré a dos hermanas, y a dos de los hijos de uno de mis hermanos; y como hacía ya mucho tiempo que se me había dado por muerto, no me habían reservado nada en el reparto de bienes; de modo que, en una palabra, no encontré nada con que resarcirme o ayudarme, y comprendí que el poco dinero que tenía no iba a servirme de mucho para situarme en la vida.

Pero la verdad es que me encontré con una muestra de gratitud que no esperaba; y ello fue que el capitán del barco, a quien tan felizmente había salvado, salvando con él el barco y el cargamento, habiendo hecho una bellísima relación a los armadores del modo en que había salvado la vida de los hombres y el barco, me invitaron a reunirme con ellos y varios otros comerciantes interesados, y una vez todos reunidos, me felicitaron calurosísimamente por lo que había hecho, y me ofrecieron un presente de casi doscientas libras esterlinas.

Pero, después de reflexionar más de una vez sobre mi situación y lo poco que me daría de sí lo que tenía para situarme en la vida, decidí ir a Lisboa y ver si podía saber algo del estado de mi plantación en Brasil, y de lo que había sido de mi socio, pues tenía razones para suponer que ya hacía años que me había dado por muerto.

Con este propósito me embarqué para Lisboa, adonde llegué al siguiente mes de abril. Mi criado Viernes me acompañaba fidelísimamente en todas estas idas y venidas, y demostró en todas las ocasiones ser el más adicto de los servidores.

Cuando llegué a Lisboa, encontré gracias a mis indagaciones, y para mi gran satisfacción, a mi viejo amigo el capitán del barco que mucho tiempo atrás me había recogido en el mar, cerca de la costa de África. Había envejecido y había dejado el mar, encomendando a su hijo, que ya estaba lejos de ser joven, su barco, que seguía haciendo el comercio con Brasil. El anciano no me reconoció y la verdad es que yo apenas lo reconocí a él, pero su recuerdo pronto me volvió a la memoria, y lo mismo le ocurrió a él conmigo, apenas le hube dicho quién era.

Después de las afectuosas expresiones propias de viejos amigos, el lector puede estar seguro de que le pregunté por mi plantación y mi socio. El anciano me dijo que hacía unos nueve años que no había estado en Brasil, pero que podía asegurarme que cuando salió de allí por última vez, mi socio vivía aún, aunque que los administradores a quienes yo había dejado a su lado para que velaran por mi parte, habían muerto los dos; mas que a pesar de esto, él creía que podía conseguir que me rindieran cuentas exactas del incremento de mi plantación, ya que, al existir la creencia general de que yo me había perdido y ahogado en el mar, mis administradores habían rendido cuentas de los beneficios de mi parte de la plantación al procurador fiscal, quien provisionalmente había dispuesto del dinero, en caso de que nunca lo reclamase nadie. Un tercio al rey y dos tercios al monasterio de San Agustín, para que se empleara en socorrer a los pobres y en la conversión de los indios a la fe católica, pero que si aparecía yo, o alguien que fuera en mi nombre, para reclamar la herencia, me sería devuelta; sólo que los intereses o rentas anuales, como ya estaban distribuidos para obras de caridad, no podrían serme devueltos; pero que él me aseguraba que el intendente de las rentas reales (de tierras) y el proveedor o intendente del monasterio, durante todo el tiempo se había cuidado de que el beneficiario, es decir, mi socio, les rindiera cada año cuentas exactas del producto de la plantación, del cual recibían, como era justo, mi mitad.

Le pregunté si sabía si había hecho prosperar mucho la plantación y si creía que valía la pena preocuparse de aquello, o si al ir allí no me encontraría con obstáculos para tomar posesión, en mi justo derecho, de mi mitad.

Me dijo que no podía decirme exactamente hasta qué punto había prosperado la plantación, pero que sabía que mi socio se había hecho extraordinariamente rico, sólo disfrutando de la mitad de ella; y que recordaba perfectamente haber oído decir que el tercio de mi parte destinado al rey, y que al parecer había sido otorgado a algún otro monasterio o casa religiosa, ascendía a más de doscientos moidores al año; que el que yo volviera a tomar pacífica posesión de aquello era algo incuestionable, ya que mi socio vivía y podía atestiguar la validez de mi derecho, y por otra parte mi nombre constaba también en el registro del país. También me dijo que los sucesores de mis dos administradores eran gente muy honrada y justa, y riquísimos; y que él creía que no sólo me darían toda su ayuda para que yo volviera a tomar posesión de lo mío, sino que también encontraría en su poder una considerabilísima suma de dinero destinada a mí; que no sería más que el beneficio que había dado la hacienda, mientras sus padres estuvieron encargados de ella y antes de haberla cedido, como se ha dicho más arriba, lo cual, según él recordaba, había ocurrido hacía unos doce años.

Me mostré un poco preocupado e inquieto acerca de estas cuentas, y pregunté al anciano capitán cómo había llegado a ocurrir que los administradores hubieran dispuesto de este modo de mis bienes, cuando él sabía que yo había hecho testamento, y que le había nombrado a él, el capitán portugués, mi heredero universal, etcétera.

Me dijo que esto era cierto, pero como no había ninguna prueba de que yo hubiera muerto, él no podía actuar como ejecutor testamentario hasta no tener algún indicio evidente de mi muerte, y que por otra parte él no había querido mezclarse en una cosa tan lejana; que ciertamente había registrado mi testamento y hecho su reclamación; y que de haber podido dar algún indicio de que yo estuviera vivo o muerto, hubiera actuado por procuración y tomado posesión del ingenio, que así llaman a las azucareras, y que hubiese dado las órdenes necesarias a su hijo, que ahora estaba en Brasil.

—Pero —dijo el anciano— tengo otra noticia que daros, que quizá no sea tan grata como las demás, y es la de que, creyendo que habíais desaparecido para siempre, y creyéndolo también todo el mundo, vuestro socio y administradores me ofrecieron rendirme cuentas como heredero vuestro, de seis u ocho de los primeros años de beneficios, los cuales recibí, pero como en aquella época hubo —dijo él— grandes gastos para acrecentar la plantación, construyendo un ingenio, y comprando esclavos, no produjo ni con mucho lo que dio más adelante; sin embargo —dijo el anciano—, os daré una fiel relación de lo que he recibido en total, y de cómo he dispuesto de ello.

Después de varios días más de nuevas entrevistas con este viejo amigo, me trajo una relación de las rentas de mi plantación durante seis años, firmada por mi socio y los comerciantes encomendados, las cuales rentas siempre se habían satisfecho en especie, esto es, en rollos de tabaco y cajas de azúcar, además de ron y melaza, etcétera, que son los productos de una azucarera; y vi por esta relación que la renta aumentaba considerablemente, pero, según se ha dicho más arriba, como los gastos eran muy grandes, al principio la suma era pequeña. Sin embargo, el anciano me hizo ver que me debía cuatrocientos setenta moidores de oro, además de sesenta cajas de azúcar y quince rollos de tabaco, que se habían perdido en su barco, ya que había naufragado al regresar a Lisboa, unos once años después de mi partida.

Entonces el buen hombre empezó a lamentarse de sus desgracias, y de cómo se había visto obligado a hacer uso de mi dinero para recuperarse de sus pérdidas y comprar su parte en un nuevo barco.

—Sin embargo, mi viejo amigo —dijo él—, no os faltará con qué atender vuestras necesidades; y tan pronto como regrese mi hijo, se os pagará todo.

Entonces, sacó una vieja bolsa y me dio ciento sesenta moidores portugueses de oro; y entregándome su título de propiedad del barco, en el que su hijo había ido a Brasil, y del que era propietario de una cuarta parte y su hijo de otra, puso ambas en mis manos como garantía del resto.

Me conmovió demasiado la honradez y bondad de aquel pobre hombre para poder aceptárselo; y recordando lo que había hecho por mí, cómo me había recogido en el mar, y lo generosamente que me había tratado en toda ocasión, y sobre todo lo sincero de su amistad que ahora me mostraba, a duras penas pude contener las lágrimas al oír lo que me decía. Así pues, primero le pregunté si su situación le permitía desprenderse de tanto dinero en aquel momento, y si esto no lo ponía en un aprieto. Me dijo que no podía por menos de confesar que sí lo ponía en un cierto aprieto, pero que, sin embargo, el dinero era mío, y que yo podía necesitarlo más que él.

Todo lo que el buen hombre me decía estaba lleno de afecto, y yo a duras penas podía contener las lágrimas mientras me hablaba. En resumen, cogí cien de los moidores, y pedí pluma y tinta para hacerle un recibo por ellos. Luego le devolví el resto, y le dije que si llegaba a tomar posesión de la plantación le devolvería también éstos, como la verdad es que así hice más adelante; y que en cuanto al documento de propiedad de su parte y de la de su hijo en el barco, no lo aceptaría en modo alguno; sino que si yo necesitaba el dinero, ya sabía que él era lo suficientemente honrado para pagarme; y que si no lo necesitaba, sino que podía recuperar lo que él me había dado motivos para suponer que podía esperar, nunca le pediría ni un penique más.

Una vez solucionada esta cuestión, el anciano me preguntó si quería que él me indicase algún procedimiento para reclamar mi plantación. Le dije que pensaba ir allí yo mismo en persona. Dijo que podía hacerlo si me complacía, pero que, si no, había medios suficientes para defender mis derechos y entrar inmediatamente en posesión de los beneficios; y como en el río de Lisboa había barcos a punto de zarpar para Brasil, hizo inscribir mi nombre en un registro público, con un certificado suyo en el que afirmaba bajo juramento que yo vivía y que era la misma persona que años atrás había recibido la tierra y emprendido dicha plantación.

Después de que esto fue debidamente legalizado por un notario, y que se le adjuntó una procuración,[21] me indicó que la mandase, junto con una carta de su propia mano, a un comerciante de allí, amigo suyo, y luego me

---

21. Documento legal que una persona otorgar a otra para que ejecute algo en su nombre.

propuso que me quedara con él hasta tener noticias de la contestación.

Nunca se vio nada más digno de elogio que la respuesta a esta procuración, ya que al cabo de menos de siete meses recibí un gran paquete de los sucesores de mis administradores, los comerciantes por cuya cuenta me había embarcado, y que contenía las siguientes cartas y papeles:

Primero, había una relación detallada de los beneficios de mi hacienda o plantación, durante seis años, a partir del año en que sus padres habían saldado cuentas con mi anciano capitán portugués. El balance resultaba ser de mil ciento setenta y cuatro moidores a mi favor.

En segundo lugar, había la relación de cuatro años más, durante los cuales habían conservado los bienes en su poder, antes de que el gobierno reclamase su administración, como bienes de alguien que había desaparecido, lo que suele llamarse muerte civil; y este balance, como el valor de la plantación había aumentado, ascendía a treinta y ocho mil ochocientos noventa y dos cruzados,[22] que equivalían a tres mil doscientos cuarenta y un moidores.

En tercer lugar, había la relación del prior[23] de San Agustín, quien había disfrutado de los beneficios durante más de catorce años; y aunque no había de dar cuenta de lo que había empleado en el hospital, con mucha honradez declaraba que aún tenía ochocientos setenta y dos

22. Unidad monetaria de Portugal durante los siglos XVIII y XIX.
23. Cargo superior en una orden religiosa, convento o catedral.

moidores no distribuidos, que reconocía como pertenecientes a mí. En cuanto a la parte del rey, no se me devolvió nada.

Había también una carta de mi socio, felicitándose
muy afectuosamente de que estuviera con vida, haciéndome una relación de las mejoras de la propiedad, y de lo
que producía al año, y detallándome el número de hectá-
reas de que constaba; cómo se había plantado y cuántos
esclavos trabajaban en ella; y al lado de veintidós cruces
que había trazado, a modo de bendiciones, me decía que
había dicho otras tantas avemarías para agradecer a la
Santísima Virgen que estuviera vivo; y me invitaba calu-
rosamente a reunirme con él y a tomar posesión de lo que
era mío; y, entretanto, a darle instrucciones sobre la persona a quien debía entregar mis bienes, si es que no iba
yo en persona; y concluía con cordiales protestas de amistad, de parte de él y de su familia, y me enviaba como
presente siete hermosas pieles de leopardo que al parecer
había recibido de África por algún otro barco que había
enviado allí, y que al parecer había tenido mejor viaje
que el mío. Me enviaba también cinco cajas de excelentes golosinas y un centenar de piezas de oro no acuñadas,
no tan grandes como los moidores.

Por la misma flota, mis dos comerciantes administradores me expidieron mil doscientas cajas de azúcar, ochocientos rollos de tabaco, y el resto de la cuenta en oro.

Ahora, la verdad es que bien podía decir que Job había llegado a tener una situación mejor que la de un principio. Sería imposible expresar aquí la confusión de mi

corazón cuando mi vista recorría estas cartas, y sobre todo cuando vi toda aquella riqueza a mi alrededor; pues, como los barcos de Brasil vienen siempre en flotas, los mismos barcos que me trajeron las cartas trajeron mis bienes, y éstos se hallaban ya a salvo en el río, antes de que las cartas llegaran a mis manos. En una palabra, que palidecí y me sentí enfermo; y de no haberse precipitado el anciano a darme un cordial, creo que la súbita emoción de aquella alegría hubiese sido más fuerte que la naturaleza y hubiese muerto en el acto.

Más aún, después de esto seguí encontrándome muy mal y así seguí durante varias horas, hasta que un médico al que habían mandado llamar, adivinando algo del motivo que había causado mi enfermedad, ordenó que me sangraran.[24] Después de lo cual me sentí mejor y fui mejorando, pero creo muy de veras que de no haberse facilitado de este modo una salida a los humores, hubiese muerto.

Ahora, pues, me veía dueño, de repente, de más de cinco mil libras esterlinas en moneda, y tenía una propiedad, ya que bien puedo llamarla así, en Brasil, que daba más de cinco mil libras al año, tan segura como una propiedad en tierras inglesas; y, en pocas palabras, me encontraba en una situación de la que apenas podía hacerme cargo y ante la que no sabía cómo arreglármelas para disfrutar.

24. Antigua práctica médica que consistía en extraer sangre para el tratamiento de enfermedades.

Lo primero que hice fue recompensar a mi primer bienhechor, mi buen y anciano capitán, el primero que se había mostrado caritativo para conmigo en mi desgracia, bondadoso en mis comienzos y honrado al final. Le enseñé todo lo que me habían enviado; le dije que, después de la Providencia del Cielo, que dispone todas las cosas, a él era a quien se lo debía; y que ahora me correspondía a mí recompensarlo, lo cual haría devolviéndole el ciento por uno. De modo que primero le devolví los cien moidores que había recibido de él; luego mandé llamar a un notario y le encargué que me redactara una renuncia general por los cuatrocientos setenta moidores que él había reconocido adeudarme, en los términos más firmes y cumplidos que era posible; después de lo cual le encargué que me redactara una procuración autorizándole a recibir en mi nombre los beneficios anuales de mi plantación, e indicando a mi socio que se entendiera con él y que le hiciera, por medio de las flotas de costumbre, los envíos en mi nombre; y por una cláusula final le fijé una renta de cien moidores al año, durante toda su vida, a deducir de mis bienes, y, después de su muerte, otra a su hijo de cincuenta moidores al año, también durante toda su vida; y así fue como correspondí a mi anciano.

Tenía que considerar cuál sería el rumbo que tomaría, y qué es lo que haría con los bienes que la Providencia me había puesto en las manos; y la verdad es que tenía muchas más preocupaciones que durante mi sosegada estancia en la isla, donde no deseaba más que lo que tenía y no tenía más que lo que deseaba; mientras que en esos momentos sentía sobre mí el peso de una gran carga, y mi problema era cómo salvaguardar mis bienes. Ya no tenía nada parecido a una cueva donde guardar mi dinero, ni un lugar donde pudiera dejarlo sin cerradura y llave, hasta que las monedas se volvieran enmohecidas y herrumbrosas antes de que nadie las tocara. Por el contrario, no sabía dónde ponerlas ni a quién confiarlas. La verdad es que mi anciano protector, el capitán, era honrado, y era el único refugio que yo tenía.

En segundo lugar, mis intereses parecían llamarme a Brasil, pero ahora no podía pensar en irme allí hasta que hubiera arreglado mis asuntos y dejado mis bienes, tras de mí, en manos seguras. Al principio pensé en mi vieja amiga la viuda, que yo sabía que era honrada y que podía confiar en ella, pero tenía ya muchos años, y era pobre, y por lo que yo sabía, con deudas. De modo que, en pocas palabras, no tenía más solución que regresar a Inglaterra y llevarme conmigo mis bienes.

Sin embargo, pasaron varios meses antes de que me decidiera a esto; y entonces, como ya había recompensado plenamente, y a satisfacción suya, al anciano capitán que había sido mi antiguo bienhechor, empecé a pensar en la pobre viuda, cuyo esposo había sido mi primer bienhechor, y ella, mientras pudo, mi fiel administradora y consejera. De modo que lo primero que hice fue buscar a un comerciante de Lisboa para que escribiera a su corresponsal de Londres, no sólo para que le pagase una letra, sino también para que fuera personalmente a verla y le llevase de mi parte un centenar de libras en efectivo, y hablase con ella y la confortase en su pobreza, diciéndole que mientras yo viviese recibiría más ayuda. Al mismo tiempo envié a mis dos hermanas, que seguían en el país, cien libras a cada una, pues, aunque no estaban en necesidad, tampoco se hallaban en muy buena situación, ya que una de ellas se había casado y había quedado viuda, y la otra tenía un marido que no era tan bueno para con ella como debiera haberlo sido.

Pero entre todos mis amigos y parientes no pude encontrar ni una sola persona a quien me atreviera a confiar el grueso de mi capital, a fin de poderme ir a Brasil, dejando mi dinero a alguien de confianza; y esto me inquietaba mucho.

Se me ocurrió la idea de ir a Brasil e instalarme allí, ya que, como si dijéramos, ya me había aclimatado al lugar, pero tenía algún pequeño escrúpulo por causa de la religión, que hizo que insensiblemente me volviera atrás, sobre lo cual ahora mismo añadiré algo. Sin embargo, no fue la religión lo que me impidió emprender el viaje inmediatamente; y como yo no había tenido escrúpulos de profesar abiertamente la religión del país, durante todo el tiempo que estuve entre ellos, lo mismo podía hacer ahora; sólo que, de vez en cuando, habiendo reflexionado sobre la cuestión más que antes, cuando creía que iba a vivir y a morir entre ellos, empecé a lamentar haber hecho profesión pública de papista, y pensé que ésta no debía de ser la mejor religión a la hora de la muerte.

Pero, como ya he dicho, éste no fue el principal obstáculo que me impidió ir a Brasil, sino que, en realidad, yo no sabía a quién dejar mis bienes para irme. Así es que decidí llevármelos conmigo e ir a Inglaterra, en donde, a mi llegada, supuse que haría alguna amistad o encontraría algún amigo que me fuese fiel; y así fue como me dispuse a ir a Inglaterra con todas mis riquezas.

Con objeto de preparar las cosas para ir a mi patria, primero, como la flota de Brasil estaba a punto de partir, decidí dar la debida respuesta a las exactas y fieles relaciones que de allí había recibido; y en primer lugar le escribí una carta al prior de San Agustín dándole efusivas gracias por lo leal de su comportamiento, y ofreciéndole los ochocientos setenta y dos moidores que habían quedado sin distribuir, de los cuales yo deseaba que se dieran quinientos al monasterio y trescientos setenta y dos a los pobres, según el prior dispusiera, rogando que el buen padre rezara por mí, etcétera.

Luego escribí una carta de agradecimiento a mis dos administradores, con todas las muestras de gratitud que tanta justicia y honradez requerían. En cuanto a enviarles algún presente, su posición era demasiado próspera para que tuviesen necesidad de ello.

Finalmente, escribí a mi socio, reconociendo su habilidad en mejorar la plantación y su laboriosidad para aumentar el rendimiento, dándole instrucciones para la futura administración de mi parte, según los poderes que había dejado a mi antiguo bienhechor, a quien yo deseaba que se enviase todo lo que hubiera de serme enviado a mí, hasta que recibiese de mí noticias más detalladas; asegurándole que era mi intención no sólo reunirme con él sino también instalarme allí para el resto de mi vida. A esto añadí un hermosísimo presente de sedas italianas para su esposa y sus dos hijas, cuya existencia conocía gracias a los informes que me había dado el hijo del capitán; junto con dos piezas de riquísimo paño inglés, del mejor que pude conseguir en Lisboa, cinco piezas de tela de lana negra, y un encaje de Flandes de mucho precio.

Después de haber arreglado así mis asuntos, vendido el cargamento y convertido todos mis bienes en buenas letras de cambio, la siguiente dificultad fue cómo ir a Inglaterra. Estaba ya más que acostumbrado al mar y, con todo, aquella vez sentía una extraña aversión a ir a Inglaterra por mar; y aunque no tenía ninguna razón para ello, mis reparos aumentaron hasta tal punto que, aunque ya había embarcado el equipaje con objeto de partir, cambié de opinión, y esto no una sino dos o tres veces.

Es cierto que había sido muy infortunado a causa del mar, y que ésta podía ser una de las razones, pero que nadie desdeñe los fuertes impulsos de sus pensamientos en casos de tanta importancia. Dos de los barcos que yo había elegido para embarcarme, quiero decir que había elegido más concretamente que ningún otro, esto es, hasta el punto de que había llevado mis cosas a bordo de uno de ellos, y respecto al otro había llegado a un acuerdo con el capitán; decía que estos dos barcos se perdieron, o sea, uno fue apresado por los argelinos, y el otro naufragó en Start, cerca de Torbay, y todo el mundo se ahogó, excepto tres; de modo que tanto en uno como en el otro de aquellos barcos mi suerte hubiera sido reducida; y era difícil de decir en cuál lo hubiera sido más.

Después de haberme atormentado con estos pensamientos, mi anciano consejero, a quien yo se lo contaba todo, me instó vivamente a que no me embarcara, sino que fuese por tierra a La Coruña, y cruzara el golfo de Vizcaya hasta La Rochela, desde donde podía cómodamente y con seguridad dirigirme por tierra a París, y de allí a Calais y Dover; o bien que fuese a Madrid y luego siguiese el viaje por tierra a través de Francia.

En una palabra, que estaba tan predispuesto en contra de embarcarme, a excepción de la travesía de Calais a Dover, que decidí hacer todo el viaje por tierra; que, como no tenía prisa ni tenía que reparar en gastos, era con mucho el viaje más agradable; y para que aún lo fuera más, mi anciano capitán trajo a un caballero inglés, hijo de un comerciante de Lisboa, que quería viajar conmigo; y aún recogimos también a dos comerciantes ingleses más, y a dos jóvenes caballeros portugueses, aunque estos últimos sólo iban a París; de modo que en total éramos seis, con cinco servidores; los dos comerciantes y los dos portugueses se contentaron con un servidor por pareja, por economía; y en cuanto a mí, contraté a un marinero inglés para que me acompañara como servidor, además de mi criado Viernes, que era demasiado ajeno a nuestras costumbres para poder serme útil como criado en el camino.

Y así salí de Lisboa; y como íbamos todos muy bien montados y armados formábamos una pequeña tropa, de la que me hicieron el honor de llamarme capitán, tanto porque yo era el de más edad, como porque llevaba dos servidores, y la verdad es que mía había sido la iniciativa del viaje.

Del mismo modo que no he fatigado al lector con ninguno de mis diarios marítimos, no le fatigaré ahora con ninguno de mis diarios terrestres, pero no puedo omitir alguna de las aventuras que nos ocurrieron en este tedioso y difícil viaje.

Cuando llegamos a Madrid, como todos nosotros éramos extranjeros en España, queríamos permanecer allí algún tiempo para ver la corte de España, y ver lo que era digno de observarse; aunque como estábamos ya a fines de verano, nos apresuramos a partir, y salimos de Madrid hacia mediados de octubre. Pero cuando llegamos a la frontera de Navarra, en varias ciudades del camino nos pusieron sobre alarma al contarnos que había caído tanta nieve por el lado francés de las montañas que varios viajeros se habían visto obligados a regresar a Pamplona, después de haber intentado pasar las montañas exponiéndose a los mayores peligros.

Cuando llegamos a Pamplona nos encontramos con que esto era cierto; y para mí, acostumbrado durante tanto tiempo a un clima cálido, y para ser más exacto a países en donde apenas se podía llevar encima ninguna ropa, el frío me era insufrible; y la verdad es que aún era más sorprendente que penoso el haber salido diez días antes de Castilla la Vieja, en donde el tiempo no sólo era bueno, sino incluso muy caluroso, e inmediatamente sentir el viento de los Pirineos, tan penetrante, tan intensamente frío que era intolerable y nos exponía a que se nos adormecieran y helaran los dedos de las manos y los pies.

El pobre Viernes se asustó muy de veras cuando vio las montañas completamente cubiertas de nieve y sintió aquel frío, cosas que en su vida había visto o sentido.

Para acabar de arreglarlo, cuando llegamos a Pamplona, siguió nevando con tanta fuerza y durante tanto tiempo que la gente decía que el invierno había llegado antes de tiempo, y los caminos, que antes eran difíciles, ahora se habían hecho totalmente impracticables; pues, en pocas palabras, en algunos lugares el espesor de la nieve era excesivo para permitirnos seguir el viaje; y como la nieve no se había helado, como ocurre en los países del norte, no se podía pasar por allí sin exponerse a ser sepultado vivo a cada paso. En Pamplona permanecimos no menos de veinte días; hasta que (viendo que el invierno se nos echaba encima, y sin que fuera probable que mejorara el tiempo; pues en toda Europa aquél era el invierno más crudo del que se tenía memoria) propuse que nos dirigiéramos todos a Fuenterrabía, y que allí nos embarcáramos para Burdeos, que era un viaje muy corto.

Pero mientras estábamos considerando esta posibilidad, llegaron cuatro caballeros franceses que, después de haberse tenido que detener en el lado francés de los desfiladeros, como nosotros en el español, habían encontrado un guía, quien, atravesando la región cerca del extremo del Languedoc, les había hecho pasar las montañas por caminos en donde la nieve no los había incomodado

473

mucho; y donde se encontraron con cierta cantidad de nieve, decían que estaba lo suficientemente helada como para soportar el peso de ellos y de sus caballos.

Hicimos llamar a este guía, quien nos dijo que él se comprometía a llevarnos por el mismo camino, sin que tuviéramos nada que temer de la nieve, con tal de que fuéramos lo suficientemente bien armados como para defendernos de los animales salvajes; pues dijo que en nevadas tan grandes, era frecuente que algunos lobos se dejasen ver al pie de las montañas, rabiosos como estaban por falta

de comida, ya que la tierra estaba toda cubierta de nieve. Le dijimos que estábamos bien preparados para enfrentarnos con tales animales, pero que él se encargase de evitar el encuentro con los lobos de dos patas, de quienes nos habían dicho que corríamos gran peligro, sobre todo en el lado francés de las montañas.

Nos aseguró que no había ningún peligro de este género en el camino que íbamos a tomar; de modo que nos dispusimos prestamente a seguirle, al igual que doce caballeros más, con sus servidores, unos franceses, otros españoles, quienes, como ya he dicho, habían intentado pasar, y se habían visto obligados a retroceder.

Así pues, salimos todos juntos de Pamplona, con nuestro guía, el 15 de noviembre; y la verdad es que quedé sorprendido cuando en vez de avanzar, nos hizo retroceder por el mismo camino por el que vinimos de Madrid, durante más de treinta y dos kilómetros. Después de haber cruzado dos ríos y haber entrado en la tierra llana, volvimos a encontrarnos en un clima cálido, en donde el paisaje era grato de ver, y no había ni rastro de nieve, pero de pronto torcimos a la izquierda y nos acercamos a las montañas por otro camino; y aunque es cierto que las montañas y los precipicios parecían pavorosos, nos hizo dar tantas vueltas, tales meandros y nos condujo por caminos tan sinuosos, que casi sin darnos cuenta pasamos las alturas de las montañas, sin que la nieve nos molestara mucho; y de súbito nos mostró las gratas y fértiles provincias del Languedoc y la Gascuña, todas ellas verdes y floridas; aunque la verdad es que aún estaban a gran distancia y todavía nos quedaba camino bastante abrupto que recorrer.

Sin embargo, nos inquietamos un poco cuando vimos que nevaba todo un día y toda una noche, y con tanta fuerza que no pudimos seguir adelante; pero él nos indicó que no nos preocupáramos, que pronto habríamos pasado del todo. La verdad es que veíamos que empezábamos a descender, cada día más, y a llegar más al norte que antes; y así, confiando en nuestro guía, seguimos adelante.

Una o dos horas antes de anochecer, mientras nuestro guía nos precedía un buen trecho, y no lo veíamos, surgieron tres monstruosos lobos, y tras ellos un oso, de un sendero que quedaba más bajo, junto a un espeso bosque. Dos de los lobos se abalanzaron sobre el guía, y si hubiera ido a ochocientos metros de nosotros, la verdad es que hubiera sido devorado antes de que hubiésemos podido prestarle ayuda. Uno de ellos se aferró al caballo, y el otro atacó al jinete con tal violencia que no tuvo tiempo o presencia de ánimo suficiente para sacar su pistola, sino que se puso a gritar y a llamarnos a voces con todas sus fuerzas. Como mi criado Viernes iba detrás de mí, le ordené que se adelantara a caballo y viera qué es lo que pasaba. Tan pronto como Viernes llegó a divisar al hombre, empezó a gritar tan fuerte como el otro:

—¡Oh, amo! ¡Oh, amo!

Pero como un valiente se lanzó derechamente hacia el pobre hombre, y con su pistola mató de un tiro en la cabeza al lobo que le atacaba.

El pobre hombre tuvo suerte de que estuviera allí mi criado Viernes, porque como en su país estaba acostumbrado a esta clase de animales, no le tuvo miedo, sino que se le acercó y le disparó como he dicho más arriba. Cualquier otro de nosotros le hubiese disparado a mayor distancia, y quizá hubiese fallado al lobo o, lo que es peor, herido al hombre.

Pero era suficiente para aterrar a un hombre más audaz que yo, y la verdad es que alarmó a todo nuestro grupo oír, después del estampido de la pistola de Viernes, por todos lados siniestros aullidos de lobos, y cómo el eco de las montañas repetía sus voces, hasta el punto de que nos parecía que había una prodigiosa multitud de ellos; y quizá la verdad es que sólo eran muy pocos, y que no teníamos motivo para temer nada.

Sin embargo, cuando Viernes hubo matado al lobo, el otro, que se había aferrado al caballo, le soltó inmediatamente, y huyó. Afortunadamente se le había aferrado a la cabeza, y había clavado los dientes en las cabezas del bocado del freno, de modo que no le había hecho mucho daño. La verdad es que el jinete había recibido más heridas, ya que el enfurecido animal le había mordido dos veces, una en el brazo, y la otra vez un poco más arriba de la rodilla, y estaba ya a punto de ser derribado, debido al desconcierto de su montura, cuando llegó Viernes y mató al lobo.

Como es fácil de suponer, al oír el estampido de la pistola de Viernes, todos apresuramos el paso, y cabalgamos tan deprisa como el camino (que era muy difícil) nos consintió, para ver qué es lo que había pasado. Tan pronto como hubimos pasado los árboles, que antes nos quitaban la vista de lo sucedido, vimos claramente qué es lo que había pasado, y cómo Viernes había salvado al pobre guía, aunque en los primeros momentos no pudimos distinguir qué clase de animal era el que él había matado.

Pero nunca se ha visto combate tan temerario y sorprendente como el que siguió entre Viernes y el oso, que nos ofreció a todos (aunque al principio quedáramos sobrecogidos y temiéramos por él) la mayor de las diversiones. Aunque el oso es un animal pesado y torpón y no corre tanto como el lobo, que es rápido y ligero, tiene sin embargo dos virtudes peculiares que suelen regular sus actitudes. En primer lugar, por lo que se refiere al hombre, ésta no es su presa habitual; digo que no es su presa habitual, aunque nunca puede decirse lo que puede llegar a hacer un hambre excesiva, como sucedió en este caso, en que la tierra estaba completamente cubierta de nieve; pero por lo que se refiere a los hombres, no suele atacarlos, a menos que ellos lo ataquen primero. Por el contrario, si se tropieza con él en un bosque, si uno no se mete con él, él no se meterá con nadie; pero entonces hay que tener cuidado y ser muy cortés para con él y cederle el paso, porque es todo un caballero, y no se apartará de su camino ni por un príncipe. Aún más, si uno tiene miedo de veras, lo mejor que puede hacer es mirar hacia otro lado y seguir andando, porque a veces, si uno se para y se queda quieto mirándole fijamente, él lo considera como una ofensa; o si se le tira o arroja algo y se le acierta, aunque no sea más que una ramita gruesa como un dedo, lo considera como una ofensa, y deja todos sus otros asuntos de lado para buscar venganza, porque quiere tener satisfacción en un punto de honor. Ésta es su primera virtud. La segunda es la de que, una vez ha sido ofendido, nunca os dejará, ni de noche ni de día, hasta que haya tomado venganza, sino que os sigue a todas partes hasta daros alcance.

Mi criado Viernes había salvado a nuestro guía, y cuando llegamos junto a él, estaba ayudándole a bajar del caballo, pues el hombre estaba a un tiempo herido y asustado, y la verdad es que esto último más que lo primero; cuando de repente advertimos que el oso salía del bosque, y era un ejemplar enorme y monstruoso, el mayor con mucho de todos los que yo había visto en mi vida. Todos nos quedamos un poco sobrecogidos al verlo, pero cuando Viernes lo vio, fue fácil leer en el semblante del muchacho tanta alegría como valor.

—¡Oh! ¡Oh! ¡Oh! —dijo Viernes tres veces señalándolo—. ¡Oh, amo! ¡Darme permiso! Yo estrechar mano con él; yo haceros reír mucho.

Me quedé pasmado de verlo tan contento.

—¡Estás loco! —le dije—, se te va a comer.

—¡Comerme, comerme! —dijo Viernes por dos veces—. Yo comerle a él, yo haceros reír mucho; vosotros quedar aquí, yo hacer que vosotros reír mucho.

Así es que se sentó en el suelo, y en un momento se quitó las botas y se puso unos escarpines, como llamamos a los zapatos planos que llevan, y que él llevaba en el bolsillo, dio su caballo a mi otro servidor, y con la escopeta en la mano echó a correr, ligero como el viento.

El oso iba andando calmosamente y sin intenciones de meterse con nadie, hasta que Viernes, acercándosele lo que se dice mucho, lo llamó, como si el oso pudiera entenderle.

—¡Oye, oye! —dijo Viernes—. Yo hablar contigo.

Nosotros le seguimos a cierta distancia, porque ahora, habiendo descendido hasta el lado gascón de las montañas, habíamos penetrado en un inmenso bosque en donde el terreno era llano y bastante despejado, aunque hubiera muchos árboles desparramados aquí y allá.

Viernes, que iba, como se dice vulgarmente, pisándole los talones al oso, rápidamente se le acercó aún más, y cogiendo una piedra grande, se la arrojó, dándole precisamente en la cabeza, aunque no le hizo más daño que si se la hubiera arrojado a una pared; pero con ello Viernes logró su propósito, pues el bribón estaba tan ajeno al miedo que lo hizo exclusivamente para que el oso fuera tras de él, y así hacer que nosotros «reír mucho», como él decía.

Tan pronto como el oso sintió el golpe de la piedra y lo vio, giró en redondo y se dispuso a perseguirle, dando unas zancadas endiabladamente largas, arrastrando los pies con un paso irregular, que hubiera obligado a un caballo a ponerse a medio galope. Viernes huyó e hizo como si se dirigiera hacia nosotros en demanda de auxilio; de modo que nosotros decidimos disparar al momento sobre el oso y salvar a mi criado, aunque yo estaba francamente enojado con él por haber hecho que el animal se dirigiera hacia nosotros, cuando se encaminaba a sus asuntos por otro lado; y sobre todo estaba enojado por haber hecho que el oso se volviera contra nosotros, mientras él huía; y le grité:

—¡Eh, granuja! —le dije—. ¿Ésta es tu manera de hacernos reír? Apártate y coge tu caballo, para que podamos matar al animal.

Él me oyó y me gritó:

—¡No disparar, no disparar, estar quietos! Yo haceros reír mucho.

Y como el veloz muchacho daba dos pasos por cada uno que daba la bestia, de pronto torció hacia un lado de nosotros, y viendo un gran roble adecuado para sus propósitos, nos hizo señas de que le siguiéramos y, acelerando el paso, trepó velozmente por el árbol, dejando abajo su escopeta, sobre la tierra, a unos cuatro o cinco metros del pie del árbol.

El oso no tardó en llegar al árbol, y nosotros le seguimos a distancia. Lo primero que hizo fue pararse delante de la escopeta, la olió, pero la dejó allí, y agarrándose al árbol, empezó a trepar como un gato, a pesar de su monstruoso volumen. Yo estaba pasmado de la locura, así lo creía yo, de mi criado, y por mi vida que aún no veía ningún motivo para reír, hasta que al ver que el oso subía por el árbol todos nos acercamos allí cabalgando.

Cuando llegamos junto al árbol, Viernes se había encaramado hasta la punta flexible de una gruesa rama, y el oso había llegado hasta medio camino de donde él estaba. Tan pronto como el oso llegó al lugar en donde la rama era más débil, Viernes nos dijo:

—Ah, ahora vosotros ver cómo yo enseñar bailar al oso.

Y se puso a saltar y a sacudir la rama, con lo cual el oso empezó a bambolearse, pero se estuvo quieto, y empezó a mirar atrás para ver si podía retroceder. Entonces la verdad es que nos reímos de buena gana. Pero Viernes estaba muy lejos de haber terminado con él; al ver que todavía seguía quieto, lo llamó de nuevo, como si supusiera que el oso sabía hablar inglés.

—¡Cómo! ¿No acercarse más? ¡Por favor, acercarse más!

Entonces dejó de saltar y sacudir la rama; y el oso, como si hubiera entendido lo que le había dicho, trepó un poco más, a lo cual él volvió a saltar de nuevo, y el oso se detuvo otra vez.

Nosotros creímos que ya era hora de dispararle a la cabeza, y grité a Viernes que no se moviera, que íbamos a hacer fuego sobre el oso, pero nos gritó impulsivamente:

—¡Oh, por favor, por favor, no disparar, yo disparar mucho pronto!

Quería decir «muy pronto». Para abreviar la historia, Viernes bailó tanto, y el oso hizo tantos equilibrios, que la verdad es que tuvimos muchos motivos de risa, pero aún no podíamos imaginar qué es lo que iba a hacer aquel muchacho, porque al principio creímos que lo que pretendía con sus sacudidas era hacer caer al oso; y vimos que el oso era demasiado astuto para eso, ya que no se tambaleaba lo suficiente como para ser derribado, sino que se aferraba con tal fuerza a la rama con sus enormes garras y patas, que no podíamos imaginar cómo iba a terminar todo aquello, y cuál sería el fin de la broma.

Pero Viernes no tardó en sacarnos de dudas, pues, al ver que el oso se agarraba fuertemente a la rama y no se dejaba convencer para acercarse más a él, Viernes le dijo:

—Bueno, bueno, tú no acercarte, yo ir, yo ir; tú no venir a mí, yo ir a ti.

Y tras decir esto, se fue al extremo más delgado de la rama, donde podía doblarse con su peso, y haciendo que la rama se encorvase, descendió suavemente hasta llegar lo bastante cerca de tierra para saltar a ella, y una vez allí corrió hacia su escopeta, la recogió y se quedó plantado.

—Bueno, Viernes —le dije—, ¿qué vas a hacer ahora? ¿Por qué no disparas sobre él?

—No disparar —dijo Viernes—, no todavía, si yo disparar ahora, yo no matar; yo esperar, dar vosotros más risa.

Y la verdad es que así lo hizo, como el lector verá acto seguido, pues cuando el oso vio que su enemigo había desaparecido, retrocedió por la rama en la que estaba; pero lo hizo con muchas precauciones, volviendo la cabeza a cada paso, y caminando hacia atrás hasta que llegó al tronco del árbol. Entonces, siempre yendo de espaldas, descendió del árbol clavando sus garras en la corteza, y no moviendo más que una pata cada vez, muy cautelosamente. Aprovechando esta ocasión, y un momento antes de que pudiera poner sus patas traseras en tierra,

Viernes se acercó a él, le metió por la oreja el cañón de su arma, y de un tiro lo dejó muerto en el acto.

Entonces el bribón se volvió para ver si nosotros nos habíamos reído, y cuando vio nuestras risueñas expresiones, se echó a reír a carcajadas.

—Nosotros matar osos así en mi tierra —dijo Viernes.

—¿Así los matáis? —le pregunté—. Pero si no tenéis escopetas.

—No —dice él—, no escopetas, pero matar con flecha mucho grande y larga.

La verdad es que esto nos sirvió de buena diversión, pero estábamos todavía en un lugar salvaje, y nuestro guía se hallaba gravemente herido, y apenas sabíamos qué hacer. El aullido de los lobos me resonaba en la cabeza, y la verdad es que, exceptuando el ruido que años atrás oí en la costa de África, y del cual ya he dicho algo, en mi vida había oído nada que me llenase de tanto horror.

Estas cosas y la proximidad de la noche nos obligaron a ponernos en marcha, o, de lo contrario, como Viernes hubiera querido que hiciéramos, sin duda le hubiésemos sacado la piel a aquel monstruoso animal, que era digna de guardarse; pero aún nos quedaban tres leguas de camino, y nuestro guía nos daba prisas, de modo que lo dejamos y seguimos adelante con nuestro viaje.

La tierra aún estaba cubierta de nieve, aunque no había tanto espesor ni era tan peligrosa como en las montañas, y los animales, famélicos, como más tarde nos dijeron, descendían al bosque y a la tierra llana, llamados por el hambre, en busca de comida; y habían hecho mucho daño en los pueblos, en donde asustaron a los campesinos, mataron a gran cantidad de sus ovejas y caballos, y también a algunas personas.

Aún teníamos que pasar por un lugar peligroso, en el que, según nos dijo nuestro guía, si es que había algún lobo en la comarca, allí lo encontraríamos. Era una pequeña llanura, rodeada de bosques por todas partes, con una senda o vereda larga y estrecha, por donde teníamos que pasar para cruzar el bosque, y a cuyo término encontraríamos un pueblo en el que teníamos que alojarnos.

Media hora antes de la puesta del sol entrábamos en el primer bosque, y un poco después de la puesta salíamos a la llanura. No nos encontramos con nada en el primer bosque, excepto que en un pequeño claro dentro del bosque, que no tenía más de cuatrocientos metros, vimos a cinco grandes lobos cruzar el camino a todo correr, unos tras otros, como si estuvieran persiguiendo alguna presa y la tuviesen a la vista. No nos prestaron atención y desaparecieron de nuestra vista en pocos momentos.

Al ver esto, nuestro guía, que, dicho sea de paso, era un infeliz cobarde, nos previno que estuviéramos alerta, porque él creía que iban a venir más lobos.

Preparamos nuestras armas, y dirigimos los ojos a nuestro alrededor, pero no vimos más lobos hasta que penetramos en aquel bosque, que tenía cerca de dos kilómetros y medio, y entramos en la llanura. Tan pronto como llegamos, no nos faltaron motivos para emplear nuestros ojos. Lo primero con lo que topamos fue un caballo muerto; esto es, un pobre caballo al que los lobos habían matado, y al menos una docena de ellos alrededor del cadáver; podríamos decir que, más que comiéndoselo, mondándole los huesos, ya que antes se habían comido toda la carne.

No creímos oportuno interrumpir su festín, ni ellos nos prestaron ninguna atención. Viernes hubiese querido disparar sobre ellos, pero yo no se lo consentí de ninguna manera, pues pensé que probablemente tendríamos más quehacer entre manos que lo que sospechábamos. Aún no habíamos recorrido la mitad del claro cuando empezamos a oír los aullidos de los lobos en el bosque de nuestra izquierda, que sonaban de un modo pavoroso, y al cabo de un momento vimos alrededor de un centenar viniendo directamente hacia nosotros, todos juntos, y la mayoría de ellos alineados con tanta regularidad como un ejército mandado por oficiales de experiencia. Yo apenas sabía de qué modo recibirlos, pero me pareció que lo único que podíamos hacer era disponernos en línea compacta; y así nos formamos en un momento. Pero para que los intervalos entre descarga y descarga no fueran demasiado largos, ordené que sólo uno de cada dos hombres disparase, y que los otros que no hubieran disparado estuvieran preparados para hacer inmediatamente una segunda descarga, si es que ellos seguían avanzando contra nosotros, y que, en este caso, los que habían disparado los primeros no intentaran volver a cargar los mosquetes, sino que cada cual dispusiera su pistola, pues todos íbamos armados con un mosquete y un par de pistolas cada uno; de modo que por este procedimiento podíamos hacer seis descargas, con la mitad de los hombres cada una de ellas. Sin embargo, por el momento, no tuvimos necesidad de ello, ya que, después de disparar nuestra primera descarga, el enemigo se detuvo en seco, aterrorizado tanto por los estampidos como por los fogonazos. Cuatro de ellos, alcanzados en la cabeza, se desplomaron; varios más estaban heridos y sangraban, según pudimos ver por la nieve. Vi que se detenían, pero que no se retiraban inmediatamente; y entonces, recordando que había oído decir que los animales más feroces quedan aterrorizados ante la voz humana, dije a los nuestros que gritaran tan fuerte como pudieran; y descubrí que la opinión no era del todo falsa, pues al oír nuestro griterío empezaron a retirarse y a volver las espaldas. Entonces ordené que se disparara una segunda descarga sobre su retaguardia, que los puso al galope, y huyeron a los bosques.

Esto nos dio tiempo de volver a cargar nuestras armas, y como no teníamos tiempo que perder, lo hicimos mientras andábamos, pero no habíamos hecho más que cargar nuestros mosquetes y volvernos a poner alerta, cuando oímos un pavoroso ruido en el mismo bosque, a nuestra izquierda, sólo que esta vez un poco más adelante y en la misma dirección que íbamos a seguir.

La noche se aproximaba, e iba oscureciendo, lo cual empeoraba nuestra situación, pero como el ruido aumentaba, nos fue fácil distinguir que eran los gritos y aullidos de aquellas bestias infernales. Cuando de repente vimos aparecer dos o tres manadas de lobos, una a nuestra izquierda, otra a nuestra espalda, y otra que venía de frente, de modo que parecía que nos rodeaban. Sin embargo, como no se nos echaron encima, seguimos adelante, tan deprisa como pudimos hacer andar a nuestros caballos, los cuales, como el camino era muy abrupto, no podían dar más que un trote largo; y de este modo llegamos a la vista de la entrada de un bosque, a través del cual teníamos que pasar, hacia el final del claro; pero quedamos sorprendidísimos cuando al acercarnos a la vereda o paso, vimos toda una manada de lobos que se apiñaban confusamente en la misma entrada.

De repente, en otro claro del bosque, oímos el estampido de una escopeta; y al mirar hacia allí, vimos aparecer un caballo desbocado, con silla y bridas, huyendo a todo galope y perseguido por dieciséis o diecisiete lobos, también a todo correr. La verdad es que el caballo les llevaba ventaja, pero como supusimos que no podría conservarla durante mucho tiempo, no dudamos de que terminarían alcanzándolo, como evidentemente ocurrió.

Pero aún nos esperaba un espectáculo más horrible, ya que, al adentrarnos en el bosque, cabalgando por donde había aparecido el caballo, encontramos los esqueletos de otro caballo y de dos hombres, devorados por aquellas bestias feroces, y sin duda alguna uno de los hombres había sido el mismo que antes disparara la escopeta, porque tenía la escopeta descargada junto a él; pero en cuanto al hombre, la cabeza y la parte superior del cuerpo habían sido devoradas.

Esto nos llenó de horror, y no sabíamos qué partido tomar, pero los animales no tardaron en obligarnos a decidir; porque al instante se reunieron en torno nuestro, olfateando la presa; y lo cierto es que creo que eran más de trescientos. Nos favoreció muchísimo que a la entrada del bosque, pero a corta distancia de allí, había varios troncos de árboles muy grandes, que habían sido derribados el verano anterior y que supongo estaban allí esperando que vinieran a arrastrarlos. Conduje a mi pequeña tropa hasta aquellos árboles, y situé a los hombres formando línea detrás de un tronco muy largo, y les aconsejé que descabalgaran y se parapetaran detrás del tronco, formando un triángulo, es decir, ofreciendo tres frentes, y encerrando a los caballos en el centro.

Y así lo hicimos, para suerte nuestra, pues nunca se vio acometida más furiosa que la que aquellos animales nos hicieron allí. Nos atacaron emitiendo una especie de gruñido (y subiéndose por los troncos que, como ya he dicho, nos servían de parapeto), como si no atendieran a más que precipitarse sobre su presa; y, al parecer, el motivo principal de este furor suyo era ver nuestros caballos detrás de nosotros, que era la presa que buscaban. Ordené a los nuestros que dispararan sobre ellos, de cada dos hombres uno; y afinaron tanto la puntería que la verdad es que a la primera descarga mataron a varios de los lobos; pero se hizo necesario mantener un fuego continuo, pues acometían como diablos, y los de detrás empujaban a los que iban delante.

Con la segunda descarga de nuestros mosquetes creímos que los contendríamos un poco, y yo confiaba en que se retirarían, pero esto sólo duró un momento, pues otros

avanzaron de nuevo; de modo que hicimos dos descargas
con las pistolas, y creo que entre las cuatro veces habíamos matado a diecisiete o dieciocho de ellos, e inutiliza-
do el doble. Sin embargo, seguían atacando.

Yo me resistía a gastar nuestros últimos tiros con demasiada precipitación; de modo que llamé a mi servidor,
no a mi criado Viernes, pues ya tenía una ocupación mejor; pues con la mayor de las destrezas imaginables había
cargado mi mosquete y el suyo propio, mientras duraba
la lucha; sino que, como he dicho, llamé a mi otro criado, y dándole un cuerno de pólvora, le ordené que for-
mara un reguero de ella todo a lo largo del tronco, y que
fuera un reguero ancho; y así lo hizo, y apenas había te-

nido tiempo de apartarse cuando los lobos se precipitaron sobre el tronco, y algunos incluso se subieron a él. Entonces yo, apretando el gatillo de una pistola descargada junto a la pólvora, le prendí fuego; los que estaban sobre el tronco se chamuscaron y seis o siete de ellos cayeron, o mejor dicho, saltaron entre nosotros, con la violencia y el miedo del fuego. Rematamos a éstos en un instante, y el resto se asustó tanto con la llamarada, que la noche, pues para entonces ya era muy oscuro, hizo más terrible, que se retiraron un poco.

Entonces ordené hacer una descarga con nuestras últimas pistolas, y tras ello prorrumpimos en grandes gritos; ante lo cual los lobos dieron media vuelta, y nosotros salimos inmediatamente para caer sobre una veintena de ellos que estaban heridos y que encontramos revolcándose por tierra, y los acuchillamos con nuestras espadas, lo cual dio el resultado que esperábamos, pues sus gritos y aullidos fueron perfectamente comprendidos por sus compañeros, de modo que todos huyeron y nos dejaron.

Desde el principio al fin habíamos matado a unos sesenta; y de haber sido de día, hubiéramos matado a muchos más; y así despejado el campo de batalla, volvimos a ponernos en marcha; porque aún nos quedaba cerca de una legua de camino. Mientras andábamos oímos varias veces los gritos y aullidos de aquellos feroces animales, y de vez en cuando imaginábamos ver algunos de ellos, pero como la nieve nos deslumbraba, nunca estábamos seguros; y así, aproximadamente al cabo de una hora, llegamos a la ciudad en donde debíamos pasar la noche, y en donde encontramos a todo el mundo terriblemente asustado y sobre las armas; ya que, al parecer, la noche de antes los lobos y algunos osos habían irrumpido en el pueblo por la noche y habían sembrado un terrible pánico; y se veían obligados a montar guardia noche y día, pero sobre todo de noche, para defender su ganado, y la verdad es que también sus propias vidas.

A la mañana siguiente, nuestro guía estaba tan enfermo, y tenía los miembros tan hinchados con la inflamación de las dos heridas que no pudo seguir adelante; de modo que nos vimos obligados a tomar allí un nuevo guía, y con él fuimos a Toulouse, en donde nos encontramos con un clima cálido, una región fértil y agradable, y sin nieve, sin lobos ni nada parecido; pero cuando contamos nuestra historia en Toulouse, nos dijeron que lo que nos había ocurrido era lo habitual en el bosque grande que hay al pie de las montañas, sobre todo cuando la nieve cubre la tierra; pero preguntaron con mucho interés con qué clase de guía habíamos ido a dar, que se había arriesgado a traernos por aquel camino, en medio de una estación tan rigurosa; y que nos dijeron que ya era mucho que no nos hubieran devorado a todos. Cuando les contamos cómo nos habíamos dispuesto, con los caballos en medio, nos lo censuraron muchísimo, nos dijeron que había cincuenta posibilidades contra una de que hubiéramos muerto todos, ya que era ver los caballos lo que volvía tan furiosos a los lobos, que veían su presa; y que en otras ocasiones se asustan mucho de una escopeta, pero que al estar extraordinariamente hambrientos, y enfurecidos por este motivo, el ansia de llegar a los caballos les había hecho insensibles al peligro; y que de no ser por el fuego continuo, y al final por la estratagema del reguero de pólvora con la que los dominamos, lo más seguro es que nos hubieran hecho pedazos. En cambio, si nos hubiésemos contentado con seguir cabalgando y disparar desde la montura, no hubieran considerado a los caballos como algo tan suyo, ya que iban montados por hombres; y además de esto nos dijeron que, en último extremo, si hubiésemos permanecido juntos y abandonado nuestros caballos, hubiesen estado tan ansiosos por devorarlos, que nosotros hubiéramos podido escapar, sobre todo teniendo armas de fuego en nuestras manos y siendo tan numerosos.

Por mi parte, en toda mi vida nunca había sentido tan cerca el peligro, pues al ver a más de trescientos demonios acercarse aullando y con la boca abierta para devorarnos, sin tener nada en qué ampararse ni adonde retirarse, me di por perdido; y creo que nunca más se me ocurrirá volver a cruzar aquellas montañas. Creo que preferiría mucho más hacer mil leguas por mar, aunque estuviese seguro de encontrarme con una tormenta una vez por semana.

De mi paso por Francia no tengo nada extraordinario de que dar noticia. Nada más que lo que otros viajeros ya han referido mucho mejor de lo que yo soy capaz de hacer.

Fui de Toulouse a París y sin quedarme allí por mucho tiempo, llegué a Calais y desembarqué sano y salvo en Dover el 14 de enero, después de haber viajado durante la estación más fría y rigurosa.

Una vez en el punto de partida de mis viajes, no tardé en tener conmigo a buen seguro toda mi nueva fortuna, recientemente descubierta, ya que las letras de cambio que traía me fueron pagadas sin dificultades.

Mi principal mentor y consejero privado fue mi buena y anciana viuda, quien, mostrando su gratitud por el dinero que yo le había enviado, creía que todas las solicitudes y desvelos eran pocos, si se trataba de beneficiarme a mí; y como se lo confié enteramente todo, no tuve ninguna inquietud por la seguridad de mis bienes; y la verdad es que tuve una gran suerte, tanto al principio como ahora al final, con la intachable honradez de aquella buena señora.

Y entonces empecé a pensar en confiar mis bienes a esta señora, y en partir para Lisboa, y de allí para Brasil, pero otro escrúpulo se cruzó en mi camino, y éste fue el de la religión; pues yo había alimentado ciertas dudas acerca de la religión católica, incluso cuando estaba fuera de allí, sobre todo en mi solitaria situación; de modo que me di cuenta de que no podía ir a Brasil, y mucho menos instalarme allí, a menos que me decidiera a abrazar la religión católica sin ninguna reserva; a no ser que resolviera sacrificarme a mis principios, ser un mártir de la religión, y morir a manos de la Inquisición; de modo que decidí quedarme en mi patria y, si podía encontrar los medios para ello, deshacerme de mi plantación.

Con este objeto escribí a mi viejo amigo de Lisboa, quien me contestó diciéndome que le sería fácil venderla allí mismo, pero que si yo creía oportuno autorizarle a ofrecerla en mi nombre a los dos comerciantes, los sucesores de mis administradores, que vivían en Brasil, que debían conocer perfectamente su valor, al vivir en el mismo lugar, y que yo ya sabía que eran muy ricos; de modo que él creía que tendrían interés en comprarla; él no dudaba de que podía sacar de cuatro a cinco mil piezas de a ocho, como máximo.

Yo entonces accedí, dándole instrucciones para que se la ofreciera, y así lo hizo; y al cabo de unos ocho meses, cuando volvió el barco, me refirió cómo habían aceptado la oferta, y habían remitido treinta y tres mil piezas de a ocho a un corresponsal suyo en Lisboa, para que me pagara.

Yo, en respuesta, firmé el documento de venta en la forma en que me lo enviaron desde Lisboa, y se lo envié a mi buen anciano, quien me envió letras de cambio por valor de treinta y dos mil ochocientas piezas de a ocho, precio de la hacienda; reservándose el pago de cien moidores al año para él —el anciano— durante toda su vida, y de cincuenta moidores, más adelante, para su hijo, también durante toda su vida, lo cual yo les había prometido, rentas que había garantizado la plantación.

CAPÍTULO 15
Conclusión

Y así termina la primera parte de una vida de azares y aventuras, de una vida llena de acontecimientos guiados por la Providencia y de una variedad como la que raras veces el mundo podrá ofrecer algo semejante: por lo disparatado de su principio y lo feliz de su conclusión, que ninguno de sus episodios podía, ni remotamente, hacer esperar.

Cualquiera podría creer que en una situación tan afortunada por todos conceptos, se habría acabado para mí el correr más aventuras; y la verdad es que así hubiera sido de darse otras circunstancias; pero yo ya estaba habituado a una vida vagabunda, no tenía familia, pocas amistades y, a pesar de ser rico, no había hecho muchas relaciones; y aunque había vendido mis propiedades en Brasil, no podía quitarme de la cabeza aquel país y tenía grandes ansias de volver a levantar el vuelo; y sobre todo no podía resistir la fuerte tentación de volver a ver mi isla, y de saber si los pobres españoles estaban allí todavía, y de cómo los habían tratado aquellos bribones que dejé con ellos.

Mi fiel amiga, la viuda, puso todo su empeño en disuadirme de este proyecto, y tuvo tanta influencia sobre mí que durante casi siete años consiguió evitar que yo volviese a partir. Durante ese tiempo me hice cargo de mis dos sobrinos, los hijos de uno de mis hermanos. Al mayor de ellos, como poseía algunos bienes, lo eduqué como a un caballero, y aumenté su capital, dejándole un legado para después de mi muerte. Al otro lo confié a un capitán de barco y, al cabo de cinco años, viendo que era un joven juicioso, audaz y emprendedor, le confié un buen barco, y lo mandé al mar; y este joven años más tarde, cuando yo ya era muy anciano, me arrastró a nuevas aventuras.

Entretanto, en cierto modo, yo ya me había afincado aquí; ya que, lo primero de todo, me casé, y ello ventajosamente y a satisfacción mía, y tuve tres hijos, dos niños y una niña; pero al morir mi esposa, y regresar mi sobrino de un viaje a España que había realizado con buen éxito, mi propensión a partir y su insistencia se impusieron, y acordamos que me embarcaría en su navío, como comerciante particular, con rumbo a las Indias Orientales. Esto ocurrió en el año 1694.

En este viaje visité mi nueva colonia en la isla, vi a los sucesores de los españoles, y supe toda la historia de sus vidas y las de los canallas que había dejado con ellos; cómo al principio habían injuriado a los pobres españoles; cómo luego llegaron a un acuerdo que más tarde rompieron; cómo se habían unido y separado, y cómo por fin los españoles se habían visto obligados a recurrir a la violencia; cómo fueron dominados por los españoles, y con cuánta afabilidad éstos los trataban. Una historia que, de entrar en sus detalles, fuera tan llena de variedad y de prodigiosos sucesos como la mía propia; sobre todo por lo que respecta a sus batallas con los caribes, que desembarcaron varias veces en la isla; y en cuanto a las mejoras que hicieron en la isla, y cómo cinco de ellos hicieron una incursión por el continente y se trajeron como prisioneros a once hombres y cinco mujeres, debido a lo cual, a mi llegada, me encontré con unos veinte niños en la isla.

Me quedé en ella unos veinte días, dejándolos aprovisionados de todo lo necesario, y sobre todo de armas, pólvora, balas, ropas, herramientas y de dos trabajadores que había traído de Inglaterra: un carpintero y un herrero.

Además de esto, distribuí las tierras de la isla entre ellos, reservándome para mí la propiedad de toda ella, pero dando a cada uno partes lo suficientemente grandes como para que estuviesen satisfechos; y después de haberlo dejado todo en orden y de haberles hecho prometer que no abandonarían el lugar, allí los dejé.

De allí fui a Brasil, desde donde envié a la isla un barco que compré allí, con más gente, y junto con otros auxilios, envié a siete mujeres, que me parecieron aptas para el servicio, y a las que podían tomar por esposas. En cuanto a los ingleses, les prometí que les enviaría algunas mujeres de Inglaterra, con un buen cargamento de las cosas más necesarias, si tenían interés en asegurar su descendencia, promesa que cumplí un tiempo después. Y ellos se mostraron muy honrados y laboriosos, una vez se vieron dominados y tuvieron sus propiedades independientes.

También les envié de Brasil cinco vacas, tres de ellas preñadas, varias ovejas y varios cerdos, que, cuando volví allí, se habían multiplicado considerablemente.

Pero todas estas cosas, con la relación de cómo trescientos caribes arribaron a la isla y la invadieron y arrasaron las plantaciones, y de cómo los colonos lucharon con ellos, que los doblaban en número, y al principio fueron derrotados y tres de ellos murieron; pero por último una tormenta destruyó las canoas de sus enemigos, y ellos hicieron morir de hambre o aniquilaron a casi todo el resto, y se rehicieron y recobraron la posesión de su plantación, y viven aún en la isla. Todas estas cosas, con ciertos incidentes asombrosísimos de mis nuevas aventuras, a lo largo de diez años más, quizá constituyan más adelante la materia de un nuevo relato.

500

Nota editorial

En la traducción de la presente obra, de Carlos Pujol, se ha adaptado el léxico en algún caso poco claro para el lector joven y también se ha convertido el sistema anglosajón de unidades al sistema internacional con la finalidad de facilitar la lectura al público castellano-hablante.

VOCABULARIO IMPRESCINDIBLE
PARA EL JOVEN NAVEGANTE

Al pairo: dicho de una nave cuando está quieta con las velas tendidas.

Amarrar: atar y asegurar el barco parado con cuerdas o cadenas.

Ancla: instrumento de hierro con ganchos que, atado a una cadena, se lanza al fondo del mar y sujeta la embarcación.

Andanada: disparo de todos o casi todos los cañones de uno de los costados del barco.

Aparejo: conjunto de palos, cables y velas de un buque.

Arriar: aflojar o destensar un cabo, una cuerda o una cadena.

Bauprés: palo horizontal y algo inclinado que sobresale de proa y sirve para algunas velas.

Bita: postes de madera o de hierro que sirven para dar vuelta a los cables del ancla.

Botalón: palo largo que se saca hacia la parte exterior de la embarcación cuando conviene, para varios usos.

Botavara: palo horizontal y movible cogido al mástil que, juntos, sirven de esqueleto para la vela mayor.

Braza: unidad de longitud, generalmente usada en la marina, equivalente a 1,6718 m.

Cala: parte más baja en el interior de un buque.

Calado: profundidad que alcanza la parte sumergida de un barco.

Carbonero (barco): embarcación usada para transportar carbón.

Casco: forro externo que forma el armazón del barco.

Castillo (de proa o popa): estructuras que se elevan por encima de la cubierta principal de proa o popa.

Cebadera (vela): la vela mayor del palo que sobre sale de la proa, llamado bauprés.

Chalupa: embarcación pequeña que se guarda en un barco mayor; lancha.

De bolina: navegar contra el viento en el menor ángulo posible.

Embrear: untar o pintar con brea, una sustancia viscosa de color rojo oscuro, para resguardar madera o tela.

Escota: cuerda que sirve para regular el ángulo de cada vela.

Escotilla (_también_ **escotillón):** cada una de las aberturas que hay en las diversas cubiertas.

Esquife: barca pequeña que se guarda en un barco mayor.

Esperón: pieza saliente en la proa de las embarcaciones.

Estacha: cable que sirve para conectar con otro barco o remolcarlo.

Estay: cabo que conecta la parte alta de un mástil al suelo de proa, para impedir que caiga hacia la popa.

Fondeadero: lugar con la profundidad suficiente para echar las anclas.

Fondear: echar las anchas para amarrar el barco.

Gabarra: embarcación mayor que una lancha que suele servir en puertos y costas para la carga y descarga.

Jarcia o jarcias: conjunto de cabos y cables.

Legua (marítima): medición que equivale a 5.555,55 metros.

Mastelero: palo menor de una embarcación de vela que se coloca sobre cada uno de los mayores.

Mástil: palo vertical de una embarcación.

Mesana: el palo vertical delantero de un barco.

Penol: punta o extremo de las vergas.

Popa: parte posterior de una embarcación.

Proa: parte delantera de una embarcación.

Rastra: pieza amarrada al barco que va por el fondo del mar para sacar objetos sumergidos.

Rezón: ancla pequeña.

Sobrecargo: en los buques mercantes, persona que cuida del cargamento.

Toldilla: cubierta parcial que tienen algunos buques a la altura de la borda.

Trinquete (palo): palo alto vertical inmediato a la proa.

Vara: antigua medida española cuya longitud oscilaba entre 768 y 912 milímetros.

Verga: palos o perchas horizontales, unidas a los mástiles del barco, donde se recogen las velas.

Virar: girar.

Daniel Defoe

Hombre talentoso en muchos y variados trabajos, Daniel Defoe es una figura enigmática, muy famoso hoy por ser uno de los primeros en escribir novelas. Pero no sólo eso, sino que también destacó por ser pionero en desarrollar la carrera de periodista gracias al gran número de artículos políticos que firmó. Nacido en Londres hacia 1660, Defoe, que tenía un carácter muy aventurero, decidió abandonar pronto sus estudios y trabajar como comerciante y empresario, aunque tuvo poco éxito. Durante esta etapa viajó por España, Francia, Italia y Alemania, países exóticos para él que influyeron en gran medida en sus libros, cuyos protagonistas viven infinidad de peripecias por lugares remotos. Su primera gran obra fue *Robinson Crusoe* (1719), a la que siguieron otras como *Vida, aventuras y piratería del célebre capitán Singleton* (1720), *Fortunas y adversidades de la famosa Moll Flanders* (1722) o *Diario del año de la peste* (1722). A partir de ese momento, Defoe no dejó de publicar novelas hasta que falleció en 1731.

ÍNDICE

Austral Intrépida recopila las obras más emblemáticas de la literatura juvenil, dirigidas a niños, jóvenes y adultos, con la voluntad de reunir una selección de clásicos indispensables en la biblioteca de cualquier lector.

OTROS TÍTULOS DE LA COLECCIÓN: